D0458710

El tango del Diablo

El tango del Diablo

Hervé Jubert

Traducción de Inés Belaustegui

Rocaeditorial

Título original: *Un Tango du Diable*
© 2003, Éditions Albin Michel S.A.

Primera edición: octubre de 2005

© de la traducción: Inés Belaustegui
© de esta edición: Roca Editorial de Libros, S.L.
Marquès de l'Argentera, 17. Pral. 1.ª
08003 Barcelona.
correo@rocaeditorial.com
www.rocaeditorial.com

Impreso por Industria Gráfica Domingo, S.A.
Industria, 1
Sant Joan Despí (Barcelona)

ISBN: 84-96284-92-1
Depósito legal: B. 33.646-2005

Un solo corazón, una sola alma

—*E*ntonces, para la primera carga, salida y después ocho hacia delante. ¿Está lista?

—Sí, Grégoire.

—Pues vamos allá.

La guitarra resonó entre las paredes recargadas de grotescas esculturas de la sala de tenis transformada en salón de baile. Roberta Morgenstern se pegó a su compañero. Él, con el brazo estirado y su perfil aguileño, tenía la majestuosidad de un conquistador mostrando la tierra prometida. El tambor lanzó su carga. Violín y bandoneón lo siguieron. La pareja se lanzó al asalto de la diagonal invisible.

Los compases, al principio lentos, se aceleraron y restallaron como latigazos por encima de sus cabezas. Roberta había ejecutado el primer paso presa de una especie de aturdimiento y volvió bruscamente a la realidad gracias al silencio que anunciaba el siguiente movimiento y a la media vuelta que le hizo dar el maestro de danza para reiniciar el baile en la otra dirección.

—Menos etérea, Roberta. No se disperse.

Arrabal, peleas de cuchillos, lupanares y milongas, las calles entarugadas de Buenos Aires… Roberta se dejó arrastrar por la pulsión violenta que había engendrado ese tango. Rosemonde notaba la simbiosis a la que habían llegado en ese instante. Su compañera se mostraba salvaje y apasionada, como la amaba él, carnívora, incisiva, amazona, entera.

La segunda carga tocó a su fin. Se miraron fijamente a los ojos, Roberta con un atisbo de desafío en el semblante, Rosemonde con esa expresión vivaracha que poseía el don de desarmarla.

—¿Qué? —preguntó ella, retrocediendo.

Él la atrajo hacia sí con violencia y la pegó a su torso. Le sacaba una cabeza, pero su actitud resuelta compensaba la diferencia de estatura. El color de sus ojos (esmeralda los de ella, aguamarina los de él) hacía pensar que los habían extraído del mismo fragmento de malaquita, y cuando se miraban así se producía entre ellos una sutil alquimia.

—Es usted perfecta, querida. Pero el tango del demonio no tolera ningún relajamiento. Le ruego que aplique el dicho al pie de la letra: *Cor unum et anima una.*

En cuanto al corazón, ninguna queja por su parte. Pero ¿hacía bien si le entregaba también el alma?

—Enséñeme lo que lleva en las entrañas —añadió él con una sangre fría propia de un matarife.

La pareja se lanzó a una sucesión de pasos rígidos y bruscos, mientras violín, flauta, bandoneón y tambor hacían estremecer las vigas, las lámparas de araña y el piso.

8   El Edificio Municipal era el más alto del complejo ministerial. Desde los sótanos, que albergaban los servicios del Censo y la planta de fabricación en cadena de los trazadores, hasta el despacho del ministro de Seguridad, simbolizaba el buen derecho, la vigilancia y la justicia que reinaban en Basilea, por las que velaba el mayor Gruber desde la planta 69ª, la sede de Asuntos Criminales.

¿Oficina de qué asuntos criminales?, se preguntaba. Desde hacía treinta años el crimen caía en picado y en los últimos tres años, desde el caso del Cuarteto de asesinos, no había pasado nada o casi nada.

—Hay que dar las gracias a estos maravillosos trazadores —declaró el mayor sin pizca de entusiasmo.

Estaban por todas partes, tanto de día como de noche. Pequeñas motas de polvo vigilantes, llevadas por el viento, los trazadores guardaban en su memoria las secuencias genéticas de los basilenses y daban la voz de alarma en cuanto se cometía un delito, por leve que fuera. La Milicia identificaba a los culpables en el acto y los arrestaba. Había faltado poco para que el crimen desapareciese del todo.

Año tras año la Oficina de Asuntos Criminales había ido quedándose sin investigadores. Gruber se había quedado con una treintena de reservistas a mano, entre ellos Roberta Morgenstern y el joven Clément Martineau, destinado a una brillante carrera en el seno de la Seguridad. Pero éste era un poco demasiado intrépido y fogoso a ojos del mayor, amigo de la templanza y de la reflexión. Por mucho que también él hubiese sido joven, en una época en la que aún no existían los trazadores...

Gruber metió una mano en el cajón central de su escritorio, accionó el mecanismo del doble fondo y extrajo una caja de caoba chapada, todavía de una tonalidad rojo vivo por haber permanecido al abrigo de la luz. Dentro había colocados tres objetos envueltos en terciopelo tornasolado. Gruber los puso delante de él.

El tálero de oro con sus dos caras idénticas, recuerdo del Tesorero, el último fabricante de monedas falsas... Las insignias militares de su padre, frágiles recuerdos de hojalata... Sus quevedos de cristal de espejo...

Los había encargado fabricar en el taller de óptica del señor Vinay, que hoy se encontraba en la parte sumergida de Basilea. Sus compañeros de promoción se habían tronchado de risa. ¡Unos quevedos de cristal de espejo! Se habían carcajeado de él. ¡Mirar delante y detrás a la vez! ¿Y por qué no también unos guantes en forma de gancho para detener a los malhechores?

Limpió los cristales de sus anteojos con un pañuelo de cuadros y se los puso en la punta de la nariz. Entonces apareció ante su vista lo que había detrás de él, reflejado en las dos mediaslunas de mercurio del margen de las lentes oscurecidas.

Vigilar sin darse la vuelta. No seguir sino ser seguido. Gruber, un joven arrogante en aquel entonces, estaba seguro de que demostraría la utilidad de su invento, que lo patentaría y lo vería expuesto en el gran anfiteatro de la Academia para que los futuros investigadores lo adquiriesen.

En sus sueños más locos imaginaba hordas de hombres con lentes de espejo surcando la ciudad, seguidos por crimi-

9

nales que no sospechaban nada malo. Pero la aparición de los trazadores había puesto todo aquello en duda, evidentemente. Y su invento se había quedado en el doble fondo de aquel cajón de los secretos.

Se quitó los quevedos y releyó la orden firmada por Archibald Fould, el ministro del que dependía, recibida por valija interna esa misma mañana. Por sus buenos y leales servicios... Medalla al Mérito... Prima por dejar el empleo... La Seguridad le está reconocida... Patatín, patatán... El veredicto de la edad había sido emitido: el día 1 del mes siguiente lo jubilaban. Ni siquiera se mencionaba el nombre de su sucesor. Quizá se había tomado ya la decisión de cerrar la Oficina de Asuntos Criminales.

Gruber intentó imaginarse en otro sitio que no fuese el Edificio Municipal, pero no lo consiguió. Claro, tenía esa casita en la calle de las Mimosas, cerca del Palacio de Justicia. Pero prácticamente no iba nunca por allí. El jardín, tomado al asalto por las malas hierbas, se había transformado en un auténtico bosque encantado. Había pasado esos últimos treinta años aquí, la Oficina era toda su vida.

Abrió el cajón del archivador que contenía sus informes criminales. Varios kilos de papel que pronto serían enviados a los Archivos del Ministerio, destinados a criar polvo... Gruber cogió uno al azar y se puso a leer.

—No está usted en lo que hace, mi pinzón de las islas —murmuró Grégoire mientras la escoltaba en disloque por la infinita pendiente musical.

El cuarteto atacaba los cambios con coraje. El tambor reverberaba en las venas y en las arterias. El cuerpo de Roberta se sometía mal que bien a la infernal cadencia. La carga era un poco demasiado violenta para sus articulaciones cansadas.

—Discúlpeme, Grégoire. Hoy tengo la cabeza en otra parte.

—Pues tráigala aquí. O no llegaremos nunca al final de este tango.

—¿Cuándo toca el molinete?

—¡Ahora!

Rosemonde impuso a su compañera una torsión violenta y la hizo ondular a contratiempo en una nueva dirección. Dieron unos pasos al compás, con los brazos estirados, los dedos entrelazados y pegando las caras de perfil.

—Prepárese para pasar de izquierda a derecha.

Navegaron hasta una esquina de la sala que iba transformándose conforme se acercaban a ella. Habían dejado de ser un ariete para convertirse en una proa, y singlaban por la superficie de un océano de madera clara rumbo a un coloso a punto de emerger de la nada.

—¡Cómo es el espíritu de este baile! ¡Se materializa! —exclamó Roberta, exultante.

La criatura tenía aproximadamente la misma altura que la sala, es decir, seis metros. Sus contornos eran difusos y plateados, y estaba envuelto en fumarolas como telas de gasa.

—Nunca habíamos alcanzado tanta precisión —se entusiasmó Rosemonde—. Decididamente, los bailes latinos están llenos de sorpresas.

—¡Y eso que aún no hemos probado la samba!

—No nos desconcentremos —la conminó el profesor—. O desaparecerá.

Roberta pegó una mejilla contra la de Grégoire. Le invadió un estremecimiento delicioso. Rosemonde hinchó el pecho y suavizó el paso. En los rayos de luz que bajaban de las altas claraboyas se arremolinaban motas de polvo. Aquello ya no era un tango, sino un seísmo.

—Qué fuerza —se estremeció la bruja.

Clément Martineau comprobó que llevaba bien ajustado el paracaídas cuando Amatas Lusitanus, su profesor de ciencias del aire, se reunió con él en el tejado de la universidad.

—¡Bonito día para contemplar Basilea! —exclamó el viejo profesor, un tanto sin resuello—. ¡Bonito día, sí!

Del este al oeste se escalonaban las torres ministeriales, el barrio barroco del Palacio de Justicia y la mole del catafalco municipal que daba la impresión de ir a desmoronarse sobre la villa en cualquier instante. Como telón de fondo, la

11

muralla oscura de la Montaña. Al otro lado se extendía la laguna.

Lusitanus desplegó una sillita, la encajó bien en el tejado levemente inclinado y tomó asiento.

—Y bien, ¿por qué me ha pedido que suba aquí arriba?

Martineau no sabía por dónde empezar. Decidió ser poco preciso y simple al mismo tiempo, pues siempre era preferible una demostración práctica que una parrafada...

—He hecho un descubrimiento relacionado con mis poderes. —Miró la hora—. Lo verá dentro de treinta segundos exactamente —añadió, más enigmático que nunca.

—¿Treinta segundos? Bueno, explíqueme. ¡Sólo faltaba! Pero, Clément, ya sé que tiene poderes, aunque de momento sólo los use de una manera imperfecta...

El joven brujo se ciñó el paracaídas, se encajó un casco flexible de piloto, se bajó las gafas a los ojos, comprobó que no se le resbalaba la adularia en el dedo e inició la cuenta atrás, clavando los ojos en la muñeca:

—Diez, nueve, ocho...

—Mm, si me lo permite —tanteó Lusitanus.

—Siete, seis, cinco, cuatro...

—Tal vez podría usted...

—Tres, dos, uno.

—Explicarme...

Lusitanus seguía mirando fijamente el lugar en el que se encontraba Martineau. Pero allí ya no había nadie. Se puso de pie, refunfuñó, dio media vuelta. Su alumno se había volatilizado por completo.

—¡Pero bueno! ¡Esto es cosa de quitar el hipo! Esto sí que es una manera de marcharse por las buenas...

Tras una segunda inspección infructuosa, plegó la sillita y se dirigió al tragaluz que daba a las buhardillas. Seguramente Clément tendría una explicación que ofrecerle. Y sería, ya de paso.

Si hubiese levantado la nariz, habría visto el puntito negro que, allá en lo alto, justo por debajo de las nubes, le hacía señales. Y sin duda lo habría identificado con Martineau. El profesor de brujería se contentó con refunfuñar antes de descender a la superficie, allí donde magos, brujas y hombres voladores no existían salvo en los cuentos destinados a los niños.

—Demos una vuelta alrededor de él —propuso Rosemonde.

Roberta tomó distancia, manteniendo contacto con Grégoire sólo con la punta de los dedos, y dando golpes de cadera como si fuese la péndola de un reloj. El ser que habían conseguido extirpar de la nada la miraba moverse, perplejo.

—¿No irá a atacarnos?

—No tenga miedo, sólo es un espíritu.

Habían dado la vuelta alrededor de la aparición y se alejaban de ella con un doble paso rígido, siguiendo la percusión.

—¿No podríamos detenernos aquí? No sé adónde nos va a llevar todo esto…

—Yo sí, Roberta. Y no iré sin usted.

Con un dedo índice autoritario, Grégoire Rosemonde ordenó a las altas claraboyas que se ocultasen. Las puertas se cerraron con doble vuelta. Estaban solos con el ser astral, cuyos ojos eran dos manchas fosforescentes en la penumbra.

—¿Grégoire?

Él entrecerró los párpados, poniendo esa cara de gato que hacía que Roberta perdiese todos sus recursos. Notó que se le hinchaban los labios, que se le secaba la boca, que le temblaban las piernas…

—Grégoire… —imploró.

Él había deslizado los tirantes de su vestido sin que ella se diese cuenta. Los corchetes de su faja BodyPerfect saltaron uno tras otro. Y todo eso con una sola mano… ¿De qué manual de magia había sacado esa técnica el profesor de historia?

—Grégoire —gimió Roberta.

Vaclav Zrcadlo había terminado de leer *El viaje al centro de la Tierra* unos días antes y se había reservado esta pequeña escapada por el túnel de la Montaña Negra como una especie de epílogo.

A solas en el vientre de granito… Si lo tragaba una falla, si de pronto se encontraba preso en un mundo perdido, cerrado y subterráneo, bueno, pues aplicaría los mejores reflejos del profesor Otto Lidenbrock, o bien soñaría con la superficie como su sobrino Axel, y quizá volvería a ver el sol en los alrededores de Nápoles…

Llegó a la entrada del túnel, desierto. No podía ser de otro modo, pues los obreros rara vez trabajaban la madrugada del domingo al lunes. Sus herramientas estaban guardadas bajo llave y a nadie se le habría ocurrido la descabellada idea de robar una tuneladora. «De todos modos, los trazadores están vigilando —se dijo Vaclav—. No me juego gran cosa.» Encendió la linterna y entró en el túnel.

Por lo que sabía, se había perforado la roca hasta más de trescientos metros. El objetivo era llegar al valle del otro lado del macizo. Se trataba de una de las grandes obras acometidas por el gobierno municipal saliente, con el fin de permitir la expansión de Basilea. También era motivo de quejas. La perforación del túnel costaba mucho dinero y los impuestos nunca habían hecho popular a nadie.

Si fuese el alcalde, Vaclav haría reconstruir las ciudades históricas que habían sido desmanteladas dos años antes. El barrio de los inmigrantes gitanos, creado con toda clase de piezas de los antiguos decorados e instalado a orillas de la laguna, daba una ligera idea de las anteriores reconstrucciones de Londres, París, Venecia y México. A Vaclav le encantaba pasearse por esas calles flanqueadas de casas medievales, de cafetines equívocos y de templos mexicanos… ¡Caramba! Era un cambio en comparación con Basilea y su ambiente taciturno.

El suelo se había vuelto desigual. Los muros aparecían ribeteados de fragmentos cortantes. Había montículos de granito aquí y allá, esperando a ser transportados al exterior por vagonetas mecánicas. Las laminillas de mica parecían añicos de espejo petrificados y rotos por algún antiguo sortilegio.

Vaclav contuvo la respiración. Había oído un ruido a su espalda. Se dio la vuelta.

—¿Hay alguien ahí? —preguntó con voz estrangulada.

Una ráfaga helada le abofeteó la cara. Nadie. Vaclav emitió

14

una risa nerviosa. Había venido para eso, ¿no? Para sentir miedo. Reanudó la exploración, más decidido que nunca.

La tuneladora estaba agazapada entre las sombras, un poco más allá. Descansaba sobre los raíles, a la espera de que se reanudara el trabajo. La imbricación de los motores, de las ruedas dentadas, de los muelles y de las correas parecía un mecanismo gigantesco de relojería. Los tres discos que servían para horadar la roca estaban rematados con puntas triangulares, dispuestas en espiral.

Vaclav estiró el índice hacia una de ellas. Y lo apartó precipitadamente. Una gota de sangre perlaba su dedo. La chupó mientras observaba la máquina con gesto receloso. Después avanzó hasta el final del túnel, para detenerse delante de una pared desnuda en la que había grabada una trama de círculos entrelazados.

—Mi querido Axel, esta noche no llegaremos más lejos —exclamó para sí, poniendo la voz grave de Otto Lidenbrock.

Por una chimenea descendía un soplo de aire fresco hasta sus hombros. Allá en lo alto, en el centro de una porción de cielo no más grande de una pieza de tálero, brillaba una pequeña estrella. Los escalones incrustados en la roca daban la impresión de poder alcanzarla.

Vaclav dio media vuelta para salir. Pero se quedó petrificado cuando el haz de su linterna alumbró una silueta descomunal. Un hombre le cortaba el paso, de pie delante de las cuchillas de la tuneladora. Llevaba un traje de fieltro gris. Los rasgos de su rostro parecían borrosos.

En el alma de Vaclav se mezclaron las peores imágenes. Pero el tipo no hablaba ni se movía. No daba la impresión de querer hacerle daño… «Pero los trazadores van a dar la voz de alarma —se dijo el adolescente, aun así—. Los milicianos me sacarán de aquí. Lo único que tengo que hacer es ganar tiempo.»

El viento sopló por el túnel y se llevó la aparición. Vaclav aguardó. Pero durante un largo minuto no pasó nada. Poco a poco, los latidos de su corazón se calmaron. Lo había soñado. Su imaginación le había jugado una mala pasada.

—¡Eh! —llamó, envalentonado—. ¡Señor fantasma! ¿Sigue ahí?

15

Un estrépito ensordecedor se encargó de responderle. Las cuchillas de la tuneladora habían sido desplegadas. Giraban a gran velocidad y avanzaban hacia él lanzando chispas allí donde la roca protuberante era cizallada.

Vaclav retrocedió. «¡La chimenea!», pensó. Pero el primer barrote de la escalera estaba demasiado alto. Si formase una especie de podio… Sus ojos repararon en los fragmentos de granito que tapizaban el suelo.

Se puso a amontonarlos, apilando trozo sobre trozo. El montículo iba creciendo a medida que la tuneladora se acercaba a un paso implacable. Vaclav podía ver al hombre a los mandos, detrás de los discos en movimiento. Su silueta era tan difusa como su rostro.

Vaclav tomó impulso, saltó sobre el túmulo y logró agarrarse a la escalerilla. La tuneladora dio un bocado a la linterna, que saltó hecha mil pedazos afilados que rebotaron contra las paredes. Uno de ellos se le clavó en la pantorrilla, pero Vaclav no se soltó. Jadeando, subió varios metros. Allá en lo alto la estrella le decía que podía conseguirlo.

Cuando por fin puso el pie en la plataforma rocosa, en el exterior, hacía ya rato que la tuneladora se había callado, y el alba teñía Basilea de un rosa pálido. No podía quedarse allí. Tal vez aquel loco sanguinario pensaba tomar el mismo camino que él. Un sendero escarpado bajaba hasta la ciudad. Vaclav se lanzó en esa dirección.

El hombre salió de ninguna parte, delante de sus narices. Agarró a Vaclav, lo levantó del suelo, lo llevó a la chimenea y lo sostuvo por encima del agujero con el brazo extendido. El adolescente luchaba por soltarse y pataleaba en el vacío. Pero se detuvo al oír nítidamente el ruido de las cuchillas, que subía por el conducto vertical que se abría a sus pies. La tuneladora trepaba a por él.

El hombre abrió las manos. El adolescente cayó por la chimenea. El sonido de las cizallas de la tuneladora cambió ligeramente. A continuación enmudecieron, sumiendo la montaña en el silencio.

16

Lo que es bueno, lo que es malo

Como cada lunes, Roberta entró en el parque municipal, enfiló por la senda principal, rodeó el gran cedro y fue derecha a un seto de plantas espinosas. El follaje cortante se apartó ante ella y a continuación volvió a cerrarse. Acababa de penetrar en el jardín secreto del Colegio de Brujas.

Había un bosque silvestre rodeado de unas parcelas del tamaño de celdas de monje. Las que estaban cuidadas pertenecían a los profesores del Colegio, que las usaban para sus clases. Brujería Práctica con Carmilla Banshee, Alquimia con Otto Vandenberghe, Ciencias del Aire con Amatas Lusitanus, Cocina Espagírica con Eleazar Strüddle (que además era el posadero del Dos Salamandras), Derecho Satánico con Suzy Boewens, Historia de la Brujería con Grégoire Rosemonde...

—Nuestro rey del tanto ya no se ocupa de su cuadrilátero —confirmó Roberta con una expresión de crítica en la mirada.

El parterre de Grégoire Rosemonde estaba cubierto de hierbajos. Bueno, no tan hierbajos, a decir verdad. Allí había una inquietante concentración de plantas de santidad: hierba cana, artemisa, hinojo marino y aciano, dedicadas a Santiago, Juan, Pedro y Zacarías respectivamente.

—¿Se estará haciendo un santurrón mi hombre? —se inquietó Roberta.

A escasos metros se encontraba el parterre de Carmilla Banshee. Roberta lo contempló con una mezcla de fascinación y desagrado. El beleño negro —viscoso y peludo— crecía junto al armuelle apestoso, la belesa, la hierba serpentina y el eléboro fétido. Banshee cultivaba especies que la Gran Crecida habría debido erradicar de la faz de la Tierra: la cincoenrama, el viburno de los pobres, la empatoine tortuosa, la vulvaria apestosa y la belladona. En el centro del parterre lucía orgullosa la *Orchidia Carmilla*. Nadie conocía los efectos de la ponzoña que contenían sus androceos. En cualquier caso, nunca lo había contado ningún ser vivo.

Un enorme arbusto de lilas cubierto de jazmines montaba guardia, vigilante, sobre aquel parterre de pesadilla.

Roberta dio la espalda a la plantación de Banshee y se metió por el bosquecillo. Los árboles temían a la bruja, ligada al Fuego, y lo demostraban apartando las ramas o enterrando cualquier obstáculo que hubiera podido hacerla tropezar. Ella apreciaba aquel vasallaje y acariciaba los troncos que se mostraban serviciales con ella.

Se detuvo ante el carpe de los Martineau y escuchó los sonidos del bosque, el crujido de la madera, el ruido sordo de los frutos maduros al caer al suelo... Estaba ella sola en el bosquecillo. O lo hacía en ese momento o nunca. Sacó la ocarina del bolso, la frotó contra la capa y tocó las notas iniciales de *Michelle, my belle*. Los mil y un animalillos que poblaban el jardín secreto escucharon el *vont twès bien onsomble, twès bien onsomble*. Pero ningún puercoespín, por telepático que fuese, se dignó a responder a su llamada.

—Peor para él —dijo la bruja guardándose la ocarina.

Chasqueó los dedos y una rama del roble más cercano se dobló hacia ella hasta tocar el suelo. Roberta sacó del bolso un pequeño cojín bordado y lo colocó en una horquilla de la rama. Entonces, considerando su asiento lo bastante cómodo, se acopló y ordenó:

—Hop, hop. A subir despacito.

El roble subió a Roberta hasta una altura de siete metros, hasta donde había descubierto el ramal genealógico de la familia Martineau. Cuarenta y una hojas azul lavanda se escalonaban en la misma rama, en medio de sus compañeras color verde brillante. Roberta había seguido el recorrido de la salvia partiendo del extremo y remontando hacia el tronco. Dos generaciones más que estudiar, y llegaría al tallo, es decir, descubriría al fundador de aquel linaje.

Cogió un vaporizador del bolso y lo acercó a la rama. Pulverizó un poco de revelador, que se depositó en las hojas. Una de ellas, de apariencia anodina, pasó del verde al azul ante los ojos de la bruja.

—Bingo —dijo.

Desplegó una verónica con la punta de los dedos y envolvió la hoja revelada en el papel secante, con cuidado de no dañarla. En cuanto tuvo impresas ambas caras de su nervadura de espiguillas con delicados bordes dentados, Roberta anotó la fecha y la hora en la verónica. Luego, la enrolló en un estuche de cuero y lo metió al fondo del bolso.

Dio una palmada en la rama, y ésta la bajó al suelo. Se alisó las tablas de la falda y guardó el cojín. La rama remontó hacia el cielo dibujando un amplio movimiento de catapulta. El lunes siguiente volvería para indagar sobre la cuadragésima tercera generación. Y después sobre la última. ¡Y se acabó con el árbol de brujería del señor Martineau!

A partir de ese momento podría, llegado el caso, prolongar sus investigaciones con los otros árboles, ver a qué dinastías de brujos estaban vinculados los Martineau. Pero localizar estos vínculos en las marañas de raíces y conseguir fijarlos era, por el contrario, mucho más arduo que seguir el camino de una salvia cargada de magia en un ramal único como aquél. No, verdaderamente, bastaría con una genealogía simple.

Roberta se adentró por el bosquecillo ejerciendo su autoridad natural, pero teniendo cuidado, igualmente, de evitar el roble de la familia Banshee, rodeado de madera muerta. Se detuvo delante de un mangle que se alzaba ufano en medio de una charca fétida. Aquel manglar era el dominio reservado de la dinastía Barnabite. Su último representante, Héctor, ocupaba el cargo de portero de la biblioteca del Colegio y del santuario de la Pequeña Praga. Igual que Roberta, estaba asociado al Fuego. Por lo tanto, eran primos.

Fue Héctor Barnabite quien le comunicó el fallecimiento de sus padres. Ella acababa de cumplir trece años.

Roberta se apresuró a salir del bosquecillo para ir a su parterre particular. Cogió un poco de amaranto tricolor para los guisos de Eleazar, cortó unas briznas de sensitiva y suspiró al ver la verbena, que había vuelto a su estado silvestre en una esquina del cuadrilátero. Grégoire no podía con ella.

El parterre de Martineau estaba al lado del suyo. Sin duda, cada cual cultivaba su jardín. Pero se preguntaba si alguna vez había venido el joven por allí. Sin embargo, en su jardincillo crecía hierba de los canarios, analgélida de los campos, diente de león con sus penachos aéreos, y llantén o planta de los pájaros. Nada de lo que pudiese renegar un brujo asociado al Aire.

—¿Y dónde está en estos momentos nuestro joven investigador? —preguntó hacia el cielo inmaculado.

A lo lejos sonó un carillón que daba las seis.

—¿Ya? —exclamó la bruja.

Basilea había cambiado al horario de verano la noche anterior. Cada vez que pasaba, a Roberta le costaba mucho poner en hora sus relojes de pared.

—Mañana por la mañana adelantaré mi reloj interno —se prometió, caminando hacia el seto.

Las hojas cortantes se apartaron para cederle el paso y volvieron a entrelazarse formando de nuevo la armonía, y cerrando la puerta invisible que daba al país de la Brujería.

Martineau había descubierto por casualidad su facultad de elevarse hacia el Éter, con ocasión de una visita clandestina y nocturna al Colegio. Iba a consultar la guía de profesores, a la que por lo general los estudiantes no tenían acceso. Después de haber apuntado con mano febril la dirección particular de la señorita Suzy Boewens, había querido salir atajando por el anfiteatro. Al cruzarlo, se había encontrado pegado a la cúpula como una mosca, y había tenido que hacer denodados esfuerzos para abandonar esa incómoda posición. Había vuelto a su habitación abuhardillada con el cerebro como un guante del revés.

Después de hacer sus pesquisas y de vivir otras experiencias, el joven había llegado a la siguiente conclusión: si llevaba puesta la adularia que había heredado de su madre, si la Luna estaba oculta (aunque también funcionaba la víspera y el día siguiente) y si se encontraba justo encima de un templo consagrado antiguamente a Baco como el que se hallaba en los cimientos de la universidad, debajo del anfiteatro del Colegio de Brujas, echaba a volar. Y volar había sido, de siempre, el sueño de Clément Martineau.

Da Vinci, Albert, Bacon, Flamel, Fulcanelli y Lusitanus le habían ayudado a entender la atmósfera, a separar sus elementos, a desmontar sus mecanismos, a tratar de igual a igual con las criaturas visibles e invisibles que lo surcaban.

Había pasado noches enteras en el puente de la *Albatros*, el antiguo navío volador de Palladio, varado desde entonces en dique seco en un hangar de la periferia. Habría podido pilotar el fabuloso aerostato con los ojos cerrados. Pero nunca se había atrevido a pedirle a Gruber la autorización para hacerlo, ya que estaba casi seguro de que se la denegaría.

Se había metido de lleno en la aerofísica. El observatorio de la Oficina de Prevención de Riesgos Naturales estaba encaramado en lo alto de una torre metálica de cien metros, erigida en el punto más elevado de la ciudad, detrás del barrio del Palacio de Justicia. Martineau pasaba allí la mayor parte del tiempo que le dejaban libre el Colegio de Brujas y la Oficina de Asuntos Criminales, bastante tranquila desde hacía meses.

El curso de las nubes, las trombas, las bajadas bruscas de presión, todo aquello no tenía ningún secreto para los dardabasíes, cuyo vuelo admiraba Clément con envidia. El propio viento, fuerza omnipresente cuya ruta no todo el mundo sabía trazar con precisión, merecía una investigación inédita para la época. Desde su experiencia en el anfiteatro, el joven se imaginaba armado de instrumentos de medición, atravesando las capas de la atmósfera cual meteorito, explorando aquel territorio ilimitado…

Martineau pisó el freno a fondo. El automóvil derrapó, esparciendo gravilla a ambos lados y acribillando con ella las piernas de los viandantes que subían por la calle. Un peatón se acercó al conductor con un gesto feroz.

—¡A ver! ¿No puede ir con más cuidado?

Martineau no le dedicó ni una mirada. Había sacado un enorme plano encuadernado de la nueva Basilea y lo consultaba sirviéndose del volante a modo de pupitre. El peatón siguió su camino, furibundo.

La lámina que le interesaba mostraba la parte de Basilea que estaba al nivel de la Laguna. Al oeste se veía la marisma sobre la que se habían construido el barrio histórico, en el centro la Pequeña Praga, al este el puerto náutico y el mercado flotante, que se extendían hasta el pie de la Montaña Negra.

Debajo del crucero sur de San Nepomuceno, en la Pequeña Praga, había un templo dedicado a Baco, más grande que el de la universidad. Desde allí se veían sus agujas de pizarra negra. Pero para llegar, Martineau tenía que cruzar antes el Barrio Histórico.

Descendió la cuesta hasta el barrio gitano, a marcha reducida. Le daba mala espina meterse por la amalgama de tejados de aguilones, de terrazas geométricas, de bóvedas y cornisas labradas. La antigua fachada del palacio de Westminster, curvada, cerraba el barrio como un inmenso biombo. La laguna chapaleaba contra su base. En los tejados, los molinos de viento tenían las palas vueltas hacia el agua. Malecones hechos con trozos de puentes traídos de las antiguas ciudades históricas, aprovechados para esta nueva función, se proyectaban sobre el agua en calma. El *Savoy* estaba amarrado un poco más allá.

Martineau volvió a calarse las gafas de conductor, con los cristales lustrados con glicerina, embragó, metió la palanca, tocó la bocina —para que no se dijese— y franqueó el pórtico de entrada.

Los monumentos recuperados habían sido erigidos unos pegados a los otros sin respetar la verosimilitud histórica. Notre-Dame de París estaba al lado de San Marcos de Venecia. Entre las columnas del Louvre había casas medievales. Las fachadas curvas de Regent Street estaban decoradas con bajorrelieves aztecas. Las fachadas se comunicaban por arriba mediante pasarelas venecianas, góticas y victorianas. Martineau las contempló con envidia. Sin duda conferían la sensación de caminar directamente por el aire.

—¡Ocarinas, flautas de pan, toda clase de silbatos! —vociferaba un gitano que llevaba un entrepaño de madera nivelado contra la panza—. Hoy es el día de los pájaros. ¡Aprovéchese!

El joven pisó el acelerador y se detuvo un poco más allá, en un cruce. Las calles que salían a cada lado eran demasiado estrechas para meterse por ellas. A la derecha se abría la calle de Venecia, que terminaba en un fragmento de palacio tan bello que parecía un grabado. A la derecha, la calle de México se perdía bajo doseles superpuestos de telas de colores. Unos carteles anunciaban que próximamente se abriría la calle de París.

Martineau cruzó un Ponte Vecchio transformado en exótico animalario. Gruñidos y cacareos acompañaron su paso. Después los edificios se espaciaron y reapareció el erial tras los cobertizos repletos de fachadas inutilizadas, estatuas bajadas de sus pedestales y elementos de mobiliario urbano. Martineau llegó a una zona baldía. Al otro lado, a unos cien metros, se encontraba la Pequeña Praga.

Los tejados picudos creaban una estampa de pueblo maldito, enclavado en mitad de una landa de desolación. Era imposible escapar al olor a podrido y a nauseabunda marea baja. El gran colector de Basilea vertía su material no lejos de allí.

Martineau puso punto muerto y cerró el paso del combustible. El motor hipó y se detuvo. Consultó el plano una última vez, lo guardó en la guantera, salió del automóvil de un salto, echó la capota y cruzó el erial sorteando los baches llenos de agua enfangada que había por todas partes.

Las calles del santuario estaban sucias y desiertas. Las casas, con sus ventanas condenadas, semejaban muelas picadas. Una película negruzca tapizaba el suelo. Martineau tocó aquella sustancia pulverizada y sintió un cosquilleo casi imperceptible en la yema de los dedos. El polvillo se le quedó metido en las uñas y le dejó renegridas las líneas dactilares.

—Polvo de alquitrán —calibró el auriga, que algo sabía del tema.

El viento barría a ráfagas la explanada de San Nepomuceno. El polvo omnipresente danzaba su vals de punta a punta, formando remolinos color carbón. Clément aprovechó un hueco para colarse en la iglesia.

Recorrió la nave lateral y al final del crucero, en el muro sur, encontró una escalera de caracol. Subió los escalones y llegó a la Daliborka, conocida también con el nombre de Torre del Hambre.

El muro cóncavo del antiguo calabozo tenía clavados unos

aros de hierro, que dibujaban una línea en espiral ascendente que llegaba hasta la cúpula, decorada con un fresco de querubines persiguiéndose entre nubes rosas y blancas. Una mesa y un reclinatorio constituían todo el mobiliario. Unas telarañas inmensas unían los dos elementos.

Martineau consultó el reloj. Casi las cinco de la tarde. Le quedaba una hora y unos segundos antes de que el haz rastreador de la Luna pasase por encima de aquel recuerdo de Bohemia. Llevaba puesta la adularia en el dedo. Las ruinas del templo estaban bajo sus pies. Además, eran más importantes que las de la universidad, así que seguro que también más poderosas. Tenía que prepararse, sujetarse a algo antes de verificar que también allí podía ser propulsado hacia el cielo.

A lo lejos se oyeron cinco campanadas, y cuando llegó a sus oídos la sexta se le heló la sangre. Consultó la hora en su reloj. Marcaba claramente las cinco… «El horario de verano», recordó entonces. Él seguía en el horario de invierno. Y la Luna entraba en conjunción en ese preciso instante.

—¡Por mis estriberas! —exclamó.

Corrió hacia la escalera, pero sus piernas ya se habían despegado del suelo. Logró agarrarse al primer aro y tirarse por los escalones, gracias a un esfuerzo tremendo. Se había librado de una buena. Aquello había sido una experiencia concluyente. Para qué ir a por una cuerda o a por lo que fuese. Podía volver a su automóvil y poner rumbo a la ciudad alta, que bastantes emociones había vivido ya ese día.

Cuando llegó al crucero oyó el agridulce pitido de voz de Carmilla Banshee haciendo eco por toda la iglesia. Con ella iba Héctor Barnabite. Los dos cocos pirulos del Colegio de Brujas avanzaban directamente hacia él.

—Hubiera preferido verle en el Colegio —protestó Banshee—. Los lugares sagrados siempre me han dado dolor de cabeza.

—El Colegio es cualquier cosa menos seguro.

—Ah, Héctor. Ningún lugar del mundo es seguro. Excepto el corazón de un hombre dedicado a los poderes de la noche, porque en él no entra la luz. Bueno, enséñemelo ya.

—¡No! Espere a que estemos arriba.

Martineau estaba acorralado. Ese «arriba» no podía referirse a otra cosa que a la Daliborka. Se maldijo a sí mismo por no haber reaccionado antes. Ya no podía huir sin pasar por delante de los dos alquimistas. Al garete la discreción.

Justo cuando estaba disponiéndose a hacer acto de presencia, una exclamación proferida por Banshee le hizo cambiar de parecer.

—¡Héctor! ¡Mire! ¿Qué es eso?

—Un ratón.

El silencio, un chillido y un crujido seguido de un sonido de masticación y de un salivazo no dejaron duda a Martineau sobre lo que no podía ver.

—Es usted repugnante —dijo Barnabite.

—Me parece que tenía usted la misión de vaciar los sitios, ¿verdad?

—No era más que un pobre ratoncito.

—Y si me topo con un pobre elefantito, le reservaré el mismo sino. ¿Es usted mínimamente consciente de lo que nos disponemos a hacer?

—Sí, sí.

El miedo que se percibía en la voz de Barnabite tuvo el don de aterrar a Martineau un poco más de lo que ya estaba.

—Subamos. Ya hemos perdido bastante tiempo.

Atravesaron el crucero y ascendieron por los escalones que conducían a la Daliborka. La torre estaba desierta. Banshee apartó el reclinatorio con un solo gesto, mientras Barnabite ponía encima de la mesa un cofrecillo visiblemente pesado y viejo. Sacó del bolsillo una pequeña llave, y se disponía a meterla en la cerradura cuando Banshee le puso una mano en el hombro y miró a su alrededor con semblante de sospecha. Pegado a la cúpula, quince metros más arriba, Martineau, que ya se había prohibido gemir, dejó además de respirar.

Banshee levantó su cara de garduña. Su vista ya no era lo que había sido. ¿Qué representaba ese ridículo fresco? Nubes, querubines, una especie de Ícaro carmesí… El joven brujo vio perfectamente la traza color carmín de la comisura de los labios de Banshee. Pensó en el ratón y empezó a tragar saliva sin poder evitarlo.

—Bien, estamos solos —decidió Barnabite.

Abrió el cofrecillo y se inclinaron sobre él, impidiendo que Martineau pudiese ver lo que contenía. Lo único que veía era el cráneo desnudo del bibliotecario y los hombros huesudos de su compañera de magia negra.

—Parece muerto —aventuró el bibliotecario.

—No diga tonterías. Aunque la arcilla esté quebradiza y tenga los miembros cortados, hay vida en él. Usted lo encontró en la casa del…

—Sí, sí, sí. Se lo he dicho cien veces. En la calle de la Vieja Escuela. El cofrecillo llegó junto con los restos de Praga. No me cabe ninguna duda de su autenticidad.

—Entonces el niño debe aprovecharlo lo antes posible.

Volvieron a cerrar el cofrecillo y salieron de la Daliborka como dos vampiros conspiradores. El joven escuchó cómo el ruido de sus pasos iba desvaneciéndose.

—Bendito sea san Cristóbal —suspiró.

No se había roto nada. Pero la presión contra la cúpula era difícil de soportar, o por lo menos estaba muy lejos de la liviandad icariana a la que aspiraba. Extendió el brazo, se agarró al aro más próximo y tiró con todas sus fuerzas. El cuerpo le pesaba una tonelada y se resistía a bajar.

El mayor estaba leyendo el informe del último arresto del que podía sentirse orgulloso, cuando alguien dio tres golpes secos en su puerta.

—¡Entre! —bramó, pensando encontrarse a un funcionario perdido en los pasillos del Ministerio.

Y se llevó un susto al ver en su despacho al ministro de Seguridad.

—¿No le molesto, verdad? —preguntó Fould con tono suave.

El ministro llevaba una capa forrada de seda roja sobre los hombros, y en la mano sostenía un bastón y una chistera. Bajo el brazo sujetaba una carpeta. Dejó todo en una silla y se acercó al escritorio de su subordinado con gesto inquisidor. Cogió el informe y leyó en voz alta:

—«Seguía a un hombre vestido con gabardina color claro y

sombrero de ala ancha, que entró en la tienda de un chamarilero de la antigua Basilea, el puesto 91 del mercado flotante, que lucía el letrero de LA TIENDA PINTORESCA. Unos minutos después salió con el mismo paso apresurado y el rostro oculto con el cuello subido de la gabardina. Eché un vistazo al interior del comercio. El tendero yacía, acogotado, encima de su mostrador». Debería escribir sus memorias, mayor. Tiene estilo, eso seguro.

Gruber, a la defensiva, no hizo ningún comentario.

—Fue una agresión personal, ¿no? —se informó el ministro mientras pasaba las páginas.

—Sí, señor. El hombre agredió a dos tenderos antes de ir a por mí.

—Quería partirle la crisma con un… ¿pisapapeles?

—Con un mineral que hoy se conserva en el armario de las pruebas.

La fotografía de identificación, adjuntada al informe, mostraba a un hombre de unos treinta años, de ojos claros, piel curtida y un zarcillo de oro en la oreja derecha.

—Un pirata —masculló el ministro.

—No logramos identificarlo —se permitió precisar Gruber.

—Sí, claro, pero de todos modos ya no acogotará a nadie. Esperemos que el próximo alcalde no se valga de su derecho a la amnistía para soltarle a las calles de nuestra buena y vieja ciudad de Basilea.

Fould dejó el informe en la mesa y cogió la carpeta que había dejado en la silla al entrar. Se la tendió al mayor.

—Ahí hay algo que podría interesarle.

La carpeta se abría con una nota de Minas. Gruber la leyó y se quedó mirando el perfil de águila de Fould, que contemplaba a su vez la laguna bajo las llamaradas del sol del atardecer. Con esa perilla que le alargaba el mentón, esa nariz aguileña y esos cabellos estudiadamente desordenados que tal vez querían hacer creer que había llegado volando, Fould resultaba de lo más mefistofélico.

—Es terrible lo que le ha pasado a ese muchacho —aventuró Gruber—. Pero Minas ha concluido que se trató de un accidente y…

—No ha leído usted lo siguiente —dijo Fould.

27

Se trataba de un informe de Seguridad elaborado una hora antes. Gruber tuvo que leerlo dos veces para asimilar lo que estaba escrito en él.

—El cuerpo, bueno, lo que queda de él, sigue en el lugar de los hechos —precisó Fould—. Evidentemente, la tesis del homicidio se mantendrá mientras no se haya descartado del todo la del accidente.

Recogió su bastón, su capa y su sombrero.

—Le insto vivamente a presentarse en el lugar a la mayor brevedad posible. Supongo que sus dos curtidos investigadores, Morgenstern y Martineau, no estarán sobrecargados de trabajo en estos momentos, ¿me equivoco?

—Llevamos meses en punto muerto.

—Pues dígase a sí mismo que tiene aquí una oportunidad de terminar su carrera con brillantez.

Y se marchó. Pero de repente dio media vuelta. La capa se arremolinó en torno a sus hombros, confiriéndole el aspecto de un murciélago gigante con alas atrofiadas.

—Cuento con que llevará este caso con discreción y eficacia. Como el anterior.

Dibujó una sonrisa imposible de descifrar.

—Por supuesto —replicó el mayor.

Se saludaron con un leve movimiento cómplice de cabeza. Gruber sabía perfectamente a qué caso quería hacer alusión Fould.

La muerte vista bajo mil aspectos

*E*l mainate se sobresaltó al oír el primer timbrazo. Bajó de su percha, descolgó el teléfono con el pico, dejó el auricular en el velador y anunció con su acento de Blackpool:

—La señouhita Mohgenstehn ha salidou. Si dessea dehar un mensahe, hable después de la senyal.

Belcebú, el felino doméstico, que había oído también el timbre, se acercó sigilosamente, relamiéndose.

—¡Ssshhhhh! —silbó Roberta hacia él—. Ya estás bastante gordo así. —El gato enfiló hacia la cocina—. Y tú, ponte a cubierto si quieres seguir con vida.

El mainate se subió a la percha y se quedó dormido al instante. Roberta cogió el teléfono.

—¿Cuándo va a deshacerse de ese estúpido pajarraco? —preguntó Gruber con voz cansina al otro lado de la línea telefónica.

—¿Mayor? ¡Qué sorpresa! —exclamó Roberta, contenta de verdad. No necesitaba mirar por la ventana para saber que se había hecho de noche—. No me diga que su llamada va a trastocar mi rutina cotidiana.

—Pues sí.

—¡Cachis! —exclamó ella.

Gruber gruñó.

—Un automóvil la está esperando a la puerta de su casa.

—Vaya, ¿tan grave es la situación?

—Lo es. Estoy buscando a Martineau. ¿Sabe dónde está?

—En algún lugar entre el cielo y la tierra, supongo. —Se hizo un silencio—. ¿Qué ocurre, mayor?

—No tarde. La espero —respondió Gruber con un tono a la vez neutro y cansado, que no presagiaba nada bueno. Y colgó.

Υ

Unos meses antes la Oficina de Asuntos Criminales había adquirido un bólido de ésos, pero Roberta no había tenido aún la ocasión de montarse en uno. Nunca había visto al conductor, al que de todos modos le costó mucho reconocer con sus gafas de cristal tintando y su casco de cuero, que le tapaba toda la cabeza. El auriga esperó a que estuviese bien instalada antes de lanzar su trasto al asalto de Basilea y de sus calles, más o menos transitables. Afortunadamente para él, conducía de una forma civilizada.

Por las aceras se cruzaban escasos viandantes. Las parejas iban agarradas. Los rostros denotaban inquietud. Al pasar por debajo del Barómetro de la farmacia central, Roberta comprobó que la aguja estaba bloqueada en el letrero de LLUVIA.

Contra toda expectativa, el conductor viró pasada la universidad y no se dirigió hacia el laberinto de torres ministeriales, sino hacia el Museo. Recorrieron el ala de ciencias naturales y llegaron a una verja imponente. El conductor tocó la bocina una sola vez y en el haz de los faros apareció un portero, que se apresuró a abrir la cancela.

—¿El zoo? —se asombró Roberta—. ¿Qué puede estar haciendo Gruber en el zoo? ¿Es que el león ha matado al amante de la leona?

El conductor no respondió. Hizo avanzar su vehículo por una avenida de rododendros gigantes y lo detuvo delante de una cadena tendida entre dos hitos de piedra. Roberta agradeció que se hiciera el silencio otra vez. Esos automóviles eran realmente demasiado ruidosos. Pero la calma que los circundaba era algo más que relativa. Tras la cortina vegetal que alumbraban los faros del automóvil con su luz blanca y verde se oían gañidos, aullidos, rugidos, chillidos.

«¿Será la lluvia lo que les pone en ese estado?», se preguntó la bruja cuando el conductor salía a abrirle la portezuela.

Se había quitado el casco y las gafas. Roberta se lo había cruzado una vez en los despachos de la O.A.C. Recordaba que sus rasgos afeminados le habían causado intriga.

—¿Va usted a decirme lo que pasa o no?

El conductor se limitó a guiarla. Roberta le siguió con los puños cerrados. La explosión de furor animal cuyo teatro era el zoo le ponía los nervios de punta. Las rapaces mordían sus rejas. Las fieras se tiraban contra los barrotes de sus jaulas. Los monos se perseguían, aterrorizados a más no poder. Algunos tenían el morro manchado de sangre. El pánico era absoluto.

Pasaron cerca de un grupo de guardianes que estaba tratando de apaciguar a una llama. El animal se había partido una pata al saltar para salir de su recinto. El espléndido animal, con su pelaje beis, bramaba tendido en el suelo. Le salía espuma de la boca. Ni *Belcebú* sometido (una vez y solamente una) a dieta durante tres días daba muestras de tanta histeria como aquel mamífero habitualmente apacible.

El conductor andaba hacia un edificio apartado que Roberta sólo conocía de nombre: el insectárium. Llegaron a una pequeña cochera de hojalata y el hombre abrió la puerta. El interior era lúgubre y estaba iluminado apenas por los neones de los terrarios, colocados en «U». En el centro había colgada una banderola de seguridad. Detrás se veía a Gruber, agachado junto a una cosa. Dos hombres en bata blanca, inspectores del laboratorio municipal, trabajaban sobre una vitrina, pegada al muro del fondo.

Los insectos parecían igual de agitados que sus primos de plumas y pelo. Una tarántula galopaba como loca contra su vitrina, como una mano peluda tamborileando en el vidrio. La colmena estaba en pie de guerra. La familia de los escarabajos le hacía frente abriendo y cerrando sus pinzas al compás.

Gruber se enderezó al ver llegar a Morgenstern.

—Ah, ya está aquí. Micheau ha sido rápido.

La bruja miró tras de sí, pero el conductor se había quedado fuera.

—¿Se refiere al sordomudo que me ha traído?

—En efecto, es sordomudo —respondió el mayor—. En cuanto a Martineau, nos ha sido imposible dar con él. Toda la oficina está detrás de él. —Se miró los zapatos, con semblante contrariado—. Aquí hay algo… que debería llamarles la atención. A los dos. En fin, no es la primera vez que ven una cosa así.

31

Roberta, impaciente, hizo ademán de rebasar al mayor, pero éste dio un paso a un lado para interponerse en su camino.

—¿De qué se trata? ¿Un homicidio?

—Eso les corresponderá determinarlo a ustedes. Este… caso queda al límite de nuestra jurisdicción. Pero su cariz excepcional ha impulsado a Fould a encomendárnoslo.

—Si no me enseña nada, no creo que pueda arrojar luz sobre el asunto.

Gruber suspiró y se agachó para levantar el trapo que habían puesto por encima de la cosa, tendida en el suelo. Los hombres de la bata blanca se apresuraron a darse la vuelta y a seguir con su trabajo.

En un primer momento Roberta creyó que se trataba de un animal horriblemente mutilado. Pero enseguida su espíritu reconoció que ese cadáver en carne viva, paralizado en una posición que delataba un dolor espantoso, era el de un ser humano.

—¿Qué es esta abominación?

—La o lo han encontrado en este estado a primera hora de la tarde.

—¿A primera hora de la tarde?

—El caso ha tardado un cierto tiempo en llegar hasta nosotros. Además, todavía no sabemos de qué puede tratarse.

—¿Cómo? ¿Los trazadores no lo han identificado?

—El Censo tiene algunos pequeños problemas de funcionamiento en estos momentos. En todo caso, la secuencia genética de esta persona no aparece en el Fichero. Podría tratarse de un inmigrante…

—Pero todos los inmigrantes están registrados, ¿no? Y los que no, son identificados enseguida por los trazadores, ¿verdad?

Tenía la piel carcomida. Las partes pudendas y los músculos habían sido cortados superficialmente por miles de cuchillas microscópicas. En la superficie bermellón que reflejaba la luz de las vitrinas aparecían algunos huesos como manchas amarillo pálido.

—He inspeccionado los alrededores y no he encontrado nada. Nada. Ni rastro, ni una huella, aparte de las que dejó el jardinero cuando descubrió el cadáver.

—¿A qué hora?

—A las dos de la tarde. Había hecho su vuelta de inspección por el insectárium dos horas antes. Todo estaba bien. Las puertas no estaban cerradas. Cualquiera, un niño tal vez, habría podido tropezarse con esto.

Roberta lanzó una mirada de curiosidad a su superior. A continuación bajó los ojos de nuevo al despellejado, que formaba una mancha púrpura en el suelo de hormigón claro.

—¿Quién ha podido hacer esto?

Contra todo pronóstico, Gruber le dio la respuesta:

—No quién, sino qué. Hormigas amazonas. Las inquilinas de esa vitrina. —Señaló a los inspectores, que seguían trabajando afanosamente—. Al parecer, habrían aprovechado un agujero practicado en el caucho que aísla el cristal. Y entonces habrían pasado al ataque. Según el director del zoo, esta clase de conducta en este insecto es absolutamente insólita. Además, la víctima podría haber huido…

—A lo mejor era ciega y no se dio cuenta de lo que pasaba hasta el último momento —tanteó la bruja.

Entonces fue Gruber quien le dedicó una mirada de curiosidad.

—¿Qué estaría haciendo un ciego en un insectárium? Las hormigas asesinas volvieron inmediatamente a su hogar. ¿No es así, señores? ¿Están dentro, no?

Los hombres levantaron la cabeza perfectamente conjuntados.

—Algunas se han perdido por el camino tal vez —dijo uno de ellos.

—Pero parece que de momento se descarta todo peligro —añadió el otro.

Roberta se incorporó y retrocedió dos pasos, un tanto aturdida por haberse levantado demasiado bruscamente. Sabía que a Gruber le faltaba poco para jubilarse. ¿Era posible que le hubiese dado por divertirse poniendo nerviosos a sus investigadores antes de decir adiós? Todo aquello no tenía ni pies ni cabeza. Y el mayor no era un hombre chistoso, en el sentido más estricto del término.

—Sé lo que me va a decir —se anticipó él, descifrando su expresión—. Pero tengo entre manos otros casos poco banales. Esta madrugada la tuneladora de la Montaña Negra ha hecho pedazos a un chaval de Asistencia. Y ayer encontraron los restos de un panadero metidos dentro de su horno. ¿Accidentes? ¿Suicidios? ¿Asesinatos? Fould nos pide que aclaremos el enigma.

—Mayor, estamos hablando de hormigas devoradoras de hombres. ¿Qué espera de mí? ¿Que las haga confesar una por una?

—Investigue. El cadáver está a su disposición. Sus únicas obligaciones son no decir nada sobre este asunto y presentarse mañana por la mañana para informar, a las ocho en punto. Esperemos que también esté Martineau.

Roberta contempló el cadáver, sopesando pros y contras. Total, esta pequeña dosis de adrenalina no le haría ningún daño, tanto si había material para un investigación como si no. Echaba de menos investigar. Los tangos con Grégoire serían más excitantes y los postangos más deliciosos aún.

—Habrá que trasladar el cuerpo no lejos de aquí para que la única persona capaz de cortar, precisamente, pueda examinarlo.

—¿Se refiere a Plenck? —preguntó Gruber poniendo mala cara. Se sentía dividido entre la contrariedad y la tranquilidad de verse liberado de aquella visión de pesadilla—. Contamos con médicos forenses muy competentes que podrían…

—Claro —interrumpió Roberta—. Pero el forense que yo le digo adora los bichitos, trabaja en el Museo, y de noche. ¿Tengo carta blanca, no? —El silencio del mayor valía por un sí—. Haga que lleven el cadáver al despacho 117. Pasaré antes para avisarlo.

—No. La acompañará Micheau.

—Queda a menos de doscientos metros…

—No quiero saberlo. Si hay un asesino, es posible que siga rondando por aquí cerca. Además, así irá más deprisa.

Precisamente, Micheau acababa de entrar en el insectárium.

—¿De verdad es sordomudo? —preguntó Roberta observando al conductor a hurtadillas.

—¿Acaso cree que le cuento tonterías? Nos lo envía la Marina. Un recluta excelente. Pero puede usted hablar con él. Sabe leer los labios. ¿Verdad que sí, Micheau? —preguntó el mayor, articulando con claridad.

El conductor, que lo miraba, no replicó.

—No tiene nada del otro mundo —ponderó Roberta—. En el Colegio de Brujas se enseña a leer los labios. Forma parte de las asignaturas comunes.

Micheau articuló algo hacia ella, sin emitir el más mínimo sonido. Roberta se echó a reír, exagerando un poco tal vez.

—¿Qué? —preguntó Gruber con vehemencia—. ¿Qué ha dicho?

—Muy gracioso, realmente muy gracioso. Me parece que nos vamos a entender bien. Bueno, procure que el cadáver no se pierda por el camino.

Roberta salió del insectárium silbando una cantinela sin pies ni cabeza. El conductor caminaba delante de ella. Gruber, atento, se dio cuenta de que el sordomudo había acompasado su paso al de la bruja.

Hacía ya mucho tiempo que Plenck había cambiado el hábito de brujo por la bata de científico. Aun siendo médico y físico del Museo, su dinastía seguía estando ligada al Éter, que él utilizaba en cantidades industriales, sobre todo en su variante de formol. Era cortés y siempre estaba al tanto de la información más nimia que le permitiese ahondar en el enorme misterio de la Creación. Tenía también un lado fantasioso, que no le impedía ser extremadamente competente.

Micheau y Morgenstern habían tenido que salir con el automóvil, rodear el zoo y dar media vuelta al llegar a una calle en obras para encontrarse de nuevo en el lugar de partida. Decididamente, aquel automóvil no era la conquista más veloz de la que podía enorgullecerse el hombre, por lo menos en un medio urbano. Al menos el cadáver estaba ya allí cuando Roberta abrió la puerta del despacho 117.

—Veo que has recibido mi paquetito.

—Sangriento. No esperaba menos de ti. Así dejaré las chinchillas para variar.

El terrario, como Plenck llamaba a su despacho, era más alto que largo. Decenas de roedores y de pequeños mamíferos los miraban fijamente con sus ojos brillantes e inexpresivos, desde los armarios de cristal colocados en los cuatro rincones de la pieza. En el centro, una gran mesa de mármol para las disecciones y las operaciones de taxidermia. A un lado, un carrito con el instrumental ordenado por tamaño, uso y filo.

Una lámpara con deflectores iluminó el cadáver en toda su crudeza salvaje. La bruja se quedó petrificada unos segundos al redescubrir la naturaleza muerta bajo aquella claridad resplandeciente.

Plenck se puso una bata encima de la ropa de calle. Roberta dejó el bolso e hizo lo propio.

—Lo han hecho unas hormigas —le informó—. En el insectárium.

—Lo sé.

Se colocaron cada uno a un lado de la mesa.

—¿Te lo han dicho los inspectores?

Plenck se caló un par de guantes de látex, haciendo chasquear los bordes.

—No, pero he leído sus pensamientos. Una mala costumbre del Éter de la que no consigo librarme.

Se puso manos a la obra, separando las piernas roídas del cadáver y escarbando en los órganos genitales destrozados.

—Se trata de una mujer.

De las piernas pasó al globo sanguinolento que había sido la cabeza, en la que seguían adheridos unos cuantos mechones de pelo pegajoso. Le abrió la boca de par en par con las manos y orientó la lámpara para inspeccionarla. Cogió unas tenazas grandes de la batea que había colocado en la mesa y partió la mandíbula. Roberta escuchó el crujido del hueso sin inmutarse.

Plenck retiró la mandíbula inferior y la dejó en una repisa cubierta con una tela blanca, que se tiñó rápidamente con una aureola de sangre color rojo oscuro. Tenía tres muelas con corona. Plenck consiguió extraer una, la enjuagó en un grifo y se la enseñó a Roberta colocándola bajo la luz.

—Una mujer de cierta edad. De unos sesenta años. Esta corona data de antes de la Gran Crecida. Es posible que se la pusiera mi tío. Era el mejor dentista de Basilea.

Echó aquella prueba de tiempos pasados en la batea metálica. A continuación cogió una sierra circular y la puso en marcha. Roberta se tapó las orejas con las manos y se apartó para evitar el impacto de las esquirlas. Plenck realizó un corte en lo alto del cráneo de una oreja a otra, y después otro en perpendicular. A continuación, hizo una larga incisión desde el cuello hasta el bajo vientre, de una sola vez. Entonces paró la sierra eléctrica y la dejó a un lado.

Roberta se acercó. Plenck estaba poniendo al descubierto el cerebro, inspeccionando el interior de cada trozo cortado antes de poner las piezas del puzzle óseo en la repisa.

—Estoy tratando de dilucidar si la muerte fue súbita —le explicó— o si le llevó su tiempo.

Metió entonces las dos manos en la tráquea, la abrió e inspeccionó las paredes de la misma con mucha concentración. Después se volcó sobre el torso y lo abrió haciendo un esfuerzo violento. Roberta se asomó a mirar la cloaca, sin sentir nada más que el olor a carne y a sangre. Plenck palpó el estómago, el hígado, el bazo y los intestinos con un instrumento afilado.

—La han devorado literalmente desde dentro. Los pulmones suenan a hueco. El estómago está medio comido. Y sé lo que digo, que soy experto en roedores... ¿En cuánto tiempo ha podido producirse esto?

—En no más de dos horas, entre las dos rondas del vigilante. Si es que dice la verdad —respondió Roberta.

—Imposible.

Plenck se había quitado los guantes y contemplaba el cuerpo con sus costillas salientes, rascándose el mentón con aire meditabundo.

—¿Cómo que «imposible»? —insistió Roberta.

Plenck se acercó a una estantería, cogió un tomo encuadernado en cuero negro, lo hojeó y se detuvo en una página. Roberta se puso a su lado. La imagen mostraba una hormiga concebida para la guerra. El caparazón era rojo anaranjado y las mandíbulas tenían forma de dos sables entrecruzados.

—Te presento a la señorita *Polyergus rufescens* —dijo—. Una auténtica asesina en miniatura, dentro de su categoría. Sólo que las hormigas amazonas no tienen fama de agredir al hombre. Y menos aún de ser capaces de despedazar a un ser humano en dos horas. Además, esta mujer no murió en el acto, sino que tuvo que debatirse un tiempo. ¿Cómo es que no pudo salir del insectárium? —Se puso los guantes—. Ayúdame a darle la vuelta.

Cogieron el cadáver por los brazos y por las piernas y lo hicieron bascular sobre un costado y después sobre el vientre. Era asombrosamente liviano. La espalda también había sido roída. Pero quedaba un fragmento de piel intacta, en mitad de la columna vertebral, como un trozo de papel pintado pegado a un muro en ruinas.

—Deberías haber empezado por los signos exteriores, Plenck —se reprendió a sí mismo.

Inspeccionó con la lupa aquel cuadrado de piel. Estaba recubierto de una sustancia pegajosa, de la que extrajo una muestra. Fue a analizarla con el microscopio y volvió al cadáver refunfuñando. Roberta aprovechó para observar personalmente aquella sustancia depositada en la platina. Estaba pringosa y desprendía un perfume dulzón. Plenck tenía el trozo de piel estirado entre el dedo corazón y el índice y lo observaba, inmóvil cual una figura de cera.

Roberta tocó la sustancia con un dedo y se la llevó a la boca para probarla con la punta de la lengua. El forense se había vuelto hacia ella y anunció con gesto solemne:

—Han usado unas tijerillas para perforarle la médula espinal. También han debido de usarlas para permitir que las hormigas saliesen de su vitrina. A esta mujer la paralizaron.

La bruja contempló el agujero apenas visible que había sido practicado en la columna vertebral.

—Desde luego —comentó el forense— cabe preguntarse si un ser en su sano juicio es capaz de semejante atrocidad… Pero sabemos por qué se quedó quieta. Falta saber por qué las hormigas la devoraron…

—Por la miel —anunció Roberta.

—¿Cómo dices?

Su mirada siguió la de la bruja y se detuvo en la platina.

—La embadurnaron de miel o de un producto parecido. Prueba si quieres. Está rica.

—¿Miel, dices? —Probó la sustancia—. Natural. —Contempló el cadáver rascándose otra vez el mentón—. Pero eso no nos dice nada de por qué las hormigas la han devorado por dentro. Vamos a ponerla boca arriba otra vez.

Volvieron a poner el cuerpo sobre la espalda. Plenck recogió los órganos para colocarlos de nuevo en su sitio. A continuación trató de seguir el recorrido que habían hecho las hormigas, abriendo lo que quedaba del cadáver a golpes de escalpelo, limpios y precisos. Roberta contempló su maña, y le costó seguir los movimientos de la cuchilla en manos del forense.

—Oh, oh —dijo él cuando aparecieron ante su vista las primeras hormigas.

Estaban apelotonadas en grupúsculos, en la bifurcación de los bronquios. Apartó el montón de insectos muertos. No lejos de ellos estaba el corazón. Con tres tajadas de escalpelo, lo separó del pecho y lo dejó en la batea para analizarlo con calma.

—Los ventrículos están bien. La sangre no se ha coagulado del todo aún.

Entre ambos se hizo un silencio de estudiosos. Roberta estaba palpando las bolsas fláccidas de los intestinos, cuando el forense blandió en alto una cajita metálica. Tenía unos electrodos conectados a ella. Limpió con una tela su hallazgo. Una mirilla roja parpadeaba en un lado de la cajita. En una esquinita había una serie de cifras y letras grabadas.

—La respuesta a la última pregunta —anunció Plenck en tono triunfal.

—¿Es una pila cardíaca? —reconoció la bruja.

Plenck sostenía el paralelepípedo de metal, del tamaño de un azucarillo, entre el pulgar y el índice. Los filamentos, arrancados de los ventrículos, emitían patéticas descargas eléctricas.

—Sígueme. Te voy a enseñar una cosa macanuda.

Salieron del despacho para meterse por la puerta de enfrente, que daba a una sala de estudios enorme. En unas planchas de cerámica blanca había colocadas unas cajas transparentes. Los neones, instalados de dos en dos en el techo, daban casi la misma luz macilenta y glacial del insectárium.

—La cueva de mi colega de Entomología. Precisamente está trabajando con un hormiguero.

Plenck se acercó a una caja llena de tierra hasta la mitad y sostuvo la pila por encima de ella. Al cabo de unos segundos aparecieron unas hormigas negras y gordas que se montaron unas encima de otras, dirigiendo las antenas hacia el pequeño pulpo eléctrico con el que las tentaba el forense.

—Este sabio investigador hace experimentos con las hormigas y con la electricidad. Y ha conseguido imitar las vibraciones que emite una ponedora, una reina, con una pila de este tipo. Sí, queridas —susurró hacia las guerreras agitadas—. ¿Creéis que mamá está atrapada entre los dedos de este señor malo, eh?

Escondió entonces el señuelo en el hueco de la mano y salió del laboratorio para regresar al terrario.

—Por lo menos, vamos a poder identificar a la víctima —declaró muy contento.

Telefoneó al hospital, que le transmitió al instante la información que necesitaba. El número correspondía a una tal Martha Werber, jubilada, residente en el barrio de la universidad. Roberta telefoneó a Gruber, al que esperaba encontrar en su despacho. El mayor no hizo ningún comentario al conocer el resultado de la autopsia, y se limitó a confirmar la reunión que tenían a las ocho de la mañana del día siguiente.

—Pobre Martha, verdaderamente no tuvo usted ninguna oportunidad de escapar —lanzó Plenck hacia el techo, con tono inspirado, como esperando una respuesta—. ¡No! ¡No grite! Ya ha dejado usted de sufrir. Ahora sabemos lo que ha pasado. No me dé detalles, se lo suplico.

Roberta se acercó muy despacio a su amigo, por temor a interrumpir el contacto entre el brujo y el Éter.

—¿Vas a hablar con ella aquí? —susurró, dispuesta a escucharlo todo.

Plenck se llevó un dedo a los labios. El silencio era absoluto.

—Me parece que se ha marchado —le confesó finalmente, encogiéndose de hombros.

Roberta hizo ademán de propinarle un tortazo, pero él se lo impidió con facilidad.

—Plenck, no eres más que un manipulador infame.

—¿De verdad crees que si hubiese podido hablar con ella, no le habría preguntado el santo y seña de su asesino?

Roberta había cogido la capa. Se la puso, recogió el bolso y se despidió del forense diciendo:

—Tengo que irme. Mañana temprano me espera una reunión. Y si no duermo mis siete horas de sueño, el mayor tendrá que vérselas con un andrajo de malas pulgas.

Plenck la acompañó hasta la puerta del Museo. Fuera aguardaba Micheau, al volante. Roberta le dedicó una sonrisa en reconocimiento por haber esperado tanto rato, y se montó a su lado. El forense, con las manos metidas en los bolsillos de su bata salpicada de sangre fresca, se quedó mirando el automóvil alejándose. En el zoo los animales seguían agitados. Pero otro sonido llamó su atención. Aguzó el oído y respondió al cabo de un buen rato:

—Puede estar tranquila, Roberta es la mejor. Descubrirá al que la ha dejado en semejante estado.

Roberta se despertó a las seis de la mañana convencida de que eran las siete.

—¡Ya está bien! —bramó—. Esta vez me pongo en el meridiano de Basilea.

Se levantó y se preparó una decocción de hierba *moly* pubescente. La hierba mágica era ideal para poner en hora los relojes internos.

Mientras se calentaba el agua en su cocina de gas, la bruja contempló la laguna. A lo largo de la noche las nubes se habían ido acumulando hasta llegar al borde del dique. Más allá un fino gajo de luna reposaba en las aguas. Con tiempo despejado, Roberta habría podido distinguir a simple vista los picos de las montañas selénicas y sus valles profundos. Pero la atmósfera cargada de humedad no le transmitía más que un fino paréntesis de luz cenicienta.

Vertió el agua hirviendo en las hojas de hierba *moly*, añadió azúcar y se bebió el brebaje a sorbitos antes de volver al salón.

—Tengo que terminar el chaleco marinero del mayor —dijo a *Belcebú*, que ronroneaba cerca del cesto de las labores.

De repente tuvo la sensación de que se hacía más grande, más lisa. Al mismo tiempo, percibía perfectamente todo su cuerpo, el edificio, Basilea, el mundo. Era todo tan sencillo, tan lógico…

El efecto del encantamiento no duraría más de una hora. Cuando pasase, volvería a tener sus sesenta y nueve kilos y su metro cincuenta y seis. Pero por lo menos estaría en sintonía con la ciudad. Lo mejor sería aprovechar para darse un baño. Y se lo preparó sin más demora.

Una vez tuvo llenos tres cuartos de bañera, cogió una bola de saponaria del nautilo que le hacía las veces de jofaina, y la echó al agua. Al instante se formó una espuma rosa y aromática, que creció hasta envolver los grifos. Roberta se metió en ella como si fuese un denso lecho de plumas, lanzando grititos. El gato se acercó, un tanto intranquilo. Su ama sonreía con los ojos cerrados.

Había pasado el anterior mes de septiembre, recordó. Tenía pensado tricotar un jersey para *Hans Friedrich* de cara al invierno, con un calado lo bastante ancho para que pudiese sacar las púas. Estaba tomándole las medidas al puercoespín telepático cuando él le transmitió un pensamiento proveniente del espíritu del gato y dirigido al espíritu de la dueña.

«Estoy hasta el gorro de las latas. Qué hambre. Esta noche me zampo al cretino del pajarraco —pensaba *Belcebú*—. Dejar plumas en el nicho del animal pinchudo. La bruja creerá que ha sido él.»

Morgenstern había agarrado al gato por el pellejo del espinazo y lo había sostenido en alto delante de sí:

—Si lo haces, me valgo de tu pellejo para hacerme unas babuchas de pelo —le había dicho.

Roberta cogió un bloque de espuma rosa con la palma de la mano, esculpió un roedor y sopló con fuerza para que volase. El puercoespín flotó suavemente hasta *Belcebú* y explotó encima de su hocico. El gato desapareció maullando. La imagen del cuerpo en carne viva de Martha Werber volvió entonces a la mente de la bruja.

—¡Ah, no! —exclamó—. ¡Nada de cadáveres antes de desayunar!

Salió rápidamente de su baño, se puso un albornoz color malvavisco, fue al salón y se dejó caer en su sillón favorito. «El chaleco del mayor —recordó entonces—. Eso me ayudará a cambiar de pensamientos.»

Cogió la labor de punto del cesto de las labores. Había elegido una alpaca muy suave en dos colores, gris claro y gris oscuro. Sólo le faltaba tejer el cuello. Cogió las agujas del dos y medio y tricotó durante unos minutos, con la mente en blanco, o al menos eso creía ella.

Justo cuando tejía la última pasada un malestar, tan repentino e imprevisible como la primera vez, le comprimió el pecho. El salón estaba cambiado, se había vuelto difuso. Un recuerdo se superponía a la realidad. Un recuerdo relacionado con Martha Werber. Y venía de la ventana.

Roberta, resignada, guardó la labor y caminó en la dirección que le indicaba su espíritu. Y se llevó un susto al ver, en lugar de su reflejo, a una niña que iba hacia ella. Tenía trece años. Estaba en la posada de los Strüddle. Allí abajo, en la calle, estaba pasando algo importante.

—¡A por la bestia! ¡Justicia! ¡Justicia! ¡Matemos al monstruo! —gritaban los basilenses, que avanzaban en masa, un poco más abajo, empuñando armas.

Eran un centenar, y se dirigían al Museo.

Roberta retrocedió precipitadamente y se miró las manos, las de una mujer de más de cincuenta años, y a continuación miró su imagen, que volvía a ser la suya. Había vuelto a ser ella misma. ¿Por qué el asesinato del insectárium había hecho que se acordase de aquello? Permaneció inmóvil, tratando de encajar las piezas del rompecabezas diseminadas por su memoria, antes de que desapareciesen del todo los efectos de la hierba *moly*.

Cuarenta años antes había surgido un rumor relacionado con una serie de extraños accidentes. Había germinado así la idea de que había un asesino. Toda la ciudad hablaba de lo mismo. ¿Cómo lo llamaban? ¿Qué nombre habían dado a la quimera?

De la calle y del pasado le llegó un último grito, llevado por el viento.

43

—¡Muerte al barón de las Brumas!

«El barón de las Brumas —recordó—. Exacto.»

Un asesino en serie dotado de poderes paranormales, cuya existencia no había sido demostrada nunca. Había desatado una oleada de locura colectiva. Fue justo después de la Gran Crecida. Un día aquella figura fantástica había sido localizada, por así decir, en Basilea y la habían perseguido. Roberta había visto pasar a los hombres armados. La persecución había terminado en el zoo. Los animales se habían asustado tanto con el tumulto de enloquecidos, que hubo que abatir a algunos.

Roberta abrió la ventana del salón. Hacía un aire intenso, y el día, con aquel viento, se había despejado.

—El barón de las Brumas —murmuró contemplando la ciudad.

Lo que el viento se llevó

A pesar de todo su esfuerzo, Clément Martineau no había conseguido descender de su alcándara. La atracción era demasiado fuerte y se había dejado el resuello intentando en vano volver a tierra firme. Así que se había fabricado con el cinturón un talabarte improvisado, atándolo como buenamente pudo a la tercera arandela, la más baja a la que había podido llegar, pero que aun así se encontraba a casi quince metros del suelo.

Enganchado de este modo, se había dejado caer en brazos de una dulce somnolencia y después se había sumido en un sueño profundo. En este estado de ingravidez, Martineau se durmió como un lirón recién nacido.

Y se adentró en un sueño en forma de casa. Cruzó patios con cielos cambiantes, salones de baile sin bailarines, pasillos en zigzag, piezas lujosamente amuebladas y tapizadas de espejos, cocinas con hogares crepitantes o frías como tumbas. Ascendió por escaleras de madera, de piedra y de papel, subiendo los escalones a zancadas. En un momento dado, franqueó una pasarela de cuerda tendida sobre una jungla interior. Por encima de su cabeza había una vidriera que representaba divinidades que se perseguían unas a otras riéndose.

Martineau era plenamente consciente de estar visitando su árbol de brujería. La adularia le servía de sésamo. De este modo, fue encontrándose con las brujas de su linaje. Unas lo asustaban, como su abuela, que sazonaba sus sueños de niño con polvos de pesadilla. La mayoría le daba la bienvenida, lo apaciguaba, lo abrazaba con infinito cariño. Otras caminaban hacia él, lo cual le aterró sin duda más que el peor de sus miedos nocturnos.

Una de ellas, muy hermosa, quiso predecirle el futuro. Otra bebía en compañía de unos hombres armados en la sala de una posada llena de humo. «Estoy en los alrededores de Francfort», supo instintivamente. Igual que supo que las monedas de oro desperdigadas por la mesa no eran sino azufre y mercurio hábilmente transmutados.

Después, a lo lejos, vio a una mujer que daba a luz a otra mujer. Ante aquel misterio, más grande que todos los demás, guardó silencio y se marchó sigilosamente.

Sus pasos lo llevaron hasta el tronco y, acto seguido, hasta la raíz. La antepenúltima ala estaba abandonada y abierta a los cuatro vientos. Bajó por el tramo más largo de escalones de su existencia. La barandilla de la escalera estaba adornada con arabescos esculpidos. Los escalones, de mármol negro con vetas de color amarillo intenso, cada vez más rugosos y resbaladizos, terminaban en una puerta de madera negra. Una mano de metal hacía las veces de aldaba. Era una mano izquierda, con un anillo en el dedo corazón.

Martineau empujó la puerta sin llamar y descubrió al otro lado una especie de bodega de techo bajo, con el suelo cubierto de arena. Había un fuego encendido en un brasero. Una silueta, a contraluz, se dio la vuelta. Martineau se despertó entonces.

El alba bañaba la Daliborka con una luz pálida. La luna se había escondido finalmente. El investigador se limpió las legañas de las comisuras de los ojos y se desperezó en el vacío. Se apoyó en la pared, asió el aro y desabrochó el cinturón. Con agilidad de chimpancé, descendió y pudo al fin ponerse de pie. A pesar de aquel sueño repleto de infinidad de detalles, haber pasado la noche entre el cielo y la tierra le había dejado el alma despejada y los miembros en forma.

Su automóvil seguía aparcado entre el santuario y el Barrio Histórico, con la capota reluciente de rocío. Martineau abrió el conducto de alimentación y giró la manivela de debajo de la rejilla del ventilador. El motor arrancó a la primera. Tomó asiento al volante, metió una marcha y dejó atrás la Pequeña Praga.

La calle principal del barrio gitano estaba desierta. Martineau la recorrió a todo gas, preocupándose más bien poco de si el estruendo despertaba a los habitantes.

Si hubiese echado aunque fuera un mínimo vistazo a los retrovisores, habría visto abrirse ventanas, agitarse puños en dirección a él y gente vociferando. Pero ¿para qué iba a preocuparse el amigo de las águilas, el maestro del cielo, de cosas así de terrenales y fútiles?

Pasó bajo el soportal de Westminster y subió por la rampa hasta la cornisa. Su exaltación no se calmó, todo lo contrario. Enfiló por aquellas calles estrambóticas, haciendo chirriar los neumáticos. Si a algún peatón matutino se le ocurría cruzar delante de él, el investigador lanzaba un único bocinazo y lo espantaba como a un conejo.

La carrera lo llevó hasta el Museo. Allí redujo la velocidad instintivamente. Más allá, la verja del zoo aparecía vigilada por dos milicianos. Se detuvo al llegar hasta ellos. Uno de ellos le ordenó que siguiese circulando.

—Clément Martineau, número de registro 6373 —les espetó en tono de suficiencia—. Soy de la Casa. ¿Qué ocurre?

—Su tarjeta —replicó el miliciano, indiferente.

El investigador le tendió su tarjeta del Ministerio, adornada con la doble franja de su hélice genética. El miliciano la pasó por un lector, consultó la pantalla y se la devolvió a su dueño.

—Le esperan en la Oficina de Asuntos Criminales. Desde anoche.

—¿Desde anoche?

El miliciano había vuelto a su posición.

—Desde anoche —repitió el investigador.

Un rugido terrorífico, procedente del zoo, le heló el espinazo. Martineau pisó el acelerador como si la fiera estuviese detrás de él.

Con sus sillas de madera, su encerado negro y Víctor el Esqueleto sentado atinadamente tras el escritorio del inspector instructor, la sala de reuniones de la Oficina de Asuntos Criminales parecía un aula de otra época. Una cristalera gris de polvo hacía las veces de techo. Daba a un hueco de luz que subía hasta el último piso de la torre.

Aún no habían dado las ocho. Pero uno de los investigadores convocados se encontraba ya allí, sentado, con las piernas estiradas, los brazos cruzados y los ojos cerrados. Roberta sonrió al ver que había sido el primero en llegar. Y se acercó a él de puntillas con la firme intención de darle un buen susto.

—Con perdón de usted, mueve tanto aire como un tranvía loco tirándose por una cuesta bastante empinada.

Roberta se detuvo, con la cara colorada como un tomate. Martineau se puso de pie, dio media vuelta y besó la mano de su compañera.

—Se ha convertido usted en un buen brujo, por lo que dicen. Pero eso no le da permiso para tildarme de tranvía loco.

Roberta le propinó un cachete suave en la mejilla y, ya que estaba, se la pellizcó. Entonces le tocó a Martineau ponerse colorado. Se alegraba sinceramente de volver a verla. De buen grado la habría estrechado entre los brazos y le hubiera dado un beso. Pero, tontamente, no se atrevió.

—¿Qué tal está el señor Rosemonde?

—Muy bien, mi pequeño Martineau, muy bien. —Se sentó en una silla al lado de él—. Y, para su interés, su árbol de brujería estará completado dentro de dos semanas. Me falta añadir unas notas y entregaré el pergamino al Colegio.

—¡Formidable! Por esas fechas mi madre organiza un *happening*. Tiene que venir. No para de preguntarme por usted.

—Recibirá las respuestas que busca. Pero pasemos a otro tema… —Roberta frunció el entrecejo y adoptó un tono más severo para regañarle—. Gruber lo ha estado buscando buena parte de la noche. Debería haber estado localizable. Todo investigador de la Oficina…

—Lo sé, lo sé. Conozco el ABC de la O.A.C. Pero estaba atrapado, de verdad. Después se lo cuento. De momento, me veo obligado a guardar silencio —dijo con un gesto de conspirador que no le pegaba nada.

—¿Ya empezamos con los misterios? ¿Cuando aún no ha empezado nuestra investigación? —preguntó Roberta.

—¿Para qué nos ha llamado Gruber? ¿Qué está pasando?

—Pronto lo sabrá. —Roberta consultó su reloj interno, puesto en hora para los siguientes seis meses—. El mayor debe de estar al caer.

Apareció Micheau y, al verlo, Martineau pensó inmediatamente en un zorro. Los dos aurigas se calibraron el uno al otro, fijándose, como buenos entendidos, en sus respectivos atuendos de cuero flexible. Micheau tomó asiento al fondo de la sala.

—¿Lo conoce? —preguntó el alumno a su madrina de brujería.

—Es el nuevo chófer de la Oficina. Es un encanto, y de una discreción ejemplar.

—¿Chófer?

Martineau, intrigado, se dio la vuelta para observarlo. Micheau no le hizo ni caso. Pegado al tabique, haciendo equilibrios con la silla, estaba ensimismado con la danza de dos moscas que se perseguían justo por debajo de la cristalera.

Fue llegando gente y la sala se llenó poco a poco. Algunos se saludaban como si se conociesen de toda la vida. Martineau, que siempre había tenido la sensación de ser el único investigador varón de la Oficina de Asuntos Criminales, había adoptado la actitud más altanera posible.

Por su parte, Roberta se decía que la situación tenía que ser verdaderamente grave para que Gruber hubiese llamado a zafarrancho de combate a la pequeña falange de reservistas a la que todavía podía recurrir.

El mayor entró en la sala con una carpeta debajo del brazo. Se hizo silencio. Subió a un estrado y aguardó unos instantes al ver que la silla del escritorio estaba ocupada ya por Víctor el Esqueleto. Finalmente, lanzó la carpeta delante de aquel rompecabezas de 250 piezas enceradas y contempló a su público, con los pulgares metidos en los bolsillos del chaleco y adoptando una pose militar.

—Está todo el mundo —confirmó con satisfacción—. Podemos empezar.

Cogió una tiza del canalón que recorría la parte inferior de la pizarra negra y se puso a partirla en trocitos cada vez más pequeños, cada vez que terminaba una frase, tal como comprobó Roberta.

—Se han cometido tres crímenes. Tres crímenes en menos de dos días. Y no nos hemos enterado hasta hace nada.

«¿Tres? —se preguntó Roberta—. Entonces, el del adolescente huérfano y el del panadero entran en el mismo saco que el de Martha Werber.»

—No los he reunido para festejar el acontecimiento, aun cuando no haya habido noticia de asesinatos en Basilea desde hace cinco años. Sino porque los trazadores no han visto nada. Y según las escasas informaciones que nos prodiga el Censo, la avería de la que son víctimas nuestros pequeños ayudantes no se va a arreglar en los próximos días.

Los antiguos investigadores, dedicados a otras actividades precisamente a causa de la eficacia de los trazadores, se revolvieron en sus asientos. Había vuelto la época de los buscadores de pistas. Iban a demostrar a los tecnócratas de Seguridad que la intuición y el trabajo de campo todavía podían ganarle la partida a la tecnología y a los automatismos de todo pelaje.

—Nuestra encantadora colaboradora Roberta Morgenstern ha descubierto la manera en que ha actuado el asesino con al menos dos de las víctimas.

La bruja se puso en pie para que la viese todo el mundo.

—El arte y la manera —rectificó ella—. Con la ayuda de Plenck, del Museo.

—Con ayuda de Plenck —convino Gruber, astutamente—. En resumen, tenemos tres muertos. Martha Werber, asesinada en el insectárium del zoo municipal; Angelo Pasqualini, panadero de oficio, cuyos huesos han sido encontrados en el interior de su horno de pan; y Vaclav Zrcadlo, adolescente de Asistencia del que no queda nada más que unos fragmentos de secuencia genética desperdigados por el conducto de ventilación del túnel de la Montaña Negra. Respecto de Pasqualini, alguien lo encerró en su horno y lo asó. La posición de sus huesos indica que el hombre intentó salir por todos los medios. —Gruber dedicó una mirada de desolación al esqueleto sentado, tal vez esperando un gesto de aprobación por su parte—. En cuanto a Zrcadlo, ha sido la tuneladora la que se ha encargado de poner fin a su vida. También ahí había alguien a los mandos. Los trazadores tampoco han visto nada y el asesino no ha dejado absolutamente ningún rastro tras de sí. En lo que respecta a Martha Werber…

Gruber se deshizo de la tiza pulverizada, se frotó las manos y cogió la carpeta del escritorio. La abrió y declaró a modo de preámbulo:

—No exagero si felicito a quien haya tenido la buena idea de saltarse hoy el desayuno.

El mayor estuvo hablando cerca de una hora, revelando los nombres, lugares, horas y todos los detalles útiles sobre los tres asesinatos que debían elucidar. Martineau, muy concentrado, tomaba apuntes en un pequeño cuaderno. Algunos grababan sus palabras con magnetófonos. Roberta garabateaba en una agenda comprada en el Barrio Histórico, entre una receta de volován que le había dado Strüddle y un poema galante inspirado por Grégoire. En cuanto a Micheau, se contentaba con mirar los labios del mayor moviéndose.

—No debe filtrarse nada sobre este asunto —concluyó Gruber—. Si los basilenses llegan a enterarse de que se los pueden cargar con toda impunidad, hasta la campaña municipal será puesta en tela de juicio. Me veré con cada uno de ustedes por separado para entregarles los salvoconductos y repartir las tareas. Roberta Morgenstern y Clément Martineau, en servicio activo ya, quedan exentos de esta formalidad. ¿Preguntas? —Durante al menos diez segundos el silencio fue total—. Perfecto. Pues manos a la obra.

Gruber salió de la sala.

—Mire —susurró Martineau a Morgenstern.

Alguien se las había ingeniado para enganchar un monigote de papel en la espalda del mayor.

—Está claro que hoy es 1 de abril* —comentó la bruja—. Me tranquiliza ver que no se pierden las costumbres.

Los que se dieron cuenta de la broma se preguntaron cuál de ellos había tenido la destreza de hacer algo semejante sin que se diese cuenta el mayor. Tras su escritorio, Víctor el Esqueleto no podía evitar sonreír.

---

* Día tradicional de las inocentadas en la cultura gala. (N. de la T.)

Υ

Martineau se largó nada más salir del Edificio Municipal. Tenía que verificar una cosa por su cuenta, alegó con su recién adoptada actitud de conspirador. Se metió de un brinco en su automóvil y se ofreció a dejar a Roberta donde quisiese.

—Para llegar adonde pensaba ir con usted, puedo coger el tranvía perfectamente —respondió ella con un mohín en los labios.

El joven no pilló la indirecta. Lanzó un «*ciao!*» acompañado de un sutil toque de bocina y arrancó en tromba, levantando una polvareda que se posó suavemente en el pavimento y en la nariz de la bruja.

No había cambiado. Roberta había esperado que el joven descubriera las virtudes del sosiego y de la paciencia… Aquello tenía pinta de empezar mal. Además, esas cosas no se aprendían en el Colegio de Brujas.

Con su paso tranquilo, el tranvía llevó a Roberta al Palacio de Justicia. Una vez allí, subió la escalinata colosal y entró en el templo de lo judicial con el aplomo propio de una sacerdotisa. Atravesó la antesala, recorrió galerías, pasillos, crujías, hasta llegar a los Archivos del Ministerio de Seguridad, que una extravagancia administrativa había instalado en aquel lugar. Marcelin, el archivero, puso mala cara cuando la vio entrar en el espacio de lectura, vacío como de costumbre. Desde que los trazadores y el Fichero se encargaban de cercar el crimen, ya nadie venía a consultarle mucho.

—Vaya, vaya. Roberta Morgenstern. Le recuerdo que hace por lo menos dos años se llevó el plano de la antigua Basilea en préstamo. Pero tengo su ficha. La guardo como oro en paño.

Ella se llevó la mano a la frente.

—¿Dónde tengo la cabeza? Se lo devolveré a la mayor brevedad posible. Tengo que pedirle un favor, Marcelin.

La bruja no tuvo más que concentrar su poder de seducción en sus ojos de iris esmeraldinos para que el archivero se volviese dócil al instante.

—¿Qué puedo hacer por usted? —imploró él con voz sofocada.

—¿Le dice algo el nombre de «barón de las Brumas»?

Marcelin respondió al cabo de cinco segundos de reflexión:

—Uno de los últimos expedientes elaborados por mi difunto predecesor. Debe de estar archivado en los *Tu*. O en los *Za*.

Roberta se sentó ante la mesa de lectura y prendió la lámpara estilo art déco que había atornillada en el centro. Oyó que Marcelin corría una escalerilla entre las inmensas estanterías repletas de expedientes y papelotes. Y regresó con una caja polvorienta en las manos.

—Archivado en los *Ba*, tenía que haberlo sospechado. —Depositó la caja delante de la bruja—. Todo lo que pueda averiguar sobre el barón de las Brumas se encuentra ahí dentro. Es un tema interesante —añadió, como una garduña—. ¿Una investigación personal, tal vez?

Los ojos de Roberta pasaron del calor al frío en una fracción de segundo. Marcelin consideró que era más prudente batirse en retirada.

—Tengo trabajo esperándome. Si necesita cualquier cosa…

La caja contenía un lote de recortes de prensa amarillentos que databan de la época de los hechos. Roberta pasó un cierto tiempo separando la paja del grano. Pero encontró lo que buscaba en un artículo firmado por E. Papirotazo en el *Diario de la laguna*, conocido antaño por su postura antimunicipal. El documento narraba la famosa batida que llegó hasta el zoo, cuyo recuerdo le había venido a la mente esa misma mañana. Se titulaba:

¡EL BARÓN DE LAS BRUMAS
SE ESCAPA DE ENTRE LAS REDES!

Y empezaba así:

> Basilea ha sido el escenario de unos extraños sucesos que nos recuerdan que en estos tiempos ya de por sí turbulentos podemos caer en cualquier momento en las tinieblas de la Edad Media.

Roberta lanzó un suspiro exasperado. La Edad Media había sido cualquier cosa menos una era de tinieblas. Pero Papirotazo escribía en una época en que la desmesura y la ignorancia dominaban las almas. La guerra por la tierra firme amenazaba con causar estragos. Se creía a pies juntillas en las imágenes más burdas. La masa, presa del pánico, habría podido seguir al más ínfimo tiranillo que se autoproclamase salvador. Era un milagro que el frágil equipo municipal hubiese sobrevivido a aquella prueba…

A las diez de la mañana circuló la noticia de que se había visto al famoso barón de las Brumas en el norte de la ciudad. Rápidamente, el gentío se congregó debajo del nuevo barómetro de la farmacia central. A las once y media el grupo, compuesto por un centenar de hombres (entre los cuales se encontraba un servidor) armados y decididos, se puso en marcha para cortar el paso al malhechor de cuyo avance daban cuenta los informes, en ocasiones contradictorios pero siempre detallados. El viento soplaba racheado desde la Montaña Negra y dificultaba nuestro avance. Llegamos al zoo después de haber hecho retumbar los muros de la ciudad alta con nuestras vociferaciones justificadas. ¡Hágase una idea! El barón de las Brumas llevaba más de seis meses perturbando la serenidad de nuestros apacibles ciudadanos. Y el nuevo ministro de Seguridad, a pesar de sus promesas y de su flamante torre recién erigida, era incapaz de impedirle hacer daño [para una recapitulación de sus fechorías, véase el anexo]. Nuestros pasos implacables resonaron hasta llegar al viejo zoo de Basilea, cuyo estado de decrepitud —debo subrayarlo, caramba— raya en la inconveniencia. En un momento en que la mayoría de las especies animales y vegetales está amenazada por la Gran Crecida, en que tenemos los días contados, no tenemos otra cosa que ofrecer a los últimos representantes del reino animal que unas jaulas sucias, un forraje carcomido por los gusanos y unas carnes echadas a perder.

«Papirotazo», pensó Roberta. Había oído ese nombre en alguna parte.

¿Qué palabras podría utilizar, querido lector, para describirle la escena de la que fui testigo voluntario?

Roberta prefirió saltarse esas palabras precisamente. La descripción, pesada, ilustraba lo que ella misma había visto y oído la noche anterior. Es decir: fieras presa del pánico, jaulas transformadas en trampas, una casi generalizada llamada de socorro del gran árbol de la Evolución.

Y lo vimos finalmente. Acorralado. Formamos un semicírculo inmóvil. Los animales se habían callado, poniendo fin a un estrépito que Noé debió de conocer en persona. Silenciosos, contemplamos a la Bestia, fantasmal, majestuosa y terriblemente inquietante. El coloso había sido tallado en granito, pero tenía aspecto de ser un boceto. Presentaba forma humana, pero su silueta estaba inacabada y era inestable.

Roberta fue directamente al párrafo siguiente.

Se produjo el asalto. Una repentina ráfaga de viento nos envolvió. El barón de las Brumas se había volatilizado, dejando nuestra sed de justicia sin saciar.

—Y que lo diga —murmuró la bruja.

Consultó rápidamente los otros recortes de prensa. Ese Papirotazo había repetido la historia con el mismo estilo unas diez veces más. Como el barón no volvió a manifestarse, el rumor se desinfló como un suflé. La nueva organización de su trozo de tierra firme y la construcción del dique pasaron a ocupar sus pensamientos.

Roberta estudió la recapitulación de las apariciones y anotó en su agenda las fechas y los lugares en los que el barón se había aparecido a los habitantes de Basilea:

27 de julio: barrio de la universidad
28 de julio: contrafuertes de la Montaña Negra; zoo

Lo comparó con las notas que había tomado en la O.A.C.:

30 de marzo: Pasqualini asado
31 de marzo: Zrcadlo despedazado al alba;
Martha Werber y las hormigas

No casaban ni los meses ni los días. Pero Roberta sentía que si verificaba con mayor precisión las horas y los lugares, las apariciones del barón, aun habiendo dos generaciones de por medio, se corresponderían.

La recapitulación del folleto adjunto, redactada por Papirotazo como un pequeño testimonio cuadrado de papel amarillento, decía:

29 de julio: el barón es avistado en la hilandería municipal hacia las catorce horas. Deja allí una víctima, Bernadette M., que sobrevive a las heridas.

Roberta consultó el reloj de pared que había justo encima de la puerta. Las doce del mediodía. Aún le daba tiempo a llegar. Al recoger los recortes de prensa, un papel del Ministerio que le había pasado desapercibido llamó entonces su atención. Procedía de la recién inaugurada Oficina de Asuntos Criminales. Se había encargado a un joven investigador el caso del barón de las Brumas. Su nombre aparecía escrito con todo detalle. Roberta puso los ojos como platos al verlo.

—Mi querido mayor —murmuró—. Pondría la mano en el fuego por que tampoco le ha pasado inadvertida la concordancia de los lugares.

Cerró la caja y se la devolvió a Marcelin, que en esos momentos evaluaba un librillo cuyo frontispicio estaba decorado con una espléndida rosa de los vientos. Cuando ella hizo ademán de acercarse más para verlo mejor, Marcelin lo escondió celosamente.

—Le devolveré el plano lo antes posible —prometió antes de desaparecer.

«Un asesino que se volatiliza —pensó al salir del Palacio de Justicia—. Esto le gustaría a Martineau.» De todos modos, le hubiera encantado saber qué cosa urgente había ido a verificar por su cuenta.

El observatorio de la Oficina de Prevención de Riesgos Naturales estaba encaramado, cual un nido de águila real, a lo más alto de su torre de 384 escalones. Martineau tardó menos de media hora en subir, lo que, por sí solo, representaba ya toda una hazaña. Los dos empleados que trabajaban allí arriba le lanzaron una mirada perdida. El investigador era visitante asiduo. ¿Quién sino un asiduo se habría tomado la molestia de subir hasta ahí arriba?

El observatorio medía unos diez metros de diámetro aproximadamente. Daba al exterior por unos ojos de buey ovalados. Tres cuartos de su circunferencia estaban ocupados por una mesa de trabajo, repleta de instrumentos variados: un meteorógrafo registrador, un higrómetro de cabello, barómetros y termómetros de mercurio... Los discos del pluvioscopio estaban alineados en hileras verticales. Delante de las sillas, vacías en su mayor parte, descansaban grandes tomos cerrados que contenían los mapas del tiempo.

Los empleados pasaban a mano los datos cifrados que escupía sin cesar el meteorógrafo. De este modo calculaban las medias y redactaban los boletines de previsión destinados al Ministerio. Martineau se acercó para consultar la estadística. La sucesión de crestas dentadas describía la historia reciente del Aire, ese océano atmosférico en el que se bañaban todos.

La línea superior informaba sobre la fuerza del viento. En las últimas veinticuatro horas había ido subiendo con regularidad. En ese mismo intervalo de tiempo la línea barométrica había descendido cinco grados. Las temperaturas permanecían constantes. Por el contrario, el viento había adoptado direcciones erráticas. Cambiaba de rumbo tres veces a la hora. En cuanto a la línea inferior, la de las precipitaciones, estaba virgen. Hasta el momento.

Martineau salió a la pasarela. Agarrándose a la barandilla, se impregnó del paisaje inmenso que le ofrecía el observatorio. Las nubes que desfilaban de un extremo al otro del horizonte parecían paños grises y remendados. El viento las hendía y las zarandeaba como para obligarlas a descargar. La lluvia no tardaría en caer.

Una fuerte ráfaga empujó al joven por la espalda, hacia el vacío. En el tejado del observatorio veletas y anemómetros enloquecieron. Martineau volvió al interior. Los empleados refunfuñaron plantando las manos encima de los folios, que el viento, entrando con violencia, trataba de llevarse por los aires.

—¡Menudo tiempo! —exclamó el joven.

—Va a llover —comentó uno de ellos sacando punta a su lapicero—. Mañana como muy tarde.

—Nunca pasa nada bueno cuando empieza a llover —recalcó el otro.

—Desde luego —convino Martineau—. Bueno, tengo que ir a comprobar una cosa en la reserva.

Se encerró en el cuartito que ocupaba la fracción del observatorio que daba a la Montaña Negra. Se usaba para almacenar la documentación, los objetos personales, el material de limpieza, las pilas eléctricas. Era allí donde el investigador conservaba el fruto de sus investigaciones acerca de la atmósfera, en un cuaderno del mismo modelo que su cuaderno de investigador. Sólo que la tapa de éste era azul, y la de aquél era roja.

Lo abrió y pasó las hojas repletas de una letra prieta y de esquemas llenos de flechas, fruto de largos paseos por las calles de Basilea y de su observación del viento. Lo que buscaba estaba al final. Se trataba de tres páginas que había copiado de un documento anónimo titulado *Estudio sobre los vientos de superficie que recorren Basilea*. Lo había descubierto en el observatorio entre dos calendarios anticuados. Nadie sabía de dónde había salido ese librillo con una rosa de los vientos grabada en el frontispicio. Nadie sabía quién había podido redactarlo.

Su autor (hombre o mujer) había diseminado anemómetros un poco por toda la ciudad, y durante meses se había dedicado a anotar hasta los más mínimos desplazamientos del aire al nivel de los viandantes. De tanto sondear las calles de la ciudad, había descubierto un viento específico que soplaba en determinadas zonas, siguiendo un ritmo que se repetía cada gran fase lunar con una precisión de reloj suizo de cuco. Martineau había comprobado meticulosamente dichas manifestaciones en torno a la luna nueva. De ahí no había pasado.

El viento soplaba primero en la calle en la que había hallado la muerte Pasqualini. Al día siguiente ululaba contra los flancos de la Montaña Negra. Ese mismo día, a las trece horas exactamente, se desataba sobre el zoo.

Martineau abrió el cuaderno rojo y releyó atentamente sus apuntes: Pasqualini, Zrcadlo, Werber. El viento acudía a la cita en cada ocasión. Los dos conjuntos de datos se superponían a la perfección. Era tan cristalino como inexplicable.

Cogió entonces el cuaderno azul. Según el estado de la luna, el famoso viento soplaría hoy alrededor de la incineradora en torno a las dos de la tarde... Martineau quiso verificarlo en el librillo. Pero tuvo un mal presentimiento al darse cuenta de que desde su última visita se habían llevado la mitad de la documentación.

—Ah, sí —le indicó uno de los empleados—. La han llevado a los Archivos del Ministerio. Allí lo encontrará todo.

Tenía justo el tiempo de bajar, pasar por su casa para coger su arma y salir pitando hacia la incineradora... Cosa que hizo preguntándose igualmente si no estaba cometiendo una estupidez tremenda.

59

Señalar con una piedra negra

El mayor vigilaba la entrada de la hilandería, escondido tras un cartel recubierto de pósteres electorales. Roberta se escondió y lo espió a su vez. Lo vio ponerse unos quevedos que tenían unas medias lunas plateadas y lanzarse al descubierto. Le dejó avanzar un poco antes de salir a pisarle los talones. Su idea era sorprenderlo en el patio interior de la fábrica. Pero se había volatilizado. Igual que el barón de las Brumas en su época.

—Por mucho que las hilanderías sean, en efecto, sitios donde se hila, ¿va a explicarme qué significa esto?

Él se había puesto sigilosamente a su espalda. Se había quitado los anteojos y sus ojos echaban chispas de malicia.

—Obéron Gruber, también llamado el Mayor —espetó Roberta, encantada de poder llamarlo por fin por su nombre.

El hombrecillo guardó su invento en el bolsillo superior de la chaqueta.

—No me llamaban así desde mis tiempos en la Academia —le confesó, con mirada soñadora.

—He pasado por Archivos. Me ha extrañado mucho ver allí su nombre. En esa época tenía usted la edad de Martineau.

Gruber, con los ojos entrecerrados, se abrazaba al pasado con cierta melancolía.

—Enviarme tras los pasos de un rumor... Fue una especie de novatada.

Enderezó la espalda. El Inflexible en traje de franela gris había vuelto.

—En cualquier caso, si se trata realmente de él, ya no tiene nada de inofensivo. ¡Vamos, Roberta! Tenemos una cita con nuestro primer asesino de partículas.

—¿De partículas?

—Este De las Brumas es un aristócrata, pondría la mano en el fuego.

Clément Martineau había cambiado su mono de auriga por un traje de algodón más apropiado para el calor de la incineradora. Con su revólver de seis balas en un bolsillo, conducía en dirección al centro de destrucción de residuos instalado en la orilla de la laguna, en la zona más apartada de Basilea. Cuando entró en el recinto nadie le preguntó nada.

Aparcó entre dos montículos de desperdicios que esperaban a ser incinerados. El viento empujaba el hedor aguas adentro. A lo lejos se oía el entrechocar de unas chapas onduladas. Bajó del automóvil y continuó a pie.

La incineradora tenía la forma de un cubo de cincuenta metros de arista al que se llegaba por un único sendero de ladrillo negro. Se accedía por una puerta corredera inmensa. Martineau estiró el cuello para asomarse y llamó:

—¡Hola! ¿Hay alguien ahí?

No hubo respuesta. Penetró a tientas en la penumbra. Delante de él rugía algo. El calor era asfixiante. Y aumentaba rápidamente. Se quitó el casco. Le picaban los ojos. Le costaba respirar.

El resplandor se intensificó y coloreó los vapores con destellos rojo sangre. Martineau se detuvo. Era una locura. No podía avanzar más. Volvería acompañado y mejor equipado. Estaba volviendo sobre sus pasos cuando, a unos metros de él, salió de la bruma un monstruo para volver a ocultarse al instante.

Aquel ser tenía unos ojos de cristal, lisos e inmensos, y una trompa a modo de nariz. El caparazón le brillaba y chorreaba. No era ni una alucinación ni una fantasmagoría. Martineau se lanzó a por él, con el revólver en la mano. Veía a la criatura con intermitencia, por los huecos de la bruma. ¿Se trataba del criminal? ¿Qué relación tenía esa visión de pesadilla con el viento, que le había puesto sobre su pista?

A su espalda resonó un ruido sordo, el de una puerta cerrándose. Los vapores desaparecieron a un lado y otro por efecto de una aspiración abrasadora. El lugar se despejó. Martineau descubrió entonces a qué terrible trampa le habían llevado.

Al fondo del horno de ladrillos refractarios se elevaba un cono de escoria que semejaba un hormiguero de termitas. Por las paredes resbalaban varias hileras de pavesas. El monstruo había cogido una vara metálica y se daba lentamente la vuelta hacia Martineau, que de ningún modo se sentía preparado para un enfrentamiento en aquel ruedo salvaje. Y reinaba allí uno de esos calores…

El monstruo avanzó hacia Martineau, que se tambaleó. La puerta le parecía inalcanzable. Extendió el brazo. El otro se detuvo, lanzó la pértiga y le mostró las manos. Entonces se quitó el casco. El investigador descubrió un rostro rústico pero indudablemente humano, que salía de lo que no era sino un mono refrigerante de caucho verde.

—¿Quién es usted? ¿Qué está haciendo aquí? —preguntó el hombre-salamandra.

Hizo caso omiso del arma que aquel joven inconsciente seguía apuntando hacia él, y se acercó al panel de mandos que había junto a la puerta. Apretó una serie de botones metálicos. En lo alto del horno se abrieron unos tejadillos y un aire tibio refrescó sensiblemente el ambiente.

«¿Qué estoy haciendo aquí?», se preguntó Martineau, recuperando los ánimos.

El obrero recogió un poco del agua fresca que le empapaba el mono con un reguero incesante, y mojó la cara del investigador, a punto de desvanecerse. El viento entró en el horno. Sopló con furia y levantó remolinos de cenizas aquí y allá.

—Hay maneras más sencillas de quitarse la vida —bramó el obrero—. Además, me está estorbando en mi trabajo. Deme esa arma.

La tiró a un lado. A continuación, bajó un pestillo que había en la puerta, pero volvió inmediatamente a su posición anterior. Repitió la maniobra, y el resultado fue el mismo.

—Pero bueno. Encima ahora a esta puerta no le da la gana de abrirse.

Quiso utilizar el interfono. Pero estaba averiado.

—¿Tiene problemas? —preguntó Martineau, que se sentía totalmente imbécil.

El obrero no le oía. Se peleaba con los mandos, que habían dejado de obedecerle. De repente, algo le echó para atrás con violencia. Los tejadillos se cerraron. El lugar volvió a oscurecerse. La temperatura subió súbitamente. Las pavesas de las paredes ganaron intensidad.

Martineau notó que le agarraban la cintura por detrás. Alguien le sujetaba por las piernas y por el pecho impidiéndole moverse. Sólo podía ver unas manos negras y granujientas, pegadas a su torso y apretándole los tobillos.

El hombre-salamandra luchaba contra una especie de araña gigante de seis patas. Una sola cabeza, enorme, coronaba aquella visión de pesadilla. Se le rompieron las costuras del mono. Se le desabrocharon las correas flexibles de metal. El obrero quedó desnudo. Espinilleras, pechera, mecanismos y manguitos hidráulicos cayeron a sus pies hechos pedazos.

Martineau logró agarrar el volante de la puerta, a un costado. Otras dos manos lo sujetaron por las muñecas y se las paralizaron en la parte baja de la espalda.

La criatura que tenía dominado al obrero se partió en dos. Una de las partes adquirió forma humana y recogió el equipamiento tirado en medio de las cenizas. Avanzó hacia Martineau y le puso todo el equipo, empezando por las piernas y terminando por la cabeza.

El joven y el obrero se intercambiaron una mirada perdida. La cosa fijó el casco en los hombros de Martineau y accionó el mecanismo hidráulico. Un agua fría se escurrió por encima del mono.

Al fondo del horno se prendió un fuego de forja. La sombra saltó hacia la criatura que había mantenido inmóvil al obrero y se fundió con ella. El hombre fue arrastrado medio desnudo hacia el cono de escorias enrojecidas. Gritaba y luchaba por soltarse. En vano.

Tras los vidrios tintados, Martineau vio al obrero por los aires y lanzado hacia el horno. Trató de escapar, pero la criatura lo vigilaba con la vara en la mano, y lo empujaba dentro como si

63

fuese un detritus un tanto rebelde. Unos minutos después el hombre dejó de moverse.

Martineau no se desmayó. Mantuvo abiertos los ojos todo el tiempo que duró el suplicio. Porque en su espalda tenía una mano negra, una mano cuya presión reconfortante le decía: «Mira, amigo mío. Mira de lo que te vas a librar».

Roberta aguardaba en la pasarela suspendida por encima del tendedero. Gruber, en el piso inferior, se había sentado en una silla en mitad de un redondel de luz. Hacía de cabra, como decía la expresión consagrada. Los dos esperaban a que el barón se manifestase.

El encargado que los había recibido estaba trabajando en la hilandería en el momento de los hechos, como aprendiz. Recordaba aquel 29 de julio como si hubiese sido el día anterior. Una obrera había sufrido la amputación de un brazo. ¡Oh, no por una máquina, sino por el monstruo que había sido perseguido hasta el zoo y al que nunca más se había vuelto a ver! Con el ánimo encendido, les había descrito a la bestia. Cuatro metros de alto. Dientes recortados en punta. Ojos oblicuos y con el iris color amarillo rojizo.

—¿Más como un lobo o como un oso? —había preguntado Roberta.

—Más como un lobo —había respondido el otro, sin dudarlo.

La sala en que se había desarrollado aquel drama se utilizaba desde entonces como tendedero. Las hebras de lana, tendidas y superpuestas, producían un bonito efecto. Pero a Roberta las tripas le hacían ruidos de impaciencia. Empezaba a decirse que el barón no había acudido jamás a aquel lugar, que Bernadette M. había sido víctima de un accidente laboral, que el *Diario de la laguna* había aprovechado para vender ejemplares y que, desde entonces, el encargado veía lobos gigantes por doquier.

Gruber, inmóvil en el centro del octógono de tramas entrecruzadas, habría podido pasar por alguna divinidad tricotando el universo. De hecho, con los ojos cerrados, se imaginaba de nuevo en Tenochtitlán, en el tejado del palacio de Moctezuma, tres años atrás.

Acababa de caer la noche. El cuarteto aguardaba su respuesta. El Diablo no iba a tardar en presentarse.

—En cuanto al Diablo, Morgenstern se ocupará de él —le había asegurado Fould—. En cuanto a usted, le pido... le ordeno que, en caso de que aparezca, recoja una muestra de su secuencia genética.

Gruber había replicado que no entendía por qué el ministro le exigía una cosa así.

—Estréchele la mano, y no se la lave después. Firme un pacto y recoja un poco de su sangre. Elija el medio que mejor le parezca. Necesitamos la secuencia genética del Diablo. De ello depende la seguridad de Basilea, mayor. Es una orden. Cuento con usted.

El diablo se había aparecido al cuarteto, desde luego. El mayor había recogido una colilla de cigarrillo húmedo de saliva satánica. Y la había llevado a Basilea. Fould le había felicitado calurosamente por esa misión cumplida con brío. Y desde entonces no había tenido ninguna noticia. El mayor no había oído hablar nunca más sobre aquella colilla. La única vez que se había atrevido a hablar con Fould sobre el tema, había recibido, a modo de respuesta, estas dos palabras mágicas: «Secreto municipal».

Un sonido de respiración cortó en seco sus reflexiones. Había alguien con ellos en el tendedero. Un vistazo a la pasarela le permitió confirmar que Roberta había dejado ya su puesto. Había pasado a la acción.

El mayor se puso en pie y estiró brazos y piernas, girando sobre sí mismo. Difícil distinguir nada en la penumbra y tras las hebras de lana. Pero enseguida lo vio, tan discreto como un miliciano con armadura bailando el vals en un baile de beneficencia.

Hubo un grito agudo. Una forma oscura y difusa se abatió a sus pies.

—¡No me haga daño! ¡No me mate! Se lo suplico...

Roberta avanzó por la luz. Gruber tendió la mano al encargado para ayudarle a levantarse.

65

—¿Qué hacía espiándonos?

—Yo… lo siento. La curiosidad… El miedo… —Asió el traje del mayor por la solapa—. El barón de las Brumas ha regresado, ¿no? ¡Por eso están ustedes aquí!

El mayor se zafó como pudo. Y encontró en los ojos de aquel hombre la locura de las personas con las que se había codeado al comienzo de su carrera.

—Recompóngase, viejo amigo —le espetó en un tono que trató de que sonase amistoso—. El barón ya no existe. Se fue. Se acabó. El barón de las Brumas ha desaparecido. Y no hable más del asunto. ¿De acuerdo? Pórtese bien.

—Sí, sí —respondió el encargado, presa de espasmos nerviosos.

Salió del tendedero mirando hacia atrás varias veces. Gruber se dejó caer en la silla, consternado.

—Bien hecho, mayor. Habría sido usted un psicólogo de altos vuelos. Seguro. Nuestro amigo dejará de ver monstruos debajo de su colchón.

—Si usted no le hubiese asustado hasta este extremo…

Entre ambos se hizo un silencio cargado de reproches. Gruber contemplaba el desastre de las hebras deshilachadas, irrisoria trampa de lana de la que un animal salvaje había logrado escapar. Sonó su móvil. Descolgó.

—Gruber —dijo—. ¿Qué? No se mueva. Ya vamos.

—¿Martineau? —adivinó la bruja.

—Está en la incineradora y tenemos otro muerto más entre manos.

Las trabajadoras de la hilandería habían dejado de trabajar y discutían entre sí. El mayor no tenía necesidad de practicar la lectura de labios para ver el nombre del barón saltando de boca en boca. El monstruo estaba a punto de acceder a una segunda etapa de celebridad. Y Gruber sabía por experiencia que esta clase de objetivo nunca pone mucho de su parte para caer en el olvido, cuando se habla de él.

ϒ

Martineau los esperaba en el cuchitril que usaban los hombres-salamandra para descansar. Las paredes estaban decora-

EL TANGO DEL DIABLO

das con imágenes de volcanes, ríos de roca líquida e incendios monstruosos. El investigador habría salido con gusto a por una bocanada de aire fresco. Pero tres obreros lo tenían bajo estrecha vigilancia. Únicamente le habían permitido telefonear a Gruber.

Se llevaron una sorpresa al ver aparecer a un hombrecillo de traje gris acompañado por una mujer regordeta de cincuenta tacos largos, cabellos color rojo encendido y ojos de serpentina. El jefe del grupo se encargó de resumirle la situación al mayor, después de que éste le mostrase su tarjeta de Seguridad.

—Se ha metido en el horno siguiendo a Fliquart. No sabemos exactamente qué ha pasado dentro. Se niega a explicárnoslo. —Morgenstern, un poco apartada, sintió lástima de Martineau, cuya mirada huidiza delataba vergüenza—. Al parecer, los mandos de la puerta se han averiado. Fliquart se ha sacrificado. Le ha dado su mono. —El hombre lanzó una mirada furibunda a Martineau—. Era padre de cinco niños.

Gruber medía dos cabezas menos que aquel hombre encolerizado. Y le habría costado sudor y lágrimas atemperar su cólera. La bruja, hija del Fuego, cogió las manos del hombre-salamandra entre las suyas y le dijo:

—Déjenos a solas con él. Vamos a interrogarlo.

El hombre resopló como una fragua. Pero reconoció el poder de Morgenstern y se inclinó.

—Vigilaremos las salidas. Este hombre saldrá de aquí custodiado por los milicianos, o no saldrá.

—De acuerdo, de acuerdo —convino Gruber, cansado de aquellas reivindicaciones estériles.

Cerró la puerta cuando el obrero salió. Martineau suspiró aparatosamente.

—¡Por fin! ¡Se han tomado ustedes su tiempo! ¡Ya creía que me iban a linchar!

Morgenstern y Gruber tomaron cada uno una silla y se instalaron frente a su pupilo. Sólo faltaba el proyector de tres mil vatios entre ellos para que la escena fuese perfecta.

—Le ruego encarecidamente que sea claro y conciso —le aconsejó Gruber.

El investigador sacó un pañuelo del bolsillo y se enjugó el rostro, extendiendo las largas manchas de sudor negro que se lo ensuciaban.

—Lo he visto. Al asesino. Estaba en la incineradora y le he visto matar a ese… Fliquart.

—Espere, espere —lo calmó Roberta—. ¿Qué diantre hacía en la incineradora?

Martineau retorció el pañuelo, preguntándose por qué punta cogerlo. Finalmente lo anudó y lo guardó en un bolsillo de su chaqueta de algodón, que el calor había chamuscado de manera uniforme.

—Alguien ha hecho un estudio de los vientos… los vientos de superficie que soplan en Basilea. He podido ver su trabajo, un librillo, en el observatorio de riesgos naturales.

—¿El observatorio? —se extrañó Gruber.

—Es por su afán de volar —explicó Roberta levantando los ojos al cielo.

—Ciertos rincones de Basilea están sometidos a vendavales muy fuertes, en fechas y a horas fijas —prosiguió Martineau—. Según el autor del librillo, para ser tan regular el viento es de origen artificial. Pero no ha conseguido identificar qué podía provocarlo. En resumen, las muertes de Pasqualini, Zrcadlo y Werber se corresponden exactamente con los lugares y los momentos en que se manifiesta. Hoy tenía que soplar en la incineradora. Me he presentado aquí. No me había equivocado.

—Y cinco pequeños basilenses se han quedado sin papá —le recordó Gruber—. Se supone que formamos un equipo, Martineau. Ahora díganos en qué no se había equivocado.

Al joven se le quedó congelado el gesto de contrariedad. Esa era la pregunta principal que se había planteado mientras esperaba a que llegaran. Y la mejor respuesta que tenía era:

—Una sombra sólida.

—¿Perdón? —dijeron al unísono Roberta y el mayor.

Martineau contó con voz ahogada el calvario de Fliquart, las manos que lo sujetaban, el ser que se descomponía y se recomponía ante su vista, cómo se había librado él.

—¿Es cosa de brujería? —preguntó Gruber, airado, y se volvió hacia Roberta—. Disculpe la expresión.

—No pasa nada, mayor.

Roberta y él prosiguieron con su conversación como si Martineau no estuviese delante.

—Una sombra sólida… —meditó Gruber.

—Eso nos recuerda algo, ¿verdad?

—Al barón de las Brumas —reflexionó Gruber—. Es él, está claro.

—¿El barón de las Brumas? —replicó Martineau.

Alguien llamó violentamente a la puerta del cuchitril.

—La Milicia ha sido avisada —anunció uno de los obreros—. Estará aquí dentro de nada.

—¿Me van a decir quién es ese barón de las Brumas o no? —bisbiseó Martineau con insistencia.

Lo más rápida y claramente que pudo, Gruber le puso al corriente del barón y de su infructuoso intento en la hilandería. Ese ser atormentado venía de una época que la gente de la edad de Martineau no había conocido. En cualquier caso, él nunca había oído hablar del asunto hasta entonces.

—Fliquart es nuestro cuarto asesinado —recordó Gruber—. Se acabó esto de trabajar cada cual por su lado. Seguiremos los tres la misma pista.

—¿Dónde tiene que manifestarse ese viento de superficie la próxima vez? —preguntó Roberta, apremiada por la agitación que notaba al otro lado de la puerta.

—En el puerto deportivo del Club Fortuny. Esta noche, hacia las once.

—Bien. Yo me ocupo de reunir a las tropas para tenderle una trampa —lanzó el mayor—. Y no quiero oír a nadie pronunciar el nombre del barón de las Brumas. Si la prensa llegase a enterarse… Este pobre Fliquart se ha sacrificado. Ha muerto por culpa de su imprudencia. Le pondrán de patitas en la calle. ¿Entendido?

Gruber se levantó y cogió a Martineau por un brazo, cosa que Roberta imitó a su vez. El investigador se dejó, un tanto pasmado por el giro que habían dado los acontecimientos. La puerta se abrió de golpe ante la silueta de un miliciano acorazado con armas de combate. Tras él los hombres-salamandra hacían piña.

69

—Nosotros controlamos la situación, miliciano —explicó Gruber mostrando su identificación, que de nuevo fue pasada por un lector—. Nos llevamos a este hombre a la Oficina de Asuntos Criminales para someterlo a interrogatorio.

Martineau fue empujado como si se tratase de un vulgar malhechor, entre una hilera doble de rostros amenazantes.

—¡Se hará la luz sobre este asunto! —aseguró Gruber a la masa hostil—. ¡Y los mantendremos al corriente de la evolución de la investigación!

Llegaron al exterior sin impedimento, seguidos por los milicianos, en fila de a dos, al paso. Los hombres-salamandra miraron alejarse la comitiva. A continuación, el jefe pisó una nigua negruzca que chirrió al aplastarse contra el asfalto recalentado por la proximidad de la fábrica.

—¡Huelga ilimitada! —anunció a los obreros congregados delante de él—. ¡Los fuegos permanecerán apagados hasta que Fliquart sea vengado!

Gruber retuvo a Martineau para guardar las apariencias, y citó a Morgenstern en la entrada del puerto náutico a las diez. La bruja pasó por su apartamento y encontró una carta del Censo en el felpudo azul y redondo con forma de puercoespín. La Administración no estaba contenta: su perfil presentaba lagunas. Faltaban su fecha de nacimiento, la profesión de sus padres, su dirección actual…

—¡Panda de idiotas! —exclamó para sí—. ¡Pensad en el árbol que ha sido talado para que se imprima esta prueba flagrante de vuestra incompetencia!

Hizo como había hecho con las dos misivas anteriores del Censo: a la papelera. Calmó sus nervios terminando el chaleco deportivo del mayor, bordando en la pechera un delicado motivo de colores que parecía una condecoración por los servicios prestados a la municipalidad. Envolvió su obra en papel de seda y salió con la intención de dejarla en el domicilio oficial de su estimado superior.

El viento había cambiado y soplaba desde la laguna. Debajo del gran barómetro de la farmacia central se había congregado un grupo de gente cuando Roberta pasó por allí cerca. No hablaban más que de la lluvia. El mercurio había vuelto a descender.

La bruja dejó el chaleco en manos del portero del Edificio Municipal, que lo mandó llevar a la planta 69ª. A continuación, la bruja se presentó en el Palacio de Justicia con la idea de decirle dos palabras a Marcelin en relación con ese librillo. Tendría que haber recordado que los martes y los jueves por la tarde los Archivos estaban cerrados. Dudó de si romper la puerta a golpes. Pero siempre podía volver al día siguiente, entre las dos y cuarto y las siete menos cuarto de la tarde…

—¡La Administración y sus horarios imposibles! —bramó, volviendo sobre sus pasos.

Nada más asomar de nuevo la nariz al exterior, se enteró por las gotas de agua caídas sobre el mercado flotante media hora antes. La noticia había corrido ya por toda la ciudad. Los basilenses, arremolinados en pequeños grupos, se transmitían visiones catastrofistas. Roberta se detuvo cerca de un grupito, creyendo que hablaban de la meteorología. Un señor mayor muy digno se dirigía a un público compuesto de secretarias y de chupatintas del edificio judicial:

—¿El barón de las Brumas, una fabulación? —oyó que decía—. Yo conozco a uno cuya sobrina trabaja en la hilandería y que hoy ha visto al barón de las Brumas. No ha matado a nadie. Pero se han librado de una buena. Se ha evitado la masacre por los pelos.

—¿Los trazadores no han hecho nada? —exclamó una joven.

—¿Los trazadores? ¡Yo nunca he creído en esos trazadores! —replicó el abuelo—. Esa policía microscópica no es más que polvo, una engañifa. ¿Acaso ha visto usted a algunos de esos famosos trazadores?

La mujer se vio obligada a reconocer que sería incapaz de distinguir una mota de polvo de un trazador. ¡De todos modos, era demasiado! Si ya no se respetaba la seguridad en Basilea…

Roberta se reunió con Grégoire en la posada Dos Salamandras para cenar. El comedor estaba a la mitad. Él se quedó un

71

tanto desilusionado cuando le dijo que no irían a bailar a la calle de México como tenían previsto. Roberta tenía que ejecutar otros pasos en otro sitio. No podía decirle nada más. De todos modos, el hombre hizo todo lo posible por que la cena fuese un rato agradable. Pero sobre la ciudad se había abatido una verdadera capa de plomo. Lo notaban todos los brujos, y volvía macabros todos los semblantes y mórbido al máximo el ambiente.

Roberta llegó al puerto deportivo en tranvía. Allí encontró a Gruber, acompañado por sus reservistas, discutiendo con el guarda. El hombre parecía cerrado en banda. Martineau se mantenía apartado, apoyado en su automóvil. Micheau había adoptado la misma postura contra el vehículo del Ministerio. Pasaban el uno del otro ostensiblemente.

—Le digo que se trata de una operación policial —repitió el mayor—. ¿Quiere que llame a los milicianos para que le hagan compañía mientras nosotros trabajamos?

—No es eso, señor. Pero es que esta noche cierro el puerto náutico. Entiéndalo. Es por el viento, que se va a poner a bufar. La misma historia el primer martes de cada mes. Si alguien cae al agua, yo no quiero que me hagan responsable.

Roberta se puso junto a Martineau, que siguió contemplando la escena como si la bruja no existiese. Había apreciado moderadamente la salida de la incineradora que Gruber y ella le habían reservado.

—Nadie le hará responsable de lo que pase —le prometió el mayor—. Bueno, ¿nos deja pasar o lo hago llevar por obstrucción al buen funcionamiento de las fuerzas públicas?

El portero se encogió de hombros y se metió en su garita sin más comentarios.

—¡Ah, Morgenstern! Ha llegado. —La bruja comprobó con sorpresa que el mayor llevaba puesto su regalito—. Gracias —dijo, siguiendo su mirada—. Me va perfecto. Pero espero que no haya recurrido a su brujería para tomarme las medidas a escondidas, ¿eh?

—Lo trato desde hace veinte años y ya no necesito echar mano de la brujería para conocerlo a usted del derecho y del revés, mayor —respondió ella, parpadeando estilo mariposa.

—Ah. Mm. Bien. Reservistas y milicianos van a cercar el recinto. ¡Micheau! —Hizo un gesto al conductor para que se acercase, y le habló separando bien las sílabas—. Usted quédese aquí, en la entrada del puerto deportivo. En cuanto a nosotros tres, nos esconderemos en el interior. Martineau, explíquele a Roberta su propuesta.

El investigador dijo de mala gana:

—Mis padres tienen un barco amarrado en el centro del puerto náutico. Tengo las llaves.

—Eso es. Se instalan a bordo. Les doy este móvil. —Dudó entre Roberta y Clément, y al final se lo confió a este último—. El señor Martineau sabe mi número. Por lo que a mí respecta, estaré en los pontones. ¡Vamos! ¡Todos a sus puestos!

Los reservistas se dispersaron por el perímetro del puerto deportivo, en el que había amarrados quinientos barcos, desde los más pequeños hasta los más grandes, pegados unos a otros. Roberta vio alejarse a Gruber por el pontón, que oscilaba por efecto de un ligero oleaje. Lo perdió de vista cuando el mayor pasó por detrás de la proa puntiaguda de un yate de gran tamaño.

—Vamos, sígame —dijo Martineau—. Y no se pierda por el camino.

73

A lo lejos sonaron las campanadas de las once. El bosque de mástiles estaba iluminado por las luces de la ciudad, que se reflejaban en las nubes bajas. El viento anunciado no se había levantado aún. Clément y Roberta aguardaban en la vigía del *Clémentine*, un yate de 37 metros de eslora que, según el hijo de los propietarios, navegaba igual de bien en la laguna que en alta mar. Roberta se preguntó si el bien más preciado de la flota Martineau habría rebasado alguna vez el extremo del dique.

—¿Ha visto? El portero lo sabía, por el viento —recordó Martineau por tercera vez—. ¡Ahhh! Cómo me gustaría tener en las manos ese librillo.

—No se preocupe. Marcelin ha sido pagado para que no pierda nada. —Roberta resopló ruidosamente—. ¿Cuándo se va a decidir a llover de una vez?

—Esta noche, o mañana. Los indicadores están al rojo.

Guardaron silencio. Roberta buscó a Gruber en el claroscuro anaranjado. Pero no lo veía.

—¿Qué es, según usted? —preguntó el joven.

—¿El qué? ¿El barón? Un psicópata peligroso que se ha fugado de la colonia penitenciaria de Véga. Ha elegido nuestro trozo de tierra firme para reproducirse. Después se marchará a su mundo gaseoso con su descendencia debajo del brazo. —Martineau la miró, boquiabierto—. No tengo ni idea, mi pequeño Martineau. Lo único que sé es que mata a inocentes. Razón suficiente para impedir que haga daño. No tendrá usted miedo, ¿no?

—No. Ni una pizca. Nunca me he sentido tan relajado.

A decir verdad, no estaba del todo tranquilo. Habiendo visto al barón en acción, era él quien más motivos tenía para estar preocupado.

—Esto me recuerda cuando estábamos escondidos en Saint-Georges —soltó Roberta—. ¿Se acuerda? De ese que intentó transformarme en lonchitas.

74

—¿Cómo podría olvidarlo? Menuda persecución… ¡Virgen santa! Me encantaría revivir una aventura como aquélla en compañía de usted.

—Hablando de aventuras, ¿por ahí no pasa nada últimamente? —preguntó, dibujando una espiral con la punta de los dedos alrededor de su corazón—. Me he enterado de que era muy asiduo del curso de derecho satánico.

Martineau se ruborizó, carraspeó y soltó una ristra de palabras ininteligibles. Roberta lo observaba con la expresión de una entomóloga esperando a que la mariposa recién clavada con alfileres en su trozo de madera de balsa pase a mejor vida. Y retomó su tema de conversación de actualidad.

—El barón nos va a hacer la vida imposible. Será más difícil de detener que todo el cuarteto junto. Aún no hemos visto nada. Esperemos salir de picos pardos dentro de no mucho.

—Me admira su optimismo. Esto… ¿Qué quiere decir salir de picos pardos? ¿Salir con alguien?

—No. Transformarse por la noche en el animal que se quiera.

Las drizas restallaron a un centenar de metros a su derecha.

Se quedaron callados para escrutar el revoltijo de mástiles. Una ola había levantado varias embarcaciones. Pero el movimiento estaba apaciguándose ya.

—Falsa alarma —suspiró Martineau.

Sonó entonces el teléfono, como para llevarle la contraria. Descolgó con la confianza de quien está acostumbrado a hacer algo así todo el día.

—¿Dígame? ¡Ah! ¡Mayor! No, no. Todo va bien. ¿Quiere hablar con ella? No nos movemos de aquí, de todos modos. Hasta ahora. Hasta la vista. —Colgó y volvió a guardarse el juguetito del Ministerio—. El jefe se ha subido a ese barco de dos mástiles de ahí, el del casco amarillo. Está a la espera. Como nosotros.

Guardó silencio y suspiró cinco veces en menos de un minuto. «He aquí a uno al que le vendrían fenomenal tres gránulos de Ignatia por la mañana, a mediodía y por la noche durante quince días», se dijo Roberta, un tanto exasperada. A juzgar por su aspecto soñador, imaginaba fácilmente en qué brazos pensaba reposar. Suspiró a su vez, sacó la ocarina y la frotó contra su capa. Ya que había que matar el tiempo, bien podría hacerlo con música.

—Tengo una idea —dijo la bruja.

Clément hizo una mueca. No se fiaba de las ideas de Roberta. Ella garabateó unas palabras en una hoja limpia de su agenda.

—¿Entiende lo que he puesto? —preguntó, pasándole la nota.

—Mm. ¿Es inglés?

—Le tarareo la melodía. —Roberta tarareó la melodía en cuestión, muy sencilla—. ¿Ok? Siga escrupulosamente la ocarina. Atención. Allá vamos.

Roberta sopló dulcemente una nota continua, modulándola ligeramente. El investigador empezó, no muy seguro de sí mismo:

—*Chulia, Chulia, oceanchild, calls me. So I sing a song of love, Chu-u-u-li-a*. ¿Piensa atraer al barón de las Brumas con esto?

Roberta se guardó la ocarina en el bolsillo. No valía la pena insistir.

75

—No. Sólo a un puercoespín telepático desaparecido hace seis meses.

—¿Cómo? ¿*Hans Friedrich* ha desaparecido?

—A finales de septiembre. Acababa de terminarle un jersey. Bajé a hacer la compra. Había dejado abierta la ventana del salón. Cuando volví, ya no estaba.

Martineau meneó la cabeza con gesto de consternación.

—¡Qué tristeza! —El investigador, que detestaba a los puercoespines y en especial a ése, no hacía gran cosa por ocultar que se trataba, desde su punto de vista, de la única noticia excelente de aquella difícil jornada—. ¿Y no ha puesto carteles en las tiendas? Si ve este equidna... Recompensa en juego. —La mirada siniestra que le dedicó Roberta lo incitó a cambiar de actitud—. Eh... pues... ¿Es fan de la ocarina?

—De los Beatles. *Hans Friedrich* era un fan de los Beatles.

—Vamos, vamos, Roberta. ¿Por qué habla de él en pasado?

—¡Shh!

Los mástiles entrechocaron al noreste. Las drizas sonaron como cencerros de vacas lecheras bajando de los pastos de las montañas. Se había levantado viento.

—¿Ve algo? —preguntó Martineau, que no veía nada.

A cien metros de donde se encontraban parecía que un gigante avanzaba por los pontones. Los barcos daban unos botes de varios metros de alto. Las olas se transmitieron a todo el puerto náutico. El *Clémentine* empezó a cabecear en el momento en que el viento pasó justo por encima de ellos. El aire y las embarcaciones se calmaron.

—¿Se ha ido?

—No. Era un anticipo. Deme el teléfono. Tengo que hablar con el mayor.

—¡Allí! —lanzó Martineau señalando la zona noroeste, que se agitaba ahora.

Un pontón se levantó por encima de la laguna y cayó encima de las proas de una decena de barcos armando un estrépito terrible.

El barón de las Brumas, visto desde allí, se reducía a una silueta oscura, una especie de sombra, maciza ciertamente. Se desplazaba despacio, arrasándolo todo a su paso. Andaba hacia la embarcación de dos mástiles y casco amarillo, directo a por Gruber.

Roberta saltó del *Clémentine* y corrió por un lateral para intentar interceptarlo. Martineau se dio cuenta de que se había marchado al verla alejarse por el pontón. El viento, que ahora bufaba desde todas las direcciones, se llevó su grito.

Roberta tenía la impresión de estar atravesando una atracción de feria. Las jarcias azotaban el aire por encima de su cabeza. Las proas se elevaban y bajaban a ambos lados, como guadañas gigantescas. El viento la empujaba, tiraba de ella, intentaba lanzarla a la laguna. Pero ella era del género tenaz. Llegó a la embarcación de dos mástiles cuando el micro-huracán empezaba a cesar. No había ni rastro del barón de las Brumas ni de Obéron Gruber.

—¡Mayor! —lo llamó—. ¿Dónde está?

Oyó el timbre de un teléfono. Alguien llamaba al móvil. Subió a bordo de la embarcación. Las escotillas estaban abiertas de par en par. Uno de los mástiles, partido, rechinaba peligrosamente. El amasijo de jarcias parecía un plato de espaguetis gigantes. El móvil seguía sonando.

Roberta pasó por encima de un fragmento de borda y encontró al fin el teléfono del Ministerio. La mano derecha de Gruber estaba agarrada a él todavía. Había sido cortada limpiamente. Un poco más allá reconoció su chaleco de punto debajo de un montón de basura, y lo sacó sin hacerse preguntas. El mayor estaba tendido boca arriba. Le habían arrancado la oreja derecha. Una flor de sangre se extendía en el lugar de su corazón.

Alguien gritó su nombre y el del mayor. Roberta se arrodilló. Se le habían escurrido los quevedos con reflejos del bolsillo superior de la chaqueta. Uno de los cristales se había roto. El espejo de vidrio estaba hecho añicos esparcidos por el cuello del hombrecillo, convertidos en minúsculos triángulos de mercurio.

—Obéron —murmuró.

Se guardó los quevedos en el bolsillo y cerró los ojos del muerto. Un soplo de aire la hizo levantar la cabeza hacia el cielo. Se acercaban los reservistas y los milicianos. Una primera gota de agua se estrelló contra su frente. Después una segunda. Por todo el puerto deportivo empezó a oírse un crepitar cada vez más fuerte, como el redoble de un millón de tambores. La lluvia se decidía a caer sobre Basilea.

Así es como se llega a los cielos

Roberta y Grégoire cruzaron el mercado flotante hasta el malecón oriental y montaron a bordo de una de las barcas. Él introdujo un tálero de cobre en el mecanismo encajado en la proa. El barquero (como se llamaba el sistema de cremallera) aceptó el óbolo, se puso en movimiento y tiró de la barca hasta el fragmento de universo que se había inventado Basilea para rendir los últimos honores a sus muertos.

La isla estaba situada a media milla náutica de la orilla. Ofrecía el aspecto de unos fabulosos bloques rocosos dispuestos en forma de ensenada. En el centro se alzaba un bosquecillo de cipreses. Unas construcciones cúbicas, abstractas, hacían pensar que se había tallado una especie de templo antiguo en la roca.

En realidad, los arquitectos se habían inspirado en una pintura conservada en el antiguo Kunstmuseum de Basilea. La Isla de los Muertos era una reproducción, en tres dimensiones, montada sobre el tejado de uno de los edificios más altos de la ciudad sumergida, que asomaba a la superficie de la laguna.

La barca penetró en la ensenada y se alineó con el muelle de piedra blanca. Rosemonde puso pie en tierra y ayudó a Roberta a hacer lo mismo. Llegaban otras barcas, provenientes del mercado, al mismo ritmo lento y fúnebre. La más próxima llevaba a bordo una decena de reservistas.

Subieron los escalones que conducían al tanatorio, que, con sus cúspides color ceniza, se hallaba oculto en medio de los cipreses. Parecía un relicario gótico, con sus columnitas, sus vanos con vidrieras y sus estrellas doradas pintadas en sus bóvedas de lapislázuli. No había ni una estatua de santo. Ningún vía crucis. El rito de la cremación se había vuelto ecuménico, laico, municipal.

Plenck, que había recosido la mano del mayor, Boewens y todos los integrantes de la Oficina ocuparon el angosto espacio. Martineau se puso en la primera fila, muy tieso y digno. El alcalde se había trasladado también. A la hora convenida, Fould ocupó su sitio detrás del púlpito y contempló la caja oblonga, preguntándose si Gruber les gastaría la broma de salir de ella. Comprobando que no era así, se volvió hacia el auditorio y empezó a decir con voz vibrante:

—Mis queridos amigos, no es sino con honda pena que...

Roberta escuchó el elogio del ministro como a lo lejos. Prefería sumirse en sus propios recuerdos, rememorar los buenos momentos compartidos con el mayor.

—¿Es necesario recordar al investigador ejemplar que fue? Hace sólo seis meses cogía con las manos en la masa a un elemento del hampa...

Una sonrisa asomó a los labios de Micheau, sentado en la tercera fila. Cuanto más hablaba Fould, más se inflamaba su tono de voz.

—¡El mayor ha muerto en acto de servicio, como un héroe, abatido por ese ser innoble que trata de desestabilizar nuestro fragmento de tierra firme y las instituciones que lo dirigen!

Roberta salió de su ensimismamiento y sintió que se le estaban hinchando las narices. Fould se presentaba a las elecciones municipales. Había dado la noticia oficialmente tres días antes. ¡Y estaba aprovechando la cremación de Obéron Gruber para pronunciar su primer discurso electoral! No se lo permitiría, aunque fuese tocando la ocarina para desviar la atención de su público. Seguro que al mayor le agradaría escuchar un fragmento de *Sargent Pepper*.

En cuanto a Martineau, se bebía las palabras de Don Seguridad. Pero otro polo magnético le hacía girar el cuello hacia una cierta especialista en derecho satánico sentada dos filas detrás de él. Para el joven, el perfil serio de Suzy Boewens superaba al de Venus cuando la pintó el gran Apeles.

—El mayor se batió con valentía contra ese nuevo demonio. Le hizo frente como un heroico funcionario. Hoy otros están preparados para recoger la antorcha.

Suzy Boewens sorprendió la mirada de Martineau, que se dio la vuelta ruborizándose. Fould miraba fijamente al investigador. Éste se puso aún más colorado.

—Esta muerte será vengada. Aquí y ahora les hago esta promesa por mi honor.

Un murmullo se extendió entre la concurrencia. Martineau infló el pecho. Roberta apretó los dedos alrededor de su ocarina. Pero Fould había terminado. El alcalde se puso en pie y ocupó su sitio tras el púlpito, con un libro en la mano. Con su voz temblorosa y cálida, en las antípodas de los estallidos rabiosos que Fould acababa de hacer resonar en el tanatorio, empezó a decir:

—«Lentamente, casi pensativamente, mira a su alrededor. Ante él hay muchas cosas extrañas, abigarradas. Unos jardines, piensa. Y sonríe. Pero he aquí que de repente nota la mirada de otros ojos, reconoce a los hombres y sabe que son los perros infieles, y lanza su caballo hacia ellos.»

Roberta deslizó su mano hacia la de Grégoire. Las palabras del *Canto de amor y muerte del corneta Cristóbal Rilke* se arremolinaban sobre sus cabezas. Su movimiento era tan aturdidor como la vorágine del último instante, hacia la que se encaminaban todos los presentes.

—«Pero cuando tras él todo vuelve a cerrarse, están ahí todavía los jardines a pesar de todo, y los dieciséis sables curvos, que se abaten sobre él, golpe a golpe, son una fiesta. Una cascada de risas.»

El alcalde cerró el libro y abandonó la tribuna. El oficiante ecuménico lo sustituyó al cabo de un minuto de silencio. Roberta vio y escuchó como en sueños la religión reducida a un puñado de fórmulas, los gestos mecánicos de la cremación. En el muro del fondo se abrió una rejilla de crematorio. El ataúd se deslizó al interior. La válvula mecánica bajó.

La concurrencia se puso en pie y empezó a dispersarse para regresar a las barcas. El alcalde recorría el pasillo para salir, apoyándose en un bastón, con el ministro de Seguridad pisándole los talones. Al llegar ante la bruja, se detuvo.

81

—Discúlpeme. ¿Es usted Roberta Morgenstern, verdad? —preguntó. Roberta se inclinó—. Conocía a Obéron desde la Academia. La quería mucho.

El alcalde inclinó la cabeza y dejó a la bruja con aquel último mensaje. Fould se detuvo a su vez. Inspeccionó a Morgenstern con sus ojos de topacio y dijo susurrando, con un tono que, aun así, conservaba toda su firmeza:

—Encuéntreme al que publica ese periodicucho explosivo, *El Barómetro*. Es prioritario. Y mi más sentido pésame.

El periodicucho en cuestión había aparecido en las calles de Basilea al día siguiente de la muerte de Gruber. Tapizaba el pavimento como si hubiese caído del cielo. Su origen era un misterio. Pero estaba particularmente bien informado en relación con el barón, y contaba a todo el que quisiera leerlo que la criatura demoníaca había vuelto a la ciudad, con unos detalles a los que sólo tenían acceso los investigadores de la Oficina. La discreción a la que aspiraba Fould no era más que un deseo piadoso desde que los basilenses preferían leer *El Barómetro* en vez del tradicional *El vigía de las chozas* o el *Diario de Tierra Firme*.

Roberta estaba buscando una respuesta apropiada cuando Rosemonde tendió la mano al ministro. Fould, por un reflejo electoral, se apresuró a estrechársela. Pero Rosemonde no se la soltó.

—Un hermoso elogio —le felicitó el profesor—. Ganará las elecciones, con toda certeza.

Roberta se quedó mirando a su acompañante preguntándose a qué juego estaba jugando. Entretanto, Fould se había puesto pálido. Ella habría sido la última en sentir lástima por él.

—Yo… Gracias… Tengo que irme. ¡Ahora mismo!

Fould se marchó pitando hacia la salida. Micheau, asignado desde entonces al servicio del ministro, lo siguió con diligencia. Rosemonde los miró alejarse, con la frente recorrida por una arruga de preocupación.

—Necesito tomar el aire —dijo.

Salió por la nave lateral. La bruja dejó que pasaran unos segundos. A continuación enfiló por el pasillo, hasta llegar a la altura de Martineau. Y juntos se dejaron arrastrar por la gente hacia la salida. Suzy Boewens caminaba a unos pasos de ellos. Con mucho gusto la habría alcanzado Martineau para colarse en su barca. Pero permaneció junto a la bruja.

—Perdón, perdón, perdón...

Eleazar Strüddle, que le había dado a Roberta la sorpresa de acudir, estrechó a su vieja amiga contra su corazón. Salieron del tanatorio y se reunieron con Rosemonde. En los escalones los chasquidos de los paraguas al abrirse sonaban como una salva de honor.

—¡Oh, se me olvidaba! —exclamó Roberta llevándose la mano a la frente.

Estaba volviendo al tanatorio, cuando el oficiante ecuménico acudió a su encuentro con una urna de cobre entre las manos. Ella la cogió y regresó con los tres hombres, tiesos como una guardia pretoriana. Martineau contempló la urna con mirada recelosa.

—Ya podemos irnos —lanzó la bruja sin percatarse de la inquietud de Clément—. No sé ustedes, pero yo... ¡tengo hambre!

—Almuerzo en el Dos Salamandras, invita la casa —anunció Strüddle, cogiéndose del brazo izquierdo de la bruja.

Rosemonde se cogió del derecho. Martineau ocupó la retaguardia. Caminaron hasta el muelle con paso de marcha militar, a la que al corneta Cristóbal Rilke seguro que le habría encantado unirse.

La lluvia lavaba el tejado en pendiente del Dos Salamandras como un torrente de lágrimas. Las aceras estaban cubiertas de montículos de desperdicios. La huelga de los incineradores duraba ya una semana, a pesar de los llamamientos reiterados del alcalde a que volviesen al trabajo. Strüddle se quejó al comprobar que, una vez más, la basura no había sido recogida. Giró el picaporte en forma de cabeza de chivo y entraron en la posada.

Martineau esperaba que Suzy estuviera allí. Pero no la vio entre los parroquianos. Strüddle se deslizó al otro lado del mostrador y dio instrucciones a Frida, su sobrina, vestida a la

83

moda de Bohemia, que le echaba una mano. Después invitó a sus amigos a pasar al salón interior, que albergaba su panteón particular dedicado a la magia y a los sacerdotes magos.

Las paredes estaban cubiertas de infinidad de estampas de ilusionistas, desde Robert Houdini hasta Nicolás Tesla, pasando por Mandrake y el inverosímil Méliès, cuya alma había quedado plasmada en la emulsión fotográfica, cual exvotos. En algunos marcos había prendidos boletos de entrada en el *Teatro Mágico*, en el *Palacio de los Milagros* y en el *Circo eléctrico*. El *Mondorama* de Wallace figuraba entre ellos junto con su último programa. Pero hacía más de diez años que el navío de feria del gran prestidigitador de la laguna no había recalado en Basilea.

Strüddle recogió los paraguas y los chubasqueros chorreantes de lluvia. Clément, Grégoire y Roberta se acomodaron en torno a la mesita. Roberta depositó la urna de Gruber encima del salvamantel. Eleazar tomó nota de los pedidos, salió a la cocina y volvió con una jarra de vino de enebro para Morgenstern, un agua ferruginosa para Martineau, un alcohol de pino para él y nada para Rosemonde, que no tenía sed. Brindaron.

—Voy a hacer una pregunta tonta —dejó caer el joven.

—No se moleste —lo incitó Roberta.

—¿El mayor no tenía familia?

Se le hacía raro hablar de un muerto teniendo la nariz encima de sus cenizas.

—Aparentemente, no —respondió la bruja—. Su testamento estaba depositado en el Ministerio. Y me designaba a mí como única heredera. He sido la primera sorprendida.

—Tengo otra pregunta tonta que hacer.

—Somos todo oídos.

—¿En qué consiste su legado? Tal vez sea indiscreto…

—No, no, en absoluto. El mayor tenía una casita no lejos del Palacio de Justicia. Una buena biblioteca. Y algunos ahorros que pienso donar a las buenas obras de Seguridad.

—¿Una casa? —se extrañó el joven—. ¿Con jardín?

—Con jardín.

Aun cuando sus padres formasen parte del club Fortuny, Martineau se alojaba en una habitación abuhardillada ridículamente pequeña. Se había hecho la promesa de no deberles nunca nada en el aspecto financiero. Cosa que podía parecer loable o estúpida, dependiendo. En cualquier caso, una casa con jardín en Basilea era muy parecido a tener una parcela del Edén.

—¿Cómo llevas la investigación? —preguntó el posadero, siempre ávido de cotilleos.

—¿Y cómo lleva lo del librillo? —lo emuló Roberta dirigiéndose a Martineau—. ¿Nada nuevo bajo el sol?

El joven explicó a Strüddle de qué trataba ese estudio sobre los vientos de superficie, y cómo había anotado las localizaciones correspondientes a los días siguientes, hasta la muerte del mayor. El día siguiente a la tragedia Fould había convocado a todo el mundo y los había recibido a cada uno por separado. Martineau le había hablado al ministro del librillo. Fould le había dado la orden de presentarse inmediatamente en Archivos para recuperar el valioso documento. Por desgracia, la fortuna se había vuelto en su contra.

Para empezar, su automóvil se había negado a arrancar. A continuación, los tranvías estaban bloqueados por culpa de un descarrilamiento. Finalmente, cuando había llegado al Palacio de Justicia, el edificio estaba cercado por los bomberos. Se había declarado un incendio y los Archivos de Seguridad formaban el cogollo de las llamas.

—¿De verdad no lo ha recuperado? —insistió Strüddle.

El joven se encogió de hombros, con gesto fatalista.

—He visto a Marcelin. Los Archivos estaban cerrados cuando se ha declarado el incendio.

—Visto el horario de apertura, sólo me sorprende a medias —comentó Roberta con sarcasmo.

—Se acordaba de él. Acababa de evaluarlo, de hacerle una ficha y de catalogarlo.

—¡Qué mala pata! —exclamó Strüddle.

—Que es culpa de la ausencia de buena suerte —filosofó Roberta—. ¿Ha vuelto al observatorio?

—Por supuesto. Pero allí arriba ya no queda nadie. Lo han cerrado oficialmente por culpa de la lluvia.

—Menos mal que las muertes han terminado con la del mayor —suspiró Strüddle.

—Desde luego. Desde hace una semana no ha habido nada que declarar —añadió Martineau—. Ningún accidente misterioso. *Rien de rien.*

—Fould declara en privado que Gruber ha herido mortalmente a la criatura y que ha vuelto a sumirse en el silencio —contó Morgenstern—. Pero yo estoy segura de que el barón sigue matando y que nosotros aún no hemos descubierto los cadáveres. —Se volvió hacia Rosemonde, que no había dicho ni una palabra desde que terminó la ceremonia—. ¿Qué opina usted?

—Pienso que no es muy optimista, amiga mía —respondió, con semblante contrito.

—Seguro que influye este tiempo de perros.

—Que guarde silencio no significa que esté muerto —convino Strüddle.

—A mí lo que más me inquieta es el silencio de los trazadores —apuntó Martineau—. Y eso que se decía que eran infalibles…

Frida los interrumpió. Traía dos fuentes, una llena de picatostes fritos con mantequilla y la otra de un guiso que desprendía un indudable aroma a malvasía. Los dejó a cada lado de la urna.

—¡Ah! ¡Sopa de Extremadura! Me van a contar las novedades.

El simple hecho de inhalar el aroma del guiso encendió mejillas. Martineau estaba más brillante que el faro de la punta sur. La nariz de Roberta habría sido visible desde mucha distancia en plena noche cerrada. Consumieron la sopa en medio de un silencio religioso. Lo cual, teniendo en cuenta la presencia de la urna en el centro de la mesa, no estaba del todo fuera de lugar.

—Así está mejor —dijo el joven, rebañando el plato con una rebanada de pan de pueblo.

Strüddle se levantó y les llevó una botella de vino sin etiqueta.

—La última cosecha Flamel —dijo mientras llenaba las copas.

Roberta la consideró mejor que la anterior, pero todavía un

poco demasiado joven para su paladar. Le faltaba una pizca de arándano.

—Es espiritoso. Quizá demasiado siglo XVI —calibró Rosemonde, cuyo veredicto de historiador era muy valioso para el posadero—. Pero se acerca usted a la meta. Afine aún su viñedo y transportará a sus huéspedes al pleno corazón de la Edad Media.

—¡He aquí la verdadera *opus nigrum*! —tronó Strüddle contemplando el residuo que impregnaba las paredes de su copa—. Tengo que estar listo para la inauguración de la calle de París… Tal vez podría intentar envejecerlo con éter.

Frida hizo sitio y volvió con el plato fuerte. Un fuerte olor a pimienta suplantó a lo que quedaba del aroma a malvasía.

—Gracias, sobrina. Cebollas, mantequilla, pimientos, tomates, salchichas, pimienta, huevos. Me ha dado la receta un gitano del Barrio Histórico. Lo llama *letcho*.

En el salón interior sólo se oía el ruido de los tenedores y cuchillos chocando con los platos. Después la conversación volvió a versar sobre el barón y sobre lo que podría ser.

—Porque la cuestión no es tanto saber quién es ni qué aspecto tiene —afirmó Roberta, limpiándose los labios con una esquina de la servilleta—, sino qué es. ¿Con qué contamos, en cuanto a su identificación? Un ser multiforme, una mezcla de sombra y niebla, que resiste el fuego…

—¿Podría tratarse de un gemelo astral? —tanteó Martineau, que todavía tenía un pie en el caso del cuarteto.

—Demasiado fácil —fue la respuesta de la bruja.

—El *smog* que trajo al mundo a Jack… ¿Y si hubiese adquirido forma? —propuso Strüddle, ahora más audaz.

—Podría ser también una pesadilla encarnada —añadió Roberta—. No, no, no. El barón existe. Obéron está bien situado para saberlo.

—¿Podría tratarse de alguien de nuestra Familia? —preguntó Eleazar a Roberta.

—Podría ser cualquiera. El retrato robot del que disponemos es de una imprecisión que confunde. Nos encontramos en medio de la bruma, tanto en sentido propio como figurado.

—Cierto, pero conocemos ejemplos de entidades que tienen el poder de cambiar de apariencia o de esfumarse con sólo chascar los dedos —intervino Rosemonde.

Al profesor de historia le encantaban las adivinanzas, y acababa de proponerles una. Cada cual hizo el esfuerzo de devanarse los sesos.

—¿Un fakir? —aventuró Strüddle—. Son capaces de hacer contorsiones verdaderamente fenomenales. He visto uno en el *Mondorama* que…

—No —lo cortó Rosemonde—. Algo menos exótico. Más próximo a nosotros.

Buscaron de nuevo. Y fue otra vez Strüddle el que sugirió con la boca pequeña:

—Está aquel mago que aparecía y desaparecía a placer. Era también un gran ratero. ¿No? —Rosemonde lo miró sin decir nada—. Bueno. Mala suerte.

—¿De verdad no ven nada? —dijo él, comprobando que todo el mundo, incluida Roberta, no paraba de darle vueltas al asunto.

Strüddle y Martineau menearon la cabeza, apesadumbrados. La bruja miraba el *letcho* en el fondo de su plato preguntándose adónde diablos quería ir a parar aquel hombre.

—El Hradschin, la Pequeña Praga, el gueto judío… ¿de verdad no les recuerdan nada?

—¿Qué relación podría haber entre el santuario de la Pequeña Praga y una criatura imposible de atrapar?

Roberta no terminó su frase y se quedó patidifusa. El posadero, que también acababa de entender lo que pasaba, dio una fuerte palmada en la mesa y estuvo en un tris de mandar a hacer puñetas la urna. Martineau la agarró justo a tiempo y la estabilizó, un tanto confuso.

—No puede ser él —declaró la bruja—. La casa de la calle de la Vieja Escuela quedó sumergida. No habría podido ser trasladada a Basilea sin que lo supiésemos. Y no habrían podido traerlo a la ciudad sin que el Colegio se enterase de una forma u otra.

—Entonces, me equivoco —zanjó Rosemonde con una expresión burlona.

Martineau fue mirándolos uno por uno. Le hubiera encantado que aquellos espíritus brillantes fuesen un poco más claros en relación con ese Él y ese Lo. Por otra parte, la casa de la calle de la Vieja Escuela le decía algo, pero no sabía qué. Había oído hablar de ella. Pero no en el Colegio. ¿Dónde? ¿Y cuándo? Lo único que recordaba era que se encontraba en alto…

—El barón guarda silencio —dijo Roberta—. Pero Fould tiene razón. El autor de *El Barómetro* tendría muchas cosas que contarnos.

—Exactamente. El último número ha salido esta mañana —anunció Strüddle.

Sacó el periodicucho clandestino del bolsillo, lo desplegó y leyó los titulares de los artículos que lo componían:

—«El barón, historia de sus primeras apariciones, séptima entrega.» «Cómo el asesino ha sembrado la muerte en el puerto deportivo de las grandes fortunas de Basilea.» «Una sombra dentro de la laguna.» «¿Un misterio más para elucidar?» ¿Cuál quieren?

—«Una sombra dentro de la laguna» —pidió Roberta.

Strüddle empezó a leer el artículo elegido por la bruja.

—«Como si la lluvia y las fechorías perpetradas por el Infame no bastasen para sacudir nuestras conciencias, pareciera que las profundidades de la laguna fuesen el decorado de sucesos inquietantes. En efecto, durante el día de ayer, a pesar de la adversidad de los elementos y gracias a mis instrumentos de observación, vi una forma oblonga, de al menos CIEN METROS de largo aproximadamente, desplazándose hacia el extremo del malecón para escabullirse por esa zona tenebrosa, allí donde aún puede verse la antigua Basilea, cuyo centro está señalado por la aguja de la catedral. A estas alturas de nuestra investigación, no podríamos zanjar la cuestión de la identificación de la presencia. ¿Animal? ¿Mecánica? Sea lo que sea, ahí está, sin lugar a dudas ahí está, veloz e inquietante. Desde ahora centraré mi atención vigilante en el agua, así como en la tierra firme. Mis queridos conciudadanos, tengan confianza. El justiciero de los aires vela por ustedes.»

—¿El justiciero de los aires? —repitió Martineau—. Eso sí que es nuevo.

—Cualquiera diría que es Fould en plena forma —se mofó Rosemonde.

Pero Roberta sabía en quién le hacía pensar ese estilo ampuloso. De momento, se guardó la idea debajo de la capa, como

89

una linterna sorda. Y por dentro se reía de lo absurdo de su situación. Los trazadores habían sido incapaces de localizar al barón, fuera quien fuese. En vez de eso, un chupatintas rociaba Basilea con una prosa folletinesca especializada en el género fantástico y en la criptozoología.

—Veo que nuestros mejores elementos se han reunido en este lugar cálido donde los haya, ¿eh? —lanzó un recién llegado que sacó a los comensales de sus respectivas meditaciones.

Amatas Lusitanus acababa de colarse en el salón interior del Dos Salamandras. Eleazar se apresuró a cogerle el impermeable y a cederle su silla. Martineau se había puesto de pie instintivamente.

—¡Ah! ¡El príncipe del eclipse ha vuelto! Hacía más de ocho días que me preguntaba por usted. Qué manera de desaparecer… ¿Qué quería demostrarme? ¿Su faceta de corriente de aire?

Martineau replicó sin pensar en las consecuencias de tal revelación:

—He volado, señor. Como un cohete. Hasta dos mil metros de altitud. Tendría que haberle avisado…

Lusitanus cortó en seco aquellas elucubraciones:

—Sí, claro, claro, Martineau. ¿Es su nuevo Flamel? —preguntó a Strüddle, indicando la botella.

El posadero sirvió una copa al brujo. Lusitanus lo degustó sumido en un respetuoso silencio. Contra toda previsión, no hizo ningún comentario al respecto.

—Vengo del Edificio Municipal —dijo—. He verificado, en presencia de Banshee, las instalaciones del Censo. Nuestros trazadores funcionan a la perfección. Su silencio resulta tan incomprensible como inaceptable.

—Igual que el hecho de que hayamos puesto nuestra ciencia al servicio de Seguridad —bramó Rosemonde, que se enfurecía cada vez que se abordaba el tema en su presencia.

Martineau no se había sorprendido mucho al enterarse de que los trazadores habían sido creados por el Colegio de Brujas. Los brujos tenían la misión de garantizar su mantenimiento. A cambio, las instancias municipales los dejaban actuar a su aire en el jardín, en el santuario de la Pequeña Praga y en el interior de la universidad. El pacto se recogía en el primer artículo de la famosa Carta Blanca que permitía a la brujería perdurar en ese fragmento de tierra firme.

—Los trazadores son un problema y el barón es otro —les recordó Roberta—. ¿Es la última edición del *Diario de Tierra Firme*?

Lusitanus le tendió el diario. En primera plana se reproducía *in extenso* el elogio de Fould pronunciado en memoria de Gruber. La bruja refunfuñó al verlo.

—Este hombre es un peligro. No me gustaría tenerlo de alcalde por nada del mundo.

Martineau estuvo a punto de saltar, pero se contuvo en el último momento.

—Vivimos tiempos revueltos —se lamentó Lusitanus—. Y el alcalde saliente es un hombre cansado. —Se apropió de *El Barómetro*, que había quedado en la mesa—. ¿Han visto estas paparruchas? ¿Un monstruo dentro de la laguna? La muerte del mayor relatada hasta en sus detalles más ínfimos... ¡Qué indecencia!

—Ahí no hay nada que no sepamos ya, estén seguros —replicó la bruja.

—Cierto —apostilló Rosemonde, consultando a su vez el diario municipal—. Pero dense prisa en averiguar algo más. Y en darlo a conocer. Los incineradores en huelga. La excavación del túnel en punto muerto. La lluvia... La inquietud se está apoderando de las almas. Incluso se empieza a murmurar que habría subido ya el nivel en el extremo del malecón.

—Falso —repuso Martineau—. Miren la aguja de la catedral. El agua del interior del malecón no sube.

—Ya sabemos el poder que tienen los rumores —comentó Strüddle suspirando.

Amatas Lusitanus apuró su copa, se levantó y se puso el impermeable, empapado aún.

—Los dejo. Buena suerte a todos. Y Martineau, en cuanto se libere de sus obligaciones crimino-meteorológicas, me explicará usted la jugarreta que me hizo en el tejado de la universidad. ¡Que tengan un buen día!

Nada más salir Lusitanus, Roberta preguntó a su joven aprendiz de investigador:

—¿De qué va toda esa historia? ¿Ahora vuela? ¿Cómo un cohete?

—No, no. Es el alcohol. Digo bobadas —dijo, escurriendo el bulto.

—Lástima. Porque va siendo hora de interrogar al picarue-lo que edita *El Barómetro* en su imprenta. Por mucho que la lluvia no ayude realmente.

—¿Sabe quién es? —se extrañó Martineau.

—Más que nada, sé dónde está.

Rosemonde, Strüddle y Martineau la miraron en silencio. Era el turno de la bruja de plantear una adivinanza, y de lo más fácil esta vez.

—¿De dónde caen las hojas? —preguntó.

—¡Del cielo! —respondió el joven el primero, pisando un acelerador invisible.

—Entonces, la sede social de *El Barómetro* está en el cielo, más allá de las nubes. Y nosotros vamos a hacer una visita a su redactor jefe.

—Pero, ¿cómo? Si cuenta conmigo para volar...

No se sentía capaz de explicar la conjunción adularia-Luna-Baco. En todo caso, no en ese momento. Pero Roberta había sacado un manojo de llaves del bolso. Y lo agitó delante de las narices del investigador.

—A la espera de que Fould nombre a alguien más respon-sable para el puesto, dirijo yo la Oficina.

Una de las llaves tenía prendida una etiqueta en la que ha-bía dibujado un ave marina.

—Me han contado que recibió usted entrenamiento para pilotar la antigua nave del conde Palladio, ¿es así? Sus frecuen-tes visitas al hangar no han pasado desapercibidas.

—¿Se refiere a la *Albatros*? —Martineau estaba ya en pie—. ¡Podría pilotarla con los ojos cerrados!

Roberta se preguntó si de verdad era buena idea poner a aquel energúmeno a los mandos de la nave voladora.

—Hágame el favor —replicó ella—, manténgalos bien abier-tos. —Y entonces se dirigió a Strüddle—: ¿Puedes guardarlo? Con *Belcebú* enseguida sufriría algún percance...

El posadero no puso ninguna objeción a que el mayor fuese su huésped durante un tiempo. Y sugirió, como buen amigo:

—Lo pondré entre mis especias, detrás del mostrador. Así podrá escuchar las conversaciones del comedor.

—De ese modo vivos y muertos se alojarán bajo el mismo rótulo —filosofó Rosemonde, que hizo tintinear su copa contra la urna de frío metal.

Roberta y Eleazar lo imitaron, brindando por última vez con el puñado de polvo gris en que se había convertido el mayor. Clément, en el umbral de la sala trasera, aguardaba sin poder parar de mover los pies.

El vigilante del hangar no les puso ningún impedimento para subir a bordo de la *Albatros*. La réplica de la embarcación de Robur, en varadero desde hacía tres años y al abrigo de las inclemencias, parecía flamantemente nueva. Martineau había pasado por su casa para ponerse el mono de cuero marrón. Por su parte, Roberta había recuperado el poncho. Tenía miedo de coger frío durante el paseo por las alturas.

El joven fue a la sala de máquinas y verificó el estado de carga de las pilas eléctricas. Satisfecho, subió de nuevo a cubierta y se instaló en la cabina acristalada del timonel, en la popa del navío. Giró la llave que le había confiado Roberta en el arranque del cuadro de mandos. Las treinta y siete hélices se pusieron en movimiento hasta producir todas ellas un zumbido perfecto. Martineau aumentó ligeramente la velocidad. La *Albatros* se elevó unos metros en el aire.

—¡Om! —dijo Roberta.

—¡Suelten amarras! —lanzó Clément.

Lo decía sólo por las formas, porque en realidad no había amarra alguna que soltar. Lanzó la gran hélice posterior, que los impulsó fuera del hangar que daba directamente a la laguna.

Cogieron altura y se metieron en las nubes, perdiendo de vista Basilea. La lluvia transformó el puente de la *Albatros* en un espejo gigantesco. Los limpiaparabrisas barrían con ímpetu los vidrios del compartimento. El viento azotaba el casco como si le propinase golpes de ariete. La visibilidad era nula. Roberta, con el ponto subido hasta la nariz, se agarraba con las dos manos al cuadro de mandos.

—No se preocupe. Esta nave no puede empaparse y está perfectamente equilibrada —la tranquilizó Martineau, que, en efecto, tenía dominada a la *Albatros*.

—¿Por qué se me habrá ocurrido proponerle semejante idea?

—Por la cosecha Flamel —apuntó el joven como explicación de su locura pasajera.

La luz se aclaró sensiblemente. Entre las nubes se abrió una ventana de cielo y volvió a cerrarse.

—Antes le mentí —confesó Martineau—. Con lo de mi vuelo. A Lusitanos le decía la verdad.

—Le escucho. Y, por compasión, cuéntelo con mucha pasión para hacerme olvidar dónde nos encontramos.

Martineau le contó sus experiencias aeronáuticas en el tejado de la universidad y en la Daliborka: cómo actuaban concertadamente la adularia, la luna y Baco, su incapacidad para explicarlo. Al final del relato Roberta se quedó mirando al investigador con la misma expresión de cuando lo había visto caminar en el aire, en lo alto de la torre de Saint-Jacques.

—Ha encontrado el secreto de la transvección. El vuelo de las brujas… Banshee va detrás de eso desde hace años. Se va a poner verde de envidia cuando se entere de que puede usted volar.

—Pues, de momento no vuelo realmente. Digamos que asciendo a los cielos con más o menos destreza.

Se disponía a contarle la extraña conversación que había oído entre Banshee y Barnabite, cuando el sol apareció de repente. El espectáculo cortó en seco su discusión. Las partículas de agua que recubrían la *Albatros* se habían transformado en perlas de cristal. Por todas partes los rodeaba un paisaje de colinas blancas. Muy por encima de sus cabezas el cielo azul resplandeciente aparecía moteado de cirros. Eran los únicos amos y señores, a bordo de una nave reluciente en un mundo aterciopelado y brillante.

Martineau manipuló los mandos para detener el ascenso de la *Albatros* e imprimirle un movimiento horizontal. Rozando las nubes, la nave producía a los flancos inmensas espirales de algodón. Roberta salió del compartimento y se acercó con cautela a la baranda.

—¡Sol! ¡Sol! —cantó, con los brazos en cruz, saboreando aquella caricia maravillosa.

Y pensar que unas horas antes estaba en el tanatorio, en plena lluvia, escuchando al ministro haciendo campaña electoral.

—¡Roberta! —la llamó Martineau. La bruja entró en el compartimento—. Embarcación a las doce horas.

Clément había parado el propulsor posterior. Las hélices verticales los habrían mantenido estacionarios, de no haber sido por el alisio que soplaba por un lado. A un kilómetro aproximadamente, entre dos crestas de nubes, se deslizaba lentamente un dirigible. Desde donde estaban se veía un timón, una sola hélice y una plataforma enganchada debajo del globo ovoideo.

—Tiene razón —dijo él—. El cielo de Basilea está habitado.

—¿Puede acercarnos con discreción?

—Lo voy a intentar.

Roberta se colocó en la proa de la *Albatros* para admirar la maniobra que ejecutó Martineau con mano de experto. Hizo deslizarse la nave hasta dejarle en la estela del aerostato, y entonces redujo lentamente la distancia que los separaba. El viento de cara los beneficiaba. Los podían ver, pero no los podían oír.

La plataforma del dirigible estaba atestada de máquinas y de plantas en macetas. Pero no se veía ni un humano. Una cuerda, enganchada por debajo, se perdía de vista entre las nubes. El globo estaba anchado, amarrado a algún monumento de la ciudad alta. Martineau condujo la *Albatros* de manera que su proa rozase la plataforma. Ajustó las hélices para contrarrestar el viento transversal y se acercó a Roberta con paso tranquilo.

—Me descubro, Martineau. Es usted un as. Cualquiera diría que lleva haciéndolo toda la vida.

—Soy un hombre-pájaro, no lo olvide. Además, cuando se sabe conducir un automóvil, se sabe conducir cualquier máquina.

—Muy bien, don Aeróbata. ¿Cómo piensa subir a bordo?

95

Cogió a la bruja por los hombros y la desplazó un metro a su izquierda. Del lado de la barandilla, desde el suelo, sobresalía una palanca. Tiró de ella hacia él. Del casco salió una pasarela articulada, cubierta y provista de su propio pasamanos, y se desplegó hasta la plataforma del dirigible, sobre la que se posó suavemente.

—Después de usted —dijo, inclinándose.

Roberta cruzó la pasarela evitando pensar en el vacío que se abría bajo aquellas frágiles planchas de madera.

En mitad de la plataforma había sido construido un compartimento adornado con molduras. Dentro había telescopios, catalejos apuntando a la tierra y, sujetos a la obra muerta, una especie de periscopio en un trípode que atravesaba el suelo, una impresora portátil, algunos ejemplares apilados de *El Barómetro*, una cámara oscura… El compartimento contenía también una cocinita, una cama y una biblioteca.

Desde la parte delantera les llegó el repiqueteo de una máquina de escribir. Lo siguieron. Un hombre, con una bufanda alrededor del cuello, apareció sentado ante una mesa. Ante él, las vistas estaban formadas por un mar de nubes. Encorvado sobre su máquina, refunfuñaba y resoplaba, concentrado como un erudito.

—Nuestro autor en pleno trabajo —susurró Roberta al oído de Martineau.

Una ráfaga de viento hizo que el poncho de Roberta restallase como una capa. El repiqueteo cesó. El hombre se dio la vuelta.

Llevaba el cabello desgreñado y un uniforme inidentificable. A juzgar por las apariencias, habría podido ser un ordenanza del Palacio de Justicia, un calculador del Censo o un pasante de la Ópera. Tenía una mirada alelada. Pestañeó, miró más allá de Roberta y clavó los ojos en la silueta de Martineau, que se mantenía en la retaguardia.

—¿Micheau? —dijo el hombre, achinando los ojos—. ¿Es usted?

—No diga nada —susurró Roberta.

El hombre se había puesto de pie. Avanzaba con muchísima precaución, con los brazos extendidos hacia delante. Cuando pasó por delante de ella, Roberta le espetó:

—El señor Papirotazo, supongo.

El escritor se detuvo y contempló el poncho multicolor preguntándose, visiblemente, de qué animal podría tratarse.

—¿Viene de los Andes? —A la bruja se le pusieron coloradas las mejillas—. Le ruego que me disculpe, pero mi tercer y último par de gafas se ha caído por la borda. No veo tres en un burro, y no sabe cómo me fastidia.

—Me llamo Roberta Morgenstern. Y no vengo de los Andes.

—¿Morgenstern la investigadora? —Se giró hacia Martineau—. No me había dicho que estaba de su lado, Micheau. —Se presentó—: Ernest Papirotazo hijo. Continuador de la obra de Ernest Papirotazo padre, autor de *Crímenes atroces y asesinos célebres...*

—... y reportero del *Diario de la laguna* hace cuarenta años.

—Sí. El barón de las Brumas es un poco nuestro fondo comercial familiar —se disculpó—. Por cierto, ¿cómo han subido hasta aquí?

—Con la *Albatros* —le explicó.

—¿Con un albatros, dice usted? ¡Bah, es igual!

Se metió las manos hasta el fondo de los bolsillos y dio una vuelta en torno a Martineau como un buitre carroñero alrededor de un animal muerto a punto de despellejarlo. Como se suponía que tenía que hacerse pasar por el conductor sordomudo del Ministerio, el joven permaneció callado.

—Estoy contento de verla en persona. Aunque habría bastado con una conversación telefónica. En fin... Espero que no se tomen a mal que me haya inventado esta historia del monstruo, ¿eh? Hace falta mantener la atención del lector. El barón ya no suscita habladurías. Pero... —Cesó su paseo en redondo, giró sobre un pie y reinició el recorrido en el sentido contrario—. Está manos a la obra, estoy seguro. Gracias a mi periscopio de infrarrojos observo la ciudad por la noche. ¡Sí! El segundo azote del crimen de la dinastía Papirotazo se lo dice alto y fuerte: se está tramando algo horrible. No estamos más que al principio de una larga serie de atrocidades.

Se sacó un pañuelo de la manga y produjo un ruido de gaita cascada.

97

—Me mantengo vigilante sobre lo que me han pedido ustedes vigilar. Pero debo decirle que el barón acapara en estos momentos toda mi atención. Necesito gafas… Para eso haría falta que bajase. No, usted me traerá a un óptico. Seguro que tienen uno en su tripulación, ¿eh? Sin mis instrumentos, no veo absolutamente nada. —De repente se precipitó hacia Roberta y le estrechó la mano con fuerza—. Estoy encantado de haberla conocido. —Se acercó a Martineau e hizo chocar los tacones con auténtico estilo militar—. No los retengo más. Tengo al fuego el segundo volumen de *Crímenes atroces* y, como decía Charles Baudelaire, ¡el arte es largo pero el tiempo es corto!

Morgenstern y Martineau apenas se habían movido, cuando Papirotazo ya se había sentado de nuevo ante su máquina de escribir y la hacía repiquetear con una energía ejemplar.

—¡La próxima vez, súbanme papel, empiezo a quedarme sin él! —les lanzó por encima del hombro.

Los investigadores se consultaron con la mirada. Era evidente que la entrevista había terminado. Atravesaron la plataforma, cruzaron la pasarela, la replegaron tras ellos y se metieron en el compartimento de la *Albatros*.

—Chalado perdido… —reconoció Morgenstern.

—¿Nos vamos sin hacer nada? —se sublevó Martineau, que por fin tenía derecho a hablar.

—¿Acaso quiere tirar su imprenta por la borda y matar a algún basilense inocente? Este tipo es inofensivo.

—También quizás un poco loco de atar.

—Cierto. Pero nos hemos enterado de más cosas callándonos que sometiéndolo a un interrogatorio policial. Micheau, Micheau, Micheau… Me pregunto qué negocios tienen entre manos un conductor sordomudo y un escritor de altura.

El joven alejó la nave del aerostato clandestino.

—¿Cómo sabía que se trataba de un Papirotazo? —preguntó en tono gruñón, consciente de que, como gran lector del padre, tendría que haberse dado cuenta.

—Por el estilo, mi pequeño Martineau. Por el estilo.

Se zambulleron en el mar de nubes y todo se oscureció de repente. La lluvia azotó el puente y los vidrios de la cabina.

Aquel ambiente gris recordó al investigador el ambiente lunar de la Daliborka.

Se acordaba palabra por palabra de la discusión entre Banshee y Barnabite. Veía perfectamente a los dos brujos asomados al cofrecillo misterioso, hablando de una casa en la calle de la Vieja Escuela…

Una brusca vaharada de calor le encendió el rostro en el instante en que halló la conexión entre aquel recuerdo y la adivinanza que les había planteado Rosemonde en la sala trasera del Dos Salamandras.

—Esto… Tengo que decirle algo —tanteó con un hilo de voz.

—¿Una revelación a la ida y otra a la vuelta? ¡Me está usted malacostumbrando!

Pero en esta ocasión la atmósfera no estaba para bromas. Los rasgos de Roberta fueron endureciéndose conforme Martineau le contaba la escena de la que había sido testigo privilegiado, pegado al techo de la torre del Hambre, una semana antes.

—¿Le parece que es importante, Roberta?

Por la mirada siniestra que le dirigió, el joven comprendió que esa historia de arcilla resquebrajada tenía, efectivamente, una cierta importancia. Prefirió retomar su papel de piloto mudo y devolver la *Albatros* al hangar sin incidentes. El barco retornó a su varadero. Las treinta y siete hélices perdieron velocidad y se frenaron a trompicones. Martineau entregó la llave de la *Albatros* a Roberta, que la guardó al fondo de su bolso.

Caía la noche. El día había sido largo. Roberta estaba cansada. Pero tenía que hablar con Grégoire lo antes posible. Tras un trayecto al ritmo del tamborileo de la lluvia en la capota y del chirrido de los limpiaparabrisas, el joven la dejó al pie de la vivienda de Rosemonde. Antes de despedirse, le dijo:

—Reúnase conmigo en el salón de té de la pagoda del Barrio Histórico mañana a mediodía. Mientras tanto, no hable con nadie de todo esto.

Una vez a solas, Martineau, con las manos al volante, se puso a reflexionar con mucha concentración. A cabo de todo un minuto de meditación intensa, pidió a los espíritus que quizá lo escuchasen:

—¿De qué no quiere que hable?

Todavía no sabía qué quería decir Él o Lo o Todo esto, ni qué era eso tan terrible que escondía la casa de la calle de la Vieja Escuela. Los espíritus no le fueron de gran ayuda, pues ninguno de ellos se tomó la molestia de ponerle al corriente.

Un poco antes dos hombres observaban la tierra firme desde la aguja de la catedral que asomaba a la laguna. Antaño la Münsterkirche tenía dos. Pero unos años antes una barcaza había chocado con su hermana pequeña. Los hombres llevaban unas vestimentas abigarradas que a un habitante de Basilea le habrían parecido ropa de chiflados: pantalones abullonados a rayas amarillas y azules, chaquetas con galones bordados, sombreros de ala ancha para protegerse del sol de los trópicos. Uno llevaba un sable metido por el cinturón, y el otro dos revólveres cruzados a la altura del vientre.

—No hace calor.

—Desde luego. Me bebería un trago de ron.

—No durante la ronda. El jefe no se anda con chiquitas con esas cosas.

—¡La jefa, más bien! Dejarse dominar por una hembra… Con eso está visto todo.

—Precisamente, tú no lo has visto todo —se molestó el compañero, bajando los prismáticos—. Tú no la has visto cuando se trata de batirse. Una auténtica leona. Ninguno de nosotros maneja el sable tan bien como ella.

—Sea. Ya veremos en el combate.

Volvieron a su tarea de vigilancia.

—¿Qué es ese trasto? —preguntó el escéptico.

Un barco erizado de mástiles sin velas descendía del cielo a la ciudad. Llegó a ras del agua y desapareció detrás de las torres del barrio administrativo.

—Parecía un barco…

—Un barco que vuela.

—¿Se ha puesto el mundo del revés?

—Aún no. Pero es un buen comienzo.

De derecho y de hecho

La pagoda adornaba en tiempos los Kew Gardens, antiguo jardín botánico sito en los alrededores del antiguo Londres. Había sido construida en 1762 por la princesa Augusta, la madre de Jorge III. Mucho antes de la Gran Crecida, había sido desmontada, embalada, etiquetada y relegada a un depósito de las Cumbres del país de Gales. Unos años después los jardines, al igual que la mayor parte de Gran Bretaña, habían desaparecido bajo las aguas.

Las cajas habían sido encontradas por los decoradores del conde Palladio. Pero había sido la reina de los gitanos la que había hecho montar la pagoda en el Barrio Histórico, quitando sólo una planta de las diez originales. La entrada estaba vigilada por dos autómatas venecianos. La tercera planta estaba ocupada por un salón de té. Un letrero colocado en el frontón de la entrada decía:

LOS DIOSES AMAN LOS NÚMEROS IMPARES

A Roberta Morgenstern le parecían fascinantes las vistas del salón de té. A pesar de la lluvia que caía, fina y densa, unos gitanos trabajaban en los andamios de la calle de París. Se habían tendido cables entre la pagoda y diferentes puntos del barrio, gracias a los cuales se había podido colgar un inmenso velo a modo de gigantesco paraguas. Las aspas de los molinos de viento, montados en los tejados, giraban sin descanso.

Martineau se retorcía las manos. Rosemonde dibujaba los pasos que acababan de ejecutar Roberta y él en la calle de México y apuntaba su poder de encarnación con precisión de coreógrafo. El camarero llevó el té. La bruja exclamó, entusiasmada:

—Este fou-chong… Supera con creces el *darjeeling* del Savoy. —Hizo los honores, con muñeca flexible y codo levantado en alto—. En tiempos de Palladio los gitanos estaban relegados a los trabajos más sucios. Hoy gestionan el barrio, son recibidos por el alcalde y… —Degustó el té, con el meñique estirado—. ¡Mm! Son los mejores importadores que conozco para este tipo de producto. Adelante, Martineau. Cuéntenos su aventura en la Daliborka.

Rosemonde guardó el cuaderno y escuchó al investigador sin interrumpirlo, aun cuando Roberta ya le había contado todo el día anterior por la noche.

—Barnabite y Banshee —masculló cuando hubo terminado—. Habrían sido perfectamente capaces de devolverlo a la vida.

—¿Devolver a quién a la vida? —se impacientó Clément.

Se había pasado parte de la noche buscando una solución al enigma. Rosemonde se lo quedó mirando con una expresión todo menos amistosa. Al joven le zumbaron los oídos, pero no apartó la mirada.

—La Pequeña Praga es un barrio prohibido, señor Martineau. Es un santuario. Podría hacer que lo expulsaran del Colegio por haber osado explorarlo sin autorización.

Rosemonde pareció dulcificarse. Pero su sonrisa no tenía nada de tranquilizadora.

—De todos modos, sin su espíritu aventurero, no sabríamos nada de lo que se está cociendo allí.

Para señalar ese «allí» bastaba con girarse un poco hacia el este. La Pequeña Praga se encontraba a apenas quinientos metros. Difuminada por la lluvia, parecía una masa oscura y borrosa embarrancada al borde de la laguna. Martineau era temerario, en efecto. Y quería saber.

—¿Y qué se está cociendo exactamente? —insistió.

Rosemonde interrogó con la mirada a Roberta, que se limitó a parpadear. Le daba carta blanca. Él cogió unos azucarillos, formó un marco en equilibrio, puso encima un dintel y dibujó una hilera doble de pequeñas estelas, todas de soslayo, como si fuesen unas puertas entornadas.

—Dígame qué sabe sobre los santuarios.

—Bueno, pues que datan de la subida de las aguas. El Consejo de las Brujas, Magos y Hechiceros organizó un plan de emergencia, una especie de salvaguarda de los monumentos, bueno, de los sitios que... a los que...

Martineau empezó a patinar. La historia de la brujería no era su fuerte.

—¿Puede citarme cinco?

—La Pequeña Praga. El teatro Robert-Houdini que se encuentra en el *Mondorama* de Wallace. Stonehenge reconstruido en Cachemira. Delfos trasladado a... a... —Martineau imploró la ayuda de Morgenstern, que se limitaba a sonreír con benevolencia—. ¿Bogotá?

—La Paz —lo corrigió Rosemonde—. Pero la lista de los santuarios no importa mucho. Lo que nos interesa es su función. ¿Por qué han sido protegidos frente a todo y contra todo? —Esta vez Rosemonde no esperó a ver al joven en apuros—. Para salvar ciertas formas de magia que, fuera de los entornos en los que fueron inventadas y practicadas toda la vida, corren el riesgo de perderse para siempre.

—¿Un poco como las especias? —tanteó Martineau—. Fuera de su entorno, no tienen salvación.

—O como este té chino, que no sería tan bueno si se bebiese en otro sitio que no fuese esta auténtica cucada —apostilló Roberta.

—El decorado nos afecta. Palladio lo había entendido muy bien. Y usted, que se siente atraído por la luna cada vez que se esconde, es una prueba viviente de ello.

—Desde luego —continuó Roberta—. No sería el mismo hombre si estuviese ligado al fuego o a la tierra. Y del Éter no le digo nada.

Rosemonde aprovechó los instantes que Martineau tardó en comprender aquella alusión para retomar el hilo de su discurso.

—La Pequeña Praga se volvió a montar en Basilea con el fin de conservar la Cábala. Evidentemente, determinadas modalidades de la misma, como recoge el acuerdo de la Carta Blanca. Nada de magia negra, nada de invocaciones, nada de molestias domésticas ni de resurrecciones de viejos demonios.

Rosemonde dio un papirotazo a uno de los azucarillos y su santuario se desmoronó como un juego de dominó. Recuperó el dintel, endulzó con él su té, dio un sorbito y concluyó su demostración con dos informaciones fundamentales:

—Barnabite es el guardián del santuario. Carmilla Banshee es una mala compañía.

—¿Qué han hecho?

—¿Así que no ha leído ninguno de los libros asignados al programa de tercero?

—O sea, es que... Tenía la intención de ponerme enseguida...

—El Talmud —lanzó Rosemonde como primera pista—, ¿le dice algo?

—¿El ser creado gracias una combinación de letras...? —añadió Roberta.

—El rabino Judah Loew ben Bézabel...

—La casa de la calle de la Vieja Escuela y su pieza sin salida...

—La figura de arcilla que se conserva en la sinagoga de Praga y que, sin esa maldita casa, no habría tenido ninguna oportunidad de volver a ver la luz...

Rosemonde había echado los restos. Martineau gritó entonces:

—¡El gólem!

—Por fin —suspiró Morgenstern—. No está usted del todo perdido para la ciencia.

—El gólem —repitió Martineau, en voz no tan fuerte—. ¿Creen que el barón de las Brumas es, en realidad, el gólem?

—Una criatura de barro puede, *a priori*, colarse en cualquier sitio —argumentó Rosemonde—. Y ésa ya ha dado pruebas de poseer cierto talento para el homicidio ciego y despiadado.

Rosemonde estiró las piernas encima de los cojines y contempló las nubes bajas. Una figura alargada planeaba por encima de la laguna, como haciéndose eco de su relajación. ¿Eran quizá los restos del espíritu al que habían invocado brillantemente y que tardaba en disiparse en la atmósfera? Roberta, poniéndose en pie, lo sacó de su ensoñación solitaria.

—Vamos, Martineau, arriba. Tenemos una cita con una persona a la que le tiene usted cariño y que, al parecer, tiene datos serios que comunicarnos.

El joven se incorporó de mala gana.

—¿En relación con el gólem?

—Con el barón. Todavía no sabemos si el gólem y él son uno solo.

Roberta recogió su bolso y susurró a Rosemonde:

—Hasta esta noche, señor.

A continuación, se dirigió hacia la escalera. El investigador pensaba para sus adentros que habría preferido explorar la Pequeña Praga, aunque el mediodía no fuese la mejor hora para pasar inadvertido. ¿No había sido él quien los había puesto sobre esta pista, igual que los había puesto sobre la pista del viento? Morgenstern se detuvo antes de empezar a bajar la escalera, dio media vuelta y vio que el joven no se había movido de su sitio ni un ápice.

—Si tiene mejores cosas que hacer, iré yo sola —le espetó—. Pero sería una lástima. Suzy Boewens tenía realmente toda la pinta de estar deseando verle.

—Vive en el número 18 de la calle de las Rosas —lo informó Roberta.

Martineau hacía lo posible por evitar los grandes charcos de agua y por no salpicar a los transeúntes, lo que no le parecía nada fácil.

—¿Sabe dónde está la calle de las Rosas? —lo chinchó la bruja—. Pero si es pequeñísima…

No podía confesarle que se había pasado tardes enteras en la calle de las Rosas, escondido detrás de una farola, esperando a ver a Suzy cerrar sus postigos.

—Mire en la guantera —dijo.

Roberta sacó el plano encuadernado de la ciudad nueva.

—Tiene gracia, yo tengo el segundo volumen, el plano de la ciudad sumergida. Por lo menos, estos dos se habrán salvado del incendio de Archivos.

—Me lo sé de memoria. Por eso sé dónde queda la calle de las Rosas.

—Ah. Ya. Qué bien. Si la Oficina cierra, siempre podrá usted hacerse taxista.

El diálogo acabó ahí. De todos modos, ya habían llegado. Martineau aparcó el automóvil delante de una casucha de ladrillo oscuro, típica de ese antiguo barrio obrero reservado ahora a los altos funcionarios. La casa dejada en herencia por Gruber se encontraba a dos manzanas de allí. Suzy Boewens les abrió antes de que hubiesen tenido tiempo de tocar el timbre. Parecía cansada. El joven, en la retaguardia, se quedó deslumbrado.

Suzy se había puesto unas chinelas rosas y llevaba una bata de seda malva. Por fin podía admirar sus tobillos finos y blancos como el alabastro, así como sus tendones de Aquiles, que tan arrebatadores le parecían.

—Lo siento —dijo ella, invitándolos a entrar—. Bi badre be esdá edugando en el Éder y soy una badosa. Ayer al volver del danadorio, be… be… be… —Estornudó, liberando una energía que habría podido usarse para separar los elementos primordiales de la Materia. Se sonó la nariz ruidosamente. Para Martineau, ni los ángeles habrían tocado mejor las trompetas del paraíso—. Be gaí en la laguna —terminó—. Por eso dengo esde resfriado.

La siguieron hasta una pieza que daba a un jardín con un enorme ventanal. Las paredes estaban cubiertas de anaqueles repletos de libros y de recuerdos de la vieja Basilea. Al lado de una chimenea tapada llameaba una estufa.

—Qué lindo —juzgó Roberta.

Boewens estornudó. El suelo tembló bajo sus pies.

—¿Por lo menos se estará cuidando?

—Dobo asbirina…

—Aspirina, pff. Muy propio del Éter… ¿Me permite que explore su jungla personal?

—Adelande, adelande, se lo ruego.

Roberta se puso otra vez la capucha del impermeable y salió al jardín, metiéndose por las hierbas crecidas. El corazón de Martineau latía a estallar. Estaba a solas con Suzy, en su casa.

—Leche caliente con miel va bien para la garganta —dijo con la voz temblorosa de un viejo, pero con la expresión de un niño de diez años.

Boewens no lo escuchaba. Estaba intentando coger un tomo de lo alto de su biblioteca. Martineau se apresuraba a ayudarla cuando el *Nuevo Diccionario Universal* en dos tomos, de Maurice Lachâtre, les cayó encima. Cuando Roberta regresó al salón, se encontró con Martineau tratando de arreglar el desbarajuste y con Suzy, sentada en un sillón, frotándose la crisma y gimiendo.

—¿No le parece que nuestra jurista está ya lo bastante mal? —dijo la bruja, hostigando al investigador. De sus bolsillos asomaban unos manojos de hierbas.

—Yoestobuenopues —farfulló Martineau con la mirada gacha.

—¿Dónde puedo hervir agua? —preguntó Roberta.

Suzy la llevó a la cocina. Martineau las siguió, emitiendo extraños ruidos guturales. Roberta cogió una cacerola, la llenó y la puso en el fogón, que encendió con un chasquido de dedos. A Suzy no la sostenían las piernas y prefirió sentarse. Mientras Morgenstern preparaba su cocción, dio conversación al investigador.

—¿Gué dal le va cob el segubdo gurso?

—Ah, bien, bien, me parece todo muy interesante, realmente muy chulo.

—Dengo gue felicidarle. Ha sido ubo de bis begores alubnos. Su úldiba exbosicvób sobre los boseídos de Loudun fue excelende. Snif. Urbain Grandier habría esgapado del garnicero si hubiese bodido usded defenderlo.

Alumno… Desde luego, era el último papel que quería representar Martineau con ella. Con el rabillo del ojo Roberta sorprendió su expresión de decepción y decidió echarle una mano.

—Clément no es sólo un buen alumno, sino también un excelente investigador. Y figúrese que ha descubierto uno de nuestros poderes perdidos. —Estaba removiendo las hojas de malvavisco y de tomillo que había cogido en el jardín—. Nuestro Martineau vuela. En determinadas circunstancias, al parecer. Pero vuela.

—¡Forbidable! —exclamó Suzy entusiasmada—. Dendrá que bosdrárbelo.

«Soy su fiel servidor. Volaremos juntos hacia las puertas de Tannhäuser. La amo», habría podido responder él. Pero su valor sólo le dio para decir:

—Cuando quiera.

Roberta echó la tisana en una taza, la azucaró y esperó a que terminase la nueva salva de estornudos cataclísmicos.

—¿Tiene algo que sea un poco… fuerte?

—El aguardiende de bi badre. Debago del fregadero.

Boewens bebió la tisana bien cargada. Resopló, se sonó la nariz, se levantó y no sintió la flojera de antes.

—¡Este invento suyo es genial! —Parecía que había recuperado las fuerzas—. Oh, oh. Quédense aquí. Vuelvo enseguida.

Pasaron unos minutos durante los cuales el joven, obnubilado, permaneció tan inmóvil como una estatua tallada en el mármol más inalterable.

—¡Martineau!

Se sobresaltó. Morgenstern le ofrecía una copita de aguardiente de Boewens padre.

—¿Qué?

—Beba. Esto le dará valor para lo que tiene en mente.

El joven le dedicó una sonrisa de reconocimiento y se bebió el cordial. Acto seguido se tocó los dientes con la punta de la lengua para cerciorarse de que seguían cubiertos de esmalte. Suzy reapareció. Se había recogido el pelo en un moño y le había dado tiempo a pintarse los labios. Roberta tuvo que admitir que tenía encanto.

—Podemos pasar a los temas serios —lanzó la jurista—. Venga. Les voy a mostrar cómo trabaja el barón de las Brumas.

Los investigadores se lanzaron unas miradas interrogativas y la siguieron al salón. Suzy cogió un libro de su biblioteca, esta vez sin provocar ninguna catástrofe, y lo dejó en su mesa de trabajo. Los investigadores se acercaron. Ella abrió el libro por el primer marcapáginas y apareció un grabado que representaba una escalera que bajaba por un acantilado. En los escalones se habían posado unas aves carroñeras. En lo hondo de la sima unas estacas en punta esperaban a los ajusticiados que eran lanzados desde la cornisa por unos hombres con armadura. Al fondo se veía un templo decorado con acroteras.

—El báratro —explicó Suzy—. Una excavación de Ática provista de puntas de hierro. Era el destino que se reservaba a los traidores, a los espías y a los sacrílegos.

Suzy se aseguró de que hubiesen retenido bien la imagen y pasó al siguiente marcapáginas. El segundo grabado era más terrible que el primero. Representaba a una mujer desnuda, con manos y pies atados, y encadenada a un poste de castigo. Una nube de insectos le cubría el cuerpo.

—El cifonismo. Un castigo que se aplicaba en algunos lugares de la Antigüedad a los esclavos indóciles. Consistía en impregnar al condenado a muerte con una capa de miel y dejar que los insectos trepadores o voladores lo devorasen.

—Martha Werber —susurró Martineau.

—Y antes que ella, Vaclav Zrcadlo —completó Morgenstern.

Suzy prosiguió con la visita por su pequeño museo de los horrores.

El tercer grabado representaba una plaza de la Edad Media, abarrotada de gente con motivo de una ejecución. El verdugo llevaba una cogulla de cuero. El ajusticiado tenía un ojo sacado y la mano derecha cortada. El verdugo se disponía a atravesarle el corazón con una estaca y un martillo, como si se tratase de un vampiro.

—Ojo. Mano. Corazón. La santa trilogía de las cortes de justicia carolingias, reservada a los reincidentes.

—Obéron —resopló Roberta.

Suzy cerró el libro y dejó la mano puesta encima. Con una balanza en la otra mano y una venda en los ojos, habría podido posar como la alegoría de la Justicia.

—En cuanto a Pasqualini y Fliquart, las ejecuciones mediante el fuego se han practicado tanto a lo largo de la historia que es difícil asociarlas con una época precisa. Pero esto es lo que tenía que decirles: que el barón de las Brumas trabaja al estilo de los verdugos de hace siglos. —Puso en su sitio el libro—. Después de las Ciudades Históricas, ahora un asesino disfrazado… Cualquiera diría que los persigue el pasado.

La lluvia redobló de intensidad. Los tres se giraron hacia el jardín.

—¿Y cuándo termina esto? —suspiró Suzy.

109

Nadie, ni siquiera la meteoróloga especialista en hierbas, se atrevió a responder.

—Debo informar a Fould de su descubrimiento —dijo la bruja—. Aunque el barón guarde silencio desde hace más de una semana. Y tenemos que volver a visitar a Papirotazo —dijo en dirección a Martineau.

—¿Papirotazo? —inquirió Suzy, a la que aquel nombre le sonaba de algo.

—El autor de *El Barómetro* —explicó el investigador—. Vive en un aerostato, por encima de las nubes. Además, tengo serias sospechas de que está amarrado al observatorio.

Suzy, con los brazos cruzados, los miraba a uno y a la otra.

—No tengo gran cosa entre manos en estos momentos. En realidad, nada en absoluto, excepto un asunto de siameses que me estaba ya dando migraña antes de que cogiese el resfriado. Si los puedo servir en algo… —Martineau meneó la cabeza con fuerza—. En todo caso, no me cansaré de aconsejarles que sean bastante prudentes con este asunto de ejecuciones históricas. El Éter permite oír bastantes cosas. Y les puedo asegurar que el miedo planea sobre la ciudad. Si los basilenses se enteran de que el barón está siguiendo un método histórico, corremos el riesgo de que la tomen contra los gitanos.

—La torre de Seguridad es una tumba —afirmó el investigador—. Y Archibald Fould está al mando. Sabrá tomar las decisiones necesarias.

«Precisamente eso es lo que nos inquieta», pensaron las brujas, aun guardándose la reflexión para sus adentros. Se despidieron prometiéndose tenerse al corriente. Pero en cuanto montaron en el automóvil, Martineau no dio muestras de querer marcharse.

—Esta muchacha es verdaderamente asombrosa —juzgó Roberta—. Y tiene razón con lo de los gitanos. —Se dio cuenta entonces de que el vehículo no se movía—. ¿Quiere que salga a empujar?

Por sorpresa, el joven salió corriendo bajo la lluvia, subió la escalinata y tocó el timbre. Suzy abrió. Hablaron unos segundos. Él le entregó algo, volvió al coche, arrancó el motor con un giro de manivela y volvió a ocupar su puesto de conductor. Tenía una mirada luminosa.

—¿Qué hacemos con las revelaciones de la señorita Boewens? ¡Caramba! Un asesino que actúa al estilo de un verdugo, no es moco de pavo, ¿eh?

Morgenstern se preguntó qué mosca le había picado. Pero entonces recordó que Martineau tenía treinta años menos que ella y que estaba visiblemente enamorado.

—Fould ha convocado a todo el mundo mañana por la mañana a las ocho —le recordó ella, en parte para aplacar su furor—. Aprovecharemos para ponerlo al corriente y después haremos balance de la situación.

—¿Al corriente en relación con Papirotazo y Micheau?

—Prefiero que lo de Papirotazo y Micheau quede entre nosotros.

—Pero el ministro de Seguridad ha pedido a la Oficina que encuentre al autor de *El Barómetro*, ¿no? —se rebeló el funcionario modelo.

—Sea como sea, hasta mañana por la mañana tenemos el campo libre. Aproveche. Tengo la sensación de que no dentro de mucho los acontecimientos van a acelerarse.

—¡Qué bien! ¿Dónde la dejo?

—En el Museo. Tengo que imprimir la última hoja de su árbol. Bueno, la primera.

—¿Ah, sí? ¡Genial!

No era en absoluto consciente de que pronto le sería revelada la identidad de la fundadora de su linaje. Condujo hacia el Museo silbando. Allí donde no había más que gris, él sin duda veía azul, verde, arco iris y pajarillos.

—Por cierto, ¿vendrá usted mañana, espero? —preguntó él de repente.

—¿Adónde?

—¡Al *happening*! ¡Mi madre organiza un *happening* para el *tea time*! —Tocó la bocina alegremente para anunciar la buena nueva a toda la ciudad—. ¿No ha recibido su invitación?

—Ayer no volví a mi casa. ¿Un *happening* para el *tea time*? *Perfect*! No tenía planes. Iré encantada. Y así le mostraré su árbol.

Martineau consiguió guardar silencio durante al menos cien metros de asfalto.

—Vendrá Suzy —le confesó con un suspiro—. Ha dicho que sí.

«Ya está», pensó Roberta. A juzgar por el aire etéreo del joven, consideró que no tenía nada más que añadir.

Martineau dejó a Roberta delante de la verja del Museo. Antes de dejar al joven con sus sueños, le aconsejó:

—Tenga cuidado en la carretera, ¿eh? Vete, Romeo.

Roberta se quedó mirando el automóvil, que se alejaba a una velocidad de caballo al trote corto, lo cual por sí solo era una buena señal.

Después de haber elaborado la hoja número cuarenta y cuatro del árbol Martineau, la bruja cogió unas cuantas ramitas de estragón de su propio parterre a petición de Grégoire, para la cena de esa noche. Después bajó a su casa arrostrando la lluvia y a los transeúntes que avanzaban cabizbajos sin preocuparse por las mujercillas de su tipo que podían cruzarse en su camino.

Encima de los carteles electorales habían aparecido otros inéditos, tapando la cara de Fould, del alcalde y de los demás candidatos. Eran avisos de búsqueda, hechos por los basilenses. Roberta contó hasta doce diferentes, todos con foto y número de teléfono. Esas llamadas de socorro no presagiaban nada bueno.

Incitaron a Roberta a hacer una parada en la central de telégrafos, a pocos metros de su casa. Allí redactó un telegrama dirigido a Fould, sobre el descubrimiento que había hecho Suzy. A continuación recogió su correo y subió los seis pisos hasta su apartamento.

Entre las cartas estaba la invitación de los Martineau para el día siguiente, con unas líneas escritas por Clémentine. También había un sobre notarial grande con una copia del testamento del mayor Gruber, las llaves de la casa de la calle de las Mimosas, y un formulario que tenía que devolver firmado. El Censo seguía hostigándola y le preguntaba una vez más cuál era su dirección… Roberta decidió quedarse con aquella carta. Algún día abriría un museo dedicado al Desas-

112

tre Público. Esa valiosa prueba figuraría en un lugar preponderante, enmarcada.

Pero lo mejor estaba al final: ¡Había llegado el catálogo de Primavera-Verano BodyPerfect! Era grande, pesado y estaba llenito de novedades, a todo color y en papel brillante.

—Fajas especiales para el embarazo, con autonomía, esto sí que es una idea brillante —se dijo, deteniéndose delante de su puerta.

El que aquel producto no tuviese nada que ver con ella, no cambiaba en absoluto la admiración que sentía por la empresa noruega con sede en un fiordo de nombre impronunciable. En su opinión, BodyPerfect había hecho tanto por la liberación de la mujer como el derecho al voto y la píldora.

Echó el catálogo en el sofá. El mainate no tenía ningún mensaje grabado. *Belcebú* contemplaba la lluvia con ojos tristones. Le llenó la escudilla, metió sus cosas de aseo y de muda en el bolso y se dispuso a salir de nuevo. Pero entonces reparó en el catálogo, que había quedado abierto por la página 54.

—«Gracias a sus sistema *waterproof integrated* electro-vitalo-estimulante revolucionario, la faja Electrum devolverá a su silueta la finura de los veinte años —leyó—. Frecuencias de impulso e intensidades regulables. Por sólo 399 táleros, portes incluidos. Este producto se beneficia de la garantía BodyPerfect "Satisfecha o devolución del importe".» ¡Caramba! —exclamó.

Se guardó el catálogo en el bolso como si se tratase del elzevirio más valioso del mundo. Cerró la puerta con llave, bajó dos pisos, se detuvo, volvió a abrir el catálogo por la página de la faja Electrum.

—La necesito —declaró *ex cáthedra*.

Grégoire Rosemonde vivía en uno de esos inmuebles construidos a toda prisa cuando empezó a faltar sitio después de la Gran Crecida. Su apartamento era sencillo, pequeño, funcional y no tenía vista alguna a Basilea. Pero el profesor lo había amueblado con gusto. La cocina en plata, el salón en rojo, el dormitorio en azul… Al recorrer las piezas por este orden el visitante realizaba el viaje cromático de Dante y Virgilio, desde el primer bancal del infierno hasta el último del paraíso.

Las vieiras aguardaban, en compañía del estragón, a que alguien se dignase a ocuparse de ellas. Bach hacía cantar al apóstol Mateo en el tocadiscos del dormitorio. La máscara cingalesa del demonio, único objeto decorativo de la pared del salón, se reía burlonamente al observar a Rosemonde sentado ante la mesa de arquitecto. Estaba abriendo la verónica que le había llevado Roberta. La bruja lo miraba, encaramada a un taburete, con una copa de Lácrima Christi en la mano.

—¿Se porta bien *Belcebú*? ¿No se aburre demasiado de usted?

—Lleva mohíno desde que le quité de las croquetas. El régimen a base de trigo *borghol* no le satisface, pero no puede hacerle ningún mal.

Rosemonde abrió el *Liber genealogicum* por la página de los Encantamientos. Comparó la hoja impresa en la verónica con las que aparecían reproducidas en el libro, cogió una tira estrecha de pergamino, copió los signos que indicaba el *Liber*, lo cerró, enrolló la verónica y el pergamino juntos y ató el conjunto con un hilo de seda roja.

Abrió un armario cuyos montantes estaban hechos con cuerpos en torsión, agonizantes, que encajaban a la perfección con el espíritu del aria impregnada de dolor que venía del dormitorio. Guardó el *Liber* en el armario y cogió un tarro de vidrio azul con forma bizantina.

En uno de los cajones planos y largos de la parte inferior del mueble había unos fragmentos de corteza puestos sobre el tejido de fieltro claro, y parecían unos exvotos o unas marcas de glifos sumerios. Rosemonde cogió uno, cerró el cajón y el armario y volvió a su mesa. Un líquido turbio llenaba el tarro hasta la mitad. Colocó la corteza encima del tarro abierto, y encima el pergamino y la verónica, en equilibrio.

—Ejecute usted, querida. Yo voy a ocuparme de nuestros amigos moluscos.

Morgenstern le dejó consagrarse a la cocina y ocupó su sitio. Dibujó una serie de signos del fuego por encima del rimero. La corteza y el pergamino prendieron tan súbitamente como el alcanfor y cayeron al interior del tarro en forma de desechos incandescentes. Se apresuró a cerrarlo, lo agitó, lo dejó reposar y se reunió con el maestro de brujería que, con un mandil atado a la cintura, salteaba las vieiras en un fuego del infierno. Apagó el gas y sirvió los platos. Ella cogió la botella de vino y otra copa. Se acomodaron en la mesa de arquitecto y brindaron chocando las copas contra el tarro, como si lo hubiesen hecho contra la urna del mayor Gruber.

—Por el linaje Martineau, cuya fundadora le va a ser revelada —propuso Rosemonde a modo de brindis—. Coma, coma, que se enfría.

San Mateo ascendía por el Gólgota. Las vieiras estaban deliciosas, el Lácrima Christi era suave, oscuro y fuerte. Roberta moderó la ingestión cuando notó que la cabeza empezaba ya a querer separarse de su cuello.

Rosemonde entreabrió la ventana del salón y encendió un cigarrillo. Apoyando un codo en la mesa, con el pitillo blanco entre dos dedos y unos diablillos bailando en sus pupilas, interpretó durante unos instantes la escena del hechizo a Roberta, que le agradeció aquella delicada atención.

Pero la bruja no podía parar de pensar en el verdugo. Estaba impaciente por oír lo que el profesor de historia opinaba sobre la cuestión.

—¿Se tomaría el barón de las Brumas por amo y señor de París? —preguntó él, en tono de queja, dando unos golpecitos al cigarrillo contra el borde de un cenicero de ónice—. Eso no pega nada con el gólem.

—Eso es justamente lo que inquieta. ¿Será que nos enfrentamos con dos entidades diferentes? Ni siquiera sé por dónde tirar.

—En cuanto al gólem, en el Colegio tenemos todos los escritos que queramos.

—¿Ha visto los llamamientos a testigos en los tablones de anuncios?

—¿Sobre desaparecidos? Mm, mm.

—Es tan repugnante como las pústulas de viruela.

—Buena metáfora… ¿Un poco de queso?

115

Vació la botella, la retiró y volvió con una fuente de quesos y con una segunda botella abierta.

—Le aviso, no me emborrache. Mañana por la mañana tengo una reunión.

—Vamos, estará sobria por dos —afirmó él, llenándole la copa.

Roberta dudó entre el sanmarcelino y el puente-del-obispo. Al final se decidió por tomar un poco de ambos.

—¿Los ha comprado en el mercado?

Esos quesos, igual que el vino cosechado en las laderas del Vesubio o las vieiras, eran bastante poco comunes en Basilea, normalmente.

—Me los envían directamente —respondió Rosemonde.

Igual que su resistencia al alcohol, la manera maravillosamente eficaz de abastecerse del profesor de historia era un secreto que Roberta nunca había logrado desentrañar. Olvidó sus buenos propósitos y se sirvió otra copa más, que bebió a la salud de aquel enigma hecho hombre.

116

—De todos modos, me encantaría saber por qué Barnabite y Banshee han resucitado al gólem…

—Habrían resucitado, querida. De momento sólo nos basamos en un testimonio de nuestro amigo Martineau. Va a ser necesaria una visita de cortesía al viejo Héctor para corroborar sus palabras.

Roberta guardó silencio.

—Puedo ocuparme yo —propuso él.

—No, no. Héctor es mi primo. Me hace ilusión volver a verlo —añadió ella con una sonrisa forzada. Apuró su copa para darse ánimos—. En todo caso, un barón, un verdugo, un gólem… hay algo que no encaja.

—Sabrá más detalles dentro de muy poco, no me cabe ninguna duda.

Roberta vio que la máscara de su risa burlona y el rostro de Rosemonde se confundían. Se pellizcó con fuerza el nervio patético, en la sangradura del codo, para recuperar el sentido. La descarga disipó el abotargamiento desde el cerebro hasta el hígado y lo mantuvo ahí retenido, como un genio malvado que nunca hubiera debido salir de su lámpara. Posó delicadamente su copa. *Finito*. Ya había bebido bastante por esa noche.

—Le he hecho buñuelos de viento —anunció Rosemonde.

Salió a la cocina con los platos vacíos.

—¡Es usted un ángel!

—Caído, si no le importa —la corrigió cuando volvía con el postre.

Los buñuelos se reunieron con las vieiras. A continuación Rosemonde sacó un rollo del armario y lo desenrolló en la mesa, sujetándolo con unas piedras semipreciosas. El árbol Martineau, como todos los árboles de brujería, representaba una arborescencia de marcas alquímicas relacionadas entre sí mediante arcanos flexibles y finos. Cerca de la raíz quedaba una sección vacante.

En el tocadiscos el profeta hechicero pedía ayuda a su padre y éste no le contestaba.

—Ningún sentido de la familia —criticó Rosemonde levantando la vista al cielo.

Apagó su segundo cigarrillo en el cenicero, lo pulverizó entre dos dedos, desmigajó el papel y separó las briznas del filtro hasta dejar irreconocible la colilla.

—En el árbol Martineau no he encontrado nada fundamental ni novedoso —empezó a decir en cuanto hubo terminado con su maniobra de destrucción—. Los ancestros extraordinarios se cuentan con los dedos de la mano. Nos encontramos aquí a Klettenberg de Francfort, que hacía sus recorridos herméticos en la corte de Federico I. Ahí está la viuda alegre de Zacarías. Mujeres sabias, a porrillo. La sibila de Saint-Aignan, en Denbigh, que fue, según dicen, muy hermosa. La guardiana del lago de Cibeles, cerca del monte Aubrac. Las otras son mujeres sin historia, casadas la mayor parte del tiempo. Ninguna pasó por la hoguera.

—¿Ha resuelto el misterio de la cruz?

Roberta se refería a una X con los extremos curvos que aparecía de generación en generación. A pesar de todos sus conocimientos, Rosemonde no había conseguido encontrarle un significado.

—Podría ser un signo lunar. Se parece a las extremidades

117

de los tirantes que usaban los constructores para sostener las fachadas.

—O a las marcas que se ponía en otros tiempos a los condenados.

—¿Se refiere a las mancillas? —Roberta meneó la cabeza—. Una mancilla —repitió él, con aire soñador—. ¿Tendrán los Martineau algo que reprocharse? ¿Tendrán una maldición inscrita en su árbol de brujería? De todos modos, la marca de Clément la lleva en primer término. Mire.

—Estoy segura de que hay algo muy grave que se reprochan —bromeó Roberta—. Bueno, ¿qué? ¿Sacamos de la nada a la fundadora?

Rosemonde abrió el tarro, metió una pipeta en el interior y extrajo un poco de líquido. Colocó la pipeta en la parte inferior del pergamino y dejó caer una gota negra en el espacio virgen. El líquido se diseminó por todas partes y dibujó la primera marca. Reapareció la famosa X. La mancilla, si es que realmente era eso, se remontaba a los inicios mismos de la dinastía Martineau.

Rosemonde se tomó un tiempo para terminarse la copa. Saboreó la última lágrima de Cristo, mientras la *Pasión según san Mateo* llegaba a su fin. Rosemonde se frotó el índice y el pulgar de la mano derecha.

—Uno de estos días tendré que iniciarla en la lectura directa. Después verá usted el significado oculto de las palabras. Lo que se cuece detrás de las letras. Es fascinante.

—Soy demasiado mayor para esos jueguecitos. Dígame más bien lo que expresa esa marca.

Rosemonde puso el índice encima de la primera señal, que representaba una luna creciente, y cerró los ojos. No tuvo que buscar mucho rato para que las crestas digitales de su índice hallasen la clave del dibujo. Aspiró hondo y se lanzó al interior del misterio, dejando sola a Roberta al otro lado del mundo.

Vio una cueva con el piso de arena y paredes desnudas. En el aire flotaba un cierto aroma a betún. Tras un pilar ardía una llama, que alumbraba el lugar con reflejos anaranjados y trémulos.

La lectura directa sólo brindaba un campo visual limitado,

118

pero Rosemonde podía estirar el cuello para ver lo que ocultaba el pilar. Y así lo hizo. Las llamas se retorcieron en el hueco
de un brasero. Vio una puerta negra y un hombre con toga.

—¿Es usted? —Rosemonde reconoció al copto arcaico—.
¿Por qué ha huido? Necesito su ayuda.

El profesor retrocedió precipitadamente y regresó al salón
de su casa, a Roberta, a la lluvia. Se quedó mirando la yema del
índice, embadurnada con una mancha negra.

—Grégoire —lo llamó la bruja. Lo miraba fijamente—. La
marca de Clément... Es la misma que la de la fundadora, pero
al revés. Mire.

Rosemonde no necesitó comprobarlo. Sabía que lo que decía Roberta era verdad.

—Lo he visto —anunció.

—¿A la fundadora?

—Al fundador.

—¿Es un hombre? Pero ¿es que los Martineau no pueden
hacer las cosas como todo el mundo?

—Tenía el rostro de Clément —continuó Rosemonde—.   119
Cualquiera habría dicho que era él.

—¿Cómo? ¿Está seguro?

Roberta miró el árbol, la ventana, a Rosemonde... Se llenó
la copa y se la bebió de un solo trago, contrayendo los abdomi-
nales. El demonio le dio unas cuantas coces en el hígado, pero
siguió aprisionado.

—¿Era él? —recalcó Roberta.

—Ésa es la cuestión.

—El principio y el final. El alfa y el omega de la brujería. Lo
nunca visto, si no me equivoco, ¿verdad? —dijo, no poco orgullosa de haber descubierto al animal.

Rosemonde se frotó el índice con la servilleta como para
borrar la imagen que le habían transmitido los signos.

—Lo nunca visto, en efecto. —Enrolló el árbol de brujería
y los sujetó entre dos piedras—. Va a hacer falta que estudie
todo esto con más detenimiento.

—Pues sí. Bueno, mientras tanto ya tengo mi dosis de misterios por esta noche, señor profesor. Me voy a dormir.

—Voy con usted —dijo él encendiendo un último cigarrillo.

Se lo fumó mirando la lluvia dibujar ríos caprichosos y verticales en los cristales del salón.

—¡Grégoire! —lo llamó Roberta al cabo de diez minutos largos—. ¡Venga! Tengo que enseñarle una cosa.

Abrió la ventana para tirar fuera la colilla encendida. Pero cambió de idea y prefirió apagarla en el cenicero, y borrar todo rastro hasta la última brizna del filtro.

—Ya hemos tenido bastantes misterios esta noche —convino, cerrando la ventana.

Apagó las luces del salón. Roberta estaba estirada en la cama, totalmente vestida, con un catálogo abierto encima de las rodillas.

—Estos noruegos, huelga decirlo, hacen unos chismes verdaderamente asombrosos.

El tallo subterráneo se volvió aéreo. Se enrolló en torno a uno de los pilares del observatorio, lo usó a modo de rodrigón y alcanzó la pasarela exterior, situada a 384 escalones y cinco minutos de distancia. Una vez allí, saltó al tejado, rodeó los utensilios de medición y se enroscó al tope que sujetaba la cuerda. Palpó el nudo, notó su inmensa inercia y se fundió con él en secreto, lanzándose con zarcillos hacia las alturas, más veloz que nunca.

Papirotazo estaba soñando que el segundo tomo de *Crímenes atroces y asesinos célebres* se convertía en un éxito de ventas y que lo traducían a lenguas que ni siquiera sospechaba que existiesen, cuando un ruido sordo lo despertó. Encendió el farolillo que había dejado en la mesilla de noche. Se oyó entonces un segundo estruendo. Salió a la plataforma, iluminada por una luna casi jorobada. Había cogido un cortapapel, la única arma que tenía al alcance de la mano.

El ruido retumbó a su espalda. Papirotazo rodeó el compartimento, más intrigado que asustado, y chocó con un objeto dejado en mitad del puente. Se agachó. Sus ojos miopes reconocieron una calabaza bien hermosa. El tallo sarmentoso que la había llevado hasta allí dibujaba arabescos en el puente. Venía de la parte delantera. El escritor riñó a la cucurbitácea.

—A ver, dime, ¿qué estás haciendo ahí?

¡Boum! ¡Reboum! ¡Reboum-boum! Papirotazo avanzó. Zigzagueó entre las calabazas que alfombraban el puente de su aerostato. Una de ellas pasó rodando por su lado. El escritor se detuvo cerca de su mesa de trabajo. Lo que vio entonces era dantesco y vaporoso a partes iguales.

La parte delantera de la plataforma había desaparecido bajo una montaña de bolas naranjas. Estaban unidas por un tallo de locos, ancho como el tronco de un árbol, que salía de debajo del dirigible. Sus extremidades en espiral se enroscaban y desenroscaban, haciendo rodar las calabazas, que se apilaban unas encima de otras y que cada vez eran más y más, surgiendo a un ritmo pavoroso.

—Pero si aún no es Halloween, ¿no? —se extrañó Papirotazo, creyendo que seguía soñando.

Sólo cuando oyó gemir la plataforma, pensó en el lado práctico de su situación y empezó a inquietarse.

Una calabaza gigante pulverizó el compartimento. Otra se llevó una parte de la borda y desapareció en el vacío. El escritor se precipitó a por la raíz con su pobre cortapapel. Pero lo único que consiguió fue perderlo, al echarse rápidamente a un lado cuando una calabaza de unos cincuenta kilos estuvo en un tris de partirle la crisma.

Las cuerdas que unían la plataforma y el globo, no pudiendo ya soportar el peso, cedieron. El suelo se precipitó hacia las nubes, desmembrándose, y el globo subía hacia las estrellas. En cuanto a la planta de calabaza, sus hojas, frutos y tallos se fundieron con los cuatros vientos de Basilea, dando a la lluvia que caía más abajo un cierto aroma a sopa.

121

Todo peligro desconocido es terrible

*L*a noticia corrió como un reguero de pólvora: en mitad de la noche un aerostato de origen desconocido se había estampado entre la Pequeña Praga y el Barrio Histórico. El impacto había removido una buena parte de ese terreno cenagoso, dejando al descubierto un osario. A un metro de fango habían aparecido once cadáveres de hombres y mujeres, con la parte superior del cuerpo y la cabeza apresados en nasas de pescadores.

La sala de reuniones de la Oficina de Asuntos Criminales estaba hasta la bandera. Un centenar de milicianos vestidos de paisano había acudido para reforzar la tropa de reservistas. Los hombres de Fould presentaban todos la misma expresión vagamente patibularia. Dispersados entre la gente, pasaban desapercibidos, pero cuando se reunían, la impresión de violencia contenida que transmitían se volvía evidente y pesaba en el ambiente.

Roberta trató de localizar a Micheau entre el barullo de investigadores. No se había encontrado el cuerpo de Papirotazo y le hubiera gustado tener dos palabras con el conductor, por muy sordomudo que fuese. Pero no lo vio. El gran jefe abrió la puerta, brincó al estrado y soltó sin más demora:

—¡Dieciséis muertos! ¿Cuántos más harán falta para que termine esta oleada de asesinatos?

Su mirada se posó en un pobre diablo enviado por el Censo, que se revolvía en su asiento, justo delante del escritorio.

—¿Por qué han sido incapaces los trazadores de avisarnos de semejante abominación? —le preguntó Fould—. Según el forense, las primeras víctimas fueron enterradas con vida hace más de una semana. ¿Y bien?

El funcionario respondió en medio de un silencio sepulcral:

—Creemos que el problema radica en el Fichero. Es posible que una avería…

—Ahórrese los detalles técnicos. Encuentren la causa de esa avería. ¡Y repárenla! O tendremos que deshacernos de los inútiles que pueblan este Ministerio, con las sanciones correspondientes.

Entre los reservistas corrió un murmullo de desaprobación. Pero ninguno se atrevió a protestar abiertamente.

—Ese barón de las Brumas existe —continuó Fould—. No es un rumor. Así pues, podemos evitar que siga haciendo daño.

Como nadie encontró ningún pero a esa última afirmación, el jefe siguió diciendo:

—Ciertos datos recientes han puesto en claro su manera de actuar. ¿Señorita Boewens? La escuchamos.

Todas las cabezas se giraron hacia el fondo de la sala. Suzy había respondido a la convocatoria, pero no esperaba que Fould fuese a pedirle que expusiera en público su teoría. Iba en contra del principio de confidencialidad que ella había aconsejado a los dos investigadores. A regañadientes, empezó a decir:

—Podría ser que el barón estuviese actuando al modo de los verdugos de antaño. Las once personas descubiertas en el baldío, ahogadas en el barro de la ciénaga con la cabeza metida en una nasa, han padecido el sino que los germanos reservaban a los cobardes y a los prostituidos en la Baja Edad Media. Mi idea era elaborar un informe sobre este tema y sobre las víctimas anteriores…

—Gracias, señorita Boewens —la interrumpió Fould—. No dejaremos de leerlo. —Plantó las manos en el escritorio y contempló a su público—. Observen, investiguen, rastreen, dado que el Censo parece incapaz de hacerlo. Hurguen hasta en el último rincón de Basilea. Encuentren a ese… verdugo. Yo me encargo personalmente de la investigación. Se ha establecido un nuevo organigrama. Se ha designado a diez jefes de sección, uno por barrio. Lo tienen todo expuesto en el pasillo. Quiero resultados. ¿Entendido?

«¡Sí!», respondieron al unísono los milicianos. Los reservistas fueron más comedidos. Pero Fould tenía razón: había

123

que impedir que el asesino pudiera seguir causando estragos, y no había lugar a términos medios.

—¿Qué hacemos con los restos? —preguntó una reservista—. No hemos encontrado el cuerpo del piloto y...

—Los servicios competentes se ocuparán de esa parte del problema. De momento, el barón es su única prioridad.

Fould salió a paso ligero. Todos se pusieron en pie armando el típico follón.

Víctor el Esqueleto, sentado en el rincón del estrado al que lo habían desplazado, se dijo que la situación de los vivos no tenía pinta de ir a mejorar. Por una vez, prefirió con mucho estar ya muerto.

Los despachos vacantes habían sido tomados al asalto. Los teléfonos sonaban sin descanso. En el pasillo había un ir y venir incesante. Martineau y Morgenstern se habían refugiado en el antiguo despacho del mayor Gruber. Roberta no había visto nunca semejante actividad en la planta 69ª del Edificio Municipal. No le gustaban ni Fould ni sus milicianos, pero desde luego no podía tildarlos de laxitud.

Martineau estaba de pie ante la ventana, en una pose copiada del mismísimo Fould, con una pierna estirada y la otra arqueada, y las manos entrelazadas en la espalda.

Suzy no paraba quieta. Roberta había pedido que les subiesen todos los datos concernientes a las víctimas. Mientras esperaba, rellenó una hoja de pedido y extendió un cheque de 399 táleros a nombre de BodyPerfect, Øksfjordøkelen, Noruega.

—¡Ah! ¡Ojalá tuviésemos ese librillo! —bramó el investigador por enésima vez—. Lo tenía en mis manos y ...

Roberta metió la hoja de pedido y el cheque en el sobre franqueado de BodyPerfect, que lamió a conciencia.

—El librillo que desaparece, los trazadores que no ven nada, Papirotazo que se estrella. Cualquiera diría que nos han echado mal de ojo.

—Desde luego —convino Suzy—. Y es preocupante.

Alguien llamó a la puerta. Dieciséis funcionarios dejaron

en un rincón del despacho dieciséis cajas de cartón, formando una pequeña pirámide. En cuanto se hubieron marchado, Roberta registró la primera.

—Bueno, no han hecho las cosas a medias —comprobó, entusiasmada—. Incluso están las secuencias genéticas.

Boewens se puso en cuclillas a su lado. Roberta le pasó la secuencia de Vaclav Zrcadlo, impresa en una placa radiográfica que lucía la señal del Censo.

Suzy caminó hacia la ventana y examinó a la luz el código compuesto de cuadrados blancos y negros, seguido de ceros y unos, que ofrecían la imagen más precisa posible de lo que era el adolescente.

La colocación de los locus no tenía nada de aleatorio, y era el testimonio de una vida complicada y misteriosa y brutalmente interrumpida.

—¿Les he hablado de mis siameses?

—Sí —respondió Martineau, como un buen estudiante—. Cuando estábamos en su casa. Ese caso que le producía migrañas…

—Exacto. —Devolvió la placa a Roberta—. Asesinaron a su arrendataria. En fin, sólo uno de ellos, ya que bastó una puñalada para perforar el corazón de la pobre mujer. Pero resulta que los siameses están unidos por el pecho y no tienen más que una única secuencia genética para los dos. Así pues, uno de los hermanos es absolutamente inocente y los trazadores sólo ven a una persona, claro.

—¿Es posible que los dos sean culpables? —preguntó Martineau, al pie—. La mano de uno sostenía el cuchillo —imitó el gesto— y el cerebro del otro dio la orden de matar.

—Prefiero no considerar esa posibilidad —confesó Boewens—. Pero es la primera vez, en mi corta carrera de jurista, que una secuencia genética no me servirá de ninguna ayuda.

—Sepárelos —continuó el investigador, llevado por el entusiasmo—. Podría organizar un careo…

Suzy, más baja que Martineau, lo miró desde abajo. El podía notar su aliento en el cuello, y distinguir los detalles de su iris, que parecían una tela de seda verde delicadamente plegada alrededor del pozo de la retina.

125

—Ah, Clément —suspiró ella—. Ojalá fuesen así de sencillas las cosas. Pero no lo son.

Dio media vuelta bruscamente, lo que causó en Martineau, subyugado como estaba, el efecto de una descarga eléctrica. Suzy cogió su abrigo y su paraguas.

—Les dejo. Tengo un pleito dentro de dos horas. Debo escribir ese informe supuestamente confidencial para Fould sobre la historia de las penas capitales.

—¿Qué línea de defensa va a adoptar en el caso de los siameses? —quiso saber Roberta.

—Vicio de forma —explicó la jurista, con mirada de picardía—. Dado que son indefendibles, no se los puede juzgar. —Abrió la puerta.

—Por cierto… Perdone… ¿Cuento con usted? —se atrevió a preguntar Martineau—. Para lo del *happening* en casa de mi madre. A las cuatro de la tarde.

—Allí estaré —prometió ella.

El joven habría podido volar sin ayuda de la luna. Roberta se apresuró a bajarlo a la Tierra de nuevo.

—¡Vamos, Martineau! Retomaremos la investigación donde hubiéramos debido iniciarla. Se abre la veda de las correspondencias. Veamos si el barón actúa al azar, a la buena de Dios, o si, igual que los trazadores, obedece quién sabe qué oscuro destino, uno de esos que presiden nuestra miserable existencia.

Se habían metido en los entresijos de la intimidad de Vaclav Zrcadlo, de Martha Werber, de Angelo Pasqualini, de Georges Fliquart, de Gustave Lherbier, de Simone Vespare, de Ang Chu, de Wilhelm Vogt y de los demás. Habían clasificado las informaciones para encontrar el posible punto en común. La caja de Gruber seguía cerrada, pues Roberta había preferido dejarla al margen hasta ese momento.

—Recapitulemos —dijo, pellizcándose el puente de la nariz—. ¿Qué profesiones tenemos?

—Panadero, incinerador, pizarrero, cajero, dos trabajadores de los muelles —enumeró Martineau, balanceándose en su silla—. Tres mineros mayores en menos de seis meses. Dos jubilados recientes. Un funcionario del Ministerio de la Guerra, un conductor de tranvía de la línea 8, un portero, un hombre de negocios…

«Y el antiguo director de la Oficina de Asuntos Criminales», añadió para sus adentros. Dejó de balancearse.

—¿De qué tipo de negocios, por cierto?

Martineau consultó sus notas.

—De paraguas. Se puede decir que estaba en sintonía con los tiempos.

—Es verdad, *El Barómetro* ha caído —bromeó la bruja. Se puso de pie y estiró los brazos—. No avanzamos nada, Martineau. No avanzamos nada.

Fuera la lluvia se había transformado en una especie de calabobos que confería a las torres administrativas el aspecto de espejismos empapados de agua.

—Me he informado sobre Micheau —dijo el investigador—. Sigue al ministro a todas partes. Pero es imposible saber dónde se encuentra y a qué hora. Los desplazamientos de Fould están protegidos por el secreto municipal por motivos de seguridad.

—No pasa nada. Lo interrogaremos más tarde.

En el escritorio había una decena de fichas. Comprobaciones de direcciones postales, de costumbres, de datos médicos, de pasatiempos favoritos. Las correspondencias que habían conseguido hallar a partir de esos fragmentos de identidad eran bastante pobres.

El conductor de tranvía y el funcionario habían lanzado sus primeros berridos en la misma maternidad. Martha Werber y Fliquart poseían ambos la colección completa de *El mundo y sus misterios* en doce volúmenes. Nada permitía pensar que hubiese algún vínculo entre el barón de las Brumas y sus víctimas.

A pesar de todo, habían sido condenados a muerte. El verdugo había aplicado un veredicto. ¿Por qué no había matado a Martineau en la incineradora, a no ser que fuese para demostrar que no actuaba al azar? En ese caso, se enfrentaban a un asesino particularmente perverso.

El joven había descubierto algo tan anecdótico que no le

había dicho nada a Roberta mientras ella rellenaba sus preciosas fichas.

—Todos ellos recibieron una carta del Censo —dijo entonces. Cogió el paquete de cartas que habían dejado a un lado y abrió una—. Werber no había declarado la naturaleza de su actividad profesional en los últimos tres años. Pero no podía ser de otro modo, pues estaba jubilada. —Cogió otra—. Aquí sale Lherbier, el portero. Según su fecha de nacimiento registrada en el Fichero, tendría 257 años. Le piden que confirme esta información. En cuyo caso, los «servicios competentes se ocuparán de su caso». ¿Han perdido la chaveta o qué?

—¿A ver?

Roberta consultó aquellas perlas administrativas, similares a la que había recibido ella. Podían ser reflejo de la más absoluta estupidez, confirmar la avería del Fichero de la que hablaba el funcionario, o ser el testimonio de un comienzo de pista que aún no habían explorado.

—Yo también he recibido una carta de este tipo —precisó el joven—. El Clément Martineau que conduce no es el que trabaja en Asuntos Criminales, ni el de los Cementos. Hay tres Martineau deambulando por la ciudad. ¿De locos, eh?

—Si tiene que hacer una reclamación a la Administración, escríbala —le aconsejó Roberta en tono grave.

Abrió la caja del mayor, exhumó su correspondencia y encontró una carta del Censo. Se pedía a Gruber que indicase el número de años de actividad, cuando sus datos de funcionariado aparecían escritos con pelos y señales dos renglones más arriba. Roberta reunió el correo y se echó el paquete en el bolso.

—De todos modos, tendré que pasarme a verlos por lo de usted. —Ante la cara de incomprensión de Martineau, Roberta precisó—: El depósito de su árbol en el Colegio va seguido de una declaración al Censo. Es una de las ventajas que conseguimos cuando se firmó la Carta Blanca. Es usted un verdadero brujo, así que cumple usted la cláusula K21 y se va a beneficiar de exoneraciones fiscales, descuentos en el teatro, puntos de viaje…

—Genial —dijo sin rastro de entusiasmo, y señaló el canuto que llevaba la bruja en el bolso—. ¿Y eso? ¿Es mi árbol?

—Sí, sí. Pero antes tengo que enseñárselo a su mamá.

—Vale, que no soy un retrasado. Conozco las costumbres.

Roberta miró de hito en hito al gruñón, pensando de nuevo en aquella historia circular de su dinastía. Grégoire se había empeñado en identificar a los cónyuges de las brujas. Para llevar a cabo esta ingente tarea, no dispondría, a diferencia de ellos, de todas las secuencias genéticas.

El alma de la bruja se quedó inmóvil unos instantes. Volvió a coger la secuencia genética del mayor y la colocó con las demás en el escritorio, formando un damero de dieciséis casillas. «La verdad se esconde en este cuadrado mágico —presintió—. Pero ¿cuál es? ¿Qué buscar?»

—Las víctimas nos habrían facilitado la labor si hubiesen formado parte de una misma familia —soltó Martineau—. Nuestras sospechas apuntarían a los supervivientes.

Acababa de atrapar la liebre que ella temía haber visto escapárseles.

—Todos formamos parte de la misma familia —razonó en voz alta, reuniendo las secuencias genéticas y disponiéndolas como si fuesen unos enormes naipes plastificados—. Todos, en tanto que existimos. Usted y yo tenemos un vínculo, por muy lejano que sea, con cualquiera de esos muertos.

—¿Se encuentra bien? —se preocupó Clément—. Tal vez tendríamos que habernos ido a comer…

Ella sostenía las placas bien asidas y las miraba contra la ventana, a la luz, como había hecho Boewens con la de Zrcadlo unas horas antes.

Los locus de las secuencias genéticas, superpuestos, se veían borrosos. Excepto uno, que explotaba de nitidez. Roberta lo localizó en cada placa y a continuación repitió la maniobra de superposición. Las secuencias eran únicas, pero todos tenían en común ese locus que se correspondía con una brizna genética muy particular.

—Parece… una marca —avanzó el investigador cuando ella le mostró su hallazgo.

«Más bien una ventana negra», pensó la bruja. Sólo había que abrirla para ver lo que había detrás.

En el pasillo un reloj de péndulo dio las cuatro.

—¿Qué? —se extrañó Martineau—. ¡Pero si es la hora de ir a casa de mi madre!

El padre había amasado su fortuna con el cemento. El Edificio Municipal y la mayor parte de las torres de Basilea eran propiedad suya. Igual que el reflotamiento de la antigua Venecia para el conde Palladio. La madre dedicaba gran parte sus energías al mecenazgo de las artes. De siempre, los basilenses acaudalados habían sido entusiastas del coleccionismo. A ella lo que la hacía vibrar eran más bien los *happening*, seguramente debido a su faceta de «vinculación al Aire». Roberta había asistido ya a algunas de esas palpitantes manifestaciones artísticas.

Unas mujeres desnudas peleándose en una fuente gigante de espaguetis (la compañía Body Heinz Art), un lanzamiento de doce pianos de cola desde la terraza de la azotea de los Martineau (la Catastrophique Sound Experience), una sesión de escultura espiritista... La bruja había salido de allí con un zurullo de gelatina azul que se suponía que representaba su aura en tres dimensiones. La había dejado abandonada en una acera, haciendo como si un perro del Espacio hubiese descargado ahí un inoportuno cargamento.

—¡Roberta, querida! —exclamó Clémentine Martineau al verla salir del ascensor privado. Se besaron sin tocarse, al estilo de los miembros del Club Fortuny—. ¡Qué sorpresa! ¿Clément? —Retrocedió al ver a su hijo detrás de Roberta, llevándose teatralmente una mano al corazón—. ¿También has venido tú?

Clémentine los cogió del brazo y los llevó al interior del tríplex repleto de gente bien y bullendo con conversaciones inteligentes.

—El *happening* que les he preparado es obra de una compañía artística de talento in-com-pa-ra-ble. Ha hecho bien en venir. Su actuación no podrá dejarla indiferente, querida.

—El árbol de brujería está terminado —se apresuró a precisar la bruja—. He venido también para enseñárselo.

Clémentine no había hecho más que transmitir a su hijo la varita y los poderes. Y la incomodaba un tanto el hecho de que alguien le recordase los orígenes brujos que más o menos ella siempre había querido obviar. Sobre todo estando cerca los socios del club. Y en ese momento estaba rodeada de ellos.

—He invitado a Suzy Boewens —añadió Clément, que aprovechó el desconcierto de su madre para cogerla del brazo otra vez—. Sabes quién te digo, ¿no? Mi profesora de derecho satánico.

Clémentine pareció no haber oído lo que le decía su hijo. Con aspecto ligeramente perdido, confesó a Roberta:

—Robert está en el malecón. El nivel de la laguna preocupa al alcalde. Hay que subirlo urgentemente.

—Papá no tiene por qué estar allí —intervino Clément con impaciencia—. La señorita Morgenstern tiene que enseñarte el árbol. Bueno, enseñarnos. Nada más.

Un chalado con un vestido de terciopelo beis con flores bordadas en hilo de oro se acercó a susurrarle unas palabras a la dueña de la casa. Llevaba el pelo a lo cazo, y tenía una nariz recta, boca altanera y ojos vivos. Se escabulló sin siquiera mirar a Morgenstern, que lo observaba con mucha atención. Lo había visto antes. Sabía perfectamente dónde. Pero era rigurosamente imposible encontrárselo allí, en esa realidad.

—Uno de nuestros artistas —explicó Clémentine—. Vayamos al taller de Robert para ver el árbol.

Fueron por un pasillo decorado con grabados de ruinas de la Roma antigua, que Martineau padre habría vuelto a poner en pie si la Gran Crecida no se lo hubiese impedido. Su taller estaba repleto de planos, maquetas, reproducciones de ciudades a escala, proyectadas y en fragmentos. La de mayor tamaño era una yuxtaposición de desiertos, témpanos de hielo, simas, islas tropicales, trozos de bosque virgen. Aquí y allá se veían construcciones dispersas e insólitas: un faro, un viaducto, una torre metálica, un cañón gigantesco…

—El proyecto de la ciudad de Verne —explicó Clémentine—. El Club Fortuny lo ha retomado a sus expensas y se ha organizado para llevarlo a cabo. Ya sabe, desde el desmantela-

131

miento de Tenochtitlán, nos hemos quedado sin segunda residencia. Y estamos terriblemente cansados. —Ese uso del plural englobaba, evidentemente, a las fortunas de la ciudad alta—. Nosotros financiamos el proyecto y Robert lo ejecuta.

—¿Los gitanos los han acompañado en la aventura? —se extrañó Roberta.

—¿Quiere hacerme reír? ¡Bastante tenemos ya con los que están ahí abajo! —Meneó la cabeza con consternación—. ¿Cómo ha podido el alcalde dejarlos instalarse en Basilea? A veces no entiendo a ese hombre.

En un primer momento Roberta no dio crédito a lo que oía. Clémentine era una aristócrata, pero jamás se había mostrado abiertamente xenófoba. Por su parte, el hijo no reaccionaba. «No la ha oído», prefirió pensar.

Sacó el árbol del tubo y lo desenrolló en una mesa de arquitecto parecida a la de Rosemonde. El joven se acercó con timidez al pergamino. Clémentine había sacado unas gafas de lectura y examinaba el árbol, carraspeando. Esos signos que traducían más de dos mil años de hermetismo inscritos en sus genes eran como tibetano para ella. Así lo hizo saber, con toda sinceridad.

Roberta, que había acudido para eso, les explicó entonces el árbol, deteniéndose en el fundador, al que el profesor de historia había sorprendido en su celda. Pero omitió precisar que el primer representante del linaje y el último tenían el mismo rostro.

—Ha sido muy interesante —juzgó Clémentine.

Clément, más implicado que su madre, se permitió un comentario:

—¿Qué es ese signo que aparece en todas las épocas?

—Aún no lo sabemos. Pero Grégoire Rosemonde está trabajando en el tema sin descanso.

—¿Es ésta mi hoja? —preguntó Clémentine.

—En efecto.

—Justo debajo de mi hijo mayor. Estoy orgullosa de él, ¿sabe? El ministro de Seguridad le vaticina un brillante porvenir. Harás cosas grandes, mi chiquitín. Tu mamá siempre te lo ha dicho.

La puerta se abrió. Una mujer pelirroja que parecía un ángel asomó la cabeza en el taller.

—Tengo que marcharme —se excusó Clémentine—. La actuación va a comenzar. Durará una hora. Tómese su tiempo, venga cuando quiera.

Cerró suavemente la puerta detrás de sí. Una vez a solas, Roberta dio un codazo a Martineau en el costado.

—¡Mi chiquitín! ¿Sabe que así llamaba yo a mi puercoespín?

Martineau, enfurruñado, se disponía a replicar cuando Suzy Boewens entró en el taller.

—Siento el retraso. Esos siameses… Me han pedido dos alegaciones diferentes, en vez de sólo una. ¡Resultado: un condenado, un absuelto! Empate, pelota en el centro. Estoy rota.

—¿Cómo va hacer para aplicar la sentencia? —preguntó Roberta.

—Ah, eso ya no es problema de Justicia —repuso—. Sino de Seguridad.

En su impulso hacia delante, la joven se tropezó con la alfombra y se lanzó de cabeza hacia el joven, que la recogió entre sus brazos con toda dulzura. Suzy recuperó el equilibrio y se lo agradeció, alisándose la blusa, ligeramente arrugada.

—Qué torpe soy… Gracias, Clément.

—Nohaydequé.

Acababan de darle con un martillo blando y rosa en el cráneo. Veía a Suzy nítidamente, y todo lo demás estaba borroso.

—¿Es su árbol? —preguntó ella, acercándose a la mesa. Enseguida se fijó en que la primera marca y la última se parecían como dos gotas de agua en un espejo—. ¿Está al revés, no? De todos modos, nunca he entendido nada de esas historias de genealogía… Por cierto, ¿han hecho algún avance en el caso del barón?

—Sí y no —respondió Morgenstern.

Suzy apretó los labios, levantó una ceja y optó por dejar a la esfinge con sus misterios.

—Litigar da sed. Vamos a beber una copa a su salud, Clément. Lo que celebramos hoy es un poco su entrada oficial en la brujería. ¡Bienvenido a la Familia!

Besó al joven en la mejilla, se agarró de su brazo y lo llevó hacia el pasillo. Roberta los siguió, preguntándose si las suelas del brujo seguirían pegadas o no al suelo. Porque todo en su semblante parecía decir que no.

Clément y Suzy se escabulleron. Los invitados se habían desperdigado, sin duda para acercarse a admirar la famosa actuación.

Roberta mordisqueaba canapés sin mucho convencimiento. Había llegado la hora de visitar a su pariente más próximo, su querido primo Héctor, último representante del clan Barnabite. Y pensar en la familia que le quedaba viva era algo que le quitaba siempre el apetito.

Antes de presentarse en el santuario, tenía que pasar por el Colegio para depositar el árbol, que había dejado junto con su bolso en el taller de Robert Martineau. Enfiló por el pasillo de los grabados, pero todas las puertas le parecían iguales. Abrió una al azar y se coló en una estancia medio sumida en las tinieblas.

Al fondo, contra un escenario vivamente iluminado, el hombre del peinado a lo cazo estaba arrodillado delante de la pelirroja. El vestido de esta última, rojo granate con trencilla dorada, formaba un juego de pliegues rectos y frágiles como si estuviesen esculpidos en piedra. Tenía a un bebé de plástico apoyado en las rodillas. Un ángel sostenía una corona por encima de su cabeza. Un decorado representaba tres arcos que daban a un paisaje urbano y luminoso. Los invitados de Clémentine Martineau contemplaban el *happening* en silencio.

El belén viviente representaba el cuadro favorito de su madre, *La Virgen del Canciller Rolin*, de Van Eyck.

Alguien tosió. El hombre que hacía de canciller Rolin movió lentamente la cabeza. La Virgen suspiró. Roberta retrocedió hacia la pared del fondo y redujo su campo de visión para meterse mejor en la ilusión.

Clément Martineau acababa de trazar la semblanza de su progenitor como un auténtico héroe de la alcaldía, recordando de paso que él había heredado una buena parte de ese maravilloso patrimonio genético.

Suzy escuchaba al fogoso joven con cierta distracción. De hecho, contaba con el joven para practicar algunas prácticas de dominio del Éter. Pero Martineau se explayaba con otro tema apasionante: la mecánica del automóvil.

—¿Ha tenido ocasión ya de montarse en un Intrépido? Motor de cuatro cilindros. Neumáticos La Palpitante. ¡Ah, eso no va sobre tres patas! Podría llevarla a dar una vuelta, si quiere.

Suzy reprimió un bostezo. Se levantó, se colocó detrás del joven y le puso las manos en los hombros. Él se calló al instante.

—Tengo que pedirle un favor, Clément —le confesó ella dulcemente.

—Todo lo que desee —respondió él, con la respiración entrecortada, el corazón palpitando a toda velocidad y la boca seca como la lija.

—Querría hipnotizarlo.

—¿Perdón?

—Bueno, no exactamente hipnotizarlo. En la iniciación al Éter, uno de los hitos que hay que superar consiste en llevarse a alguien consigo. Basta con que encuentre su aestetéreo, que lo controle y habré terminado la jugada.

—¿Mi aestequé?

—El punto de su cuerpo donde confluyen todas sus sensaciones. ¿Querrá usted hacer de cobaya para mí? Diga que sí, por favor.

Sea. Clément Martineau no llevaría a Suzy Boewens más allá de las nubes. Suzy Boewens llevaría a Clément Martineau al mundo maravilloso del Éter. Así que respondió con el tono de voz más viril que encontró:

—Sí.

—Bien. Entonces, no se mueva.

Se sentó delante de él, escudriñó su rostro y a continuación su cuello.

—Quítese la chaqueta.

Él obedeció con celeridad. Llevaba una camiseta, cosa que facilitó la búsqueda a Suzy. Su mirada zigzagueó por su torso, subió hacia el hombro izquierdo, se detuvo en un punto de la clavícula. Entrecerró los párpados.

—Lo he encontrado. Ahora voy a intentar volverlo insensible desde lejos. Cuando empiece a flotar, hágame una señal.

Llevaba más de una hora flotando, pero se guardó bien de decirlo. Suzy permaneció absolutamente inmóvil. Cerró los ojos. Sus rasgos se distendieron. Martineau aguardó un minuto, dos minutos. Un ronquido apenas perceptible lo sacó de su reserva.

—¿Señorita Boewens? —Ninguna respuesta—. ¿Suzy?

Clément se puso la chaqueta. La bella estaba dormida. No podía dejarla en esa silla… La cogió en brazos y la llevó hasta el sofá. Ella no se movió, y apenas se quejó. Acurrucada, con la boca entreabierta, la respiración serena y profunda… ¿No era aún más deseable así que despierta?

Martineau se arrodilló junto a su idolatrada, se inclinó dulcemente hacia su rostro, milímetro a milímetro, en busca de la mínima reacción, escrutando los movimientos de debajo de los párpados. La besó.

La puerta del taller se abrió de golpe. Martineau se puso en pie de un brinco. Roberta Morgenstern se acercó con paso de sargento instructor y se detuvo ante la joven. Suzy sonreía en sueños. El investigador estaba colorado.

—Está dormida —dijo él.

La bruja recuperó el árbol y el bolso y se plantó delante de su compañero para mirarlo de pies a cabeza.

—Entonces, dejémosla dormir. Lléveme al Colegio y después al santuario. Si no tiene nada más importante que hacer, claro.

—¡Oh, no! Vayamos. Tiene razón. No hay que despertarla.

Al salir del taller, Martineau se enganchó la manga de la chaqueta con el picaporte. Y en el pasillo se le cayeron tres veces los guantes de conducir.

—Como se le caigan otra vez, sospecharé que ha probado el Éter —farfulló Roberta para sí.

—¡Cachis! —oyó que el joven maldecía, detrás de ella.

El investigador, presa de la torpeza, recogió los guantes y se apresuró a reunirse con ella. Pero se pisó los cordones desatados y se lanzó de cabeza en el ascensor en el que aguardaba Roberta, con un dedo fatalista apoyado en el botón que los devolvería al nivel del suelo.

Al arrancar el automóvil se había dado un fuerte golpe con la manivela en la rodilla, se le había enganchado un dedo en el conducto de la gasolina y a punto había estado de triturarse el tobillo al cerrar su portezuela. Martineau conducía de una manera caótica, frenando y acelerando sin sentido, y pasando hasta por los baches y montículos más minúsculos que aparecían ante sus neumáticos.

—¿No habrá besado a Suzy Boewens, espero? —soltó la bruja mirando de reojo a los peatones que podían cruzárseles en el camino.

—No, claro. Estaba dormida, ya le digo.

—Porque, si no, habrá heredado su torpeza. En el caso del Éter, esa clase de efecto no deseado se transmite por el aliento.

Llegaron a la universidad, lo que dispensó a Martineau de replicar.

—Tardo un minuto —dijo ella.

Roberta cruzó el patio de honor, subió por la escalera F, pasó por la Escuela de Estudios Prácticos y entró en el Colegio de Brujas.

Depositó el árbol en el armario de genealogía. Echó un vistazo a la biblioteca y comprobó que Barnabite no estaba, por lo que seguramente se encontraba en el santuario.

Rebuscó en la botica y vio el tubo que buscaba. Salió del Colegio, atravesó de nuevo la universidad y encontró a Martineau como lo había dejado, con las manos al volante. No se había movido, tal vez por temor a hacerse alguna herida. En la frente, que había estampado contra la pared del ascensor, lucía un chichón morado. Tenía el dedo escarlata. Roberta le ordenó inclinarse y le palpó el bulto.

—¡Ay! ¡Me hace daño!

—¡Menudo blandengue! Tengo una cosa que podrá serle útil durante los próximos días, si se demuestra que torpe está, torpe un cierto tiempo seguirá.

137

Desenroscó el tapón del tubo que había cogido en la botica y aplicó una nuez de pomada marrón a su frente. Martineau esperó unos segundos antes de palparse la cabeza.

—¡Vaya! Ya no noto nada.

Se aplicó la pomada en el dedo y consiguió doblarlo sin gemir.

—Le dejo el tubo. No es fácil conseguirlo. Y ahora déjeme delante del Barrio Histórico, se lo ruego.

Diez minutos después Martineau aparcaba delante de los soportales del palacio de Westminster. Las orillas no se distinguían. El agua avanzaba hasta el arranque de la rampa en largas lenguas pardas.

—Si sigue lloviendo, los gitanos se van a ver obligados a marcharse —comentó Roberta.

—¡Están acostumbrados! —soltó Martineau—. Por eso los llaman el pueblo nómada, ¿no?

Ella dirigió al brujo una mirada dura y triste a la vez. Martineau, aparentemente contento de su ocurrencia, se puso otra capa más de pomada milagrosa en la frente.

—Si llega a faltarle, pásese por la botica del Colegio y pida que le den castóreo.

—¿Castóreo? Nunca lo había oído…

—Es un remedio de la abuela. Nada mejor que la caca de castor para curar las heridas cotidianas. *Ciao*, Martineau.

Todavía estaba mirando con cara de asco el tubo, cuando Roberta corría ya por el soportal del antiguo palacio de Westminster cerrando el paraguas. El velo gigante estaba tendido sobre el Barrio Histórico, convirtiendo a éste en la parte más baja y más seca, paradójicamente, de Basilea.

El timón del aerostato estaba clavado de lado en el baldío. Una banderilla de seguridad delimitaba la zona cenagosa y un camino de planchas la rodeaba hasta la Pequeña Praga. Roberta tomó ese camino remangándose los bajos del vestido y haciendo caso omiso de los basilenses, que contemplaban el antiguo osario desde la cornisa.

La bruja fue derecha hasta la única casa habitada, y se limpió las suelas en el felpudo. El polvo gris, presente por todas partes en las calles, se había aglomerado en forma de bloques pastosos. La tenía pegada a los botines como si fuese una especie de melaza elástica. La puerta de entrada no estaba cerrada. La abrió sin anunciarse.

Hacía años que no iba a casa de Barnabite. Pero de nuevo se encontró con la misma casucha torcida de muros desconchados que desprendía un desagradable olor a humedad. En todo caso, el pasillo no era tan alto ni estrecho como en sus recuerdos.

Del sótano llegaban unos ruidos. Roberta dejó el paraguas en la entrada. En los escalones que llevaban al subterráneo había apilados retortas y alambiques hechos pedazos. También había rimeros de libros, unidos por tupidas telas de araña.

Roberta descendió sigilosamente a la cripta del alquimista. Estaba atestada de mesas y arcones, a su vez también repletos de instrumentos, tarros y libros de magia. En un rincón crepitaba un atanor, del que manaba un vapor verdoso y estancado. Un caño de cobre salía del atanor y subía hasta un tragaluz que daba al jardín.

Héctor Barnabite estaba encorvado sobre una mesa. Canturreaba mientras iba cogiendo los ingredientes colocados delante de él y mezclándolos con alegres explosiones de colores.

139

—El Sol marca el oro, Mercurio el azogue. Lo que Saturno es al plomo, Venus lo es al bronce; la figura de la plata es la Luna, la de Júpiter el estaño y la de Marte el hierro.

Roberta reconoció la vieja cantinela de la transmutación de los metales… ¿Era posible que todavía estuviese trabajando en ese proyecto descabellado de la piedra filosofal? El hombrecillo, con un saber inmenso pero amojamado por el contacto con los libros, era un compuesto de obsesiones que habían matado a más de uno. Pero, en último término, a la bruja no le inspiraba repulsión, sino compasión.

Cuando el alquimista no ejercía su oficio de bibliotecario en el Colegio de Brujas, cortaba tritones, mezclaba azufre y el alcaest, ponía a prueba los métodos de adivinación o auscultaba vulgares guijarros en busca de piedras legendarias como la horminode o la malaquita, a la que se atribuían mil y un poderes, desde embrujos hasta la inmortalidad.

Sus modelos eran Robert Boyle, Eduardo Kelly, Lascaris, Sandivogius, Seth, Flamel y Paykhül. Se había metido en cuerpo y alma en sus escritos. Había exhumado los secretos prohibidos, comprobado los encantamientos y los sortilegios, invocado al Diablo más veces que La Voisin. ¿Le había respondido el Cornudo? Roberta no lo sabía. «Al menos una vez —esperaba—. Que no haya hecho todo esto en vano.» Una cosa era segura: vivía para la magia negra, y la magia negra lo mataría.

—Veamos, veamos, fosforito, si te mereces el atanor —canturreó el viejo Héctor.

Un resplandor blanco iluminó la cripta. Barnabite, visiblemente satisfecho con el resultado del experimento, machacó con ardor una materia que derramó al suelo de tierra batida unos largos filamentos lechosos. Roberta reconoció el olor a ajo del ácido fosfórico y subió unos escalones para escapar de la ponzoña. ¡Tenía que estar constantemente envuelto en esos vapores nocivos para no sentir ya sus efectos!

Héctor vertió el contenido de un mortero en el atanor. En el momento en que lo dejó de nuevo en la mesa, Roberta tosió. El alquimista se dio la vuelta, la vio y se puso pálido.

—¡*Milostpane*! —Lo cual, en praguense, quería decir «¡Señor!»—. ¡Prima! Es evidente que mi puerta está abierta para ti. ¡Pero me pillas en plena manipulación hermética!

«De eso se trataba, viejo brujo», pensó Morgenstern haciendo esfuerzos por dedicarle una expresión contrita.

Supo al primer vistazo que Barnabite estaba trabajando como loco. El estado de su piel era una muestra de hasta qué punto estaba metido en un proyecto. A la vista de su aspecto, sucio y estropeado, el alquimista debía de estar buscando alguna cosa encarnizadamente. Tenía la cara destrozada por un auténtico prurigo. Pero del gólem ni rastro. Las únicas trazas de arcilla que podía encontrar en medio de aquel fárrago burbujeante eran las que la bruja misma había traído de la ciénaga.

Barnabite se percató de sus intenciones inquisidoras y forzó a su prima a subir la escalera. Cerró la puerta de la bodega con una gran llave, que se guardó en el fondo del bolsillo. A continuación la llevó a su pequeña cocina de cristales grises que daban al jardín.

—¿A qué debo el placer de tu visita? ¡Por san Wenceslao! No se va a casa de un pariente lejano una vez cada treinta años para tomarse una taza de ponche. Por cierto, ¿quieres? He preparado uno.

—¿Cómo no, querido primo?

Mientras sacaba las copas y la botella, Roberta limpió con la manga un cristal mugriento para mirar fuera. Una auténtica muralla de lilas y jazmines dividía en dos el jardín. El caño de cobre que salía de la bodega se perdía entre los macizos, en dirección al observatorio, cuya cúpula color cardenillo brillaba tenuemente bajo la lluvia.

La casa de Barnabite había sido la del alquimista Curtius cuando éste vivía en Praga, la misma que había cobijado al gran astrónomo Tycho Brahe cuando fue expulsado de su propiedad de Uraniborg por la ignorancia de un soberano que no podía creer que los astros cantasen.

—¿Todavía utiliza el observatorio? —preguntó cogiendo la copa que le ofrecía, prácticamente igual de sucia que los cristales de la ventana. Nunca había conseguido tutear a Héctor.

—¿Con este tiempo? Te ríes de mí.

Abrió la ventana, inhaló el aire del jardín, cargado de aromas embriagadores, y escupió fuera antes de volver a cerrarla.

—¿Está con el fósforo en estos momentos?

—Lo que hago en mi bodega es cosa mía —replicó secamente el alquimista—. Además, me exige todo mi tiempo, por lo que te pediría que fueses breve.

—Claro. —Roberta dejó la copa en la mesa y cogió una silla, pero al oírla crujir renunció a su idea de tomar asiento—. A pesar de su reclusión voluntaria, ha tenido que oír hablar del barón de las Brumas, ¿verdad?

—Sí. ¿Y?

—Me preguntaba si no tendría algún vínculo con su estimado Richtausen, cuya obra ha estudiado, si no me equivoco.

El erudito puso una cara que quería decir: «Ah, ¿sólo era eso?».

—Que Fernando III le haya otorgado el título de barón del Caos no implica que haya que asociarlo con esa farsa del… barón de las Brumas. Richtausen era un gran alquimista, pero está muerto y bien muerto. Yo mismo he tenido el privilegio de manipular unas cuantas onzas de sus cenizas.

141

Roberta contempló la cocina de solterón. En el fogón había una cacerola con un guiso enfriado.

—Es gulash —precisó Barnabite—. Si quieres compartir mi cena de ermitaño… Tengo una botella de vino de Melnik que nos vendrá bien…

—No digiero muy bien la carne de vaca en salsa —se excusó Roberta—. En cuanto al vino checo… siempre me ha dado dolor de cabeza. ¿No tendrá jugo de pepino? Me muero de ganas de beber un poco.

—Sí, sí. Tengo. No te muevas.

Sacó de la nevera una botella llena de un líquido verde y espeso. Roberta bebió un poco sin mucha convicción. Dio las gracias a su primo por su ayuda, por el ponche y por el jugo de pepino. Cogió el paraguas, que había dejado un charco de agua en la entrada, y se despidió. Por dentro estaba exultante. Su breve visita había sido provechosa.

Roberta se encontró de nuevo en el Barrio Histórico con placer, aun cuando reinase allí una agitación sin entender por qué. Los gitanos se habían reunido en la calle principal. Sus semblantes eran serios y denotaban determinación. Grégoire aguardaba vigilante al final de la calle de México, delante del juego de pelota donde se habían citado para ir a bailar. La recibió bajo su paraguas.

—Estaba desesperado por verla llegar. Han requisado la sala. La reina ha reunido al clan.

—¿Qué pasa?

Le enseñó una edición especial del *Diario de Tierra Firme*. El titular proclamaba: «¡El barón de las Brumas procede del Barrio Histórico!». El periodista retomaba la teoría de Suzy Boewens y no se andaba por las ramas. Si el asesino actuaba como un verdugo, tenía que haber salido de la colonia gitana. Ese resto de la red de las Ciudades Históricas era la causa de todo. ¿No habían encontrado el osario a unos metros de su recinto?

—Se ha formado una manifestación de basilenses —precisó Rosemonde—. Han bloqueado la entrada principal. Hay milicianos, pero no intervienen. De momento, así están las cosas.

«Lo peor está por llegar», pensó Roberta.

—¿Ha visto a Barnabite? —preguntó Rosemonde.

—Estaba trabajando en su cripta, manipulando fósforo. No he entendido mucho de lo que hacía, pero alrededor del observatorio hay un trasto extraño. Está protegido por plantas hechiceras. Lilas y jazmines… Ahí abajo huele a la Banshee. En todo caso, *El Gólem* de Gustav Meyrink reposa en su mesilla de noche.

—¿Ha entrado en su dormitorio?

—¿Por quién me toma?

—Entonces, ¿cómo puede estar tan segura?

—Ya lo conoce, él y su amor por los libros… Cuando estudiaba el sentido oculto de la Biblia, vivía como un profeta del Antiguo Testamento y soñaba en arameo, al parecer. Barnabite jura, bebe y come como el Atanasius Pernath de la fábula. ¡Tenía jugo de pepino en la nevera!

—En efecto, ¿quién si no un alquimista praguense bebería ese licor infame?

—No he visto el gólem, pero pongo mi mano en el fuego a que está en casa de mi primo.

—De eso nada, preciosa. Sus dedos son demasiado queridos de mi corazón —objetó el seductor, chupándolos uno por uno.

Roberta estaba elevándose sobre la punta de los botines para besarlo, cuando un joven gitano salió del juego de pelota.

—Vía libre —les dijo—. Síganme.

Se metieron por un pasillo estrecho y sinuoso hasta llegar a una puerta cochera parisina, decorada con cabezas de Gorgona esculpidas lo bastante repulsivas como para alejar parásitos de toda clase. Daba a un pilar de Westminster, a cien metros de la entrada. Rosemonde y Roberta rodearon la aglomeración de basilenses sin llamar la atención. A su espalda, oían gritar encolerizados a los habitantes de la ciudad:

—¡Vosotros tenéis al asesino! ¡Nosotros, a los milicianos!

—¡Me encantaría saber por qué ha venido a verle su prima!

Barnabite se cercioró de que el fósforo pasase bien. En el molde, los finos arcos de nácar daban la imagen de una estrella en gestación, encerrada en su capullo de gases pesados. Pero todo aquello hacía pensar en un proceso inacabado aún. De momento era imposible hacerse una idea, ni siquiera aproximativa, de lo que iba a ser aquella obra clandestina.

—No debería dejar su puerta abierta a los cuatro vientos —insistió Banshee.

—Ya le he explicado por qué ha venido Morgenstern —bramó Barnabite—. Para preguntarme en relación con Richtausen. —Carmilla, todavía de mal humor, estaba a punto de dejarle sin su sesión diaria de magia negra—. Es muy astuta, lo sabe tan bien como yo. Aunque le hubiese cerrado mi puerta, no habría servido de nada, y le habría puesto la mosca detrás de la oreja, precisamente. —Consciente de que había marcado un tanto, recalcó—: Además, no es más que una brujilla de tercer nivel. Jamás habría podido escapar de las trampas con las que ha trufado mi jardín.

—Su jardín entero es una trampa desde que me ocupo de él —rectificó la decana con una sonrisa lúgubre.

La discusión era estéril. La bruja se acercó al molde. Los hilillos de energía se cruzaban en el concentrado de profundidades. Una nebulosa: eso era lo que, hasta el momento, habían conseguido producir. Era un buen comienzo.

—¿Cómo vamos con los elementos?

Barnabite consultó el farragoso tomo de Danton y contó:

—Tenemos los cinco gases: oxígeno, hidrógeno, ázoe, cloro, flúor, y un sólido: el fósforo. De excelente calidad. Se puede decir que el barón nos ha facilitado el trabajo, con su campo de cadáveres.

—¿Cuándo tendremos los trece elementos?

Barnabite se encogió de hombros, rascándose el prurigo.

—A fe mía, todo depende de nuestro proveedor. Si sigue al ritmo de un muerto al día, como parece ser el caso, pronto tendré suficiente carbono. Después vendrán el azufre y los metales. Tengo prisa —dijo frotándose las manos.

Banshee estaba en otra parte. Revisaba mentalmente su conversación telefónica con el ministro. Empezaba a hartarla. No estaba contento porque el aerostato hubiese caído en el osario. ¿Y qué? Lo principal era que cayese, ¿no? Y su calabaza mágica había cumplido la misión bastante bien.

Además, el Señor tenía prisa. Ese ignorante era incapaz de

darse cuenta del tipo de magia que estaban practicando para él. Ella le abriría los ojos, más adelante, de una forma o de otra.

—¿Ha llamado? —preguntó Barnabite, descifrando la mirada sombría de su colega. Banshee meneó la cabeza—. ¿Para cuándo hace falta que tenga listo al gólem?

Ella hizo amago de acariciar el molde con un gesto dulce y maternal, pero lo único que consiguió fue arañarla.

—Pronto tendrás tu azufre —prometió la bruja al infante. Y a continuación dijo a Barnabite—: El gólem tiene una nueva cita con la muerte. El barón de las Brumas llamará mañana a mediodía, debajo del barómetro.

Sobre cosas que se pueden saber,
y sobre algunas otras

*A*l amanecer había dejado de llover. Entre las nubes grises se dibujaban aquí y allá lenguas azules. El tranvía de la línea 4 (Cornisa-Montaña Negra-Cornisa) subía la pendiente que terminaba en el catafalco municipal. Un rayo de sol envolvió el trenecito con su benéfico calor. Roberta levantó la nariz del periódico y disfrutó de él, con los ojos entrecerrados.

Había comprado el *Diario de Tierra Firme*. Como la mayoría de los basilenses, lo primero que había hecho era consultar el pronóstico del tiempo. La oficina de Prevención de Riesgos Naturales recordaba que el escampamiento era pasajero. Una nueva depresión, procedente del archipiélago británico, tomaba ya el relevo de la de Île-de-France. Hasta mediado el día, el barómetro no les diría lo que realmente les tenía reservado el cielo.

Fuese lo que fuese, se había alcanzado la primera cota de alerta. El nivel de la laguna exterior había subido más de lo que medía dentro de los límites del dique. Ya no se podía vaciar ningún desagüe. Como volviese a llover, el agua empezaría a subir sin remedio.

El diario había reservado el mayor titular a la caza sin precedente del hombre que había iniciado el Ministerio de Seguridad para detener al barón de las Brumas, o al Verdugo del Barrio Histórico, según el mote en vigor. Fould declaraba que la investigación avanzaba «a grandes pasos». Pronto la prensa anunciaría «resultados significativos». Un largo artículo describía con profusión de detalles los métodos de ejecución utilizados por el verdugo. Los grabados del libro de Suzy Boewens habrían podido ilustrarlo.

La manifestación de la tarde anterior se había disgregado sin incidentes. Pero el Colectivo Basilense, «espontáneamente constituido para oponerse a la amenaza interior y mantenerse vigilante frente al ascenso de la inseguridad», convocaba nuevas concentraciones delante del Barrio Histórico mientras no se detuviese al asesino. Fould, decididamente omnipresente, había escuchado «las legítimas inquietudes de sus conciudadanos» y sometido a estudio la manera de aislar a los gitanos del resto de la ciudad, «para protegerlos mejor».

—Más bien, para vigilarlos mejor —rectificó Roberta.

En la página 3 se citaban, se deformaban y se denunciaban algunos usos y costumbres de los gitanos. Por ejemplo, ¿quién les había permitido utilizar su propio calendario? El Día del Niño. El Día del Pájaro. El Día del Viaje… ¿Por qué no un Día del Barón o un Día del Asesinato Premeditado?

Roberta no tuvo necesidad de consultar la efemérides para saber que hoy se celebraba la festividad de san Cretino y que Basilea había ganado tres minutos más de estupidez y de odio.

El tranvía hizo una parada en la estación Grandes Hombres y reanudó el asalto a la recta que lo llevaría a la estación Ministerios.

El *Diario de Tierra Firme* hablaba de los incineradores, que iniciaban su décimo día de huelga. Su reivindicación seguía siendo la misma: detengan al barón, háganle pagar y nosotros volveremos a nuestros puestos de trabajo. Los cubos de basura obstruían las calles de Basilea, y la hilandería amenazaba con seguir su ejemplo, así como los panaderos, los escolares y las jugadoras del bridge del club patriótico de la universidad, del que Martha Werber era asidua.

Otro gran tema era la primera ronda de las elecciones, que se celebraría esa semana. De la decena de candidatos en liza, sólo el alcalde saliente y Archibald Fould podían salir vencedores, y cada uno le atribuía la mitad de las intenciones de voto. El cronista no se privaba de añadir que el asunto del barón de las Brumas y su resolución anunciada influirían mucho en la cota de confianza depositada en el ministro de Seguridad.

No se decía ni una palabra sobre el difunto *Barómetro*. Sin embargo, ahí estaba Papirotazo, agazapado entre las líneas del diario municipal, con palabras encubiertas. Roberta releyó el anuncio en el que se había fijado antes y que había rodeado con un trazo de lápiz rojo, en la página 24, bajo la rúbrica de «Varios», entre los vacíadesvanes y los anuncios reservados a los solteros: «¿Su existencia va a la deriva? ¿Vive en medio de la niebla? ¿Necesita un papirotazo? Tiene una cita hoy a mediodía debajo del barómetro».

El tranvía se detuvo en Ministerios, hizo sonar su campanilla y reanudó la marcha. A un lado y otro se sucedían los bastiones ministeriales, tan tétricos y grises como su modelo, el Edificio Municipal, que se recortaba en el horizonte con su monumental escalinata y su colosal puerta de bronce.

Roberta se puso las manos en el vientre al sentir el efecto de la caricia eléctrica. Cuando esa mañana, a las ocho en punto, había recibido en su domicilio el paquete de BodyPerfect, no había dado crédito. ¡Menos de veinticuatro horas después de haber enviado su hoja de pedido desde la Oficina de Asuntos Criminales! Para colmo, la versión Electrum de la famosa faja, talla mediana noruega, estaba a la altura de la descripción del catálogo.

Roberta había regulado la frecuencia a un impulso de intensidad mediana cada treinta segundos. Y cada vez se sentía fundir como un pastelito turco en un baño tibio de toffee. Metió la mano por debajo del vestido y manipuló el botón de programación, para cambiar la frecuencia a un impulso cada quince minutos. No iba detrás de la delgadez de los veinte años, y empezar la jornada con una visita al Censo bien merecía un poco de aliento.

El vestíbulo de recepción del Censo era casi tan grande como el terreno que ocupaba el Edificio Municipal en el suelo de Basilea. Recordaba un poco a la sede de la banca Fortuny. Sólo que aquí no se manejaban táleros de níquel, de cobre o de plata, sino identidades.

Roberta, impulsada por su faja, cruzó el vestíbulo con un paso lo más parecido posible al del tango. La acústica era fantástica. Sus tacones resonaban en el mosaico que representaba una doble hélice genética. La lámpara de araña que tenía justo encima otorgaba al conjunto un aspecto innegablemente grandioso.

Dos milicianos con armadura vigilaban el acceso a las instalaciones subterráneas. Sentado detrás de la ventanilla central había un funcionario. Sin contarlo a él, el lugar estaba desierto. Roberta tendió su tarjeta al funcionario, anunciándole:

—Vengo para una modificación de perfil.

El hombre pasó la tarjeta por un lector para asegurarse de que esa cincuentona incendiaria no le soltase una sarta de trolas. Una vez hecha la verificación, accionó un mando e hizo ademán de salir de su taquilla para acompañarla.

—No se moleste. Conozco el camino.

La bruja trotó hasta una puerta redonda y blindada, que se abrió lentamente a medida que se acercaba.

Los cajones de la sala de arcas del Censo contenían decenas de miles de fichas de papel correspondientes a los habitantes de Basilea. Los visitantes, a los que se tomaba juramento, tenían a su disposición una mesa de madera, dos sillas, un estuche de escritura y una pila de formularios en blanco.

Roberta dejó el bolso, abrió el cajón Mart-Mort, encontró a Clément, desatornilló la regleta, sacó su ficha, cogió el formulario destinado al Censo y se acomodó ante la mesa para rellenarlo.

Esta parte de su trabajo con el árbol de brujería se reducía a un juego de escritura bastante pesado: informar sobre el identificador numérico de Martineau, calculado en función de su fecha de nacimiento, de su dirección, de su actividad y de otras cosas más; marcar la casilla K21 en la petición de modificación; aportar una razón plausible para justificarlo. Roberta recurrió al viejo pretexto del ascenso interno, un tanto traído por los pelos en vista de la edad del interesado. Pero no tenía ninguna gana de devanarse los sesos.

Además, ¿no gozaba el investigador (según su madre) del favor del Ministerio de Seguridad, y no se le había vaticinado un brillante porvenir?

Por el contrario, no encontró el formulario destinado al Fichero en el que se conservaban las secuencias genéticas de los basilenses. El Fichero y el Censo trabajaban concertadamente, pero jamás se habían puesto en contacto el uno con el otro, al menos no que ella supiera. Lo cual la obligaba a realizar dos veces hasta la más mínima operación. «¡Me extrañaría mucho que la Administración nos acostumbrase a la eficacia!», se dijo volviendo a la taquilla.

El funcionario cogió el formulario, verificó que estaba correctamente cumplimentado, le estampó un sello con mucho ímpetu, lo enrolló y lo deslizó por una ranura y la red neumática lo aspiró con un silbido. En ese momento, el suelo vibró. La vibración hizo titilar la lámpara de araña.

Las máquinas que producían trazadores se encontraban justo debajo de sus pies. El acceso era restringido. A pesar de su doble estatus de funcionaria y de bruja, Roberta nunca había tenido derecho a visitarlas.

—Disculpe —se excusó. El funcionario creía haber terminado con la investigadora y contaba con retomar la lectura de su *Diario de la laguna*—. ¿No tengo que rellenar dos formularios para una modificación de perfil?

Él la miró de hito en hito con cara de pocos amigos. Y la pregunta debió de parecerle digna de respuesta, pues le confió:

—Fichero y Censo son lo mismo. Aún no se ha hecho oficial la noticia. Comprenda usted, con todos esos asesinatos, no se nos puede felicitar verdaderamente en cuanto a resultados obtenidos.

¿Se habían emparejado los datos genéticos y los datos biográficos? Tamaña operación había tenido que exigir unos medios ingentes... ¿Y Fould no lo había anunciado a la prensa?

El suelo volvió a vibrar. El funcionario, acostumbrado, no se inmutó.

—Precisamente, yo trabajo en el caso de los asesinatos —le confesó ella a su vez—. Pareciera que las víctimas hubiesen recibido una carta parecida remitida desde aquí. En fin, desde el Censo. —Sacó del bolso el paquete de cartas y lo dejó en el mostrador—. Y los muertos ya no figuran en el Fichero. ¿No podría usted ayudarme, por casualidad?

Sospechaba que un ejército de ingenieros presionados por Fould trabajaba para solucionar la avería de los trazadores. Pero a menudo los empleados lambda, como ese hombre, le habían sido de gran ayuda. Conviene empezar por la base. Era uno de los preceptos que su padre, alpinista aficionado, gustaba de repetir.

Con las cartas apiladas delante de él, el funcionario tecleaba en una pequeña máquina oculta bajo el mostrador.

Al cabo de cinco minutos de consultar los archivos, reveló a Roberta:

—Las identificaciones numéricas de estas personas estaban siendo actualizadas en el momento de su fallecimiento. Por motivos diversos. Martha Werber iba a mudarse a una residencia de jubilados. La modificación del perfil viene del servicio de la tercera edad, en la planta 21. Vaclav Zrcadlo iba a cumplir la mayoría de edad. Modificación del despacho del estado civil, planta 45. A Georges Fliquart lo perseguían los ordenanzas. Se había ordenado un embargo de bienes. Modificación de recaudación, planta 13... ¿Quiere que siga?

—No será necesario.

El funcionario le devolvió las cartas, se quitó las gafas y chupeteó con aplicación el extremo de las patillas.

151

—La fusión del Fichero y el Censo ha sufrido ciertos fallos —dijo—. Hay una avería que se manifiesta aún de manera esporádica, especialmente en las actualizaciones. Por eso se enviaron esas cartas. Se generan automáticamente, sabe usted. No me extraña nada todo esto... —Una pregunta le quemaba los labios—. Parece que los trazadores no han visto nada, ni a las víctimas ni al asesino...

El funcionario estaba en una buena posición para saberlo. Pero la ceguera de los trazadores había sido uno de los secretos mejor guardados de la investigación, al menos mejor guardado que el que concernía al método del barón.

—No han visto nada.

—¡Por san Babbage, lo sabía! —Plegó y desplegó frenéticamente las patillas de las gafas—. ¡Si nuestros identificadores no se correspondían ya con las secuencias genéticas del Fichero, es lógico que los trazadores no hayan visto nada! ¡Para ustedes esas personas no existían!

—¿Cuándo ha tenido lugar la fusión entre el Fichero y el Censo? —quiso saber Roberta.

—Hace unos quince días.

Es decir, un poco antes del inicio de los asesinatos.

—¿Cuántas personas se han visto afectadas por estos problemas de actualización?

La bruja, a la que el Fichero seguía enviado cartas, formaba parte de ese grupo, aparentemente. También Martineau. Además de las víctimas...

—Un cuarto.

—¿Un cuarto de qué?

—¿Un cuarto de la ciudad? Harán falta meses para arreglar todo este desaguisado.

Volvió a notarse el retumbo. La lámpara de araña tintineó. «Los trazadores...» Roberta quería ver con sus propios ojos las instalaciones subterráneas. Pero los milicianos no la dejarían pasar, ni con una tórrida sonrisa capaz de deshelar la Spitzberg.

—¿Eso de ahí son los lavabos? —preguntó señalando una puerta que había detrás de unas macetas.

—Sí, sí.

Roberta atravesó el vestíbulo y cerró la puerta tras de sí. «¡Entonces, era cierto! —se decía el funcionario, abrumado—. Los trazadores estaban ciegos. Todo el Censo debería ser sancionado por no haber ayudado a personas en peligro.»

La puerta de los lavabos se entreabrió. Una canica rosa rodó por el mosaico, desde los lavabos hasta la taquilla. El hombre se levantó de su asiento. Vio cómo la canica rebotaba varias veces, emitiendo unos ruiditos discretos, y se transformaba en una bola de espuma rosa fucsia.

—¿Qué es ese bicho?

La espuma creció rápidamente, subió hasta ponerse a su altura y a continuación saltó a por la lámpara de araña.

—¡Pero bueno! —se indignó el funcionario, saliendo de su taquilla para dirigirse a la salida, marcha atrás.

Los milicianos habían dejado su puesto y caminaban con paso titubeante hacia aquella sustancia intrusa. Nadie vio a Roberta aprovechar la distracción para recorrer el lugar pegada a la pared y colarse por el pasillo que bajaba al sótano. Llegó a un vestuario. Colgados de unas perchas había monos aislantes de caucho blanco con visera roja.

—Vas a perder todos los puntos de tu jubilación —se sermoneó a sí misma mientras se ceñía uno de aquellos monos.

Tres cámaras de aire la limpiaron de toda partícula del mundo exterior. El último diafragma se abrió con un chiflido y apareció ante el sanctasanctórum de Seguridad.

La pasarela de acceso ofrecía una vista panorámica de la cadena mágico-industrial que creaba los trazadores, una máquina complicada cuyo funcionamiento conocía Roberta, al menos en teoría.

Todo empezaba en las grandes tinajas de decantación, alimentadas por unas soluciones de complejos nutritivos. De ahí, se calibraba, filtraba y secaba a los trazadores. A continuación pasaba por la prueba de la máquina de estadística, un monstruo mecánico a vapor que exigía la atención permanente de los ingenieros, brujos o no, que trabajaban en estos subterráneos observando el aparato y anotando sus reacciones.

La máquina de estadística estaba recubierta de infinidad de fichas perforadas, conectadas directamente con el Fichero y con el censo. Se echaba dentro a los trazadores vírgenes y allí se los cargaba de información, en forma de descargas eléctricas. Una vez sabían todo sobre los habitantes de Basilea y sobre textos legales, eran trasladados a cinco grandes tambores de lavado que los propulsaban al exterior a través de cinco canalizaciones de amplio diámetro, encajadas en lo ancho del muro.

En muchos aspectos, los trazadores eran unas enigmáticas formas de vida. Arácnidos, medusas aéreas, motas de polvo pensantes… dotados de una memoria fabulosa a pesar de su tamaño microscópico. Los llamaban selenes porque sus ciclos de reproducción se correspondían con las fases de la luna. Además, con la siguiente luna llena nacería la nueva generación de chivatos. Por ello, los ingenieros procedían a realizar las últimas comprobaciones.

—¡Inicien la simulación! —ordenó alguien por un altavoz.

Las tinajas empezaron a borbotear, la máquina estadística a restallar, los tambores de lavado a batir el aire. El zumbido de la quíntuple propulsión virtual hizo temblar la pasarela.

—¡Más presión sobre el conducto número tres! —ordenó un ingeniero.

153

Roberta volvió al vestuario, se quitó el mono, recogió el bolso y salió a la planta baja. Al llegar arriba se detuvo, incapaz de avanzar. La saponaria había invadido el vestíbulo por completo.

A lo lejos, un resplandor rectangular indicaba dónde estaba la puerta, cuyas dos batientes habían sido abiertas. Unas siluetas borrosas se cruzaban en medio de la espuma. La planta baja del Censo estaba de color rosa del suelo al techo y olía de maravilla.

La bruja se metió por la estructura espumosa, nacarada e irreal. Tuvo la sensación de encontrarse en el momento de su paso a la vida, desconectada de la realidad, formidablemente intuitiva, en estado de éxtasis.

Ralentizó el paso para prolongar la travesía de la saponaria, creada en los lavabos a puñados de fórmula mágica. No todos los días puede una disfrutar de un baño espumoso y alto como una torre de diez pisos.

Se detuvo al llegar al umbral. Unas grandes letras de bronce engastadas en el embaldosado recibían al visitante con el credo de Seguridad: *Jure et facto*.

—De derecho y de hecho —tradujo.

Las leyes y su aplicación, los jueces y el verdugo… El suelo retumbó. Sus piernas temblaron.

La intuición fulgurante tuvo el efecto de un trueno en el alma de la bruja. Salió de la espuma a toda velocidad. Los bomberos arrastraban una bomba para aspirar al invasor, que cubría ya lentamente los escalones para partir al asalto de la ciudad.

«Tengo que saber a qué atenerme», se dijo mientras rodeaba el Edificio Municipal.

Descubrió el dorso del decorado de Seguridad. Del embaldosado de hormigón salían cinco chimeneas, similares a las de un paquebote, apuntando a Basilea en cinco direcciones.

El retumbo subió de las entrañas del Censo. Se oyó un silbido agudo. A la atmósfera no salió proyectada ninguna sustancia gris. Pero Roberta percibió la violencia de la bocanada de aire, a pesar de la distancia.

—El viento —murmuró—. De ahí viene.

154

Su faja Electrum le dio un impulso, como para recordarle que no estaba soñando, que su intuición no provenía de un puro delirio.

Regresó a la estación de tranvías, presa de la confusión. A su espalda se acercaba un tranvía. El conductor tocó la campanilla para que se apartase de los raíles.

—Es imposible —se dijo, tratando de convencerse mientras subía al trenecito, con la tarjeta de funcionaria bien visible en la mano—. Los trazadores nos protegen.

Se sentó y siguió reflexionando en voz alta sin preocuparse de las miradas de soslayo que le lanzaban los pasajeros.

—Vas a ir a ver a Plenck y le vas a preguntar por el locus misterioso. Cada cosa en su momento, Roberta.

Pero no puedo evitar estremecerse. Porque, si no se equivocaba, Basilea la Segura se había convertido en uno de los lugares más peligrosos de la tierra firme.

—Y los muertos, por mucho que pueda decir el querido señor Fould, se contarán entonces por centenares —se apuntilló a sí misma, mientras a lo lejos se perdía de vista el templo de Seguridad.

155

Roberta descubrió a Plenck encorvado sobre su mesa de disección.

Uno de los armarios estaba abierto de par en par. Aparte de ese detalle, el terrario no había cambiado de aspecto desde la autopsia de Martha Werber.

—Estás hecho una birria —murmuró el forense—. ¿Qué vamos a hacer contigo?

Roberta, que había entrado sin llamar, no veía ni las piernas ni la cabeza del cadáver en el que estaba trabajando. ¿Acaso se disponía a hacerle la autopsia a un niño?

—Y cómo tienes la cola… Está toda deshilachada. ¿Han sido los trazadores los que te han dejado en semejante estado? Su influencia es definitivamente nefasta.

La bruja sintió la urgente necesidad de manifestar su presencia.

—Mm, mm —hizo.

Plenck se dio la vuelta, la vio y una franca sonrisa iluminó su rostro. En la mesa había uno de sus animales disecados. Un tejón (a ojo de buen cubero) disecado en la postura de flagrante delito de escarbadura. Pero Roberta no estaba muy puesta en materia de mamíferos peludos.

—¿Sabes que ese demonio del barón no deja ni un minuto libre al último taxidermista de Basilea? —se quejó Plenck mientras cepillaba al animalillo—. Casi echaría de menos a las chinchillas. Y eso que no hay nada peor cuando se trata de limpiarlas.

Guardó el tejón en el armario y sacó una cibelina. Aquella especie de coipo blanco como la nieve enseñaba los dientes al cazador que, como todo indicaba, había acabado agujereándole la piel.

—He terminado las autopsias esta madrugada. ¡Mala peste se lleve a los asesinos en serie! ¿Qué pasa con los acuerdos sindicales que tanto nos ha costado hacer valer ante nuestros patronos? —Dejó la cibelina en la mesa y le dio la vuelta en su peana—. ¡Mira esto! —La pelambre seguía los movimientos de sus dedos siguiendo unas ondas magnéticas—. Los trazadores estresan a mis pequeños protegidos. Los cargan de electricidad.

Roberta tomó asiento y se hizo un tirabuzón, retorciendo con dos dedos un bucle de sus largos cabellos rojos. Plenck siguió con su monólogo mientras cepillaba el lomo del animalillo con vigor, tratando de poner algo parecido al orden en aquel destrozo.

—He analizado la sustancia que recubría a Martha Werber —continuó, sin dejar de trabajar—. Ciertamente, era miel. Miel común, pero natural al cien por cien. Como a duras penas se encuentra en Basilea. Sin duda, los pocos comerciantes que la venden han recibido la visita de nuestros amigos milicianos. —A cada enérgica pasada de cepillo se veían unos fugaces centelleos azulados—. En cuanto a las víctimas del osario, fueron ahogadas lentamente. Un final terrible.

Rectificó un mechón y rascó con cariño la cabeza de la cibelina, de nuevo arreglada para su misión. La guardó en el armario y dudó entre un puercoespín y una cría de armadillo, antes

os: de las amebas, de los protozoos, de los virus, de los
os, etcétera. Es la clave de la transmisión hereditaria.
omposición del ácido desoxirribonucleico es específica
uno. Está formado por lo que se denomina regiones va-
locus, si lo prefieres, que nos diferencian, que permi-
los trazadores nos identifiquen y que están represen-
estas placas. ¿Te lo explico de otro modo?

o, está bien —dijo Roberta.

ck continuó:

sta definición es un poco sucinta. Pero era la del foren-
Museo. Ahora te voy a dar la definición del brujo vincu-
Éter.

o sonar las articulaciones y se paseó alrededor de la me-
sección, como un médico alrededor de un cuerpo despe-
en una imaginaria aula magna de anatomía.

Somos movimiento —declaró—. Nuestros órganos actúan
sí. Nuestros órganos actúan con los órganos exógenos.
ros órganos actúan con los elementos. El entorno nos
rma constantemente, así como nuestras experiencias co-
as, y nuestros sentimientos y millones de factores más…
No te he pedido que me des un curso sobre la Simpatía
ervino Roberta.

había interrumpido. Él le lanzó una mirada dura.

—¿Por qué calzas el treinta y seis y medio?

—Mi madre tenía pies menudos —respondió la bruja, no-
que la vencía la depresión.

—¿De dónde te viene tu lado de testaruda?

—¡No has conocido a mi padre!

—Última pregunta: ¿cuando aún eras virgen, soñaste con
o amoroso?

oberta no respondió. Todavía se acordaba de su tribula-
cuando se había dado cuenta de hasta qué punto se pare-
realidad a lo que había podido imaginar. No había tenido
nsación de descubrir algo, sino de encajar en un linaje. Por
ho que se hubiese abierto una puerta, y no precisamente
importante.

—La talla materna del calzado, el color de los cabellos de tu
isabuelo, el sabor de la ceniza, el sonido del mar, los ins-

de decidirse por una ardilla volado
desplegadas. Pero se detuvo a med
sección, con la ardilla en una mano

—Por cierto, ¿has venido sólo p
tienes alguna buena sorpresa para n

—Me encantaría que me explica
nética. Y deprisa. Tengo una cita del
de una hora.

Plenck dejó la ardilla voladora en
en hito, cruzado de brazos y con las
mesa.

—Te sugiero que le hagas la preg
dad que te encuentres por el camino.
respuesta me interesa.

—Los dioses están muertos —le re
a quien le hago la pregunta.

Sacó del bolso las secuencias genéti
que el locus misterioso seguía destaca
dejó en la mesa al lado de Plenck, que s
y las contó.

—Dieciséis —dijo—. La cifra menos

Estudió las secuencias al trasluz baj
una y después todas juntas... Se había fi
dad. Roberta lo observaba, con las mano
tre. ¿Era un efecto de la saponaria, de l
tranquilizador del terrario? Se sentía dist
te relajada.

—¿Puede tratarse de una coincidencia

—Los agentes del Fichero utilizan cinc
rar estas placas. Es estadísticamente impos
cus en común.

Roberta hizo una mueca y le recordó:

—He venido para entender.

Plenck no tenía ninguna necesidad de d
na neurona para hablar de genética. Era u
conversación favoritos.

—En primer lugar, veamos el aspecto té
—empezó—. El código genético es común

de decidirse por una ardilla voladora que tenía las membranas desplegadas. Pero se detuvo a medio camino de la mesa de disección, con la ardilla en una mano.

—Por cierto, ¿has venido sólo para darme los buenos días o tienes alguna buena sorpresa para mí?

—Me encantaría que me explicases los misterios de la genética. Y deprisa. Tengo una cita debajo del barómetro dentro de una hora.

Plenck dejó la ardilla voladora en la mesa y la miró de hito en hito, cruzado de brazos y con las nalgas apoyadas contra la mesa.

—Te sugiero que le hagas la pregunta a la primera divinidad que te encuentres por el camino. Ven a verme después. Su respuesta me interesa.

—Los dioses están muertos —le recordó Roberta—. Es a ti a quien le hago la pregunta.

Sacó del bolso las secuencias genéticas, las juntó, comprobó que el locus misterioso seguía destacando nítidamente y las dejó en la mesa al lado de Plenck, que suspiró, cogió las placas y las contó.

—Dieciséis —dijo—. La cifra menos original del momento.

Estudió las secuencias al trasluz bajo su proyector, una a una y después todas juntas… Se había fijado en su particularidad. Roberta lo observaba, con las manos apoyadas en el vientre. ¿Era un efecto de la saponaria, de la faja o del ambiente tranquilizador del terrario? Se sentía distendida, increíblemente relajada.

—¿Puede tratarse de una coincidencia?

—Los agentes del Fichero utilizan cinco sondas para elaborar estas placas. Es estadísticamente imposible que haya un locus en común.

Roberta hizo una mueca y le recordó:

—He venido para entender.

Plenck no tenía ninguna necesidad de desempolvar ninguna neurona para hablar de genética. Era uno de sus temas de conversación favoritos.

—En primer lugar, veamos el aspecto técnico del problema —empezó—. El código genético es común al conjunto de los seres vivos: de las amebas, de los protozoos, de los virus, de los mamíferos, etcétera. Es la clave de la transmisión hereditaria. Pero la composición del ácido desoxirribonucleico es específica de cada uno. Está formado por lo que se denomina regiones variables, o locus, si lo prefieres, que nos diferencian, que permiten que los trazadores nos identifiquen y que están representados en estas placas. ¿Te lo explico de otro modo?

—No, está bien —dijo Roberta.

Plenck continuó:

—Esta definición es un poco sucinta. Pero era la del forense del Museo. Ahora te voy a dar la definición del brujo vinculado al Éter.

Hizo sonar las articulaciones y se paseó alrededor de la mesa de disección, como un médico alrededor de un cuerpo despellejado en una imaginaria aula magna de anatomía.

—Somos movimiento —declaró—. Nuestros órganos actúan entre sí. Nuestros órganos actúan con los órganos exógenos. Nuestros órganos actúan con los elementos. El entorno nos transforma constantemente, así como nuestras experiencias cotidianas, y nuestros sentimientos y millones de factores más…

—No te he pedido que me des un curso sobre la Simpatía —intervino Roberta.

Lo había interrumpido. Él le lanzó una mirada dura.

—¿Por qué calzas el treinta y seis y medio?

—Mi madre tenía pies menudos —respondió la bruja, notando que la vencía la depresión.

—¿De dónde te viene tu lado de testaruda?

—¡No has conocido a mi padre!

—Última pregunta: ¿cuando aún eras virgen, soñaste con el acto amoroso?

Roberta no respondió. Todavía se acordaba de su tribulación cuando se había dado cuenta de hasta qué punto se parecía la realidad a lo que había podido imaginar. No había tenido la sensación de descubrir algo, sino de encajar en un linaje. Por mucho que se hubiese abierto una puerta, y no precisamente poco importante.

—La talla materna del calzado, el color de los cabellos de tu tío bisabuelo, el sabor de la ceniza, el sonido del mar, los instintos animales, el miedo a la oscuridad, a las arañas o a las serpientes, el reloj interior, los sentimientos, el carácter, la aprensión hacia la muerte… —Plenck inspiró hondo—. Todo eso está almacenado en tu ADN, en cualquiera de tus células. —Cogió una de las secuencias, al azar, y la blandió como una prueba irrefutable de lo que estaba queriendo decir—. Considera estas placas como si fuesen cuadros. La cara visible, la imagen, representa una existencia. Por debajo de la capa superficial están las existencias anteriores, hasta llegar al lienzo, hasta la trama del lienzo. —Plenck puso cara seria—. El forense no puede explicar el locus misterioso. Así que en su lugar responde el brujo: «Este locus puede ser indicio de una experiencia común a todas las víctimas, traumática hasta el punto de haber dejado un rastro en la parte visible de su secuencia genética. Como un accidente de la materia, más o menos profundamente escondido, que habría perforado la superficie del cuadro».

—No hemos encontrado nada —se defendió Roberta—. Nada en común ni nada excepcional, excepto una muerte violenta en todos los casos.

—La investigadora ha hecho su trabajo y el Ministerio la felicita —dijo Plenck, imitando la voz de Archibald Fould—. Pero el brujo pregunta a la bruja: ¿ha salido a mirar afuera? ¿Ha explorado el pasado de estas valientes personas?

—¿El pasado… reciente?

—El pasado remoto. Los antepasados.

Roberta entendió por fin lo que quería decir Plenck. Su punto de vista sobre la genética no estaba tan alejado de su propio trabajo con el árbol de Martineau, esto es: el descubrimiento de una transmisión de poderes de generación en generación.

—El asesino actúa siguiendo un método histórico, ¿verdad? —prosiguió el forense—. ¿Las ejecuciones se han realizado sin trucaje? Te voy a decir una cosa, preciosa: ese locus no es sólo un punto en común. Ese locus es una condena a muerte.

—A semejanza de una enfermedad hereditaria —reflexionó ella en voz alta.

—Yo me inclinaría por un recuerdo físico, la impresión genética de un acontecimie.Ro aparentemente del pasado pero por el cual los descendientes han pagado un alto precio. Sí, una impresión genética.

Roberta recordó la X de los Martineau, visible en cada marca y transmitida a lo largo de dos mil años de historia. Grégoire había utilizado un término concreto para designarla. Pero no conseguía recordarlo.

—Hay alguien que podría responderte con más exactitud —avanzó Plenck—. Pero ¿aceptará verte? —Se refería a Rañetrudis, el espíritu de la Tierra e interlocutora ideal para todo lo que fuese un estudio de los orígenes con cierta profundidad—. ¿No tenías una cita? —añadió.

—A mediodía, debajo del barómetro.

—Son menos veinte.

—¡Oh! Tengo que irme.

Plenck la ayudó a ponerse el abrigo.

—Por cierto, antes de que te vayas, quería decirte algo. En los cuerpos del osario había algo extraño.

—¿Ah, sí?

—¿Cómo te lo diría...? Les faltaban elementos.

—¿Cómo?

—Es la primera vez que veo algo así. A uno le habían extraído el fósforo, a otro el flúor, el carbono o el cloro. Evidentemente, un no brujo no se habría percatado jamás. Pero hago análisis complementarios. —Se encogió de hombros—. ¿Te das cuenta? El tráfico de órganos aplicado a la esencia del ser. ¿Adónde va este mundo?

—¿El fósforo, dices?

Roberta recordó a Héctor trabajando con frenesí en su cripta embrujada.

—He elaborado una lista exacta. Ya te la pasaré.

—¿La has incluido en tu informe?

—Los asuntos de brujería no conciernen al Ministerio, que yo sepa.

Roberta tenía que irse. Besó al forense y lo dejó con su ardilla voladora y con su leve locura.

«¿Por qué Barnabite hacía punciones a los cadáveres? ¿Tenía alguna relación con el barón de las Brumas? ¿Qué legado

160

terrible representaba ese locus? ¿Aceptaría hablar con ella Rañetrudis?», se preguntaba, con el alma al rojo vivo, mientras salía del Museo. El tranvía de la línea 2 se alejaba lentamente hacia el centro de Basilea. La bruja no titubeó mucho tiempo. Corrió para alcanzarlo. Las preguntas quedaron en suspenso.

La mitad de la ciudad se había dado cita debajo del barómetro a las doce del mediodía. Los peores temores se confirmaron. Según la manecilla del monumento meteorológico situado teóricamente en el centro de Basilea, pronto volvería a llover. Circulaban un montón de comentarios. El gentío se estancaba, aumentaba, y la bruja se preguntaba cómo encontraría a Ernest Papirotazo en medio de aquel follón.

Entró en la farmacia, subió al primer piso y se hizo un sitito en el balcón desde el que un fotógrafo ametrallaba a la muchedumbre. La tapaba la parte superior del barómetro, pero todas las cabezas estaban vueltas hacia ella, una circunstancia idónea para encontrar al escritor.

161

No vio a Papirotazo, pero sí a Martineau, que trataba de abrirse paso entre el gentío al volante de su automóvil. Al quedar bloqueado, el joven decidió continuar a pie en dirección a la farmacia. Un nuevo chichón, mayor que el anterior, le adornaba la frente. Saltaba a la vista que no se había curado de su dolencia y que se había quedado sin reservas de castóreo.

Roberta permaneció escondida. Las reflexiones del investigador acerca de los gitanos la habían enfriado un tanto. Además, uno no se aprovecha del sueño de un mujer para besarla. No había violado a Boewens, claro. Pero Roberta tenía muy claras las cosas en relación con ese tema: muchas veces los que juegan con artillería pesada empezaron con pistolas de perdigones.

El reloj del Palacio Municipal, un edificio barroco alargado que cerraba un costado de la plaza, dio las doce. Tras la duodécima campanada se levantó el viento. Salieron volando sombreros. La veleta del barómetro giró silbando, antes de detenerse apuntando al norte. Roberta notó que el ambiente se tensaba. El barón de las Brumas no habría actuado de otro modo para preparar a su público, si hubiese querido entrar en escena en ese preciso instante.

De repente, en medio de la plaza se hizo un claro en la muchedumbre en torno a una columna de polvo gris y maciza. Una forma humana de alrededor de dos metros de alto se irguió como un tótem. Los rasgos de la aparición eran cambiantes y difusos. Desde donde estaba, Martineau no podía verla. Siguió avanzando hacia la farmacia. Pero Roberta no se perdió ni un detalle.

El barón de las Brumas, haciendo el papel de ilusionista fabuloso, desplegó un látigo de sombra por encima de la cabeza y lo hizo chasquear cuatro veces. Cuatro caballos grises salieron de la nada y piafaron a su alrededor, abriendo un poco más el claro. Se oían exclamaciones de admiración. El fotógrafo inmortalizaba el instante. Algunos espectadores aplaudieron, cuando todos deberían haber puesto pies en polvorosa… Basilea se había vuelto loca.

El barón se acercó a la muchedumbre y le puso la mano en el hombro a un hombre que llevaba un impermeable verde.

—¡Martineau! —lo llamó Roberta.

Empezaba a entender. La primera alucinación se desvanecía. El miedo empezaba a dominar. Clément vio a la bruja en el balcón de la farmacia, pero lo empujaron a un lado. El hombre del impermeable se resistió. El barón lo lanzó entre los jamelgos. Desde sus grupas salieron disparadas unas sogas que lo ataron de brazos y piernas. El barón hizo restallar el látigo una primera vez. El desdichado fue izado en horizontal, paralelo al pavimento. Un segundo latigazo lanzó a los caballos en cuatro direcciones diferentes.

El grito del descoyuntado dio el pistoletazo de inicio de un pánico que se extendió como una onda expansiva por toda la plaza. La gente se empujaba y se pisoteaba, gritando. Pero allí donde oficiaba el verdugo se mantenía una especie de recinto sagrado. Martineau había desaparecido.

Caballos, sogas y látigo se volatilizaron. El barón desvistió al hombre y le cortó los brazos y las piernas, en parte arrancados, y a continuación hizo lo mismo con la cabeza y el sexo. Lo metió todo en un saco grande, que se echó al hombro. Dio un brinco con los pies juntos y salió volando hacia el cielo. Su capa gris se desplegó y chasqueó como un foque. Sobrevoló a la muchedumbre, se dio impulso apoyándose en el frontón del Palacio Municipal y se lanzó en dirección al este.

Roberta localizó a Martineau, que trataba de llegar a su automóvil. El barón se alejaba por los tejados a grandes saltos semicirculares. «Los cuerpos son atraídos hacia la tierra, que lo es hacia el cielo, que lo es hacia el Éter», se recordó a sí misma. Su faja Electrum le ordenó pasar a la acción. Para perseguir a la criatura sólo había una solución: fundirse con los elementos. Y para ello sólo había un medio, precisamente al alcance de la mano.

Se lanzó a la farmacia, cuyo interior se había vaciado en gran parte. Nadie reparó en aquella mujer menuda que se coló en la rebotica. Rápidamente, inspeccionó los estantes repletos de tarros con tapaderas de chapa pintada. Hizo caso omiso de los cestillos con esparadrapo, de los manojos de regaliz y de los fajos de cataplasmas. Buscaba un producto peligroso, que por tanto debía de estar bien guardado. Se detuvo delante de un armario cerrado con cadena.

Hizo saltar los eslabones con una simple presión de los dedos y descubrió una surtida colección de venenos: estricnina, opio, rejalgar y cianuros de todos los tipos. Roberta dejó el bolso junto al valioso almizcle que desprendía un fuerte olor.

Encontró lo que buscaba. Sacó el bote de polvos blancos, metió cinco ávidos dedos en su interior, los sacó embadurnados de sustancia y los chupó, reprimiendo una arcada. Repitió la operación tres veces y volvió al barón, apartando con un toque de hombros a un hombrecillo que le cortaba el paso.

Martineau había arrancado su automóvil y efectuaba una complicada maniobra para salir del caos de la plaza. Roberta lo observó maniobrar, notando cómo tenía lugar la transformación. El sulfato de cobre blanco (clasificado bajo el nombre de polvos de simpatía en la botica del Colegio) empezaba a surtir efecto.

La bruja se disponía a poner en práctica la teoría de la interacción de los órganos con los elementos evocados por Plenck una hora antes. El fluido en el que estaban envueltos sus queridas celulitas se ponía a tono con el que atravesaba la ciudad: el aire que llevaba el pelele sanguinario.

Su visión se modificó y las vio, vio las fuerzas imponderables (calórica, magnética, nerviosa, universal), como largas tramas luminosas de tonos pálidos. Los basilenses arrastraban tras de sí unos filamentos de energía y de terror que se entremezclaban, se rompían al cruzarse y salían volando en la atmósfera como perezosos hijos de la Virgen. En el centro de la plaza una redecilla gris se arremolinaba y ascendía hasta el tejado del Palacio Municipal. Era el rastro del barón de las Brumas.

El fotógrafo se había marchado, la plaza estaba casi vacía. Roberta saltó con los pies juntos a la balaustrada de hierro forjado y se mantuvo en equilibrio sobre la punta de los botines, en un estado de liviandad irreal. Se lanzó al vacío y planeó hasta el remolino gris, que la atrapó y la catapultó hacia el cielo. Se sujetó por los pelos al pararrayos del Palacio Municipal para detener su ascenso. No se esperaba algo tan violento.

Los tejados de Basilea se escalonaban hasta la laguna. El barón era invisible, pero no así su estela. La bruja se lanzó, tomando como guía el inmenso hilo de Ariadna, dando unas zancadas cada vez más largas. Las calles se deslizaban bajo sus pies a toda velocidad. Roberta saltaba de aguilón a parhilera, de parhilera a chimenea. Corría y volaba al mismo tiempo.

El rastro descendía entre dos edificios, allí donde el barón se había dejado caer. Roberta lo siguió y se posó en el pavimento, treinta metros más abajo. Acuclillada y casi sin resuello, vio el automóvil de Martineau arremetiendo contra ella. El joven frenó con violencia. Ella estiró las piernas y saltó hasta un tejado de unos grandes almacenes. Encaramada al letrero y haciendo visera con una mano, estudió la nueva zona de caza que se extendía ante sus ojos.

El barón, todavía con el saco al hombro, corría doscientos metros más allá. Dio la impresión de transformarse en un remolino, de reconstituirse. A continuación, reanudó la carrera. Roberta siguió con la persecución y dio alcance a la silueta gris en el pasadizo de una calle angosta.

La recorrieron a ras de la acera, zigzagueando entre los peatones. Cincuenta metros, treinta metros los separaban. Los postigos golpeaban a su paso. La gente señalaba con el dedo a esa sombra y a la criatura de cabellera de fuego que la perseguía. Roberta sólo tenía ojos para el barón, que corría delante de ella. «Puedes correr todo lo que quieras —pensó—. Te voy a coger.»

La señora Gravilla era una médium reputada que para trabajar seguía siempre una cierta etiqueta. Se había corrido una cortina negra delante de la ventana, abierta para que los espíritus pudiesen ir a visitarla. El gran espejo estaba volteado. La mesa, redonda, era de roble. Una copa de jerez, destinada a devolverle las fuerzas cuando terminase el contacto, había sido depositada en un velador Chippendale, a su izquierda. Por último, los participantes estaban concentrados y eran oportunamente crédulos. La vieja tía a la que querían invocar había escondido una pequeña fortuna en bonos municipales en algún lugar de su apartamento. Y hasta la fecha no habían conseguido ponerles la mano encima.

—Unamos las manos y abramos nuestras almas —propuso la médium.

Formaron un corro, tocándose por las yemas de los dedos. La señora Gravilla cerró los ojos y llamó:

—¡Gertrudis! ¡Gertrudis! ¡Dé dos golpes si nos escucha!

Hablaba con voz fuerte, ya que la tía estaba un poco mandona, y además tenía previstas más sesiones ese día. Contó mentalmente hasta quince y susurró a los herederos con una sonrisa confiada:

—La conjunción es buena. Oigo que se acerca.

El barón torció por una calle a su izquierda. Roberta lo imitó. Pero la sorprendió su rastro, que de repente subía en pos del cielo. Roberta salió disparada hacia una fachada, chocó contra una cabeza esculpida de león, se estampó contra una batería de macetas con flores que estallaron por el impacto, rebotó en sentido contrario… Se apartó del rastro y se tiró por la ventana de una vivienda burguesa, oculta tras una cortina de terciopelo negro.

Un bólido oscuro rebotó contra la mesa de roble y cayó pesadamente al suelo. La señora Gravilla se quedó de piedra, igual que sus tres clientes. La figura se zafó de la cortina, gruñendo. Y apareció una mujercilla pelirroja, una especie de Furia con vestido de flores.

—Sangre verde, trataba de despistarme —bramó, titubeando ligeramente.

La señora Gravilla preguntó con una voz aflautada y algo trémula:

—¿Es usted la tía Gertrudis?

La bruja vio la copa de jerez en el velador, intacta, y se la bebió de un trago. El jerez revigorizó su organismo, sometido a aquella dura prueba.

—Soy la prima Roberta —respondió a la médium—. Pero la saludaré de su parte.

Con dos brincos, saltó por la ventana y fue aspirada hacia el cielo. Los tres miembros de la familia enlutada se quedaron mirando hacia fuera durante unos instantes. A continuación, el mayor aseguró a la médium con un tono que vacilaba entre el reproche y la incredulidad:

—Nosotros nunca hemos tenido una prima Roberta.

La bruja corría de nuevo por los tejados. El barón había escapado a su alcance y ella notaba que la abandonaban las fuerzas. Se había agotado la energía del cobre. No podría mantener ese ritmo mucho más tiempo.

—Corre todo lo que puedas todavía —dijo entre dientes, forzándose a conservar el impulso, con la respiración cada vez más entrecortada y jadeante.

Se vio obligada a parar. De todos modos, cada vez se frenaba más. A lo lejos el barón saltaba al llegar al límite de la laguna y cruzaba, con la capa desplegada, la media milla que separaba Basilea de la Isla de los Muertos.

Roberta podía verlo perfectamente en el aire límpido. Sus

sentidos, estimulados por la droga, le permitían jugar con ellos como con un prisma.

El barón se posó con suavidad en el tejado plano del tanatorio. Se acuclilló, vació parte del saco, se lo echó al hombro y saltó en sentido contrario para regresar al mercado. Esta vez se dirigía hacia el oeste, siempre a pasos de gigante. Roberta calculó la distancia que los separaba, visualizó la trayectoria para interceptarlo, reunió fuerzas y se lanzó a por el asesino con la energía de una bala de cañón al rojo vivo.

La carrera duró apenas diez segundos. Pero había apuntado bien, y chocó de lleno con el barón de las Brumas. O, por lo menos, lo atravesó. Frenó y contempló el resultado, jadeando: el barón seguía corriendo sin detenerse. Habría conseguido el mismo resultado si hubiese intentado rodear la cintura de un fantasma.

—Yo… no… me había… equivocado —hipó, escupiendo una saliva arenosa.

Siguió hasta el tanatorio, planeando por encima del mercado y de la laguna como un globo llevado por la estela del asesino al que no había conseguido detener. Aterrizó amortiguadamente en el tejado del pequeño edificio gótico.

Se estaba celebrando una cremación. Roberta oyó los pensamientos de los que sollozaban, rezaban o se aburrían como ostras, mientras aguardaban en pie. En mitad de ese parloteo multiplicado reinaba un silencio inmenso, un agujero blanco, como un ojo sin pupila ni iris. Era la presencia del muerto, al que pronto las llamas devolverían a la nada.

El barón había colocado en cruz los brazos y las piernas de su decimoséptima víctima. «Macabra rosa de los vientos», pensó Roberta. Se giró hacia el oeste. El horizonte estaba oculto tras la colina del catafalco municipal. Si pudiese coger altura… Levantó la vista hacia la chimenea del tanatorio, que empezaba a escupir una humareda blanca.

Los pensamientos se habían unido para acompañar al difunto en su último viaje. Cruzaban el tejado y se enredaban en la chimenea para mezclarse con el humo denso. Roberta se acercó con cautela a aquella bruma en forma de escalera. Puso el pie encima. Tristeza, compasión, miedo, recuerdos, arrepen-

167

timientos la llevaron en un lento movimiento de hélice hasta el punto del cielo en el que los pensamientos de los vivos abandonaban al muerto para descender de nuevo hasta Basilea en forma de una resignada cascada.

Roberta localizó al barón, una minúscula mota gris, que vaciaba su saco en lo alto de la torre Fortuny más alejada, y acto seguido tomaba una nueva dirección. Ahora corría hacia el sur de la ciudad.

Se dejó caer adoptando una trayectoria tangente que le permitió bajar directamente al mercado flotante. Y alcanzó la primera calle de tierra firme. El automóvil de Martineau llegaba justo en ese momento, con su estruendo de motor.

—La caballería, ella sola y con retraso —confirmó la bruja con voz ronca.

Saltó en el vacío, pero calculó mal el salto. Y cayó como una piedra en el asiento delantero del Intrépido. Martineau chocó con una montaña de cubos de basura, antes de frenar con un chirrido de neumáticos.

—¡¡¡Usted!!! —exclamó el joven, quitándose el casco.

La bruja tenía los cabellos de punta, la tez cerúlea, los ojos hundidos y el cuerpo convulsionado por unos temblores espasmódicos.

—¿Qué tal, mi pequeño Clément, la cosa carbura? —articuló con dificultad—. ¿Otra vez se ha dado un golpe?

Él miró alternativamente el cielo y a la investigadora semigrogui sentada a su lado.

—¿Entonces, no lo he soñado? ¿Me ha caído usted del cielo hace un momento?

Roberta abrió la guantera, sacó el plano encuadernado, intentó consultarlo…

Tenía escalofríos y sofocos. Estaba exhausta.

—Necesita un tónico —juzgó Martineau.

Sacó la petaca del abuelo de un bolsillo de su mono, la abrió con suma delicadeza, rellenó el minúsculo tapón y se lo tendió a la pasajera. Ella desdeñó el tapón y cogió la petaca. La vació con avidez y la echó al asiento de atrás. Sus mejillas recobraban el color y le hacían parecer una cabeza de muñeca algo demoníaca. Martineau vació el tapón y lo mandó junto con la peta-

ca. Roberta había reanudado su estudio del plano encuadernado. Ya no le temblaban las manos.

—¿Cuál es el punto más meridional de Basilea? —preguntó con voz firme.

—Mm, el faro del extremo sur, creo.

—Entonces, pise el acelerador a fondo. —Ubicó la parte
del plano correspondiente al nivel en el que se encontraban—.
Yo lo guío. Pero si le pillo atropellando a un puercoespín, le
transformo las ruedas en cuadrados. ¡Adelante! ¡Arree, cochero! ¡Media vuelta a la derecha!

Martineau se preguntaba si un mapa y una mujer eran
compatibles dentro de un automóvil. Hizo su media vuelta
mandando a la porra otros inocentes cubos de basura.

—Tire por la segunda a la derecha. Será más rápido para
llegar a la cornisa.

El joven buscó, pero no encontró nada que responder. Así
que pasó por la primera, pisó el acelerador y siguió las indica-
ciones que le daba la bruja.

La faja Electrum, programada por Roberta a un impulso por
minuto, la electrificó cinco veces, entonándola un poco. No hacía falta pedirle que saltase de nuevo por los tejados, pero podría caminar como una bípeda normalmente formada.

Martineau la acribillaba a preguntas. Quería saber mediante qué magia había ejecutado ese salto prodigioso. Pero
ella no quiso decirle nada. Los polvos de la simpatía eran un
secreto del Colegio bien guardado. Si lo descubría un cabeza
de chorlito como él, sería capaz de engancharse y de no poder
pasar sin él.

Llegaron al dique, por el que Martineau avanzó a paso lento. A ambos lados la superficie del agua, próxima y amenazan-
te, aparecía recorrida por franjas de espuma.

—Siga hasta el final —dijo ella.

Avanzaron hasta el faro.

—No hay nadie —confirmó el investigador, deteniendo el
motor.

Roberta sabía que el barón estaba ahí. Su estela, igual de

clara que el rastro que deja un buque en la superficie de un mar en calma, rodeaba el faro, descendía a lo largo del dique y desaparecía por una de las cavidades que se abrían entre los bloques a ras de las olas.

—Sígame —dijo a Martineau.

La bruja echó a andar sin esperarle. Él la vio alejarse por el malecón. ¿Qué esperaba encontrar en ese caos, aparte de cangrejos y fragmentos de madera y desechos enmohecidos? Roberta se metió por una falla. Él fue en pos de ella, a regañadientes.

La cavidad hedía a marea baja y resonaba con mil sonidos del agua chapoteando. Roberta se había tendido boca abajo en una pendiente de hormigón y mostraba a Martineau una abertura en forma de trapecio que daba a una depresión, un poco más abajo. Él se tumbó también boca abajo y reptó para ponerse al lado de la bruja.

—Ya lo entiendo —susurró, sarcástico—. El barón de las Brumas es un pirata y aquí es donde esconde su tesoro.

En efecto, el barón estaba en aquella cavidad de abajo. No se movía. La cabeza del ajusticiado, con la boca abierta todavía en pleno grito, estaba en el hormigón, entre sus pies. Roberta notó que otra perturbación más agitaba la atmósfera. Y no procedía de los dientes de Martineau, que castañeteaban sin parar.

—Se acerca algo —le informó.

Una mole, tan grande como el barón, esbozada a grandes rasgos y hecha de una especie de arcilla roja, entró en la cavidad con pasos mecánicos. Clément se había quedado de piedra al descubrir al monstruo. Roberta le puso la mano encima de la suya para tranquilizarlo.

—El inquilino de la calle de la Vieja Escuela —dijo, a modo de presentación—. El gólem. El hijo de la Cábala.

Roberta estaba fascinada, igual que lo habría podido estar Plenck si hubiese descubierto que seguía habiendo cibelinas vivas en algún rincón de la tierra firme. Veía las fuerzas siderales que mantenían con vida a aquel ser legendario irradiando como filamentos azulados desde la boca y formando tras él un cortejo de carbúnculos brillantes.

El gólem giró su descomunal cabeza hacia la bruja y se la

quedó mirando desde el fondo de sus cuencas hundidas. Morgenstern apretó el puño de Martineau. «Sobre todo, que no se mueva.»

Al no ver otra cosa que unas figuras inmóviles, el gólem hizo aquello por lo que lo habían traído al mundo. Se puso en cuclillas, cogió la cabeza con las dos manos, la levantó a la altura de la suya y metió los pulgares en la boca del ajusticiado para apartar un poco la mandíbula. Una luz blanca, como de mercurio, pasó de una garganta a la otra y se quedó en el pecho de barro. El gólem posó la cabeza, gruñó y retrocedió. El barón se volatilizó. Había desaparecido.

Martineau tardó unos segundos en comprender que los dos monstruos se habían marchado. Rodó sobre un costado para ponerse boca arriba y se obligó a sí mismo a respirar sosegadamente. Temblaba de pies a cabeza. Roberta le tendió la mano para ayudarlo a levantarse.

—¿Está bien? —preguntó.

—Lo estaré.

Salieron de la cavidad y se acurrucaron detrás de un bloque, casi al nivel de la calzada. El gólem se alejaba en dirección a la Pequeña Praga con andares pesados, con los pies de barro hundiéndose en el fango. En cuanto al barón, había recobrado forma humana y regresaba a la ciudad.

—¿A por cuál va usted? —preguntó la bruja, llena de energía.

Seguía con la vista a su primera presa, con expresión ávida, mientras el investigador miraba al gólem con algo de confianza, tal vez por su forma patosa de caminar.

—A por el oso pardo —dijo él, poniendo al mal tiempo buena cara.

—Entonces, yo iré a por el lobo gris.

De todos modos, no le habría dejado elegir.

El fango, traicionero y pegajoso, no estaba hecho para las criaturas de carne y hueso como Clément Martineau. Y en ese terreno esponjoso el gólem se encontraba en su salsa. El investigador puso el pie en la superficie del erial empapado y retrocedió al notar que se le hundía el tobillo con un ruido de succión. Se encaramó al primer bloque de hormigón y mantuvo esta posición mientras pudo ver al gólem, es decir, hasta el momento en que desapareció por el santuario.

El barón de las Brumas había mermado en sustancia y en envergadura para fundirse con la masa de gente. Su envoltura de fieltro gris sucio lo hacía pasar por un mendigo, sobre todo con ese saco casi vacío echado al hombro. Los basilenses lo evitaban o directamente se pasaban a la otra acera cuando lo veían acercarse.

Roberta lo siguió hasta la plaza mayor, que los milicianos habían despejado por completo. Allí donde se había derramado sangre, unos grandes círculos de arena formaban sobre el pavimento unas manchas blancas. El barón caminó en dirección a la farmacia y saltó al balcón. Roberta, debilitada, no tenía la menor intención de imitarlo. Por el contrario, podía hacer como todo el mundo: pasar por la puerta. Con sólo presionar sobre la cerradura, se encontró en el interior de la farmacia. En el piso de arriba resonaban unos pasos. Roberta los siguió, con los ojos clavados en el techo. Cuando llegó al pie de la escalera, los pasos cesaron.

Subió y se encontró con el barón de espaldas. Se había instalado detrás de la mesa de laboratorio en la que solían trabajar los practicantes. Había encendido un horno, cuyo hogar ardía a todo gas. A su lado tenía el saco, tejido con motas de polvo. Se descompuso y dejó a la vista los órganos genitales del torturado. El barón simplemente los echó al fuego.

Roberta estaba pensando que una vez cumplido su cometido, el barón también se descompondría, cuando un látigo se enroscó en su cuello y la derribó. Una mano le palpó el cuello. La sensación de una inyección la hizo poner una mueca.

El barón parecía estar saboreando la sustancia que había cogido con la yema del dedo. Había extraído una pizca de la secuencia genética de Roberta Morgenstern y la analizaba para saber si era históricamente factible someter a esta persona a una ejecución. Debió de considerar que sí, pues en sus rasgos minerales se dibujó una sonrisa.

172

Miró el horno y a la que mujer a la que debía ajusticiar... La bruja veía el camino que seguían sus pensamientos. «Tienes que arder. Pero sólo dispongo de este débil fuego. De todos modos, la ejecución tendrá lugar a la mayor brevedad. La señora Justicia no espera.»

—Empezaré por la cabeza y quemaré el resto en trocitos pequeños. Es lo mejor que se puede hacer —dijo y, sujetándola por el mentón, la levantó del suelo.

Roberta trató de soltarse. Pero el barón de las Brumas no dejaba nunca un encargo sin terminar. Y no temía la mordedura del fuego. Ya la había probado en la incineradora.

La faja Electrum lanzó un impulso eléctrico. La mano soltó a Roberta, que cayó al suelo y retrocedió para ponerse a cubierto. El brazo del barón se había encogido hasta el hombro. Durante unos segundos no reaccionó... A continuación se lanzó a por la bruja.

Ella no había esperado para meterse la mano por debajo del vestido y manipular el botón de programación de la faja. Intensidad máxima y modo manual. Con un dedo en el interruptor, esperó a que el verdugo se lanzase sobre ella.

La descarga le atravesó el cuerpo y se transmitió a la criatura. Las piernas del barón de las Brumas se deshicieron. Su torso explotó en millones de partículas que se desperdigaron por toda la farmacia. Su cabeza dio la impresión de disolverse. Había sido vencido.

—Barón contra BodyPerfect. Gana BodyPerfect —anunció Roberta con la voz temblorosa.

Se puso de pie y se tomó su tiempo para calibrar su propio estado físico. Aparte de algunos cardenales y de un buen susto, había salido del paso con bien. Apagó la faja Electrum. Ya había tenido bastantes sensaciones por un día.

Fue a la rebotica tirando de sí, abrió el armario de sustancias preciosas y recuperó su bolso. Desprendía un olor a almizcle atinadamente hechizador.

—A casita. Una sesión de belleza. Y después a los brazos de nuestro Grégoire favorito —decidió por mayoría.

Percibió entonces un movimiento detrás del estante de las plantas medicinales. Alguien se escondía en la rebotica. Le bas-

173

tó con echarse a un lado para descubrir la silueta de un hombrecillo. Sonrió al reconocerlo. Se acercó a él sin hacer ruido y le dio una palmadita en el hombro. El hombre se sobresaltó, se dio la vuelta y, tapándose la cara con las manos, la previno directamente:

—No me puede pegar, soy miope.

—Papirotazo —dijo Roberta entre dientes—. Así que acudió a la cita.

El escritor hizo el ademán de subirse unas gafas invisibles al puente de la nariz. Esa voz le sonaba de algo.

—¿Morgenstern?

—No, la que le habla es un animal andino. —Al ver su cara de incredulidad, prefirió limitarse al primer grado—. Sí, Roberta Morgenstern. De la Oficina de Asuntos Criminales.

—Salgamos de este lugar maldito —imploró el hombre, con expresión de confusión.

—De inmediato. Justamente es lo mejor que podemos hacer —convino la bruja.

Su apartamento no era más seguro, ni el de Grégoire, ni ninguno de los lugares a los que era asidua. Pero se guardaba un as en la manga. Salieron de la farmacia y se alejaron de la plaza Mayor en dirección al Palacio de Justicia.

—Sabe usted adónde va —confirmó Papirotazo.

—A la calle de las Mimosas, 42 —replicó la bruja.

Al periodista esa dirección no le decía nada, pero Morgenstern difícilmente podía ser más precisa. Así pues, decidió seguirla sin hacerse preguntas. «De todos modos —pensó para sus adentros al cabo de unos minutos de paseo—, el perfume de esta mujer no puede ser más turbador ni más... evocador.»

—¿Huele raro, no? —tanteó el hombre con la boca pequeña cuando se detuvieron en una parada de tranvía. Morgenstern no respondió—. Serán cosas mías, entonces.

Pero le bastaba con cerrar los ojos para ver un lecho con dosel, grandes espejos apoyados en trípodes, un mar de cojines...

El tranvía se acercó haciendo sonar la campanilla. Se montaron y se acomodaron en un banquillo. El escritor comprobó que su decorado imaginario contaba ahora con una inquilina: Mata-Hari, instalada en el lecho y vestida con un delicioso picardías de seda rosa, le hacía señales para que se acercase.

La lluvia crepitaba en el techo de lona del tranvía. De todos los pasajeros, Roberta fue la única que se dio cuenta de que había vuelto. Los demás, hombres y mujeres, mantenían cerrados los ojos. Y todos lucían una sonrisa de Gioconda.

Renqueando sigue el castigo al crimen

*E*l final del viaje fue un auténtico calvario para Roberta. Los polvos de simpatía le hacían pagar un costoso tributo. El escritor la sostuvo hasta la casa del mayor Gruber, rebuscó en su bolso para sacar la llave del número 42, abrió la puerta y la sentó en el primer escalón.

—Teléfono —dijo ella con un hilo de voz.

Echando mano de un último fogonazo de consciencia, dio a Papirotazo el número de Rosemonde. Acto seguido, se desmayó.

Cuando volvió a despertar, se había hecho de noche. Estaba tumbada en una cama. El profesor de historia se encontraba junto al cabecero.

—Mi príncipe encantado —suspiró, con los ojos rebosantes de amor.

—¿A qué ha estado jugando para acabar en semejante estado?

—Cogí un poco de polvo de simpatía para perseguir al barón. Un dedo. Bueno, no, cinco. Bueno, no, quince.

—¿Se ha vuelto loca? El cobre en dosis elevadas es mortal, incluso para las brujas de su temple.

Roberta desvió el tema para contarle la persecución, el tejemaneje entre el gólem y el barón que habían visto Martineau y ella, el enfrentamiento con el asesino en persona.

Quiso sentarse, pero notó que la cabeza se le iba y que las extremidades se le estiraban hacia los cuatro rincones de la habitación.

—Qué raro, no tengo la sensación de mover los dedos, sino unos inmensos tentáculos —comprobó, patidifusa.

—No se mueva —le ordenó Rosemonde—. Vuelvo en cinco minutos.

En la cocina encontró los ingredientes que necesitaba. Papirotazo, que se había adormilado en el salón, se despertó con el ruido y fue a meter las narices. Sus ojos de miope le mostraron a un hombre borroso que estaba creando por encima de la mesa un cielo de ciudad bombardeada, o por lo menos el estropicio de las explosiones. Optó por volver al salón sin hacerse notar.

Rosemonde subió a la habitación con una jarra de cerveza con el blasón de la vieja Múnich en la mano. Roberta, que no se había movido ni un ápice por miedo a transformarse en no se sabe qué bicho blando y pringoso, olió el brebaje que le ofrecía. El aroma, el color y la textura le parecieron imposibles de identificar. «Bloque líquido» era la expresión más apropiada que encontró para definirlo.

—Es el mejor remedio que conozco contra los efectos secundarios del polvo de simpatía. Lo inventó Isis para reconstituir a su marido despedezado. Beba.

Roberta puso una mueca. Pero tragó la poción hasta la última partícula. Tuvo la sensación de que sus elementos constituyentes, tanto a nivel del cuerpo como del alma, volvían a sus encajaduras primigenias. El montaje terminó en la cabeza, y por fin recobró la consciencia de sí. Se levantó, dio unos pasos, saltó con los pies juntos en el piso de la habitación.

—Estoy íntegra —comprobó, reconfortada.

Se sentó en el borde de la cama y dedicó unos minutos a desenredar la maraña de sus pensamientos, cuyas hebras estaban gravemente enredadas.

—¿Qué hora es? —quiso saber al término de aquel laborioso reacomodo.

—Las cuatro de la mañana.

Se calzó los botines y fue al cuarto de baño para comprobar, con ayuda del espejo, que el reflejo era fiel al original. Tranquilizada, notó entonces la necesidad urgente de lavarse los dientes. Una mano amiga había dejado su neceser en el borde del lavabo.

—¿Sigue Papirotazo aquí? —preguntó, extendiendo una bue-

177

na capa de dentífrico al ginseng sobre las cerdas de su cepillo de dientes.

—Está abajo. Duerme —respondió Rosemonde desde la alcoba.

—Bien. —Se puso a frotarse los dientes con energía—. ¡Ciewtoguehayunapewsonaalagueguieroindewogawpewoguiewoempezawpowél!

El profesor de historia, que dedicaba la mayor parte de su tiempo a descifrar lo indescifrable, tradujo aquello y respondió:

—¿Y quién es esa segunda persona a la que quiere interrogar, mi querida amiga?

Roberta escupió tres veces en el lavabo.

—A Rañetrudis —creyó él haber oído.

Cuando salió del cuarto de baño, Rosemonde lucía una expresión de contrariedad.

—Aunque en su caso difícilmente pueda hablarse de una persona —añadió la bruja con gracia.

Estando bien situado para conocer la testarudez de su compañera, el profesor de historia se dijo que toda tentativa de hacerla razonar sería inútil. Así pues, se contentó con lanzar un suspiro de resignación.

Papirotazo no había podido conciliar el sueño. Así que se dedicó a reflexionar. Y la situación lo dejaba, como mínimo, perplejo.

Micheau no había acudido a la cita bajo el barómetro. Ni esa Morgenstern ni el hombre que se había presentado tras su llamada telefónica parecían los buenos samaritanos con los que contaba para salir de la ciudad. Al fin y al cabo, se preguntó si todo aquello no habría sido simplemente salir de Guatemala para acabar en Guatepeor.

Los oyó bajar la escalera y a continuación los vio entrar en el salón, borrosamente. Morgenstern cogió una silla y se plantó delante de él.

El hombre se puso a deambular por la pieza, a la manera de un miliciano patrullando. En realidad, Rosemonde estaba mirando la biblioteca del mayor.

—¿Se encuentra mejor? —preguntó Papirotazo a Morgenstern, a la que esperaba poner de su parte.

—¿Quién es Micheau? —replicó ella de sopetón.

Así pues, iba a ser sometido a un interrogatorio en toda regla. De acuerdo. Respondería a todas las preguntas que le hiciesen, empezando con pequeñas dosis de verdad.

—Es el conductor del Ministerio de Seguridad —respondió con toda franqueza—. Lo sabe tan bien como yo. Me hizo una visita acompañada por él, ¿no?

Roberta recordó que Papirotazo había confundido a Martineau con el conductor de Archibald Fould.

—No fui con Micheau, sino con un investigador de la Oficina de Asuntos Criminales. Si no hubiese perdido sus tres pares de gafas, se habría dado cuenta enseguida.

—¡Ay! —exclamó Papirotazo, hundiéndose en el sillón.

Esa mujer era una miliciana vestida de paisano, una criatura de Seguridad. Iban a hacerle pagar su inconcebible audacia aérea.

—*La crítica de la razón pura* —dijo Rosemonde de repente, cogiendo una obra de la biblioteca—. ¿La han leído? Es aún más hermética que la última visión de san Antonio. Para arrancarse los pelos a puñados.

Y el otro hablaba en clave de las torturas abominables a las que iban a someterlo… Roberta llamó la atención del miope cogiéndolo por el mentón.

—¿Qué hacía ahí arriba? ¿Para qué difundía ese periodicucho, *El Barómetro*?

Acababa de asestar una estocada a lo que más amaba: la pluma y el tintero que para él eran como su cerebro. Ernest Papirotazo hijo infló el pecho y volvió a mostrarse como el digno heredero de Ernest Papirotazo padre.

—¡No era un periodicucho, sino una revista de investigación! ¡Y yo no trabajo para nadie! Yo, señora, soy un independiente. ¡Y habría podido descubrir la identidad del barón de las Brumas si esas calabazas mágicas no hubiesen tomado mi aerostato al asalto!

—¿Calabazas mágicas? —dijeron al unísono Grégoire y Roberta.

Papirotazo les contó el ataque a grandes rasgos, o en todo caso lo que él había podido ver.

—Soy sonámbulo, vaya usted a saber por qué. Por si sufro alguna caída desafortunada, duermo con un paracaídas ventral. En la espalda —precisó.

—Es usted un hombre con suerte —confirmó Roberta.

—No. Soy un hombre previsor.

—Oh, oh —dijo Rosemonde, que había reanudado su exploración—. *La biblioteca mágica* del garrapata de Schopenhauer. Definitivamente, Gruber era un hombre tratable.

Roberta prosiguió con el interrogatorio:

—¿Qué vínculo tenía con Micheau? Y esta vez no se salga por la tangente.

Papirotazo se afligió al ver que la Milicia había vuelto. Decidió sazonar su respuesta con una dosis más alta de verdad.

—Me pasaba informaciones. Bueno, para *El Barómetro*.

—Y…

—¿Y qué?

—¿Qué le pedía a cambio de sus informaciones?

Esa mujer no tenía piedad.

—Tenía que vigilar la cárcel municipal —confesó con un hilo de voz.

—¡Nada menos! —exclamó la bruja—. Usted sabe que Basilea cuenta con edificios menos sensibles que la cárcel, ¿no?

«¿Por qué decidí ayudar a ese pirata de la laguna?», se fustigaba el escritor. Porque Micheau le había contado que el barón de las Brumas había regresado a Basilea. Porque el hijo quería terminar la obra del padre.

Si no se hubiese metido de cabeza en ese espejuelo, todavía tendría su aerostato y su vida no pendería de un hilo. Y de mala calidad, para colmo.

—¿Qué vamos a hacer con usted? —rumió la bruja.

«Enterrarme vivo en la cueva o en el jardín», respondió el escritor para sus adentros.

Roberta se levantó, caminó hacia la ventana, la abrió, aspiró el aire nocturno. Llovía a cántaros. La luz del salón coloreaba el jardín de un tono amarillo pálido. ¿Gruber había puesto alguna vez los pies en aquel pequeño reino de malas hierbas?

Por lo menos, estaba casi segura de que encontraría allí una extensión de Rañetrudis.

—¿Va a interrogarla? —quiso saber Rosemonde, que se había acercado a ella.

Ella se dejó caer hacia el hombro del profesor de historia buscando un poco más de solaz.

—Prométame que no la atosigará —le exigió.

—Prométame que no aterrará a Papirotazo más de lo que ya lo está.

—¡Oh, no soy ningún monstruo! Había pensado ponerle al corriente de nuestra condición. ¿Qué le parece?

—Si lo ha atacado una calabaza mágica, se merece esta pequeña gentileza de su parte.

Roberta se escabulló y Rosemonde ocupó su sitio, en la silla, frente a Papirotazo. «Ahora el otro», pensó el escritor, creyendo que había llegado su hora. El profesor chasqueó los dedos en medio de un silencio cargado. A continuación anunció a Papirotazo, usando un anglicismo que le hizo algo de daño en la lengua:

—A usted que tanto le gustan los *scoops*, tengo uno muy gordo que anunciarle.

El escritor tragó saliva haciendo bastante ruido.

—Le escucho. Ya que no le veo realmente.

—Las brujas, los dragones y los magos existen de verdad.

—Por favor…

«Por piedad, tortura mental, no.» Se lo contaría todo. Incluso, llegado al límite, inventaría. Quiso hablar pero su boca se negó a abrirse. El pánico le oprimió el pecho.

—También puedo transformarlo en una lombriz y cortarlo en trocitos pequeñitos, si no se muestra un poco más atento. Créame, los invertebrados saben lo que quiere decir la palabra «dolor».

Papirotazo refrenó un ademán de rebelde y dijo que no con la cabeza. Rosemonde se compadeció de él y pasó la mano por el rostro del escritor, devolviéndole la vista y la palabra a la vez. Papirotazo abrió los ojos como platos. Veía perfectamente, sin ayuda de prótesis alguna.

—Cof, cof, cof —tosió, atragantado por efecto del milagro.

181

Rosemonde hizo un gesto en dirección a la chimenea. Unas llamas malvas, púrpuras y amarillas se retorcieron en el hogar. «Vamos a hacer las cosas con sencillez —se dijo—. Empezar por el principio, por la introducción magistral a la gran historia de la brujería.» Se puso de pie y apoyó un codo en el dintel de la chimenea. Las llamas lo iluminaban desde detrás y le conferían un aire satánico.

—Había una vez… —inició el relato con voz profunda.

Muy pocos eran los que habían visto a Rañetrudis. Lo que se decía de ella no invitaba a probar la experiencia. Era pérfida, retorcida y nacida para hacer el mal. Sus únicas prioridades eran sus propios intereses, secretos y subterráneos. En lugar de responder a las preguntas que se le hacían, despertaba malos recuerdos o creaba nuevos que lo acompañaban a uno durante toda la vida en forma de terrores nocturnos. O bien simplemente se contentaba con mentir.

Rañetrudis formaba parte de ese club de los Cinco cuyo origen nadie en el Colegio de las Brujas conocía con exactitud. Era tan vieja como el mundo, o al menos eso decía ella. Encarnación de la Tierra, como sus hermanas del Aire, del Agua, del Fuego y del Éter, se burlaba de los humanos.

Como todo inmortal digno de tal nombre, aborrecía la soledad. Lo cual, cuando no había recibido visitas desde hacía mucho tiempo, la volvía locuaz, zalamera, empalagosa. En definitiva, la colocaba en el estado de ánimo en el que Roberta esperaba encontrarla.

La bruja cogió su bolso, se quitó los botines y se metió por el jardín, descalza, al abrigo de su paraguas. La hierba se transformó enseguida en neguilla, en puentecillo, en grama y en adormidera silvestre. Los cardos le arañaban los tobillos. Las ortigas le picaban. Pero, aun así, no dejó de caminar hacia el macizo de enredaderas que había en el centro de la pequeña jungla.

Cuando llegó al cogollo de la trama de tallos silvestres, proyectó su llamada hacia lo bajo. Dirigir los pensamientos a las plantas de sus pies, dejar que penetrasen en la tierra, esperar a que Rañetrudis se manifestase… «Corro el peligro de pillar un buen reuma», se dijo al cabo de cinco minutos de aquella gimnasia estática.

Se disponía a volver a la casa cuando un tallo de enredadera se enroscó en uno de sus tobillos y dibujó un ocho hasta llegar al otro, trabándole las piernas. Roberta tuvo la extraña sensación de que sus oídos captaban una voz carente de timbre.

—¿Quieres decirme algo?

«Sí. Si no, no estaría aquí, a punto de congelarme», pensó la bruja sin disimular su hosquedad en absoluto.

La enredadera la apretó, obligándola a juntar las piernas. Roberta lamentó no haberse pertrechado con un cuchillo afilado.

—Cierra los ojos.

Roberta obedeció.

—Puedes abrirlos otra vez.

Se llevó un buen sobresalto al descubrir la cocina de la casa de sus padres. El sol entraba a raudales por la ventana. Unos palomos arrullaban en el canalón. Su madre, de espaldas, cortaba algo en una tabla de cocina. Roberta estuvo en un tris de llamarla, pero se contuvo en el último instante.

Rañetrudis se dio la vuelta para mirarla cara a cara. Se hizo una cola de caballo, un gesto que su madre había enseñado a Roberta, y bebió un dedo de vino de Madeira antes de echar unas láminas de pimiento en la marmita que estaba puesta al fuego en la cocina de gas.

—Hola, hija mía.

Rañetrudis sacó una batidora de una alacena, la enchufó e hizo papilla un trozo de carne cruda. Roberta veía la estación, Basilea, el cielo azul, o al menos su ilusión. La batidora se detuvo y su contenido se vertió en la marmita. Roberta recordó el motivo de su visita. Metió la mano en el bolso para sacar las secuencias genéticas, cuando de pronto le sugirió el ente:

—Si quieres saber qué significa ese locus, sigue mirando por la ventana.

Por uno de los cristales ya no se veía Basilea, sino un paisaje de colinas llenas de olivares. En un patio de granja con los muros blancos se veía a campesinos que iban y venían. Rañetrudis se acercó a Roberta y contempló la imagen animada, secándose las manos con un paño. Entonces puso el dedo sobre un hombre que regañaba a otro.

—Te presento a Dimitrius, terrateniente de Corinto en el siglo IV de nuestra era. Está enfadado porque se le ha escapado uno de sus esclavos. Dimitrius irá mañana a la ciudad y dejará constancia de su queja. Si se encuentra al fugado, lo embardunarán de miel y lo abandonarán para que se lo zampen los insectos.

Una segunda escena apareció entonces en el segundo vidrio. Era en un campo sembrado de cadáveres. Un trirreme ardía en un brazo de mar, en el horizonte. El lugar no estaba muy alejado del primer paisaje, aparte de la desolación y de los carroñeros.

—Salamina, unos años antes... Ah, ahí está nuestro desertor.

Un espartano que había pretendido hacerse pasar por muerto se levantaba con mil y una precauciones. Dejó tirados el casco, las canilleras, la coraza y el escudo y salió corriendo sin darse la vuelta.

—Todavía no se llamaba Zrcadlo. Pero lo condenaron al báratro en rebeldía, por cobarde y traidor. Ya sabes, el suplicio de la sima y las cuchillas...

La batidora se puso en funcionamiento para ilustrar la frase de Rañetrudis. La ventana se amenizó con una tercera escena, difícil de datar. Unos hombres armados celebraban un festín en una posada. Las mujeres iban y venían. El ambiente era sombrío y violento.

—¡Esos alemanes no se andaban con chiquitas! —exclamó el ente, riéndose a carcajadas—. Ni te imaginas la cantidad de basilenses que descienden de esas prostitutas obligadas a exiliarse para no sufrir el suplicio del barro. Claro, todavía no existía la píldora... Es verdad. ¿Cuántos son? —Empezó a contarlos con los dedos, pero al final lo dejó—. Al menos estaban los que se ha encontrado en el osario.

Rañetrudis dio unos golpecitos con una uña en el cristal que quedaba virgen y el imaginario de pesadilla se enriqueció con una nueva viñeta: una plaza medieval. Un heraldo, subido a un estrado, sostenía ante sí un pergamino desenrollado. Una masa de gente, tupida y abigarrada, lo escuchaba o bien se dedicaba a sus quehaceres.

—¡Atención, atención! ¡Por afinidades papistas y por conspiración contra la corona de Inglaterra, el señor Mac Machin será descuartizado! Sus miembros, su cabeza y sus vísceras quedarán expuestos en diferentes barrios de la ciudad. Su sexo será echado al fuego para acabar con su ralea.

Rañetrudis volvió a su guiso mientras nuevas escenas suplantaban a las antiguas. Aquellas pequeñas películas mudas iban acompañadas de sus correspondientes leyendas: «Un campamento escita», «El adivino lee las entrañas de un ave, mientras lo escucha el jefe militar», «Predice una victoria frente a la tribu enemiga», «Después de la derrota», «Se monta una hoguera», «El adivino consigue huir. Su destino, la enigmática Bactriana».

El sainete podía referirse tanto a Pasqualini como a Fliquart. Otro tomó el relevo.

«Aix-la-Chapelle en tiempos de Carlomagno», «Los arrabales, de noche», «Los salteadores de caminos», «Un comerciante es asaltado», «Los esperaban», «En las mazmorras del palacio imperial los someten a preguntas», «Confiesan el nombre del jefe», «¡Que lo encuentren!, ordena el emperador».

«Así pues, Obéron Gruber contaba con un salteador de caminos entre sus antepasados», se dijo para sí la bruja, sonriendo.

Las escenas desaparecieron y la Basilea de ayer mismo reapareció. Roberta había hallado de nuevo el término utilizado por Rosemonde para designar la marca hereditaria visible en el árbol de Martineau.

—El locus misterioso es una mancilla —se dijo.

—Un legado vergonzante inscrito en los genes. El veredicto se ha emitido, pero el castigo no se ha aplicado. Estos basilenses eran culpables sin saberlo. Todos ellos nacieron con su pequeña espada de Damocles encima de la cabeza. Nuestro verdugo de las brumas no hace nada más que terminar el trabajo.

—¡Buenos días, grandullona! —El padre de Roberta acababa de entrar en la cocina y saludó a su hija con un beso—. ¿Has tenido un buen día?

—¡Sabes de sobra que Roberta está a tope en estos momentos! —se quejó Rañetrudis—. ¿Cómo quieres que haya tenido un buen día? Con ese barón que tiene que apresar...

El padre, que siempre había estado un poco en la luna, tardó unos instantes en caer en la cuenta.

—Ah, sí, es verdad, la investigación... Bueno, ¿y has descubierto quién es ese innoble asesino en serie?

—Sí —respondió Roberta.

Le habría encantado poder explicarle a su padre el hallazgo.

—Cuéntanoslo todo —le ordenó Rañetrudis, muerta de curiosidad.

Los palomos habían cesado de arrullar. La representación de la figura de su padre contenía la respiración. El segundero del reloj de cuco, encima de la puerta, se quedó paralizado.

—Quienes matan son los trazadores. Quienes se aglutinan y adoptan forma humana y asesinan son los trazadores.

Se produjo un momento de silencio absoluto.

186

—Claro —murmuró el ente—. Por eso no he conseguido captar su esencia...

—*Pede poena Claudo* —citó su padre resucitado que, como el auténtico, era un amante de los latinajos.

—El Castigo sigue al Crimen cojeando —tradujo Roberta.

—Los chiquitines trazadores, las criaturitas del Colegio de Brujas —recalcó Rañetrudis—. Te darás cuenta de que sois directamente responsables de todas esas muertes, ¿eh?

—No —se rebeló Roberta—. Hay algo más. A nivel del Censo. A nivel de Fould.

—Ah, sí, claro, claro. El Intrigante. —El reloj dio una campanada—. A comer. El estofado no espera.

Roberta sabía que no tenía más que proyectar hacia arriba su mente para salir de allí. Pero se sentó delante de su plato y, con una ingenuidad de chiquilla, prestó admirativos oídos a la réplica de su padre, que narraba los pequeños acontecimientos de la jornada. Había optado por considerar que lo que la rodeaba era una especie de sueño en vigilia. Rañetrudis no veía las cosas de la misma manera. No podía dejar que su visitante saliese de allí con un recuerdo agradable. Así pues, decidió que era el momento más oportuno para hacerla sufrir delicadamente.

—Crees que estamos muertos, ¿verdad? —le espetó con absoluta despreocupación—. Que nos llevó la Gran Crecida, ¿no? —Apoyó la mano sobre la de su marido—. Una cosa te puedo asegurar: la tierra no nos ha visto pasar.

El ente sonreía. Su padre guardaba silencio.

—Tampoco tu puercoespín, que lo sepas. Hace bastante tiempo que no oigo sus patitas arañar mi superficie. —Tomó a su marido por testigo—: ¿Sabes, no? *Hans Friedrich*, el puercoespín telepático…

—Sí, sí —repuso el hombre, distraídamente.

—Pero, vamos, eso no quiere decir nada. A lo mejor se ha ahogado.

Roberta supo que Rañetrudis no mentía porque, por un instante, sus pensamientos fueron comunes. Quiso interrogarla. Pero el ente la ahuyentó. La bruja notó que era expelida hacia arriba y se encontró de nuevo en el jardín del mayor Gruber. La lluvia repiqueteaba contra el paraguas. Amanecía un día gris pálido. Tenía los pies congelados. Pero una vocecilla canturreaba en su cabeza, en su vientre y en su corazón:

—Mamá y papá no han vuelto a la tierra. No, no, no, no han vuelto.

187

—Porque Rañetrudis no los haya visto no quiere decir que sus padres sigan con vida. —Rosemonde rellenó la taza de Roberta hasta el borde, como para reforzar sus palabras—. Para estar seguros, hará falta que encuentre e interrogue a los otros cuatro entes presentes en la aurora del mundo. Y, que yo sepa, eso no lo ha hecho nadie.

Morgenstern devolvió a Rosemonde una expresión porfiada. Papirotazo, de pie detrás del profesor de historia, había escuchado con atención el relato de la bruja. A partir de entonces, cruzaría los jardines con el máximo de prudencia.

—Por otra parte, es muy alentador —admitió Rosemonde.

—Cambiemos de tercio —decidió Roberta.

Entre los dos se hizo un silencio incómodo.

—El que los trazadores y el asesino sean una misma cosa me recuerda una historia edificante —empezó a decir Papirotazo abriendo mucho los ojos—. La acción transcurre en la India de los maharajás. Nos encontramos en Jodhpur, en el año de gracia de 1873…

Rosemonde y Morgenstern lo escucharon con cierta distracción, y le dejaron enfrascado en su delirio.

—Los trazadores se hallan en el origen de este juego de masacres —rumió el profesor—. La pista del viento era correcta.

—Así como la del Censo y la del locus misterioso. Los tubos de detrás del Edificio Municipal… Ellos son los que producen ese viento de superficie sobre Basilea en fechas y horas concretas.

Papirotazo siguió hablando, con la atención puesta en un surtido de especias que había encima de la campana de extracción de humos de la cocina del mayor Gruber:

—… Tres hombres en la flor de la vida, estrangulados mientras duermen por unas manos imposibles. Las de un gigante. Las de un monstruo. El rumor se extiende por Jodhpur. Un simio gigantesco sembraba el terror en la ciudad…

Roberta se bebía el café a sorbitos.

—Está bueno.

—Es egipcio.

—¿Otra vez? Por casualidad, ¿esa Isis no será una de sus antiguas conquistas?

Rosemonde se ruborizó, cosa que no le sucedía nunca, por así decir. Pero utilizó el comodín que Roberta le dejó en el tapete.

—Cambiemos de tercio —replicó, con la mirada huidiza.

—… Se llamó a los mejores cazadores de tigres. Delimitaron una zona, en el norte de la ciudad, donde seguramente se escondía la fiera. Empezó la batida. El maharajá abrió la caza tocando una bocina que, según el historiador de palacio, había pertenecido al mismísimo Saladino…

Roberta apuró la taza.

—Voy a acercarme al Colegio, para convocar una reunión extraordinaria. Lo antes posible. Hoy mismo.

—Podríamos organizarla para el mediodía —propuso Rosemonde—. Así aprovecharía para explorar el observatorio de Barnabite.

—¿Ha salido al jardín?

—Tengo lo que hace falta, no se preocupe por eso.

Papirotazo declamaba de cara a la ventana, sin duda viendo en lugar de la cortina de lluvia el Brahmaputra lanzándose en brazos de la insondable noche eterna.

—… En fin, se encontró la guarida de la fiera. El jefe de policía de Jodhpur encontró dentro unos guantes fabricados a partir de patas de oso cuidadosamente vaciadas. Se los puso y se transformó en un demonio dotado de una fuerza increíble. Mató a tres hombres mientras trataban de huir. Al final se consiguió dominarlo. Así pues, el asesino y el policía encargado de detenerlo no sabían que eran la misma persona. Se dice que Stevenson fue a visitarlo en el asilo de Bentham, donde terminó sus días. Nadie sabe si el último suspiro que lanzó fue el de un hombre o de una fiera.

Papirotazo había terminado. Se volvió y comprobó con satisfacción que Morgenstern y Rosemonde le estaban mirando. ¡Conque lo habían escuchado hasta el final! Sin embargo, ninguno de los dos tenía pinta de querer aplaudirle.

—¿También a él le ha dado de beber algún brebaje egipcio? —bromeó Roberta sin apartar la mirada de aquel fenómeno.

—No. Pero afirma haber recobrado la vista.

—No me diga más. Y, para compensar, ¿no le habrán mermado un poco sus facultades mentales?

—Mis alumnos salen siempre un poco raros de mi curso de introducción. Lo atribuyo a una especie de borrachera de las profundidades.

Roberta recordó que también a ella le había costado dormir después del famoso curso, hacía casi treinta años. Pero ya entonces sabía que existía la brujería.

La lluvia había vaciado de estudiantes el patio de honor. La universidad parecía triste y abandonada. Nadie vigilaba la entrada a la Escuela de Estudios Prácticos, la antecámara del Co-

189

legio. De la sala de estudio, al fondo del pasillo, le llegaban unas voces. Roberta se acercó y asomó discretamente la cabeza por la puerta entreabierta.

El personal de la Escuela se había reunido en torno a un bufé que debía de llevar bastante rato celebrándose, a juzgar por el nivel sonoro. Jagrêge, especialista en el mundo azteca, describía con pasión el glifo de Moctezuma que había tenido la oportunidad de admirar tres años antes, en el despacho de Archibald Fould, en un documento que no había vuelto a ver a pesar de todos los correos que le había enviado. Discutían sobre la noche egipcia durante la cual Napoleón había visitado la pirámide de Keops. Unos hablaban en nórdico antiguo, otros en caldeo.

—¿Y ahora qué festejan? —susurró Rosemonde, que acababa de ponerse sigilosamente detrás de ella.

—Un aniversario —respondió ella, calculando mentalmente.

—¿El del Diluvio, el de la caída del Imperio Romano, o el de la desaparición definitiva de la Atlántida?

Se dirigieron a la biblioteca de la Escuela, desierta (como no podía ser de otro modo). Por el pasillo retumbaba una canción subida de tono.

—Se nota que hay cerca un templo dedicado a Baco —recordó Strüddle, que acudía a su encuentro—. Una de cada dos veces los sorprendo a punto de descorchar una botella.

Rosemonde pulsó un interruptor oculto tras un perchero. Una puerta que parecía condenada, en una extensión oscura de la Escuela, emitió un sonido de cerradura eléctrica. Eleazar tiró con fuerza. La puerta se cerró tras ellos como si pesase una tonelada. Acababan de penetrar en el recinto del Colegio de Brujas.

Bajaron por recargadas escaleras y recorrieron sinuosos pasillos hasta llegar al anfiteatro. Los quinqués estaban encendidos. Las tres hileras de gradas simbolizaban los tres estados de la materia (sólido, líquido y gaseoso, de abajo arriba, hacia el cielo). Había media entrada. Roberta se apostó detrás del atril instalado expresamente para su intervención.

Los alumnos estaban agrupados alrededor de sus respectivos maestros. Vandenberghe y Boewens charlaban en la hilera inferior. Lusitanus dormitaba al lado de Plenck. Martineau no estaba entre ellos. Sin embargo, Roberta le había dejado un mensaje en el Edificio Municipal. Pero es que el Señor tenía una reunión en la tercera planta, le habían dicho. En cuanto a Rosemonde, se había apostado a la salida del anfiteatro. Y allí aguardaba.

Barnabite y Banshee llegaron los últimos y se acomodaron en la hilera más alta, provocando un revuelo en la masa compacta de alumnos que tenían asignados. El carrillón de la universidad dio las doce del mediodía. Lusitanus salió de su letargo. Vandenberghe se puso en pie y esperó a que se hiciese silencio.

—Amigas brujas, amigos brujos, alumnos. Nuestra colega ha convocado esta reunión extraordinaria. Siguiendo la gran tradición del aquelarre, hemos respondido con nuestra presencia. Se le ha concedido el minuto del Diablo, durante el cual no podremos interrumpirla. —El rector del Colegio puso la mano en el reloj de arena atornillado en el pasamanos de madera que tenía delante—. Roberta Morgenstern, tiene la palabra.

Todos la miraban. Grégoire aprovechó para escabullirse. Vandenberghe dio la vuelta al reloj de arena. Los primeros granos cayeron al receptáculo inferior. Roberta sabía que, de todos modos, ese minuto sería demasiado corto para lo que tenía que comunicarles. Así pues, fue directamente al grano sin perder ni un solo segundo.

—Al barón de las Brumas lo hemos creado nosotros —anunció de sopetón a la docta asamblea—. Y sólo nosotros podremos detenerlo.

Rosemonde volvió por el pasillo de los mapas celestes, cruzó la sala Paracelso y abrió la puerta de la biblioteca. Una vez dentro, fue derecho hacia la estantería donde Héctor Barnabite guardaba sus preciosos *in-verso*. Banshee y él usaban un atajo para llegar al santuario, y seguro que el tomo que atravesaban no se encontraba muy lejos.

Como persona acostumbrada a tratar con la corteza de las cosas, fue acariciando aquellas valiosas encuadernaciones hasta que una obra se deslizó en sus manos. Rosemonde la dejó encima de un atril. Se trataba del *Infierno* de Dante, ilustrado por Doré. El libro se abrió por el pasaje. El grabado a toda página mostraba al autor y a Virgilio vacilando ante la puerta abierta de los Infiernos.

Grégoire pasó una pierna y luego la otra por el recuadro del grabado y entró así en un mundo de medias tintas y en dos dimensiones. Rodeó a las siluetas inmóviles de los viajeros y franqueó la puerta sin tomarse la molestia de leer el aviso grabado en el dintel. Se lo sabía de memoria. Al otro lado le esperaba la misma escena, a la inversa tanto en cuanto a las sombras como en cuanto a la composición. Rodeó las estampas en negativo de Dante y de Virgilio, pasó las piernas por encima del margen y salió del libro.

La cripta de Héctor estaba iluminada. El atanor ardía en su rincón. Un líquido blanco y espeso pasaba por un tubo en espiral, entre dos recipientes de vidrio borboteantes. Rosemonde cerró con cuidado el *in-verso* como si cerrase una puerta. Subió a la planta de la entrada, atravesó un pasillo que apestaba a gulash y salió al jardín. La lluvia caía copiosamente sobre la muralla de flores venenosas.

La tubería de cobre de la que le había hablado Roberta desaparecía bajo el macizo de flores en dirección al observatorio. Una barrera de insectos y de pequeños roedores muertos dibujaba las lindes, que nadie debía sobrepasar. Los perfumes suaves y embriagadores de las lilas y de los jazmines eran tan peligrosos como las miasmas de la peste o del cólera.

Rosemonde sacó un vaporizador del bolsillo. Lo había rellenado con una destilación de una de sus plantas de santidad que, actuando como una misionera hacendosa, había explorado el parterre de Banshee en el jardín de los brujos. Su hierba cana se había comportado como una estupenda infiltrada, mezclando sus raíces con las de las creaciones emponzoñadas, para extraer un poco de salvia tóxica y elaborar con ella todo un despliegue de sustancias químicas. Ahora sólo faltaba poner a prueba su eficacia.

Rosemonde se roció con el vaporizador, se subió las solapas de la chaqueta, hundió la cabeza entre los hombros maldiciéndose por haberse olvidado el paraguas en el Colegio y, seguro de su método, caminó en línea recta hacia la trampa. El macizo malva resplandeciente, sembrado de cálices blancos, se apartó ante él y dejó ver un sendero estrecho que conducía al observatorio. Rosemonde corrió a refugiarse a toda velocidad en la escalinata.

El cobre carbonatado que resbalaba por la cúpula color cardenillo se había fijado en forma de lagrimones venenosos por toda la parte superior de las ventanas, ya de por sí negras de mugre. Por mucho que Rosemonde limpiase con las manos una zona y se pegase a uno de los vidrios, no vio nada del interior. Abrió la puerta, que nadie se había preocupado de proteger.

La noticia fue recibida con un concierto de murmullos de incredulidad. Banshee se puso en pie y estuvo a punto de interrumpir el minuto. Pero se contuvo al cruzarse con la mirada furibunda de Vandenberghe. Se había vaciado ya un cuarto del reloj de arena. Roberta decidió seguir contra viento y marea.

Habló del viento y de los tubos del censo. Habló del locus misterioso y lo relacionó con los trazadores y con su facultad de leer las secuencias genéticas. Habló de su encuentro con el barón y de cómo se había volatilizado.

El minuto se acabó. Nadie reaccionaba. Roberta aprovechó para continuar diciendo:

—Hay que parar las instalaciones inmediatamente. Cada semana lanzan a un millón de asesinos a la ciudad.

Por fin el auditorio salió de su estupor y sus reacciones mostraron de qué parte se pondría. La mayoría, alrededor de Banshee, vociferaba. La minoría se mantuvo en silencio. En medio del alboroto apareció Martineau. Roberta le dirigió un pequeño gesto con la mano. Él respondió con una sonrisa contrita y se sentó al lado de Lusitanus. Banshee se había puesto de pie.

—Nuestra hermana Roberta tiene fama por su talento para la clarividencia —empezó a decir—. Y su teoría es audaz. Pero los trazadores son minúsculos. No harían daño a una mosca.

—Estamos formados por átomos —replicó la bruja, que había meditado sobre este aspecto del problema—. Podrían aglutinarse, dotarse de consciencia…

—¡Menuda sandez! —la interrumpió Banshee—. ¡Motas de polvo conscientes que adoptarían forma humana! Francamente, esto es de ciencia-ficción. —Su tono se volvió tajante—. Sea lo que sea, es impensable que podamos parar las máquinas del Censo. Los trazadores son el maná del Colegio. El Ministerio nos paga para que los usemos. Nos habla usted de un millón de asesinos, y yo le respondo que se trata de un millón de táleros. Se hallan en el corazón de la Carta que nos une a la municipalidad. Son nuestra garantía de tranquilidad. ¿Qué pasaría si, de golpe y porrazo, nos negásemos a producirlos?

—Que dejarían de morir basilenses inocentes —replicó Roberta.

El barullo alcanzó un nuevo máximo. Y cesó cuando Otto Vandenberghe se puso de pie y desplazó su corpachón encorvado hasta el atril. Roberta le dejó su sitio con una sensación de gran alivio.

—¡Los hechos desvelados por Roberta Morgenstern son ya lo bastante graves como para que nos peleemos como traperos! —tronó el anciano, al que aún le quedaba un buen resto de autoridad—. Nos ha hecho una propuesta. Y nosotros procederemos mediante una votación para ver qué conviene hacer. ¿Están ustedes a favor o en contra de parar las máquinas del Censo? Las consecuencias para nuestra tranquilidad podrían, en efecto, ser irreversibles. Pero si los trazadores están asesinando, a nosotros nos corresponde hacer algo.

Banshee murmuró, melosa:

—¿Y no podríamos aplazar esa votación, rector bien amado? Es que tengo una cosa en el fuego…

—Esa cosa tendrá que esperar. ¡Martineau! Vaya a buscar la urna con el señor Strüddle. Y no se pierda por el camino.

Las discusiones se reanudaron acaloradamente. Banshee no le quitaba a Roberta los ojos de encima, como si le estuviese tomando las medidas para echarle mal de ojo en el futuro. «Esperemos que se haya olvidado de Grégoire», deseó en secreto la bruja que, al ver que éste no regresaba, empezaba a inquietarse. Martineau y Strüddle volvieron con la urna, una sencilla caja de madera negra. Banshee hizo una mueca al comprobar que se utilizaría el método de la papeleta y del recuento manual de votos.

—Tenemos para una hora —se quejó hacia Barnabite.

—No se preocupe —dijo él—. El azufre tardará su tiempo en llegar a la matriz. Y el gólem vela por ella.

Banshee miró fijamente a su compadre con una mirada que habría aterrado a un chacal hambriento, y le sugirió con voz inaudible y moviendo mucho los labios:

—Pues entonces ocupe el sitio de Morgenstern en el atril y anuncie al Colegio lo que estamos a punto de hacer, ¿eh? Me pregunto si conservará mucho tiempo su puesto de bibliotecario.

Barnabite se puso colorado y optó por callarse. Mientras tanto, estaban colocando ya la urna en el centro del anfiteatro y repartiendo las papeletas, y retumbaba el runrún que hacían los alumnos alrededor de sus maestros, como si fuesen abejas furiosas.

Morgenstern aprovechó para preguntar a Martineau qué le había pasado después de que ella le dejase en el malecón. Él escurrió el bulto y soltó, agresivo:

—¿Qué es toda esa historia de los trazadores? ¿Se ha vuelto loca o qué?

Roberta se lo quedó mirando, espantada. ¿Por qué le hablaba Clément en ese tono?

—¿Qué pasa, mi pequeño Martineau? No me diga que está furioso.

—¡Pues sí, estoy furioso! Y no me llame «mi pequeño Martineau» —le espetó, enseñando los colmillos.

Trató de calmarse. Roberta nunca lo había visto en semejante estado.

—Acusar a los trazadores es como acusar al ministro —siguió diciendo.

La bruja se había repuesto del susto. Y estaba harta de que la tomasen por idiota.

—Le felicito por su espíritu analítico —replicó ella—. Su madre tenía toda la razón del mundo: tiene usted un brillante porvenir en Seguridad.

195

Martineau no desistió. Intentó aparentar la misma integridad de Fould antes de exponer su teoría particular, que coincidía con la del gran hombre: que el barón había salido del Barrio Histórico.

—¿Y qué harían los gitanos para crear ese viento? —repuso Roberta.

—Usar sus molinos. ¿No ha visto la cantidad de molinos que hay en los tejados del Barrio Histórico? Los usan a modo de ventiladores. Es evidente.

Sin saber qué argumento oponer a una teoría tan liosa, la bruja dejó que continuase.

—¿No ha dado la reina de los gitanos su apoyo al alcalde saliente? Y los votos de los inmigrantes pueden marcar la diferencia. Los antiguos protegidos del conde Palladio no están tan lejos de la brujería, ¿no cree? Fueron ellos los que le consiguieron su puercoespín telepático...

—Sí, claro —convino ella—. Si el viento no viene de arriba, es que viene de abajo. Hay que usar la lógica en la vida.

Martineau parecía entusiasmado de verla alinearse con él. ¡Al fin Roberta Morgenstern daba muestras de algo de sentido común! Pero el joven cayó del guindo cuando ella le soltó a bocajarro:

—Se ha convertido usted en un auténtico queso de untar, gracias a sus tratos con la jerarquía. Y lo siento mucho. ¿De verdad tiene la cabeza tan hueca? ¿No tenía usted la ambición de volar hasta la luna? ¡Pues no pasará del tejado del Edificio Municipal!

La votación interrumpió su diálogo. Martineau, en su rincón, aprovechó para reprimir la cólera. Después del escrutinio, comunicaría en persona la mala noticia a su antigua *partner*. Ella solita se lo había buscado, y ya no tenía ningún motivo para esperar a decírselo.

Grégoire no tenía los ojos de gata que tenía Roberta. Y aquel revoltijo de objetos extraños en absoluto le ayudaba a orientarse. Pero poco a poco vio emerger de la oscuridad los instrumentos de observación del astrónomo Tycho Brahe, el desterrado de Uraniborg. Barnabite los había apilado a los lados para hacer sitio en aquel espacio restringido.

Las esferas armilares estaban amontonadas unas encima de otras, los meridianos colocados sin orden ni concierto, las reglas paralácticas metidas de cualquier manera en casilleros desvencijados. Entre dos astrolabios de latón había un catalejo volcado. Tres relojes señalaban cada uno una hora delante de un zodíaco al que le faltaban constelaciones enteras.

El gólem vigilaba en una esquina de aquel revoltijo estelar. Caminó hacia Rosemonde, que lo vio acercarse a él sin moverse. El coloso abrió los brazos de barro rojo para aplastar al intruso. Rosemonde fue más rápido. Le metió la mano por la boca de arcilla y sacó la filacteria que le servía de consciencia a la fiera. El gólem se quedó paralizado, con los brazos extendidos.

Rosemonde desenrolló el pergamino y recorrió las 121 combinaciones de signos escritos por Barnabite para dar vida a la criatura. Encontró la orden de matar a los intrusos, la borró y volvió a poner la filacteria en su sitio. La criatura se estremeció, bajó los brazos y se apartó para dejar pasar al visitante.

197

La tubería de cobre que cruzaba el jardín recorría también el suelo hasta llegar a una máquina alta como un armario. Una cuba traslúcida, mantenida erguida gracias a un complicado montaje, constituía su núcleo. Parecía un huevo gigante encajado en una montura de metal con formas celtas contorneadas. Unos destellos luminosos, regulares y silenciosos, lo atravesaban como los resplandores de una tormenta de verano en un cielo nocturno.

La cañería de cobre se ramificaba en una decena de ramales que penetraban en el huevo por la base. Otros conductos de cristal drenaban unos fluidos. El gólem seguía a Rosemonde. Las explosiones de color, que se habían intensificado, le conferían un disfraz de payaso triste.

En un lado había una cartulina amarillenta, sujeta con bramante a un cuadro de mandos.

Rosemonde reconoció los símbolos de los elementos de la materia inventados por John Dalton, uno de los padres de la teoría atómica. La mayoría de los signos estaban tachados o borrados. Los demás representaban el azufre, el potasio, el magnesio y el hierro. Rosemonde se fijó en el huevo, cuya pared parecía de cristal de roca. En su interior se retorcían unas volutas coloreadas, creando la imagen de una nebulosa en gestación, débil y tierna, pero activa.

Las pulsaciones se aceleraron. Una forma humana emergió de las volutas gaseosas, inacabada pero unida a la vida mediante unos frágiles hilos. Su corazón provocaba minúsculas explosiones de luz. La silueta, acurrucada, estaba embadurnada de polvo dorado. Los órganos internos formaban unas manchas oscuras de bordes imprecisos. Pero los ojos estaban abiertos de par en par. Y miraban fijamente al profesor de historia.

Un violento sobresalto sacudió al bebé. Se tensó, se dejó caer de nuevo suavemente, volvió a tensarse. Rosemonde, turbado, quiso hacer algo. El gólem le puso una mano húmeda en el hombro para tranquilizarlo.

—¡Hips! —dijo la criatura de arcilla.

Rosemonde comprendió lo que quería decirle el gólem. Juntos velarían por el niño hasta que se le pasase el hipo.

198

—La propuesta de Roberta Morgenstern ha sido rechazada por setenta y dos votos frente a veintisiete —anunció Otto Vandenberghe—. Las máquinas del Censo no se detendrán. —En las gradas superiores resonaron los aplausos—. ¡Calma, se lo ruego! Bien. Les recuerdo que la inauguración de la calle de París, en cuya construcción ha participado el Colegio de Brujas, tiene lugar mañana en el Barrio Histórico. Están todos invitados. Con esto, y hasta entonces, ¡que el horror de las tinieblas les acompañe!

Esa figura retórica estaba desprovista de significado desde la adhesión del Colegio a la Carta Blanca y al abandono de la práctica del aquelarre. Pero Vandenberghe no se había desecho nunca del todo de su gusto por las tradiciones populares. Dio con el martillo en el atril. Se levantaba la sesión. Las tres hileras de las gradas se vaciaron. Roberta estaba escrutando el pasillo con ansiedad cuando Banshee se plantó delante de ella.

—Sus intenciones son loables —dijo entre dientes—. Pero

le aconsejo que frene ahí. ¿Quién va a creerla? La tomarán por loca. ¿Y de verdad cree que Archibald Fould dejaría que los trazadores asesinasen a sus conciudadanos, si realmente ése fuese el caso?

—Pues sí, precisamente.

Banshee retrocedió, como conmocionada por la sinceridad de su compañera.

—Pero ¿qué dice? Está hablando del ministro de Seguridad...

—Del mismo que se cree ya alcalde. Un asesino en libertad resulta de lo más práctico cuando se consigue detenerlo a unos días de las elecciones, ¿no le parece? A menos que el barón de las Brumas no sirva para reportar otra cosa que simples votos, ¿eh?

Banshee frunció el entrecejo. Como un vampiro en la proximidad del alba, Barnabite taconeaba tras ella.

—Estaba en medio de un experimento. Tengo que volver a mi laboratorio.

—¡Pues vaya usted! ¡Que no necesita a una nodriza!

El alquimista no se hizo rogar y se alejó en dirección a la biblioteca. Se cruzó con Rosemonde, que ya volvía, con la chaqueta empapada y los zapatos cubiertos de barro. Banshee se quedó mirando al profesor mientras se acercaba, con una mirada de sospecha.

—¿Le ha sorprendido la lluvia? No tendría que haberse marchado así como así, ¿no le parece?

El profesor retorcía entre las manos una delicada flor de jazmín. Banshee se fijó en ella, entendió la callada por respuesta y se puso pálida. Les dedicó una mirada que habría podido petrificar a una Gorgona y partió en pos de Barnabite por el pasillo de los mapas celestiales. A su paso temblaron las estrellas.

—Sospecha algo —conjeturó la bruja.

—Me encanta sembrar la confusión en las almas. Bueno: ya sé lo que se traen entre manos.

Martineau se unió a ellos, con malas pulgas.

—No la acompañaré a seguir la pista de los trazadores —dijo a Roberta—. Es más, ya no la sigo a ninguna parte. Archibald Fould me ha encargado oficialmente de la investigación. A partir de ahora usted me sigue a mí.

—¿Perdón?

—Que… que dirijo yo la investigación.

—¿Que dirige usted la investigación?

—Haré todo lo posible por detener a ese monstruo —prometió en un susurro y sin dejar de mirar en derredor, aunque el anfiteatro casi se había quedado vacío—. Y para descubrir lo que están tramando Banshee y Barnabite con el gólem. El barón y él están relacionados, igual que los gitanos han estado siempre relacionados con la Cábala. El señor Rosemonde no me llevará la contraria…

El profesor de historia no hizo ningún comentario. Roberta, contra todo pronóstico, parecía haberse tomado la noticia bastante bien.

—Le felicito —dijo al investigador—. Y dele las gracias al ministro de mi parte. Me deja las manos más libres de lo que las tenía ya.

—¿Cómo, cómo?

—Imagino que desde ahora cuenta usted con su propio despacho, ¿no?

—¡Y no vea qué chulada! —se pavoneó él—. Con vistas a Basilea, ¡por favor!

Roberta deslizó el brazo para cogerse del de Grégoire y anunció al jefe investigador con un tono reservado, en circunstancias normales, a dar el pésame:

—Mi carta de dimisión estará allí esta misma tarde. Hasta la vista, señor Martineau.

La serpiente entre la hierba

Archibald Fould lo ocultaba, pero era un ferviente adepto de la reencarnación. Habría dado lo que fuera por saber quién o qué había muerto en la Tierra en el momento exacto de su concepción. Él esperaba en secreto que hubiese sido una cobra trigonocéfala, prima del crótalo que se vale de sus cascabeles para manifestar su presencia.

Unos goterones empujados por el viento chocaron contra la cristalera de su despacho. Desde que había empezado a llover, se empleaba oficialmente el término «diluvio». Cada día el agua subía cincuenta centímetros en los límites del dique. A ese paso, y en menos de dos semanas, los barrios bajos de Basilea quedarían sumergidos. Lo cual no impedía al ministro estar de muy buen humor. Todo lo contrario.

El servicio prestado por el barón de las Brumas no había sido nunca tan espectacular y sangriento como en el episodio de debajo del barómetro.

Lluvia y monstruo se combinaban para mantener vivo el miedo en el corazón de los basilenses. Prisioneros de esa terrible situación, sus conciudadanos estarían preparados dentro de poco para el gran proyecto al que tenía pensado someterlos. Fould primero se permitió una gélida risa socarrona y jubilosa.

El interfono lo sacó de sus ensoñaciones. Apretó el parpadeante botón verde, que correspondía a la línea interna.

—¿Qué?

—Señor. —Era la voz de su secretaria—. Tengo por la otra línea al redactor jefe del *Diario de Tierra Firme* y…

—Está impaciente. Ya lo sé. Dígale que le estoy dictando mi

comunicado. Sus machacas tendrán que esperar unos minutitos más.

Se hacía necesario obtener un balance de la situación. Fould apretó el botón rojo.

—A la orden, mi capitán —respondió su miliciano en jefe, formado en la escuela inglesa.

—¿Cuál es el último estado del recuento de víctimas del barómetro?

—Veintiún muertos y cincuenta heridos. La mayoría por paros cardíacos. Y algunas personas pisoteadas, sin contar al descoyuntado.

—Y todo eso a plena luz del día y delante de veinte mil personas —se lamentó Fould con regocijo—. ¿Qué dice el último sondeo sobre la inseguridad?

—De mil personas encuestadas, el 92,6 por ciento están francamente intranquilas, el 6,5 por ciento al borde del pánico y el 0,9 por ciento no opinan.

—Supongo que en el centro de su preocupación estará el barón, ¿no?

202

—También la lluvia. Las cifras tenderían a mostrar una combinación de ambos factores. Las respuestas a la nueva encuesta sobre el origen del barón son reveladoras. ¿Me permite?

—Adelante, adelante.

El ministro cogió un cigarrillo de un estuche de plata repujada que lucía sus iniciales. Lo encendió y escuchó los resultados del sondeo que le transmitía el miliciano en jefe.

—… el 2,5 por ciento piensa que se trata de una criatura venida del espacio, el 3,2 por ciento de un pirata de la laguna. Por último, el 56,8 por ciento de los basilenses apuntan al Barrio Histórico. En este sentido, se prevé que haya hoy nuevas manifestaciones.

—Rodéenme los accesos al Barrio —ordenó Fould—. Tengo pensado ir allí para una inauguración.

—¡Pero no podemos garantizar su seguridad, sir!

—Yo soy la Seguridad —le recordó Fould en tono de hastío.

Apretó el botón amarillo, cortando así la comunicación. «Dentro de siete días, primera ronda electoral. Dentro de quince, los barrios bajos quedan anegados, se celebra la segunda vuelta, Fould el Salvador apresa al barón de las Brumas, ordena que cese la lluvia y se convierte en alcalde de Basilea.»

Para ello, había que terminar al niño.

Apretó el botón rojo. La línea de seguridad hizo retumbar el despacho entero como si fuese una caja de Faraday. La voz de Barnabite, amplificada y metálica, lanzó un alegre:

—¡Hola!

—Mm, buenos días, Héctor. ¿Qué tal se está portando el chiquitín?

—Ah, pues bien… Oiga, ¿me oye? A ver, a ver…

El ministro sólo había ido una vez al antro del alquimista. Pero se imaginó perfectamente que estaría consultando su lista de elementos primordiales tomados de Fulton, Morton y, bueno, de no sabía quién más.

—El calcio se ha asimilado correctamente. Sólo nos quedan cuatro elementos. El potasio y el…

—¡Pásemelo! —chilló una voz.

El ministro se estremeció al reconocerla: era la de Banshee. Aguardaba con impaciencia el día en que pudiese hablar con la bruja en el mismo tono.

—Espero que llame desde su nido de águila, ¿no?

—Nadie puede oírnos —la tranquilizó Fould—. ¿Cómo lo llevan?

—Todavía faltan cuatro elementos, y le advierto que no son los más fáciles de conseguir.

—¿Su Frankenstein no podía cogerlos debajo del barómetro? Veintiún muertos… Yo no sé qué más necesitan.

—No puede tomar más que un elemento por vez. Y Frankenstein es el nombre del creador, no de la criatura.

—Vale, vale.

—Además, «se» nos ha recomendado que seamos discretos, ¿verdad que sí, señor ministro?

—Entonces, necesitan aún cuatro muertes más…

—Y que la próxima sea lenta —precisó Banshee.

—¿Lenta? ¡Puedo saber cuándo mata el barón, pero no cómo! —se sublevó Fould—. ¿Por qué una muerte lenta?

—La siguiente fase es la de la integración del potasio, que

se inflama al aire libre. El terror coagula los elementos. Los solidifica parcialmente. Si la víctima ve venir su muerte… Pero no me voy a poner ahora a darle un cursillo de espagírica a un político. Vamos, como ponerse a tocar la cítara en el espacio profundo. Tiene que ser lenta, y punto.

Fould no decía las cosas porque sí. Del bolsillo interior de la chaqueta sacó su *Estudio sobre los vientos de superficie que recorren Basilea*. La página del título mostraba un delicado grabado de una rosa de los vientos. Menos mal que Martineau le había hablado de aquello el día después de la muerte del pobre Obéron. Paz a sus cenizas, a las que se les había extraído un elemento primordial. Amén. Su excursión de incógnito a los Archivos dos semanas antes para recuperar el librillo había resultado provechosa y el saquito de hierbas fulminantes que Banshee le había prestado como recurso de emergencia había sido especialmente eficaz para borrar todo rastro de su presencia.

Abrió el valioso documento por la agenda mensual del viento y de sus manifestaciones inexplicables. En los quince días siguientes el barón sólo les reservaba tres intervenciones. Tres, y no cuatro.

—¿Entonces? —se impacientó Banshee.

—¿Hoy hacia las doce del mediodía su gólem tiene libre?

—¡A mediodía otra vez! ¿Para qué? ¿Quería invitarlo a almorzar?

—Un poco pronto para el almuerzo. Más bien pensaba en un aperitivo. En el Barrio Histórico.

Al otro lado de la línea se hizo un silencio.

—¿En qué parte del Barrio Histórico se va a manifestar el barón?

—Ah, no se lo puedo decir. Mis fuentes no son tan precisas. Pero estén atentos. Es el único consejo bueno que puede ofrecerles el ministro de Seguridad.

—Lo mismo le digo, querido —graznó Banshee antes de colgar.

Fould pulsó el botón rojo, poniendo fin al zumbido de la línea de seguridad. Las cosas iban más deprisa de lo que habría pensado. Por lo menos corrían a su favor. ¿Estaba arriesgándose, al presentarse en la calle de París? Su perfil, archivado en el Censo, estaba bloqueado, era intocable e imposible de modificar. Por el contrario, gracias a su diligencia, se estaba procediendo a actualizar los de todos los gitanos. Al barón sólo le quedaría el engorro de elegir...

Apretó el botón amarillo. Se produjo un ruido seco. El miliciano en jefe acababa de cuadrarse en la posición de firmes.

—A la orden, mi capitán.

—¿Se ha presentado Roberta Morgenstern en el Edificio Municipal desde antes de ayer?

Unas horas después de la escena del pánico Clément Martineau había acudido para elaborar su informe. Había narrado a un Archibald Fould muy atento la ejecución en la plaza Mayor, la emboscada en el malecón, cómo la bruja se había lanzado a por el barón de las Brumas... Tenía una molesta tendencia a acercarse mucho a su proveedor de cadáveres. Cuando Fould había destituido a la bruja, Martineau no había opuesto objeción alguna. Ahora era preciso ir un poco más lejos.

—No, sir —confirmó el militar—. Me comunican que ha llamado por teléfono, pero desde antes de ayer no se ha presentado aquí.

—Dela de baja y retírele el salvoconducto. Mientras el barón no se encuentre tras las rejas —Fould sonrió al pensar en esa imagen imposible—, no toleraremos ninguna falta de disciplina.

Servir formaba parte de la naturaleza del militar, que propuso con ánimos renovados:

—¿Desea un seguimiento por parte de los trazadores?

—¿Por qué no? Sí, es buena idea. Haga que la sigan.

Fould apretó el botón amarillo. Era hora de que el candidato al sillón municipal sacase las garras y pasase a la velocidad máxima. Apretó el botón verde.

—¿Señor? —respondió su secretaria.

—Puede usted enviar el tercer comunicado al *Diario de Tierra Firme*.

—¿Se refiere al comunicado en el que... —la secretaria titubeó—, en el que habla del fin del mundo y...?

—Y en el que me comprometo a salvar a Basilea de las

205

fuerzas de las tinieblas, sí, señorita, a ése. —De repente se le pasó por la mente una idea—. ¿Duda usted de que pueda vencer a los monstruos que ponen en peligro nuestra seguridad, señorita?

—En absoluto, señor —respondió ella con sinceridad.

Archibald Fould pulsó el botón verde, con el corazón presa de un sentimiento rayano en la exaltación. Se imaginó a sí mismo como una cobra trigonocéfala combatiendo contra un improbable dragón... Una vez más, pulsó el botón verde. Su secretaria respondió inmediatamente a la llamada.

—Su comunicado está en el conducto de aire comprimido...

—Muy bien, pequeña. Haga pasar a mi cita.

—Sí, señor —susurró ella, definitivamente entregada a la causa de su señor y maestro.

La puerta de doble batiente, forrada de terciopelo rojo acolchado, se abrió para dar paso a un Clément Martineau que había tenido una mala noche.

—Entre, Clément. Tenemos muchos asuntos que tratar.

El jovencísimo director de la Oficina de Asuntos Criminales tendió una carta a su tutor el ministro.

—De parte de Roberta Morgenstern. Le ruega que acepte su dimisión.

Fould leyó la carta y no dio crédito a lo que veían sus ojos. ¿La bruja ni siquiera le iba a permitir darse el gusto de ponerla de patitas en la calle? La firmó, salió del despacho y se la dio a su secretaria.

—Una copia para el alcalde y otra para el Censo —dijo.

La joven cogió el folio temblando, con las mejillas coloradas y los ojos brillantes.

Roberta, embozada hasta la nariz en su cama de plumas, escuchaba la lluvia caer sobre el tejado de la casa. Estaba saboreando la primera mañana de fiesta que tenía desde hacía mucho tiempo. Grégoire, que se había levantado para preparar el desayuno, reapareció con una bandeja propia de un hotel de cuatro estrellas. La dejó entre ambos y se tumbó tranquilamente en la cama, atravesado.

—Es usted un ángel —suspiró Roberta al ver el *breakfast* que había preparado. Rosemonde frunció el entrecejo—. De la más baja estofa, por supuesto —se apresuró a rectificar.

Empezaron a desayunar en silencio. Pero en Roberta Morgenstern el silencio nunca duraba mucho tiempo.

—¿Qué tal va nuestra máquina de escribir?

—Quiere lanzarse a la novela histórica, pero aún no ha elegido la época. Me parece que Papirotazo está un poco tocado del ala.

Una tostada con mantequilla y media taza de café después, Roberta exclamó:

—¡Me siento libre! ¡Adiós, Oficina de Asuntos Criminales! ¡Adiós, preocupaciones!

Rosemonde mojaba su pan con mantequilla en el café con leche, cosa que ponía los pelos de punta a la bruja cuando se lo veía hacer. Pero esta vez no hizo ningún comentario. Sin embargo, sí que masculló:

—Que esos dos aprendices de Pandora doten de vida al gólem, tiene un pase. Pero que hayan montado una auténtica organización de malhechores con el barón de las Brumas... —Rosemonde recogió las migas de su tostada con mantequilla con una cucharilla—. ¡Hacen punciones a los cadáveres para traer al mundo a un niño! —siguió ella—. ¡Eso supera todo lo que habría podido pensar de ellos!

—Habíamos acordado que dejaríamos a un lado los misterios durante las siguientes veinticuatro horas —le recordó.

—Perdóneme. Tiene razón.

Ella terminó su café entre sonoros sorbos, cosa que por lo general ponía de los nervios a Grégoire a más no poder. Pero esta vez no dijo nada.

—¿Sigue queriendo ir a la inauguración?

—Oh, sí. ¿Usted no? Seguramente no esté esa guarra de *chin-chin*. —Roberta hizo el gesto de poner entre paréntesis el nombre de Banshee—. No soporta las manifestaciones de alegría. ¡Y hoy el *chin-chin* de las *chin* no se va a manifestar en el Barrio Histórico! Además, de ahora en adelante le toca a Martineau hacerse mala sangre.

—Ese nombre también es impronunciable hasta mañana por la mañana.

—Es verdad —dijo Roberta, dejando la bandeja del desayuno al lado de la cama—. ¿Dónde tendré la cabeza?

Al inclinarse para dejar la taza, la colcha se le deslizó hasta el ombligo.

—Oh —dijo, con una mano en la boca, haciéndose la Inocencia Sorprendida en Paños Menores.

Había aprovechado la ausencia de Grégoire para quitarse la parte de arriba del pijama.

Roberta pestañeó en dirección a la puerta, que se cerró sin hacer ruido. La colcha se enrolló hasta sus pies. La parte de abajo del pijama se había reunido ya con la de arriba.

—Bailemos —propuso.

—¿Encima de la cama?

—En la cama.

La diferencia era considerable.

La llave se hundió lentamente en la cerradura y cerró la puerta con doble vuelta. La lluvia se acompasó a su ritmo, tocando a *moderato amoroso*.

Al pie de la rampa que daba al Barrio Histórico se había establecido un puesto de control. Una decena de milicianos la vigilaban. En las banderolas prendidas en las verjas se podía leer mensajes como BOHEMIOS = ¡ASESINOS! o ¡GITANOS, BEBEDORES DE SANGRE!

Grégoire y Roberta presentaron su documentación a los milicianos, que los dejaron pasar. Al otro lado del puesto les esperaban unos cabriolés. Cogieron sitio en el primero. El cochero dio un latigazo y se pusieron en camino hacia el interior del Barrio que, con su toldo gigante, parecía una inmensa tienda de campaña. La laguna se había tragado el terreno baldío del pie de la rampa, devolviéndolo a su estado pantanoso original. Habían puesto una pasarela de madera por encima.

En cuanto estuvieron a cubierto en la calle principal, abrieron la capota. Giraron a la derecha después de pasar Notre-Dame, cruzaron una puerta cochera flanqueada por dos torres macizas y penetraron en la calle de París. El gitano los dejó y se marchó en busca de más visitantes.

Más que de una calle, se trataba de una plaza trapezoidal rodeada de edificios con aguilones y con galerías de madera techadas, decoradas con osados saledizos y gárgolas fantásticas. Debajo de la techumbre de caña de una casita estaban cepillando a unos ponis. El suelo estaba tapizado de forraje y de estiércol.

—Los gitanos nos dan una prueba más de su talento —comentó Rosemonde, girándose para apreciar la reconstrucción—. Vayamos al festejo.

Un centenar de invitados se paseaban por las mesas abastecidas por Strüddle y colocadas delante de la vivienda de Nicolás Flamel, llamada El Gran Piñón. Jamones, patés, empanadas, carne en conserva… El pinche había cumplido con el pliego de condiciones que imponía aquel decorado. Un tonel de vino reinaba en medio de las vituallas.

—¿Qué tal la cosecha Flamel? —pidió la bruja al mesonero después de darle un beso.

—Mejor que la última vez que la probaste. Te la he destilado al éter —le dijo, en tono de confidencia, guiñando un ojo.

Llenó una copa en el grifo de oficio, inserto en la parte inferior del tonel.

Roberta degustó el vino, le devolvió el guiño y, con las mejillas encendidas, se reunió con Rosemonde y con Vandenberghe, que discutían acaloradamente con el alcalde.

—Miss Morgenstern —dijo el anciano, inclinándose—. Me han dicho que deja usted la Oficina de Asuntos Criminales…

—¿La noticia de mi dimisión ha llegado hasta sus oídos?

—No es usted cualquier persona. Y el señor Fould es, y lo seguirá siendo durante unos días más, uno de mis quince ministros. Debo reconocer que me aprovecho para hacerle la vida más difícil. Desde el punto de vista administrativo, se entiende. —Se encogió de hombros—. Créame, entiendo que se vaya. Y agradezco de antemano a mi ministro de Seguridad que me envíe también a mí a menesteres más privados.

—Puede ganar estas elecciones —afirmó Vandenberghe.

—Sin duda, pasaré la primera vuelta. ¿Y después? —El rector del Colegio no respondió—. Le confesaré que servir a una ciudad que descubre de nuevo el odio y la intolerancia es una perspec-

209

tiva que me atrae moderadamente. Dicho esto, este vino me transporta, ¿a ustedes no? Realmente tengo la sensación de encontrarme en el París de la Edad Media. Me fascinan estos viajes estáticos. Este olor a excrementos… Sólo les falta la peste y el cólera para que parezca de verdad.

—No lo sabe usted bien… —masculló la bruja.

Una decena de cabriolés entraba en la plaza, con milicianos de civil que se apearon y se apostaron en lugares clave de la calle de París, mientras el cabriolé que iba en cabeza proseguía hasta el bufé. Fould y Martineau iban sentados en el banquillo trasero, uno todo sonrisas y el otro incomodado. El alcalde se apresuró a terminarse la copa e hizo una mueca. En parte por efecto del vino…

—Sabrán ustedes disculparme. Obligaciones municipales.

Y acudió al encuentro de su ministro de Seguridad.

—¿Esto estaba en el programa? —se quejó Roberta, viendo cómo los dos hombres se estrechaban la mano.

—Me parece que no —repuso Rosemonde.

Vandenberghe se inmiscuyó entre ellos.

—Nos gustaría hablar con usted. Amatas, Eleazar, los alumnos que tenemos asignados y yo. Sobre el asunto de los trazadores. Lleva usted razón. Debemos hacer algo.

«Acabo de dimitir de la Oficina de Asuntos Criminales», estuvo a punto de replicar la bruja. Pero seguía formando parte del Colegio de Brujas.

—Cuando quiera.

—En el juego de pelota —dijo Rosemonde a media voz—. Allí estaremos más tranquilos.

—Muy bien. Entonces, dentro de una hora en el juego de pelota, en la calle de México —propuso Roberta.

Otto Vandenberghe los dejó.

—Se diría que las cosas se están moviendo —comentó Rosemonde, siguiendo con la mirada al viejo rector, que estaba comunicando a los conspiradores el lugar y la hora del encuentro secreto. De pronto se irguió—. La reina.

Era la primera vez que Roberta la veía. La mujer que regía los designios de la colonia gitana venía de la casa de los ponis, ella sola, vestida con un sencillo sari de seda dorada que le dejaba al desnudo un hombre. Tenía la tez mate, los cabellos negros y unos ojos azules que atrapaban la luz como el agua cristalina.

Fue derecha al alcalde y lo saludó. A continuación se acercó a Morgenstern y Rosemonde, acompañada por el alcalde, con Fould detrás.

Martineau, apartado, bebía una copa de Flamel y procuraba no cruzar la mirada con la bruja.

—Majestad —la saludó el profesor de historia, inclinándose.

La reina de los gitanos encarnaba la Bohemia, la antigua España, la India y la Persia de las Mil y Una Noches. Tenía la gracia natural de las princesas del pasado, cuyo recuerdo ha quedado en alguna que otra miniatura iluminada y en las crónicas legendarias.

—La reconstrucción es un éxito —la felicitó Rosemonde.

—Sí. Y tenemos mucho que agradecerle a usted. A pesar de que está incompleta.

Su voz cantaba como la fuente de Castalia. Fould, siempre puntilloso, no pudo evitarlo:

—¿Cómo que incompleta?

—Pensaba hacer instalar una picota en el centro de la plaza. Pero ciertos periodistas mal informados habrían podido interpretar mal esa decisión. Seguramente estará de acuerdo conmigo, señor ministro.

Fould se puso colorado. La reina le daba ya la espalda para preguntar a Rosemonde:

—¿Tendría la amabilidad de mostrar El Gran Piñón a nuestros honorables invitados? Me gustaría conversar con miss Morgenstern.

—Desde luego.

Grégoire se alejó en compañía de Fould y del alcalde, mientras en el corazón de Roberta se formaba una tempestad. Se imaginaba lo peorcito entre la reina y Rosemonde. No lograba apagar esa brusca llamarada de celos, cosa que no parecía nada propia de una discípula del Fuego. Así pues, se conformó con seguir a la gitana hacia un rincón de la plaza, cerca de la esquina en la que Martineau trataba de esconderse.

—Roberta —gimió éste cuando la bruja estuvo a no más de un metro.

—¿No se une usted a la visita? —le soltó ella—. Pues debería. El profesor de historia es un hombre apasionante.

—Tiene razón. Ya voy.

Martineau vació su copa, la dejó en la mesa y se alejó, contrito. Roberta le interpeló:

—Por cierto, ¿le ha dicho Strüddle que había destilado su última cosecha al éter?

El recién nombrado director de la O.A.C. no vio qué tenía eso que ver con él. Igual que no vio, al darse la vuelta, al sirviente que pasaba con los brazos cargados y con el que chocó de bruces. La bruja se reunió con la reina, pensado que Strüddle no se había andado con chiquitas en cuanto al éter. Y que había hecho bien.

La crujía de la casa de entramado daba a una pasarela veneciana. Roberta no tuvo tiempo de contemplar el espectáculo de la calle principal, abajo. La reina enfiló por un pasillo ciego hasta llegar a una puerta de madera roja. Detrás estaba la escalera de caracol de la pagoda. Una placa indicaba que el salón de té ya había cerrado.

La última planta estaba abierta al aire libre. El suelo estaba cubierto de cojines. Las dos mujeres se sentaron una enfrente de la otra. La gitana observó a Roberta, sonriendo.

—¿Sigue bailando el tango con el profesor de historia?

—Cuando tenemos energía, cuando lo permiten los acontecimientos —respondió la bruja, a la defensiva.

—¿Y siempre consiguen provocar la… aparición?

—¿Se refiere al espíritu?

¿La reina quería hablar con ella para preguntarle por sus pequeñas experiencias metafísicas? Roberta y Grégoire no tenían nada que ocultar a los gitanos, así que decidió mostrarse más locuaz.

—Más que de un espíritu, se trata de un genio. Grégoire Rosemonde está intentado elaborar una especie de catálogo de los entes que engendra cada baile. De este modo, quiere demostrar que los hombres se han inventado a los dioses, y no al contrario.

—Ya veo —dijo la reina después de reflexionar unos segundos—. ¿Y el tango ha resultado productivo?

—Igual que el vals y el calipso. Albergamos muchas esperanzas con los bailes insulares. El mambo, el chachachá, la samba... —La bruja consideró que le tocaba a ella formular una pregunta—. Todo este odio que se está desarrollando a su alrededor... ¿Cómo cree que va a terminar?

—El odio nos persigue desde hace siglos —respondió la reina—. Sobre nosotros se han inventado muchas fábulas. Los nómadas y los sedentarios nunca se han llevado bien.

De súbito, Roberta sintió el deseo de declarar con toda franqueza de qué parte estaba.

—Yo amo a su pueblo —dijo.

—Lo sé. Usted ama a los puercoespines. Por eso me encantaría que participase en un proyecto que, si los basilenses siguen por esta peligrosa cuesta abajo, pronto se hará realidad.

213

—Como pueden observar, la fachada del Gran Piñón se lee igual que un libro ilustrado.

Archibald Fould y el alcalde saliente se descoyuntaron para admirar los bajorrelieves encastrados en la fachada a guisa de un rompecabezas de piedra.

—El Padre Eterno sostiene el dintel principal. La Adoración de los Reyes Magos está aquí, y allí la Huida a Egipto.

—Todos estos temas son muy convencionales para alguien que se decía alquimista —opinó el alcalde.

—La discreción era algo muy apropiado para esa clase de actividades. Pero miren los temas de los lados: condenados, dragones, cruces invertidas. Incluso en esos capiteles tienen ustedes un par de ángeles boca abajo. La contaminación iconográfica parte del centro, del Padre, para ir extendiéndose hacia la periferia. La fachada del Gran Piñón era un auténtico panfleto satánico para quienes sabían interpretarla.

Fould se acercó a uno de los capiteles, preguntándose si tal vez la piedra no habría sido tallada a la inversa por un inepto albañil gitano. Viéndola en el otro sentido, los ángeles estarían volando hacia arriba, no estampándose en el suelo.

—Fíjense ahí —prosiguió Rosemonde—, el emblema de Nicolás Flamel.

—Una mano que sostiene un estuche —dijo el alcalde.

—Una escribanía. Al principio Flamel perteneció al gremio de los escribanos. Síganme, se lo ruego. Y cuidado con los escalones. Son traicioneros.

En lo que pedía disculpas al sirviente y se chocaba con un segundo, los visitantes habían desaparecido ya en el interior de la vivienda. Martineau entró a tientas. Se las apañó bien con el primer escalón, pero no tan bien con el segundo. Los visitantes del Gran Piñón oyeron un ruido de caída seguido de un altisonante improperio.

—No puede quedarse sin ver el catálogo Primavera-Verano. Si hasta tienen una colección étnica, ¿sabe? «La faja Samarcanda se adapta perfectamente a su silueta, brindándole al mismo tiempo la tersura de la seda salvaje y el estremecimiento de las estepas orientales» —recitó Roberta de memoria. Y con ojos de experta, estudió las medidas más bien orondas, en resumidas cuentas, de la reina de los gitanos—. Le iría de maravilla.

—Nunca me he fiado de la venta por catálogo. ¿No suben un poco el precio?

—Eso es que no ha probado el modelo Electrum. Fíjese.

Se desabrochó el corpiño y le mostró la obra maestra.

—¿Y no está muy prieta ahí embutida?

—Nunca me he sentido tan bien. Y no es cara. Trescientos noventa y nueve táleros nada más.

—Pues sí. Debería dejarme tentar… Tengo desde hace muchos años una zona dolorosa en la espalda. ¿Ese modelo lo hacen también en seda salvaje?

—Ah, eso no lo sé. Pero podría hacerle de madrina. Soy buena clienta. Debo de tener derecho a alguna rebajita.

Roberta volvió a abrocharse el corpiño, diciendo para sus adentros que la reina era encantadora y… una visionaria. Su propuesta la había dejado sin palabras.

—Avise a las personas en las que confíe —le aconsejó la gitana—. Pero no se fíe. Los trazadores humanos de Fould están por todas partes. A la serpiente no le gustará nada que escapemos a su ataque.

—¿Cuándo tendrá lugar la partida?

—En el último momento. Todavía nos falta ajustar unos detalles técnicos, y no precisamente insignificantes.

Roberta se puso de pie y miró abajo para contemplar los aspavientos de ese don Quijote que era Martineau. «Partir, partir…», se decía. Consultó su agenda para encontrar una buena razón por la que quedarse en Basilea. Para los siguientes diez años no tenía prevista ninguna cita susceptible de retenerla. La Oficina de Asuntos Criminales pertenecía al pasado. Quedaba el profesor de historia. ¿Aceptaría dejar su puesto en el Colegio de Brujas? En cualquier caso, ella no se marcharía sin él.

Unas sirenas ulularon por el lado de la fachada de Westminster.

—Los zurlas —dijo la reina con un respingo—. Siempre puntuales.

—¿Qué ocurre? —preguntó la bruja, tratando de localizar a esos famosos zurlas.

Pero no los vio. Sin embargo, las aspas de los molinos, hacia el este, giraban con furia.

—Los zurlas son instrumentos de viento montados en los tejados, que nos avisan cada vez que se acerca la borrasca.

—¿La borrasca? ¿Qué borrasca?

A la gitana no le pasó inadvertida la tensión perceptible en la voz de Roberta.

—Cada día antes del plenilunio sopla sobre el barrio una violenta borrasca. ¿Hay algún problema?

El viento hacía girar todos los molinos dispuestos a lo largo de la calle principal. Hizo temblar la pagoda por la base y siguió su carrera enloquecida en dirección a la Pequeña Praga.

Nunca se había hecho pública la coincidencia entre el viento y el barón de las Brumas. No obstante, a juzgar por la expresión de la bruja, la gitana adivinó que estaba algo a punto de tomar forma en ese sentido.

—¿Hacia dónde va el viento?

215

—Hacia los hangares, donde almacenamos los decorados que no se utilizan.

—¿Tienen algún modo de alertar a los que se encuentran allí?

—No tenemos teléfono.

—Entonces no hay un segundo que perder.

Bajaron a toda velocidad los nueve pisos de la pagoda y las tres terrazas de la pirámide azteca sobre la que se erigía. Ya en la calle, se acercaba un cabriolé. La reina agarró el ronzal de los ponis, obligándolos a parar. Ordenó al cochero que le cediese su sitio. La bruja tuvo apenas el tiempo justo para sentarse a su lado.

—¡Arre! ¡Arre! —gritó la gitana, azuzándolos con las riendas—. ¡A los hangares! ¡Deprisa!

Cruzaron una gran sala abovedada y subieron al piso superior por una angosta escalera.

Rosemonde siguió por un pasillo de baldosines irregulares, hasta llegar a una pequeña estancia con la puerta protegida por una tela, que apartó con la mano. La luz entraba por unos cristales de culo de botella. Tenía un sello indiscutiblemente medieval.

—El tesoro del Gran Piñón —anunció a sus privilegiados visitantes.

Sobre un escritorio había un objeto plano, tapado con un paño de terciopelo azul.

—Cuidado con la viga —los previno—. Nicolás Flamel era bajito.

El ministro miró la hora, consultando su reloj de pulsera con un gesto crispado, mientras se doblaba para entrar en la estancia. ¿Por qué se había dejado embarcar en esa estúpida visita, cuando posiblemente el barón había entrado ya en acción? Y se sintió aún más contrariado al ver que Rosemonde echaba de nuevo el cortinaje tras ellos.

—El objeto que se conserva aquí es uno de los más valiosos que posee el Colegio de Brujas —declaró el profesor con una mano apoyada en el escritorio.

Con un ademán de ilusionista, quitó el cuadrante de tercio-pelo. Y apareció ante su vista un libro voluminoso con una cobertura de oro y bisagras de cobre rojo.

—Es un libro —observó Fould.

—Es EL libro —lo corrigió Rosemonde—. Flamel lo vio en sueños y unos años después se lo compró a un desconocido por la suma de dos florines. «Un libro dorado, bastante viejo y muy grande —según sus propias palabras—, compuesto de perfiles caligráficos y de cortezas de delicados arbolillos. Tenía tapas de cobre, con letras o figuras extrañas grabadas.»

—Ciertamente, estas figuras son muy extrañas —comentó el alcalde inclinándose sobre el objeto.

—Contiene el secreto de la transmutación de los elementos, el secreto de la *opus nigrum*. Flamel no logró nunca calarlo de parte y aparte y el libro se cerró. Hasta la llegada de aquel o aquella que consiga abrirlo.

—Quiere decir que durante todo este tiempo… —empezó a decir el alcalde.

—Nadie ha conseguido abrirlo de nuevo.

—Su historia se parece a la de Arturo Pendragon y su espada mágica encajada en la piedra.

—No lo sabe usted bien. Este libro es nuestra *Excalibur*. Además, nuestra idea es aprovechar la inauguración de la calle de París para encontrar al… elegido. Cuenta la leyenda que el libro sólo se abrirá al contacto con la mano de un escriba —Rosemonde clavó los ojos en el primer hombre de Basilea— o de un sacrificador —dijo, ahora fijando la mirada en el ministro de Seguridad, que se puso colorado—. ¿Señor alcalde? Tenga el honor.

El anciano acarició la encuadernación metálica y gélida, y trató de levantarla ejerciendo una ligera presión. Pero no se movió ni un milímetro. A continuación probó Fould su suerte y repitió la operación, con todas sus fuerzas pero sin éxito. El libro permaneció herméticamente cerrado.

—Ha sido muy interesante, pero tengo que irme —soltó el ministro de sopetón, apartando él mismo la cortina—. Gracias por la visita.

Se alejó a zancadas por el pasillo.

217

—Comprendo que quiera ganar a toda costa, este hombre no soporta el fracaso —comentó el alcalde, en tono compasivo.

Rosemonde tapó el libro, cerró la cortina y acompañó al anciano hasta la salida. Entretanto, Martineau había atravesado estancias vacías, subido y bajado las bamboleantes escaleras, buscado a los brujos que habrían podido guiarle por esa casa de locos… Estaba absolutamente perdido.

—¡Yuju! ¿Hay alguien ahí?

Creyó oír una respuesta, llevada por el viento. La siguió y se encontró en el desván, sumido en la penumbra. Las primeras vigas le besaron la crisma. Las siguientes fueron más pérfidas.

Serguéi no había esperado a que los zurlas lo avisasen para sellar los hangares. Se había puesto a ello a primera hora de la mañana: echando el candado de las puertas correderas, asegurando las ventanas altas, cerciorándose de que ninguna apertura permitiese que la borrasca pusiese patas arriba el contenido de los tres depósitos que tenía a su cargo. Estaba apuntalando firmemente la puerta del último con una escora, cuando pensó en la fundición.

—Eres el último de los *mujiks* —se riñó a sí mismo, echando a correr en esa dirección.

La fundición se encontraba al fondo de un patio alargado en el que se guardaban los árboles antes de volver a plantarlos. El viento lo alcanzó en el momento en que se metía dentro. Se encorvó contra la puerta y logró cerrarla.

—Uf —suspiró—. Por los pelos.

El alto horno en reposo se asemejaba a un Moloch triste y frío. Al fondo había un cubilote encendido encima de una fragua. Se usaba para fundir barandillas, pomos, arreos, travesaños, prendedores de los decorados… Habían subido a un torno la picota destinada a la calle de París. Un poco antes le habían puesto los hierros. Serguéi se acercó para admirar el trabajo de los forjadores.

No vio a los trazadores que a su espalda adquirieron forma humana. Pero oyó como un ejército de escolopendras galopan-

do por la superficie de una placa de metal. No había terminado
de darse le vuelta, cuando una mano negra lo asió bruscamente por el cuello.

El cabriolé se detuvo delante del primer depósito. El camino que había tomado el barón se veía en los paneles de chapa
ondulada, arrancados, en las cajas volcadas, en el polvo barrido
hacia los lados.

—No intente seguirme. Solamente cerciórese de que nadie
entra en esta zona.

—¿Y qué hará si se topa con él?

«Poseo un arma de último recurso», pensó Roberta.

—BodyPerfect —respondió, guiñando un ojo.

Siguió el rastro del barón hasta el patio de jardinería. El
suelo del patio estaba cubierto de ramas partidas y de hojas caídas. Al fondo se erigía una pequeña construcción oscura. Roberta programó su faja Electrum a un impulso por minuto. La
puerta no estaba cerrada con llave. Se coló en el interior sigilosamente.

Detrás del alto horno se oía a alguien respirar con dificultad. Avanzó por la alfombra de escoria metálica.

Había un hombre atado a una picota. El barón tenía un dedo apoyado en su cuello. Roberta sospechó que estaba anali-
zando la secuencia genética del condenado a muerte y remontando por su árbol, de generación en generación, hasta dar con
el castigo correspondiente a la mancilla.

La faja BodyPerfect descargó un impulso. La bruja empezó
a contar. Uno… Dos… Tres… Cuatro. Al llegar a cincuenta y
cinco se abalanzaría sobre el barón. Al llegar a sesenta, éste se
volatilizaría.

Casi había pasado el minuto, cuando un guisante verde rodó entre sus piernas y se detuvo a unos centímetros de distancia. Aunque se pareciese mucho, no era una saponaria.

—Oh, oh —dijo Roberta, pensando en huir. Pero era demasiado tarde.

Archibald Fould no tenía más que consultar la pantalla de
cristal líquido de un reloj de bolsillo para comprobar que Mor-

genstern se desplazaba rápidamente hacia el este. Al instante salió a por ella, en compañía de sus milicianos.

Al llegar a los depósitos se toparon con la reina, que se disponía a acudir en ayuda de la bruja con un puñado de gitanos. La caja del reloj indicaba que ésta se encontraba a un centenar de metros al sureste de su posición. Fould envió a una parte de los milicianos en la dirección contraria y dejó a la otra en compañía de los gitanos, con la orden de impedir que se moviesen de allí. Y él siguió el punto parpadeante, hasta una construcción oscura cuya puerta estaba abierta de par en par.

«Al rastrear a sus semejantes ganamos un tiempo que vale oro», sopesó el futuro administrador de las libertades municipales.

Allí estaba Morgenstern, espiando al barón de las Brumas en acción. Fould abrió su pitillera sin hacer ruido, cogió la semilla de reciario y la lanzó rodando entre las piernas de la bruja. En cuanto el guisante hubo dejado de rodar, se desplegó, se ramificó, tapó a Roberta con su red e hizo que cayese pesadamente patas arriba. Fould sabía que la liana ribeteada de espinas destilaba una sustancia anestesiante a base de curare. Se acercó a ella al descubierto. Se agachó cerca de su víctima, que lo miraba con los ojos vidriosos y la boca crispada.

—Usted… no puede… dejar que pase… esto —articuló la bruja con voz pastosa.

—Duerma —le aconsejó él dulcemente—. Regrese al dulce país de los sueños.

La bruja cedió. La liana, al notar que el cuerpo que apresaba se destensaba, se reabsorbió y recobró su estado de guisante. El ministro lo recogió y lo guardó en su estuche, como si tal cosa. Cogió un cigarrillo y lo sostuvo en la comisura de los labios.

«He aquí, pues, la plaza de Grève», se dijo, contemplando la escena.* El barón había sacado del cubilote un crisol lleno de metal fundido y lo estaba volcando hacia la boca del hombre, manteniéndosela abierta con ayuda de dos manos suplementa-

---

* La *place de Grève* era una plaza de París a orillas del Sena, sita en el lugar que hoy ocupa el Ayuntamiento. En ella se llevaban a cabo las ejecuciones. (*N. de la T.*)

rias. El torturado, con la cabeza echada hacia atrás, abría mucho los ojos, presa del pánico. Una muerte lenta y terrorífica era lo que Banshee había pedido. Y su petición iba a ser satisfecha.

Fould había visto otras ejecuciones antes, pero en el último instante dio media vuelta y se chocó contra un bulto blando y grande: el gólem.

El ser de arcilla roja le sacaba dos cabezas. Simplemente aguardó a que Fould se apartase de su camino. Éste dio dos pasos a un lado para dejarle pasar, y tuvo que hacer tres intentos hasta lograr prender el cigarrillo.

Cuando el barón dejó el crisol en el suelo el gitano dejó de moverse. Saludó al gólem como si fuese un viejo conocido y se diseminó en forma de remolino de ceniza negra. El gólem caminó hacia el hombre y lo besó en los labios. Fould vio claramente una estrella brillante que pasaba de uno a otro. «Potasio», comprendió. A continuación el gólem salió al jardín con su paso de mastodonte.

El ministro dejó pasar cinco minutos antes de activar la señal de alarma de su reloj de bolsillo. Los milicianos llegaron a paso ligero. Fould señaló el cuerpo de la picota y a la mujer tendida inconsciente en el suelo.

—Métanla en la cárcel sin tardanza —ordenó—. En una celda de aislamiento. Es una cómplice del barón de las Brumas. Me ocuparé personalmente de su caso.

En ese mismo momento alguien trepaba por la fachada del número 42 de la calle de las Mimosas. El individuo se metió por una ventana entreabierta y se dejó caer suavemente en el dormitorio. Una vez allí se dedicó a escuchar, acurrucado.

De la planta baja le llegó un sonido de fricción, medio camuflado por el de la lluvia. Sin embargo, la casa debería estar vacía. Bajó la escalera sin hacer crujir ningún peldaño y echó un vistazo al salón. Un hombre, sentado ante un escritorio, escribía algo.

—¿Papirotazo? Pero ¿qué está haciendo aquí?

—¡Ah! —se asustó el periodista, dándose la vuelta.

El intruso llevaba un mono, guantes y un casco de cuero marrón. Unas gafas de cristales opacos le ocultaban los ojos.

—¿Micheau? Me dado usted un susto de muerte…

El conductor se quitó las gafas y ladeó la cabeza para observar al hombrecillo. Algo había cambiado en el escritor.

—¡Ya no lleva gafas!

—¿Y usted ya no es sordomudo? —se extrañó Papirotazo a su vez.

—Vaya, habrá que pensar que hemos sido objeto de sendos milagros.

—Lo que es un milagro, sobre todo, es verle aquí. Pensaba encontrarme con ustedes debajo del barómetro.

—Yo también. Pero el señor ministro tenía cosas que hacer.

—Y qué, ¿le ha firmado un pase para dejarle libre hoy?

—No, no. Está con los gitanos. Acabo de dejarlo allí.

Micheau, igual que hiciera Rosemonde un poco antes, se puso a mirar las estanterías repletas de libros. Papirotazo lo seguía con la mirada, mordisqueando el extremo de su lapicero, ya seriamente dañado desde antes.

—No me diga que sigue sin encontrar lo que buscaba.

—Al día siguiente de la muerte del mayor sus papeles fueron enviados a Archivos —explicó Micheau, que iba cogiendo libros al azar—. Han sido pasto de las llamas. Pero he oído a un reservista hablando de unas copias que Gruber conservaba. Tienen que estar en esta casa.

Micheau interrogó a Papirotazo con la mirada.

—No, yo no las he encontrado. Y le deseo mucha suerte. Porque si organizaba sus papeles igual que su biblioteca, ¡aún no ha salido usted del atolladero!

Micheau retrocedió dos pasos y contempló las estanterías con las manos en jarras. En aquella librería no veía nada extraño.

—¿Qué quiere decir?

Papirotazo se puso de pie y le enseñó, uno por uno, tres libros colocados en diferentes lugares.

—Rainer Maria Rilke. *Obras completas*. Tomo I, Obras en prosa. Tomo 2, Obras en verso. Tomo 3, Correspondencia. Colocados en contra del sentido común.

En efecto, los tres volúmenes estaban alineados siguiendo una línea diagonal. Micheau inclinó el canto de los libros, desde el de más arriba hasta el de más abajo. Se oyó un gatillo y se abrió uno de los paneles de la parte inferior de la biblioteca.

—La bandera del Corneta —dijo el conductor, bastante contento consigo mismo.

Papirotazo contempló el mecanismo de papel con una sonrisa pánfila, mientras Micheau, de rodillas, sacaba ya del escondrijo los papeles. Los depositó en el escritorio y los consultó sin esperar más. El escritor se rascaba la frente, mirando alternativamente el escondrijo y la mesa de despacho, la mesa de despacho y el escondrijo…

—Aquí está, por fin.

Micheau había sacado dos folios grapados en los que se narraba el penúltimo acto de servicio del mayor: la interceptación de un pirata, sorprendido en flagrante delito de robo y agresión contra la persona de un vendedor de curiosidades naturales del mercado flotante, seis años atrás. Un caso de 01-03, como lo atestiguaba el sello de tinta roja estampado en la esquina superior izquierda del informe. El documento se completaba con un recibo de las autoridades penitenciarias.

—Está en la cárcel municipal —masculló—. En la celda… ¡Ah, no, el número no aparece indicado!

—Déjeme ver.

Papirotazo consultó el documento, satisfaciendo al mismo tiempo su curiosidad natural. Y con una sonrisa ladeada, reveló al pirata:

—Está en la celda de aislamiento, en el corazón de la prisión. No va a ser fácil sacarlo de allí.

—Todo será más fácil ahora que sé dónde está.

Micheau dobló el informe y se lo metió dentro del mono. Hojeó vagamente los papeles y encontró una especie de diario íntimo, que cogió por si las moscas. Era hora de marcharse. De uno de los bolsillos sacó una cápsula azul y la sostuvo debajo de la nariz de Papirotazo, cogiéndola con el índice y el pulgar.

—Vamos, ya lo llevo yo al redil.

El escritor se apresuró a recoger sus quince proyectos de novela y a meterlos en una mochila de cuero que había pertenecido a Gruber.

—¿De verdad es necesario el capuchón? —tanteó, con cara de desagrado.

—Tiene razón. —Micheau se guardó la cápsula—. Hagamos

223

como si no nos hubiésemos visto. Tarde o temprano Fould lo encontrará. Estoy seguro de que estará encantado de conocerlo.

—De acuerdo, de acuerdo.

Papirotazo cerró los ojos y la boca y se tapó la nariz. Micheau partió la cápsula por encima de su cabeza. La sustancia que contenía resbaló por su rostro, por su ropa y por sus zapatos hasta envolverlo totalmente en una película lustrosa de reflejos sintéticos.

—¡Puag! —exclamó, pasándose la lengua por unos labios de los que había perdido ya toda sensibilidad. Una película fina y traslúcida filtraba su voz y su respiración—. Es repugnante.

—De momento, no hemos encontrado nada mejor que el capuchón para impedir que nos sigan los trazadores.

Salieron. El automóvil del ministro estaba aparcado un poco más allá, en la misma calle. El escritor giró la manivela y se sentó al lado de Micheau, que bajó el freno de mano. Empezaron a bajar por la pendiente. La lluvia que repiqueteaba en la capota producía un ruido ensordecedor.

—¡Se está mejor ahí arriba! —voceó Papirotazo.

Micheau, sumido en sus propios pensamientos, no replicó.

—¡Por encima de las nubes no llueve nunca! —Ninguna reacción—. ¡No estará ya mudo, pero sigue usted un poco duro de oído!

Micheau giró lentamente la cabeza para mirar a su copiloto. No era la primera vez que Papirotazo veía esa mirada. Se la había visto a un bucanero en una taberna de los mares del Sur. Decidió guardar silencio y sumirse a su vez en su particular abismo de reflexiones personales… pasando antes por la alcoba del lecho con dosel. Pero estaba vacía, desgraciadamente.

—¡Cachito lindo! ¡Marinette! —la llamó.

Mata-Hari no aparecía. Esperó un poco y luego añadió, para engatusarla:

—¡Tengo una sorpresita! ¡Estoy todo encapuchado!

La cortina de perlas se movió muy levemente, lo bastante como para arrancarle un suspiro al escritor.

Lo que había que demostrar

—«Éstos son los cinco compromisos que me comprometo a cumplir si votan por mí en la segunda ronda. Uno: bajar un treinta por ciento todos los impuestos en los dos primeros años de mi mandato.»

—¿Por qué iba a privarse de prometer lo imposible? No veo nada que se lo impida… —comentó Otto Vandenberghe.

—«Dos —siguió leyendo Strüddle—: seguridad para todos.»

—Es extraño que no lo haya puesto en primer lugar —señaló Suzy.

—«Tres: instaurar una preferencia municipal. Los extranjeros serán trasladados al otro lado del dique. Los alojamientos vacantes se asignarán a los basilenses que ocupen viviendas en mal estado.»

—Y a los gitanos les quitarán sus derechos civiles —añadió ella.

—Ahí la cosa empieza a oler mal —convino Plenck.

—«Cuatro: impedir que el barón de las Brumas siga pudiendo hacer daño.» Repite un poco lo del punto dos, pero bueno. «Y cinco…»

—¿Sí? ¿Eleazar?

Strüddle enjugó los cristales de sus gafas, plegó y volvió a abrir su ejemplar del *Diario de Tierra Firme*. No, había leído bien.

—«Y cinco: si me votan, dejará de llover.»

—¡Vaya, ésa es la mejor! —bramó Vandenberghe—. Primero Fould dará caza a los monstruos de Basilea. Y después Fould dominará los elementos. ¡Es el colmo!

—Maquiavelo quiere pisarnos el terreno —gruñó Lusitanus.

—Ah, ¿es que la lluvia nos obedece? —se extrañó Rosemonde, que había permanecido en silencio hasta ese momento—. No estaba al tanto...

El silencio sobrevoló por encima de las cinco personas sentadas codo con codo en la trastienda del Dos Salamandras.

—¿Cómo han podido tres cuartas partes de los basilenses darle el voto en la primera vuelta? —se lamentó Suzy.

—Es un encantador —indicó Plenck—. Vótenme y les conseguiré la luna. Y esos bobos han mordido el anzuelo.

Lusitanus declamó, con un índice apuntando al techo:

—«El pueblo de Basilea es tan tonto, tan papanatas y tan inepto por naturaleza, que un titiritero, un charlatán, un mulo con sus címbalos o un músico tocando la zanfoña en un cruce de caminos reunirían a más gente que un predicador evangélico.»

—No guise al viejo amigo Rabelais con salsa basilense —imploró Vandenberghe.

—Es el vino del amigo Strüddle. Desde hace una semana tengo la impresión de vivir en el París de los tiempos de los portadores de farolillos y de las callejas nauseabundas donde a uno le rebanaban el pescuezo con la misma calma con que le cortaban el escroto.

—¡Señor Lusitanus! —se escandalizó Vandenberghe.

—Puede que el pueblo de Basilea sea tonto, pero si sigue lloviendo después de su probable victoria, lo van a crucificar —señaló Plenck.

—Sin embargo, la Oficina de Riesgos no prevé ninguna mejora para los próximos días —se extrañó Lusitanus.

Eleazar rellenó las tazas de café solo y sacó unos pastelitos. Pero esa mañana nadie tenía mucha hambre.

—Llevamos tres gitanos asesinados —les recordó Vandenberghe.

—El pobre bribón de la fundición, el que encontraron hace cinco días ahogado y metido en un saco y el carpintero de ayer —resumió Plenck—. Ése sufrió el tormento de la garrucha debajo del teleférico municipal. Yo mismo me encargué de examinarlo.

—El método histórico sigue siendo el mismo —intervino

Suzy—. El martirio del saco viene de los romanos. El tormento de la garrucha se practicaba en toda Europa durante el Antiguo Régimen. En cuanto al gitano de la fundición, fue ejecutado siguiendo la práctica que se estiló en Rusia hasta 1672, consistente en echar metal fundido en la boca del condenado a muerte. En aquella época se usaba plomo más que nada.

Todos apretaron involuntariamente la mandíbula.

—¡Y pensar que los trazadores se hallan en el origen de esta carnicería! —bramó el rector—. Ya tenemos pruebas de ello. ¿Verdad que sí, Plenck?

—Tenemos pruebas de ello —se limitó a contestar el forense.

—¿Han leído el artículo sobre los gitanos? —se revolvió Lusitanus—. «Tienen lo que se merecen, ni más ni menos», «La criatura elimina a quienes la crearon», «También mueren los verdugos».

—Repugnante —opinó Vandenberghe en su esquina.

—Miremos el lado positivo de las cosas —dijo Rosemonde, con una sonrisa forzada—. El obrero Fliquart ha sido vengado, los incineradores han vuelto al trabajo y las aceras están limpias.

—Sin olvidarnos de que las autoridades sostienen la teoría del asesino histórico. Ya no se puede acceder al Barrio si no se va provisto de un pase. La zona entera está a punto de convertirse en un gueto —añadió Rosemonde.

—En la cornisa no cabe un alfiler —refirió Plenck—. Los basilenses se asoman a mirar cómo sube el agua. Es el último espectáculo de moda.

—Repugnante —repitió Strüddle.

—Nos quedan cinco días antes de la segunda ronda —les recordó Vandenberghe—. Después, con Fould en el poder, tendremos atadas las manos.

Eleazar enarcó una ceja y se giró hacia el comedor. Alguien se acercaba a su posada. Se levantó, se dirigió a la puerta cerrada con dos vueltas de llave y miró al exterior por la mirilla. Un automóvil acababa de aparcar debajo del caballo de bronce. Martineau se bajó, cruzó la calle, intentó abrir la puerta, se dio por vencido y se marchó. Strüddle volvió a la trastienda.

—Era Martineau —dijo.

227

Nadie dijo nada. Vandenberghe preguntó entonces a Rosemonde:

—¿Sigue sin saberse nada de Roberta?

—Sigue sin saberse nada.

—La reina de los gitanos fue la última en verla —dejó caer Suzy. «Viva», añadió para sus adentros.

—¿Y nuestros «nuevos amigos» no saben nada más que nosotros? —insistió Plenck—. ¡No se puede desaparecer así como así, en un trozo de tierra firme del tamaño de un pañuelo de bolsillo!

—La encontraremos —afirmó Eleazar.

—¡Por san Anselmo! —lanzó Vandenberghe, con la voz vibrante de cólera—. ¡Por supuesto que la encontraremos! No nos íbamos a ir sin ella, ¿no le parece?

—*Now, ladies and gentlemen, she's leaving home.* Una melancólica cancioncilla de la *Lonely Heart Club Band. One. Two. Three.*

Roberta frotó la ocarina contra su traje gris de presidiaria y atacó la pieza de los Beatles.

—Demasiado melancólica —decidió, deteniéndose—. A ver, a ver. ¿Qué otra canción tenemos del tipo corazón solitario?

Y se lanzó en cuerpo y alma a interpretar un *Within You Without You* más indianizante que el Taj Mahal, pero paró al cabo de unos cuantos compases. No había nadie que la escuchase, ni un puercoespín telepático a la vista… Tenía la moral a media asta… Roberta se vio obligada a reconocer que estaba llegando al final de su formidable capacidad para ver la vida de color rosa.

Arrastrando los pies, se acercó al cuarto de baño, se sentó en el váter y, por centésima nonagésima cuarta vez, se preguntó qué habría ocurrido fuera durante los diez días que llevaba metida en la celda de aislamiento del presidio municipal. ¿Se habría hecho Fould con el poder? ¿Seguiría asesinando el barón? ¿Seguirían vivos sus amigos?

Tres veces al día le pasaban por una ranura, al pie de la puerta, una bandeja con comida. Las luces se encendían y se

apagaban a horas fijas. No era posible establecer contacto algu-
no con absolutamente nadie. La bruja estaba desconectada del
resto del mundo.

Oyó el sonido de una llave girando en la cerradura.

—Las órdenes eran claras —bramó una voz—. Nadie debe
entrar ahí.

—¿Pone en duda la firma que figura al final de este documento? —El otro evitó contestar—. Archibald Fould me ha pedido que interrogue al sospechoso. Cierre la puerta cuando entre y no se preocupe. Voy armado.

—Si usted lo dice…

El carcelero cerró la puerta cuando pasó el visitante, y éste
entró en una celda aparentemente vacía. Caminó hacia la esquina de los lavabos, llamando en voz baja y suave:

—¿Louis, estás ahí?

Micheau notó un soplo de aire a la derecha y vio una cosa
pelirroja pasándole por detrás a la velocidad del rayo. Fue derri-
bado de bruces y tardó unos segundos en darse cuenta de lo
que pasaba. Morgenstern le tenía sujetos los puños con una
mano y le clavaba la rodilla en las lumbares, pegándolo al suelo sin más miramientos.

—Puedo ir quitándole los sentidos uno por uno con sólo
aumentar ligeramente la presión sobre su columna vertebral
—lo amenazó. Pero a continuación vaciló—: ¡Micheau! ¿Es
usted?

El conductor se retorció el cuello para confirmar que el pri-
sionero de excepción no era otra que la ex investigadora de la
Oficina de Asuntos Criminales.

—¡Morg… Morgenstern! Pero… ¿qué está haciendo…
aquí? ¡Ay!

—¿Y usted me lo pregunta?

Le sisó la autorización oficial, que asomaba por el bolsillo
del conductor, y la leyó mientras él se daba la vuelta, gruñendo.

—Fould lo envía a interrogar al ocupante de la celda de aislamiento —leyó ella.

—No sabía que se trataba de usted —respondió él, masa-
jeándose la nuca—. Y ese documento es falso.

—Oh, Oh. ¡El señor es un falsificador! ¡El señor esconde

bien su jugada! ¿Quién es ese Louis? Le aconsejo que no se ande por las ramas.

Micheau se dejó caer pesadamente en la cama de la bruja.

—Mi hermano.

—¿Su hermano está encarcelado aquí?

Micheau agitó la cabeza. Roberta, con la espalda apoyada en una pared, daba vueltas a su ocarina, atada a una cuerdecilla, alrededor de su dedo, primero en un sentido y luego en el otro.

—No estoy precisamente al corriente de la actualidad, pero sí sé que el anterior ocupante de esta suntuosa suite era el pirata que detuvo Gruber en el mercado flotante. Y si una semana en el trullo no me ha hecho picadillo el cerebro, eso quiere decir que usted es…

—Uno que busca a su hermano —intervino Micheau—. Pero como la he encontrado a usted, nos marcharemos de aquí juntos.

Rebuscó algo en uno de los bolsillos. Roberta se lo quedó mirando con una cierta aprehensión. ¿Podía fiarse de un pirata? En todo caso, seguro que más que de un miliciano en cuanto a salir de allí.

—¿Sabe?, ahí fuera están preocupados por usted.

—¿Están? ¿Quiénes? ¿Amigos o enemigos?

—Un cierto Colegio de las Brujas, en cuya existencia me hubiera costado creer en una ciudad tan sosa como Basilea.

—¿Está al tanto de lo que pasa con el Colegio? ¿Qué tal les va? ¿Cómo está Grégoire?

—Lo verá pronto si sale todo como está previsto.

Micheau había sacado una cápsula azul. Roberta lo observaba con un enorme interés.

—¿Es un capuchón?

Micheau dio varios golpes en la puerta.

—¡Guardia!

La puerta se abrió y apareció un mozalbete de aspecto tímido. El pirata lo agarró del cuello, lo metió violentamente en la celda y lo estampó contra un larguero de la cama. A continuación, rompió la cápsula encima de la cabeza del carcelero inconsciente. La operación no había durado más de cinco segundos.

—Escúcheme con atención —dijo—. No hay ninguna cámara cubriendo la cárcel. Sólo los trazadores vigilan a los prisioneros. No nos verán salir.

—Tampoco me verán en la celda.

—Puede que esté en la ducha o haciendo su gimnasia cotidiana, sudando abundantemente, impidiendo así que la reconozcan.

—Me decanto por la ducha. ¿Y éste?

—Los guardias y los prisioneros están en el mismo saco. Dentro de cinco minutos los trazadores se percatarán de su desaparición.

—Entonces, ¿estoy en la ducha con él?

El pirata se cruzó de brazos, abrió la boca y se quedó tal cual, buscando una respuesta adecuada.

—Bueno, qué, ¿nos vamos? —se impacientó Roberta—. Estamos perdiendo un tiempo precioso.

Micheau lanzó un sonoro suspiro y partió una segunda cápsula encima de la cabeza de la bruja. La sustancia elástica la recubrió de la cabeza a los pies. Ella se relamió, pero tenía los labios insensibles.

—Tengo la sensación de estar cubierta de vaselina.

El pirata echó un vistazo al pasillo: no había moros en la costa.

—Haga como si llevase las manos atadas —le aconsejó—. Y camine delante de mí. Resultaremos más convincentes.

Cerraron la puerta de la celda tras ellos y subieron las plantas Crisantemo, Vincapervinca y Margarita. Se cruzaron con una decena de guardias sin que ninguno los molestase y alcanzaron la salida, una sencilla esclusa vigilada por dos milicianos con armadura. Roberta hundió la cabeza entre los hombros. Pero, como los trazadores guardaban silencio, los milicianos no reaccionaron ni una pizca más que los anteriores. Ya estaban fuera. Micheau puso en marcha el motor del automóvil, aparcado justo delante de la prisión.

—Suba —ordenó, con tensión en la voz.

Un minuto después habían dejado bien atrás el cubo de hormigón.

—¡Bien! ¡Le debo un ojo de la cara! —le agradeció la bru-

231

ja—. Es la primera vez que me fugo de una prisión, la primera vez que voy al lado de un pirata...

—Cada instante de nuestra vida es una primera vez —filosofó Micheau—. Sobre todo el último.

Conducía a gran velocidad en dirección a la laguna, a juzgar por lo que la bruja podía ver tras la danza chirriante de los limpiaparabrisas y tras la lluvia, que reducía su visibilidad.

—Entonces, su hermano estaba... está encarcelado en la prisión. Imagino que se habrá infiltrado en el Ministerio para liberarlo, ¿no es así? Para eso ha echado mano de Papirotazo.

—Es usted muy parlanchina, señora bruja. Tendremos todo el tiempo del mundo para charlar cuando estemos en un lugar seguro.

—En Basilea ya no quedan lugares seguros. Y tengo diez días de conversación por recuperar. Lo siento, no me puedo callar. Cuénteme qué ha hecho para entrar en el Ministerio de Seguridad —le ordenó, con las manos plantadas en los muslos.

—Envié mi *curriculum vitae* —respondió el conductor, lacónico.

—Se burla de mí.

—En absoluto. No es fácil encontrar un buen auriga. Clément Martineau ha llegado a director de la Oficina de Asuntos Criminales... ¡Yo habría podido llegar a ministro!

—Si piensa tomárselo así, yo me callo.

Micheau ralentizó y abrió la ventanilla para echar un vistazo al exterior.

—Con esta lluvia, me he perdido. ¿Dónde estamos?

—¿Adónde vamos?

—Al Barrio Histórico.

—Entonces, la segunda a la derecha. Hay que coger la bajada grande hasta la cornisa, y habremos llegado. La última vez que pasé por allí había un puesto de control al final de la rampa, con unos tipos nada indulgentes. A lo mejor son menos permisivos que los de la prisión, ¿no le parece?

—No se preocupe por eso. —Micheau aceleró—. ¿Y a usted que le ha pasado? ¿Cómo es que me la he encontrado en la prisión?

—Ah, bueno, es una larga historia. Pero le confesaré que... ¡Atención!

Una masa oscura apareció a su izquierda y chocaron con ella de frente. La cabeza de Roberta golpeó contra el larguero de su portezuela. Micheau salió exclamando:

—¿Qué bribón se atreve a aguijonearnos?

Roberta lo imitó, flaqueándole un poco las piernas al salir del auto. Un automóvil se había empotrado contra su guardabarros delantero izquierdo. Unos mirones contemplaban la escena. Micheau propinó unos violentos puntapiés a la carrocería del vehículo que los había embestido.

—¡En esta ciudad no debe de haber más de cincuenta vehículos, y teníamos que toparnos con un conductor manco!

El causante del choque salió de su automóvil con la cara colorada.

—Martineau —murmuró Roberta, frotándose la frente.

—¿Usted? —dijo el joven al reconocer al conductor del Ministerio, y se plantó delante de Micheau con los puños apretados y las aletas de la nariz temblándole—. ¡Usted no tenía prioridad! ¡Debería haberme dejado pasar a mí primero!

—¡Conduce usted a tumba abierta! ¡Haga el favor de respetar el límite de velocidad, dominguero! —replicó el pirata. Pero Micheau se calló y apretó los labios.

Martineau había retrocedido un paso.

—Pero vamos a ver, ¿usted no era sordomudo la última vez que nos encontramos?

El joven se llevó la mano a un bolsillo, donde Roberta sabía que llevaba guardada la pistola.

La bruja intervino:

—No perdamos los papeles, se lo ruego.

Él abrió los ojos como platos al reconocerla.

—¡Roberta! ¡Pero...! En fin... ¿Está bien?

—Tirando, Martineau, tirando.

—¿Dónde se había metido? Hace diez días que estoy buscándola. ¿Y cómo es que...?

Micheau se había acercado a Roberta.

—La Milicia —le dijo en voz baja.

Siete milicianos salidos de ninguna parte los rodearon con

233

las armas en ristre. El jefe de la escuadra se acercó, hablando hacia el micro que llevaba prendido en la solapa:

—Unidad 22 a Central. Choque entre dos automóviles en el cruce de la avenida Böcklin con Bergenstrasse. Tres implicados.

—Central a Unidad 22 —oyeron que respondía la Central—. Déjenlo. Acaba de producirse una fuga en la prisión municipal. Se necesita a todas las unidades. El fugado es una mujer, pelirroja, de cincuenta y pocos…

El miliciano se alejó para escuchar la descripción de Roberta. Micheau se fijó en la brecha que lucía en la frente.

—¿Se ha dado un golpe? —preguntó, susurrando.

—No es nada. Me saldrá un chichón, nada más.

—El capuchón está a punto de deshacerse —añadió, moviendo sólo los labios.

El miliciano volvió hacia ellos. Los otros seis no se movían, y apuntaban las armas hacia el suelo.

—Soy Clément Martineau, licencia 6373, director de la Oficina de Asuntos Criminales —se presentó el joven enseñando su tarjeta—. Estas personas son Micheau y Roberta Morgenstern. Somos parte de la… Casa.

—Muy bien —aceptó el miliciano sin coger la tarjeta de Martineau—. No se muevan. Ahora vienen los refuerzos.

El jefe dio media vuelta. Los milicianos lo siguieron, pisándole los talones. Micheau suspiró. La radio chirrió:

—Central a Unidad 22. Ha indicado tres personas implicadas en el accidente, pero los trazadores sólo ven dos. Verifique, por favor.

—Ahora sí que estamos apañados —farfulló Micheau, retrocediendo hacia su automóvil.

El jefe miliciano se dio la vuelta. Sabía contar hasta tres y no sufría de alucinaciones. Ahí había gato encerrado.

—¡Eh, usted! —dijo, apuntando al pirata con el arma.

Roberta notó que el capuchón se le desgarraba de arriba abajo y caía a sus pies como una muda transparente.

—Central a Unidad 22 —chirrió la radio una vez más—. Los trazadores ven a tres personas. Todo OK. Repito, todo OK. Siga la orden anterior.

El jefe aguardó unos segundos antes de bajar el arma. Dio

media vuelta y se alejó. Micheau corrió a sentarse al volante. El motor seguía en marcha. Esperaba que el automóvil pudiese llevarlos hasta la laguna.

—¡Eh! ¿No irán a marcharse así como así? —protestó Martineau.

Los milicianos se encontraban a unos treinta metros de ellos. La radio bramó:

—¡Central a Unidad 22! Los trazadores la han localizado: ¡la fugada está detrás de ustedes! ¡Repito: la fugada de la prisión está justo detrás de ustedes!

Roberta se metió de cabeza en el automóvil mientras Micheau metía la marcha atrás. Arrastraron el vehículo de Martineau varios metros y consiguieron zafarse de él con un estrépito de hierros. Hubo unos disparos y el parabrisas se hizo añicos.

—¡Perros del infierno! —gruñó el pirata—. Por lo menos podían tirar al aire.

Pisó a fondo el acelerador y salió a toda velocidad por la Bergenstrasse, que zigzagueaba hasta la laguna. Roberta se agarró a su portezuela. Se oía el repiqueteo de las ráfagas de ametralladora. Por los retrovisores vieron tres masas oscuras a la carrera en pos de ellos.

—¡Martineau!

—Y dos vehículos de oruga. No corren lo suficiente como para darnos alcance. ¡Pero ahora no sé cómo vamos a franquear el puesto de control!

—¿Volando?

Micheau se subió a la acera para esquivar a dos peatones que estaban cruzando la calle. Roberta veía cuerpos, deformados por efecto de la velocidad, echándose a un lado a su paso. El automóvil bajó de nuevo a la calzada, resbaladiza, derrapó y rebotó contra el parachoques de un tranvía que subía por la pendiente. Dio varias vueltas sobre sí mismo como una peonza y reanudó su enloquecida carrera. Martineau había ganado terreno.

La calle giraba bruscamente a la derecha. Micheau pisó el freno, provocando un chirrido de neumáticos. Martineau hizo lo mismo diez segundos después. Los huidos se habían metido en línea recta por las obras de una casa que se estaba demoliendo. Habían golpeado los primeros puntales. Las tres plantas abiertas terminaron por derrumbarse encima de ellos. Se levantó una enorme polvareda que cortó la calle en dos.

Martineau frenó en seco y salió de su vehículo. Los orugas se detuvieron detrás de él. Los milicianos se desplegaron alrededor del lugar del desastre.

—Unidad 22 a Central —llamó el miliciano por su radio—. Los huidos han quedado imposibilitados para causar daños. Repito: ya no pueden causar daño.

—No es posible —gimió el joven, contemplando los escombros.

La respuesta de la central fue inapelable:

—Confirmación Unidad 22. Los trazadores no dicen nada. Han dejado de verlos. Les enviamos refuerzos inmediatamente.

Los milicianos estaban ya formando un cordón de seguridad para evitar que se acercasen los curiosos.

—Central a Unidad 22. El investigador de la Oficina de Asuntos Criminales que los acompaña es requerido en el Edificio Municipal. Repito…

El jefe de la escuadra buscó con la mirada al portador de la licencia 6373. Había desaparecido junto con su automóvil

Micheau y Morgenstern se habían subido al tranvía de la línea 4 y cada uno había pagado el precio del trayecto, un cuarto de tálero. Iban cubiertos con el capuchón. Roberta no se atrevía a pensar en la cantidad de moratones que pronto le aparecerían por todo el cuerpo. Y se prometió a sí misma no volver a dejarse sacar por ningún sordomudo de un vehículo lanzado a toda velocidad.

En lo alto de la calle resonaron unas sirenas. Pero no parecían acercarse al tranvía.

—Los hemos despistado —resopló ella.

—Sí. Pero este tranvía avanza a paso de caracol. Y mis pases ya no valen para nada.

—Encontraremos una solución. ¡Oh, no! ¡Él no!

Martineau circulaba al lado del tranvía. Había visto a Roberta y le decía hola con la mano.

—Se alegra de volver a verme —confirmó ella, conmovida.

Esta vez las sirenas sí se acercaron.

—¡Ese idiota va a conseguir que nos manden otra vez a la cárcel! Hay que hacer algo.

El pirata fue andando hasta la plataforma delantera y echó fuera al conductor de un empujón. Cogió el regulador de velocidad y le dio varias vueltas. El tranvía aceleró de una manera salvaje. Una pasajera gritó.

—¡Haga que se apeen todos! —gritó Micheau.

El tranvía se zarandeaba en todas direcciones. Roberta, agarrándose a los asideros que colgaban del techo, anunció:

—¡Esto es un secuestro de tranvía! ¡Si cooperan, no se les hará ningún daño! —Y a continuación, con una sonrisa feroz, añadió—: ¡Todo el mundo fuera!

Los seis pasajeros se colocaron en la plataforma trasera como un rebaño de corderos atemorizados.

—¡La cabeza bien gacha! —les aconsejó la bruja—. ¡Y no piensen en nada!

Por suerte, no había ni mujeres embarazadas ni niños ni ancianos. Y Roberta suponía que aquellos rostros pálidos pretendían bajar a la cornisa para contemplar el espectáculo del Barrio Histórico amenazado por las aguas. Por eso, no dudó en componer una careta diabólica, echando humo por la nariz y con las cejas realzadas por unas llamas, para precipitar un poco su movimiento. Los basilenses saltaron y rodaron por el pavimento reluciente de lluvia, lanzando gritos ahogados.

Roberta se reunió con el pirata justo cuando pasaban por delante de la penúltima parada a una velocidad bastante más elevada de lo que permitían las normas de seguridad para transportes comunitarios.

—¿También ha sido conductor de tranvía? —preguntó ella a voz en cuello para hacerse oír.

—¡En otra vida! —fue la poco tranquilizadora respuesta de Micheau.

Los raíles dibujaban una graciosa curva hacia la izquierda. El tranvía la tomó a toda velocidad, emitiendo un chirrido de metal al rojo. Notaron que basculaban sobre el lado derecho y que acto seguido volvían a posarse pesadamente, antes de reanudar de nuevo la marcha. Iban derechos hacia la cornisa, ha-

237

cia el final de la línea, allí donde los basilenses se congregaban para contemplar la laguna.

—¿Frenamos? —propuso ella.

Micheau tiró con las dos manos de una palanca que salía del suelo, apretando la mandíbula. Dos grandes gavillas de chispas los acompañaron durante un ratito, y después se oyó un fuerte chasquido.

—Me parece que nos hemos quedado sin freno —dijo él.

Iba a rebotar contra la cornisa y a estrellarse cien metros más abajo. «Halagüeña perspectiva», se dijo Morgenstern. Micheau, asomado a un costado, escudriñaba debajo de la máquina.

—¡Es un sistema Mekarski! —anunció, incorporándose.

—¿Y qué?

—¡Que funciona con aire comprimido!

—¿Y qué? —repitió Roberta, cuyo vocabulario menguaba a la misma velocidad que sus esperanzas de mantenerse con vida.

Los mirones salieron corriendo al ver el tranvía loco derecho hacia ellos. Ya no había cornisa, sólo el vacío y lo alto del toldo inmenso, que empezaba a divisarse. Micheau había abierto un panel situado al lado del volante, que protegía un enorme pulsador rojo.

—¿Qué está haciendo?

—¡El zorro morirá en el mar o no morirá!

Apretó el botón. El aire comprimido que había en los tanques de debajo del tranvía fue liberado de golpe y salió hacia atrás. La aceleración los estampó de espaldas contra la mampara. Como en un sueño, se vieron despegando de los raíles, de la pendiente, de la cornisa, y sobrevolar el toldo gigante… Micheau empujó a la bruja al vacío. El único pensamiento de Roberta fue: «Ha osado volver a empezar».

La lona gigante la recibió en sus brazos mientras el tranvía proseguía su trayectoria hasta zambullirse en la laguna. Ella se deslizó, rodó, giró y rebotó en la inmensa pendiente y se detuvo en su extremo, por encima de los muelles de descarga. Ya no diferenciaba lo alto de lo bajo. Tenía el pelo revuelto, pero estaba viva.

Micheau, a unos metros de distancia, se agarraba al borde

del toldo gigante. Se bajó como un acróbata de circo. A continuación fue a buscar una escalerilla y ayudó a bajar a Roberta. Una vez en el muelle, la bruja titubeó un poco.

—¿Hay más diversiones previstas en el programa? —preguntó con la boca seca.

—Sí —respondió Micheau, al parecer muy contento con su numerito de alto voltaje—. Seguro que le va a agradar.

El hombre se alejó en dirección al *Savoy*, amarrado un poco más allá. Roberta, considerándose una loca de atar, lo siguió. Micheau empujó la puerta giratoria del palacio flotante, cruzó el vestíbulo y se dirigió a la sala de billares. Los tacos estaban ordenados en sus taqueras, las bolas colocadas en los triángulos, sobre los tapetes de fieltro verde. El lugar tenía un aspecto lúgubre. Encima de un mostrador había un teléfono. Micheau lo descolgó y dijo:

—Estamos aquí. Puede venir a recogernos.

Colgó y volvió junto a la bruja.

—¿Quién va a venir a recogernos? ¿Un extraterrestre en su nave espacial?

—Nunca anda usted muy lejos de la verdad.

El suelo tembló. Los techos vibraron. El *Savoy* rugió. Entre dos mesas, justo delante de ellos, se abrió una escotilla. Las mesas bascularon hasta quedar en vertical, empujadas por una columna negra de tres metros de largo y diez de alto, que ascendió hasta el techo con un retumbo incesante. La columna se detuvo. Micheau se acercó y se cogió del primer barrote de la escalerilla que servía para bajar.

—Tenga cuidado, están resbaladizos —aconsejó Micheau a la bruja.

Los dos descendieron al castillo del submarino y se refugiaron en su interior. El sumergible se zambulló en la laguna. El suelo y las mesas de billar volvieron a cerrarse sobre él, con el máximo de hermetismo posible.

—Su visita ha llegado, señor. —De pronto, la voz de la secretaria subió a los agudos—. Pero… ¡No se lo consiento! ¡No tiene derecho! ¡Ay!

La puerta del despacho se abrió de par en par y apareció una Carmilla Banshee histérica.

—Gracias —dijo Fould por el interfono.

—¡Archie! —exclamó la bruja como si no se hubiesen visto en lustros—. Tiene un aspecto magnífico.

—Usted también —dijo él, apresurándose a encajar un cigarrillo en la comisura de sus labios, por miedo a que la mujer tuviese la descabellada idea de ir a besarlo.

Banshee dejó el bolso encima del escritorio del ministro sin preocuparse de las pilas de papeles que lo abarrotaban. Y sacó una botella de champán y dos copas altas.

—¡Tachán! —exclamó.

Se puso a abrir la botella como una energúmena, girando el cabo de metal y haciendo fuerza para que el tapón saltase haciendo el máximo ruido posible. Rellenó las copas, le puso una a Fould en la mano y lanzó a modo de brindis:

—¡Por el barón de las Brumas!

Se bebió la copa de un trago y la rellenó al instante. Entretanto, el ministro inspeccionaba las burbujas que giraban en columnas hasta la superficie del líquido claro y dorado. Mientras tuviese suficiente aliento para respirar, desconfiaría de su socia de nigromancia, teniendo en cuenta que los venenos debían de formar parte de sus armas predilectas, aparte de los reciarios, de las hierbas fulminantes y de las calabazas destructoras de aerostatos. Dejó la copa en la mesa sin probar ni una gota.

—Habíamos acordado vernos la noche antes de la segunda vuelta —le recordó él.

Banshee se acercó y le susurró al oído:

—Tengo que confiarle un secreto: el agua está subiendo más rápido de lo previsto.

—¡Lo sé perfectamente! —gritó él—. Al menos, nos libraremos más deprisa del Barrio Histórico y de sus habitantes.

—Y de la Pequeña Praga, de paso.

—Tampoco será una pérdida tan terrible. Cuando sea alcalde, ya no tendrá necesidad de esconderse en esos cuchitriles insalubres.

Banshee se lo quedó mirando sin chistar. Tenían un problema. Fould dijo entonces como si tal cosa:

—Basta con trasladar la matriz, ¿no? Lo haremos bajo escolta. Podríamos instalarla aquí mismo, en mi despacho, protegida de miradas indiscretas.

—Qué sencilla va a ser la vida con usted al mando, Archie de mi corazón. De todos modos, hay un problema: la matriz no se puede mover de sitio. No estamos hablando de una hermosa ponedora humana que no llega a recorrer más que un kilómetro por hora, pero que al menos es capaz de recorrerlo. ¿O es que se cree que el Barbudo estuvo de picos pardos durante los seis días que necesitó para crear el mundo? ¡Hop, los elefantes! ¡Una voltereta! ¡Hop, los gasterópodos! ¡Y ahora una carrerita de cien metros!

—No sabía que era usted creyente.

—Soy seria.

Fould hizo un esfuerzo por disimular su alegría. ¿Es que tenían el tiempo contado? ¿Se preocupaba la bruja de no ver terminado su proyecto en común? Por una vez, iba por delante de la ambiciosa Carmilla Banshee.

—¿Es que faltan elementos aún? —preguntó él en tono ingenuo.

—Sólo uno: el hierro. Habría podido usted seguir.

—Ah… —Fould se mordió el labio—. Va a ser difícil. El barón no se manifestará más hasta la segunda ronda.

Banshee se contuvo de estallar, reflexionó, y acabó estallando a pesar de todo.

—¡¡¿Cómo?!!

Y descargó un violento taconazo contra el escritorio.

—No sirve de nada que se ponga usted así —trató de calmarla Fould—. Estropea usted el material del ayuntamiento.

—No sirve de nada… Entonces, ¡todo lo que hemos hecho hasta ahora no habrá servido de nada! Ya puede ir poniendo una raya sobre sus bonitas ambiciones. ¿Vótenme y la lluvia cesará, decía? ¡Hágase una cofia de clips gigantes! ¡Baile y cante desde lo alto de su maldita torre! Ya veremos lo que conseguirá con eso.

Poco a poco se le fue pasando la rabieta y se obligó a sí misma a razonar. No podían detenerse ahí. El niño representaba demasiado para ella.

—A no ser que… —empezó a decir.

—¿A no ser que qué?

—A no ser que nos encarguemos nosotros de la siguiente víctima.

—Verdaderamente, estamos en la misma longitud de onda.

El ministro cogió un fichero apresado bajo el bolso de la bruja y sacó una ficha antropométrica. La foto de frente y de perfil pertenecía a un hombre de unos treinta años, de ojos claros y tez curtida. En la oreja derecha llevaba un zarcillo.

—Un pirata, detenido hace algo más de seis meses en el mercado flotante por agresión en la persona de un comerciante. Está esperando a conocer su sino en la planta Crisantemo de la prisión municipal.

—¿Crisantemo? Por lo general, esas flores se reservan a los muertos, ¿no es así?

—Sí. Es la planta de los condenados a la pena capital que acabo de instaurar. Los basilenses aún no lo saben. —Banshee abrió los ojos como platos—. La ejecución se anunciará mañana en el *Diario de Tierra Firme* —siguió diciendo el ministro de Seguridad.

—Pero hace siglos que no se aplicaba la pena de muerte en Basilea, ¿no? Evidentemente, no hablo del barón.

—El consejo municipal, reunido en sesión extraordinaria la noche pasada, me ha otorgado todos los poderes para apaciguar los ánimos.

—¿Y el alcalde?

—Ése ya no cuenta. Pero todavía no lo sabe.

Al decir esto, de ningún modo pecaba Fould de orgullo.

—¿Y cree que los basilenses van a estar conformes?

—Son como los cartagineses, que lanzaban a sus hijos a las fauces del dios Baal con la esperanza de que lloviese. Sólo que en este caso es al contrario. Y que en lugar de pobrecitos inocentes, vamos a sacrificar a escoria pirata. Nadie llorará, créame.

«Es posible que este diablo de hombre tenga razón», se dijo ella.

—¿Cuándo tendrá lugar la ejecución?

—No tenemos tiempo que perder, ¿verdad? La he programado para pasado mañana por la mañana, a las nueve. El cadalso se montará en la plaza Mayor, por encima de la boca de una alcantarilla. La cabeza del pirata caerá directamente en las manos de su gólem, al abrigo de las miradas. Él cogerá su hierro y nosotros habremos terminado.

—Ha pensado usted en todo.

Carmilla se sentó encima del escritorio, estiró una pierna en el aire y echó la cabeza hacia atrás, mientras profería una especie de bramido que pretendía resultar erótico, tal vez.

—Estoy deseando que llegue pasado mañana —dijo entre risitas ahogadas—. Sobre todo ahora que esa verruga de Morgenstern no está ya aquí para entorpecernos las cosas. ¡Por usted! ¡Por nosotros! —exclamó, blandiendo su copa alargada—. Por esta ciudad, a la que vamos a reconducir por el buen camino.

Una hora antes Fould se había enterado de que Morgenstern se había escapado gracias a la complicidad de Micheau. Pero había decidido guardarse para sí esa información. Según el último informe, su tranvía se había hundido en la laguna. Daba igual si era hacia arriba o hacia abajo… lo importante era que la bruja desapareciese.

—Chin —dijo él antes de saborear su champán.

243

—Mi hermano encontró este submarino cerca de la falla de Thor, en los bajíos del mar del Norte —explicó Micheau—. Es un *Víctor III* de la antigua marina soviética. Una antigualla. Pero a su favor cabe decir que contiene no pocos botines preciosos.

El puesto de mando del submarino era tal como Roberta se lo habría podido imaginar: pantallas verdosas, tubos enmarañados, luces parpadeantes, claustrofobia latente. Todo oscilaba, crujía, gemía como un enorme vientre de metal en pleno problema digestivo.

—Timón a las cuatro hacia delante, descenso a dos nudos —anunció el timonel, concentrado en su maniobra.

—Pongan las máquinas al cinco. Estoy deseando llegar al refugio.

Roberta intentó hacerse lo más pequeña posible. Un hombre con el rostro marcado de numerosas cicatrices de cuchilladas entró en el puesto de mando, la miró como un animal curioso y preguntó a Micheau, que estudiaba el sónar:

—¿Quién es?

—Esta persona se encontraba en la celda en la que se supone que estaba preso mi hermano —respondió Micheau sin darse la vuelta.

—¿Y te la traes contigo? ¡Esto es el colmo!

Micheau dio media vuelta y plantó el dedo índice en el pecho del hombre.

—Mientras mi hermano no esté de regreso a bordo de esta nave (y volverá, es una promesa que hice a su tripulación, no sólo a ti, Labrèche), yo conservaré el mando. Así lo estipula la ley de la sangre. ¿Algo que añadir?

Los dos piratas se miraron frente a frente en medio de un silencio que sólo perturbaba el pitido intermitente de las máquinas. Labrèche bajó la guardia y abandonó el puesto de mando, renegando. Roberta habría podido jurar que iban a destriparse.

244

—Bienvenida al maravilloso mundo de los Hermanos de la Laguna —le susurró Micheau en un aparte—. ¿Quiere ver adónde nos dirigimos?

Ella asintió, moviendo la cabeza con vigor. Micheau deslizó el periscopio, bajó las agarraderas hasta la horizontal y dejó que la bruja echase un vistazo. Al principio ella sólo vio azul y unas masas oscuras. Pero después reconoció las viejas casas de la orilla del Rin, que bordeaban el lecho del antiguo río. El puente imperial, todavía en pie, apareció justo delante. Pasaron por debajo mientras un banco de peces dibujaba un anillo de plata alrededor de su único arco.

—Increíble —suspiró Morgenstern.

La masa colosal de la Münsterkirche apareció a mano derecha. El submarino recorrió la fachada de la antigua catedral, rozando los arbotantes. A continuación maniobró en semicírculo y se colocó delante del rosetón. La aguja, todavía enhiesta, horadaba la superficie de la laguna un poco más arriba.

—Estamos en posición —anunció el timonel.

—Entonces, adelante a toda máquina —ordenó Micheau.

La proa del *Víctor III* se deslizó por el centro del rosetón y penetraron en la catedral. El submarino ascendió unos metros. Los motores se detuvieron. El periscopio volvió a su sitio. Micheau estaba subiendo ya la escalerilla para salir. Roberta, que había visto unas luces, gente y galerías, se reunió con él en lo alto del castillo sin perder un solo segundo.

El agua chapoteaba al nivel de las ventanas altas de la catedral. Unas crujías de madera, iluminadas por guirnaldas de bombillas eléctricas, recorrían los dos costados de la nave central. En el coro, un pontón soportaba el peso de un pueblo flotante, que se extendía por las naves del crucero.

—Bienvenida al refugio de Basilea —anunció el pirata con una gran sonrisa en los labios.

Los marinos estaban amarrando el submarino a unas arandelas incrustadas en los muros de arenisca rosada. Se apoyó una pasarela contra el casco y los dos bajaron a la primera galería, por la que iban y venían hombres, mujeres y niños. Roberta, que no se perdía nada de todo lo que sucedía allí, estaba preguntándose si no se habría dado un golpe en la crisma cuando de repente vio a Plenck corriendo a su encuentro.

—¡Ah! Aparece usted en el momento más oportuno —dijo Micheau al verlo—. Le confío a la señorita Morgenstern. Nos veremos muy pronto, en cuanto estén ustedes al completo. Tengo cosas que hacer.

Micheau se alejó hacia el coro, con Labrèche pisándole los talones.

El médico forense estrechó a la bruja contra su pecho.

—¿Dónde estabas? Estábamos muertos de miedo por lo que pudiera pasarte.

—¿Cómo está Grégoire? ¿Está aquí?

—Se nos unirá a última hora de la tarde. Pero está bien. ¿Sabes?, hemos trabajado duro en tu ausencia. Tenías razón: los que matan son los trazadores. Te voy a mostrar cómo actúan.

Las canicas rosa, azul claro y plata efectuaban unos movimientos ondulatorios complicados en el interior de los tres abultamientos traslúcidos. El cuerpo del trazador estaba recubierto de multitud de filamentos que se agitaban suavemente

245

en la solución atmosférica. Algunos estaban provistos de pinzas. Otros estaban enroscados. Por último había unos flexibles y lisos que parecían látigos.

Roberta se apartó del microscopio y se frotó los ojos para borrar aquella imagen monstruosa. El laboratorio de los piratas estaba instalado en la vieja sala del Concilio de Basilea. Una copia de la *Danza Macabra* de Holbein, cuyo original se encontraba en la cripta, ocupaba el muro entero que tenían a sus espaldas.

—Claude Renard me ha contado que antes había una multitud de refugios submarinos por todo el mundo, a veces ciudades enteras sumergidas y que todavía están habitadas —le explicó Plenck con entusiasmo.

—¿Claude Renard?

—El nombre de pirata de Micheau. Curiosamente, están muy bien equipados. Este microscopio de tres oculares cuesta una pequeña fortuna. El año pasado intenté que el Museo me comprase uno, pero me lo denegaron por falta de fondos. ¡Te lo juro!

La sala estaba dividida en dos por un gran cristal blindado de tres pulgadas de espesor. En el lado en que se encontraban se guardaban los instrumentos de estudio; en el otro, las sustancias cuya manipulación entrañaba peligro. El trazador que estaba estudiando Plenck estaba apresado dentro de un cubo de un milímetro de arista.

—¿Cómo empezó a relacionarse con ellos?

—A través de Grégoire. Mire usted esta pequeña maravilla. En la superficie no podríamos observarla tan fácilmente. Con toda la suciedad que pulula por la atmósfera: foraminíferos, polvo, polen, tardígrados, rotíferos, escamas de alas de mariposa…

Una auténtica cadena de envasado ocupaba la mayor parte de la superficie de la mesa y desembocaba en una pila repleta de cápsulas azules. Roberta cogió una entre el pulgar y el índice.

—Aquí es donde fabrican los capuchones —dijo Plenck sin apartar la vista de las lentes del microscopio.

Roberta dejó la cápsula y se encorvó también para mirar por el microscopio. El trazador desplegaba uno de sus filamentos más largos, como saludándola.

—¡Buenos días! —replicó alegremente el forense.

—¿Qué es lo que has descubierto, Plenck? —preguntó Roberta. Al menos ella no olvidaba que tenían cosas que hacer.

El forense retrocedió y se frotó el puente de la nariz para componer de nuevo un rostro de seriedad.

—¿Habías tenido antes la ocasión de ver uno tan de cerca? —preguntó Plenck.

—En cierto modo, sí. Bueno, muchas veces. Y no de esta forma.

—Te haré una descripción somera. Un trazador está formado por tres cáscaras que están llenas de glóbulos aceitosos y nítidos. Por esquematizar, los rosas son su inteligencia, su memoria. Ahí es donde se almacenan los datos del Fichero y del Censo. Los azules son sus órganos vitales. Pulmones, sistema digestivo y *tutti quanti*.

—¿Y qué comen?

—Aire. Luz. Bichitos más pequeños que ellos. Vete a saber. En cuanto a los glóbulos plateados… Bueno, volveremos a ellos después. Pasemos a los filamentos. Hay de tres tipos. Los lisos sirven como aparato locomotor. Los que se enganchan sirven para… engancharse. Los enroscados son los más interesantes.

—Los más largos y numerosos —observó la bruja.

—Son los transmisores, que les permiten comunicarse entre ellos.

Plenck metió las manos en unos guantes flexibles encajados en el vidrio y manipuló una pinza con muchísima cautela, colocando un segundo cubo encima del primero.

—Pongo a dos de nuestros amiguitos en contacto —explicó—. Abro sus jaulas. Observa con atención.

La imagen se volvió opaca, agitada. Una vez hubo vuelto la calma, Roberta se fijó en que los dos trazadores se habían mezclado estrechamente. Sus filamentos transmisores se palpaban por los extremos, los enganches formaban nudos firmes. Los flagelos locomotores cubrían el perímetro de la nueva entidad de seis abultamientos. Las bolsas de granulaciones plateadas estaban comunicadas directamente unas con otras. Los glóbulos pasaban de uno a otro, en ambos sentidos.

247

—¿Ves lo que están haciendo?

—Es como si estuviesen besándose. Es asqueroso.

—Están intercambiándose. Fundiéndose. Ejecutan un proceso de división molecular a la inversa. Ahora son una sola criatura. Los he adormilado un poco para que puedas verlos en acción. Si no fuera por eso, sería un proceso instantáneo.

—Así es como adopta forma el barón.

—Exacto. —Plenck cruzó las manos por encima del vientre—. Claramente, los trazadores son seres inteligentes, autónomos y sociales.

—Como las hormigas.

—Mejor aún. Pasemos a la segunda parte de nuestra demostración.

Plenck volvió a enfundarse los guantes, cogió una pipeta y depositó una gota de sangre encima del cubo. Roberta vio al doble trazador agitar sus flagelos para desplazarse hacia arriba. El abultamiento plateado se pegó a la gota, cogió una pequeña cantidad y se alejó. Los glóbulos rosados se agitaron.

—Están analizándolo —dijo Plenck.

La membrana que mantenía unidas las dos entidades se cerró y se abrió varias veces.

—Están reflexionando.

Las antenas enroscadas se tensaron por todas partes.

—Están pidiendo socorro a sus amigos. ¡Se ha encontrado una mancilla! ¡El barón tiene que atacar! Para tu información, la sangre pertenece a Martha Werber.

Roberta notó que una comezón le recorría el cuerpo. Plenck sonrió al verla rascarse el antebrazo inconscientemente. Roberta se puso de pie y recorrió la sala arriba y abajo. Desde la danza macabra, la muerte la seguía, con la guadaña en alto y las cuencas de los ojos vacías.

—¿Por qué les ha dado por matar?

—Porque nosotros se lo hemos permitido. Porque son hacendosos. Porque se han combinado una serie de factores. —Plenck giró su taburete de derecha a izquierda, al ritmo del ir y venir de la bruja—. Conoces su historia, ¿no? Aparecieron después de la Gran Crecida, traídos por el viento, no se sabe muy bien ni cuándo ni dónde.

—Y el Colegio los descubrió gracias al santuario de la Pequeña Praga.

—Sí, allí donde todo se acaba... Fue mi ilustre predecesor en el Museo el primero en estudiar estos bichitos y quien comprendió su capacidad de observar y transmitir informaciones. Eran tiempos turbulentos. Había que restablecer el orden. Y las autoridades conocían nuestra existencia. —Aspiró hondo—. Los trazadores nos garantizaron la inmunidad municipal. Eran obedientes, voluntariosos y maravillosamente maleables. Unos verdaderos milicianos chiquititos en potencia... En cuanto se prepararon los filtros y se construyeron las máquinas del Censo, empezó la producción en masa.

—Hablas de hace treinta años.

—Cuarenta... Los trazadores de Seguridad nacieron diez años antes de la fecha oficial hecha pública.

Roberta vio de nuevo a los hombres corriendo hacia el zoo gritando a la Bestia que amenazaba a sus hijos. Hacía cuarenta años, efectivamente.

—En aquella época nadie relacionó la primera versión del barón con los corpúsculos migratorios —continuó Plenck—. ¿Quién habría podido pensar que formaban una especie de... consciencia colectiva y que la utilizarían para imitarnos?

—¿Por qué han guardado silencio todo este tiempo?

—Fueron perseguidos. No se los quería ver bajo esta forma. Y dejaron a un lado sus ganas de semejarse a nosotros. Han transcurrido cuarenta años de buenos y leales servicios. Pero entonces ocurrió el acontecimiento administrativo que ha desatado el despertar del barón de las Brumas.

—El cruce de los datos genéticos y biográficos.

—Antes no conocían de nosotros nada más que las diferentes secuencias genéticas. Y de golpe se les inyectaba la imagen de una sociedad coherente, con su estado civil, sus nacimientos, sus muertes, sus parentescos. Los filtros que habíamos concebido decían: vigilad, alertad, proteged. Los trazadores han añadido: investigad, detened, ejecutad.

—Sin embargo, actuaban dentro de un marco legal bastante estricto, ¿no? Los filtros sirven para mantenerlos dentro de unos límites, ¿no?

249

—Acuérdate: sólo los basilenses cuyos perfiles estaban en proceso de modificación han sido víctimas del barón de las Brumas. Los trazadores han aprovechado la cantera de los limbos administrativos. Y han trabajado con eficacia —puntualizó Plenck, en tono de admiración.

—Volvamos a su método. Se congregan en lugares preestablecidos, a horas fijas, siguiendo el viento… Se abalanzan sobre un pobre diablo y se erigen en juez, jurado y verdugo. Pero, ¿por qué basan sus juicios en crímenes por los que pudo haber sido sentenciado un antepasado?

—Yo también me he hecho esa pregunta, figúrate.

—¿Es que no tienen noción del tiempo?

—Su esperanza de vida es un mes lunar. Por lo tanto, igual que nosotros, ellos también poseen un reloj interno con cuenta atrás incorporada. Yo tengo mi propia teoría, pero es un poco arriesgada y difícil de verificar. Y además vuelve a poner en el punto de mira a los gitanos, cuando en realidad ellos no han tenido nada que ver…

—¡Vamos, Plenck!

El forense no se hizo esperar más tiempo.

—Quienes hace un poco más de dos años vinieron a instalarse en Basilea procedían de las ciudades de Palladio y de épocas diferentes, por mucho que fuesen ficticias —rememoró Plenck—. Cada ciudad poseía su propio calendario. Las autoridades, con buena voluntad, los conservaron tal cual, estableciendo sus equivalencias con el calendario municipal. De este modo el estado civil de Basilea al que los trazadores jamás habrían debido tener acceso cuenta con individuos apellidados Dupont nacidos bajo el reinado de Francisco I, y con Durand casados el año del pájaro-trueno. Cuando se tiene un cerebro que no supera el tamaño de un micrón, mezclar las tramas temporales da sus problemas.

—¡Han mezclado las épocas debido a las Ciudades Históricas!

—Yo diría más: la avería del Censo viene de ahí, de una mala gestión de las diferentes épocas por un sistema que, en su origen, no estaba preparado para ello.

En ese momento Grégoire Rosemonde abrió la puerta de la sala del Concilio. Al ver a Roberta se quedó parado un instante.

—Entonces, era verdad —dijo, resoplando.

Corrieron a echarse uno en brazos del otro y se quedaron íntimamente abrazados. «¿Tan diferentes somos de los trazadores?», se preguntó Plenck, con un dedo apoyado en la sien.

Las noticias de la tierra firme eran imprecisas y preocupantes. Los piratas habían detectado una orden emitida por Fould, dirigida a su Milicia, en la que pedía que se neutralizase la plaza Mayor para dos días después. El *Víctor III*, que había efectuado dos trayectos de ida y vuelta entre la Münsterkirche y el *Savoy*, había traído del Barrio Histórico unos rumores que hablaban sobre una ejecución capital. En el refugio nadie se lo creía del todo. Fould no estaba tan loco como para granjearse la enemistad de los basilenses.

Por la tarde-noche Vandenberghe se unió a Plenck, Roberta y Grégoire, así como a varias cajas de Nicolas Flamel que desaparecieron detrás del bar. Se había instalado la taberna alrededor de unos inmensos órganos medio sumergidos. Strüddle, que estaba ocupándose de su mudanza, no había podido desplazarse hasta el lugar. También Boewens estaba atrapada arriba. En cuanto a Martineau, al igual que Papirotazo, no había vuelto a aparecer.

Dentro del mundillo de los Hermanos de la Laguna la caída de la noche iba acompañada invariablemente de una fiesta que pronto se transformaba en una parranda de borrachos. La que tuvo lugar esa noche fue digna de un paso del ecuador; no se montaba una igual desde los tiempos de los bucaneros. Una orquesta compuesta por tres instrumentos (bandoneón, cítara y pandereta) llevaba el compás.

El Flamel evaporaba las consciencias. Cantaban, reían, daban porrazos en las mesas con jarras llenas de líquidos fuertemente desaconsejados a todo el que desease mantenerse sano de cuerpo y sobre todo de alma.

Una mesa participaba de lejos de la borrachera general. En ella estaban tratándose asuntos serios.

—Fould ha elaborado una lista negra en la que aparecen nuestros nombres —contó Vandenberghe—. Controla a la pren-

251

sa y a la Milicia. Si este domingo las urnas no le dan el poder, lo tomará por la fuerza, sin dificultad.

—Es alucinante —dijo Roberta, revisando la declaración de intenciones, multiplicadas por el ministro mientras ella estaba metida en chirona—. ¿De verdad va a salvar al mundo y a detener la lluvia?

—En todo caso, no deja de proclamarlo —masculló Plenck.

—¿Y los basilenses no dicen nada?

—Esperan a ver qué pasa.

—De hecho, ya ha empezado, el Barrio Histórico está cercado —anunció Rosemonde.

—Ya lleva tiempo, ¿no? —se extrañó Vandenberghe.

—La diferencia es que ahora se puede entrar, pero ya no se puede salir. Y la subida del agua no cambiará nada.

La imagen angustiosa de los basilenses contemplando el fin de los gitanos desde la cornisa recorrió el alma de los presentes.

—¿Y si lo disecara? —propuso Plenck—. *Ministrum Securitum*. Un espécimen de lo más bonito, con la nariz fresca y el pelo lustroso... —Dio el último retoque al dibujo de un trazador en el que llevaba trabajando concienzudamente desde hacía una buena media hora—. El retrato robot del asesino. Bueno, de uno de sus elementos constitutivos —anunció.

Roberta cogió el dibujo y notó que le volvía la comezón de los antebrazos. Se lo dio rápidamente a Vandenberghe, que lo pasó a los demás. El dibujo estaba terminando de dar la vuelta a la mesa, cuando un pirata con tricornio de fieltro gris y paso renqueante se unió a la compañía sin encomendarse a nadie.

—¡Hola a todos! ¡Me llamo Pata de Hierro! —se presentó—. ¡Bebo a su salud, gentes de la superficie!

Brindaron (el rector con cierta frialdad). El pirata participaría en su discusión, ya fuese confidencial o no.

—Propongo una votación a mano alzada —siguió diciendo Vandenberghe—. Será más rápido. Punto número uno: ¿seguimos decididos a abandonar Basilea? Los que estén a favor que levanten la mano.

La respuesta fue unánime. El tal Pata de Hierro dio también su voto afirmativo.

—Les comprendo. Esta ciudad es un auténtico agujero… de bala.

Y soltó una sonora carcajada. Vandenberghe le lanzó una mirada de furia.

—Un centenar de personas, familias y simpatizantes han manifestado su deseo de acompañarnos —precisó—. Habrá que organizar su traslado… —Dio un golpe en la mesa con la palma de la mano y retomó el hilo, mirando fijamente a la bruja—. Punto número dos: ¿debemos impedir que los trazadores sigan en condición de causar daños? Los que estén a favor que levanten la mano.

De nuevo se impuso la unanimidad.

—Nos vamos a ver obligados a sabotear las instalaciones del Censo —apuntó Rosemonde.

Plenck, que había vuelto a ocuparse de su obra de arte, la dobló y la metió en el tubo del quinqué que había encima de la mesa. El dibujo se quemó y el soplido caliente desperdigó sus cenizas por encima de sus cabezas.

—De eso hablaremos después —masculló Vandenberghe, que no tenía ni idea de cómo iban a apañárselas—. Punto número tres: el niño. Ah, el niño… —Se masajeó los ojos—. ¿Qué hacemos con el niño? —Rosemonde había puesto a los conspiradores al tanto de los tejemanejes de Banshee y Barnabite—. ¿Podríamos contemplar la posibilidad de eliminarlo?

—¿Eliminarlo? —se extrañó Rosemonde—. Si lo hubiese visto como yo lo vi, no hablaría usted de eliminarlo.

—Desde luego que no —comentó el pirata—. A un niño hay que protegerlo como a lo más delicado del mundo. Refiérase mejor a la inocencia encarnada, señor animador de debates.

El pirata se abrió el chaquetón y sacó una petaca de tabaco. Volcó una buena cantidad de pólvora de cañón en su jarra, lo mezcló todo y dio un trago que le encendió las mejillas. Vandenberghe se había cogido la cabeza entre las manos al ver lo que hacía. Prefería olvidarse de la existencia de aquella bomba humana sentada a su mesa.

—Así pues, destruimos el Censo, nos marchamos de Basilea y dejamos vivir al niño —resumió.

—Destruimos el Censo, nos marchamos de Basilea y nos llevamos al niño —lo corrigió Rosemonde.

Todos los ocupantes de la mesa se quedaron mirando al profesor de historia. Ninguno hizo ni el mínimo comentario.

—¿Y al gólem? ¿También nos lo llevamos? —quiso saber Plenck—. Me encantaría poder analizarlo.

—Se rebelará contra su creador y desaparecerá —afirmó Vandenberghe—. Las reapariciones de esta criatura acaban siempre así.

—Vaya, en mis correrías por el mundo he conocido a tipos decididos, pero tengo que decir que bate usted los récords de velocidad en cuanto a pasar al abordaje. Palabra de Pata de Hierro.

—Yo mismo no lo habría expresado mejor —añadió el rector haciendo titilar prudentemente su copa de Flamel contra la jarra del pirata, de tanto como temía provocar una explosión.

La música creció. Las conversaciones retomaron su curso. Roberta sintió la necesidad de salir a tomar el aire.

—Venga —le propuso Rosemonde—. Vamos a dar un paseo.

Salieron de la taberna llena de humo y fueron por una galería que desde el cruce de las ojivas subía en suave pendiente hacia el cielo, alejándose del barullo de la fiesta que resonaba en la nave central.

—¿Qué le parecería un paseíto por el bosque? —propuso Rosemonde.

—¿Hay un bosque por aquí?

En la cúpula se había practicado una abertura. La franquearon y se encontraron en la estructura de madera de la Münsterkirche. Para sostener el techo se habían talado árboles enteros, los habían tallado, esculpido y reunido allí debajo. Unas lamparillas iluminaban aquellos tendones fantásticos. En las alturas se oían ronquidos, gemidos y algunas risas contenidas.

—Las hamacas están allí arriba. Cogeremos una para dormir.

El bosque crujió. Roberta tuvo la impresión de que la catedral se movía. Se abrazó a Grégoire.

—No tema. El agua no nos puede tragar.

—Igualmente, tengo miedo —dijo ella con un hilo de voz.

—Vamos a ver Basilea.

Caminaron hasta un rudimentario montacargas que los elevó hasta la aguja, al aire libre. El agua chapoteaba a apenas dos metros por encima de ellos. Las luces de la ciudad se adivinan detrás de las cortinas de lluvia que ondulaban sobre la laguna.

—Tendré que ir a recuperar mis cosas —reflexionó Roberta—. Y mis fotos. Y a *Belcebú*.

—Le he dado de comer durante su ausencia.

—Es demasiado gentil. Pero una dieta obligatoria le habría venido fenomenal.

—¿Y su mainate?

—Mi mainate... —Se apoyó contra Rosemonde, cogió sus manos entre las suyas y aspiró con deleite el aire yodado de la laguna—. ¡Oh, Grégoire! ¡Cuánto le he echado de menos! ¡Qué miedo he pasado de perderlo!

—Y yo también, amiga mía.

Era el momento de la ternura. Pero las preguntas daban vueltas en el cerebro siempre vigilante de Morgenstern.

—Me ha dicho Plenck que el acercamiento a los piratas fue cosa suya, ¿es así?

—Ya no pertenece usted a la Oficina de Asuntos Criminales.

—Permítame. No sabía que compartía mi vida con un forajido en potencia.

Rosemonde, conociendo su testarudez, prefirió darle una explicación sin más demora.

—En el mercado flotante los piratas son simples comerciantes. Para conseguir Lácrima Christi, crustáceos frescos y quesos insólitos no se puede acudir más que a ellos.

—¿Cuántos años tiene? —preguntó de pronto Roberta.

Era una pregunta que no recordaba haberle hecho nunca. Y debía de tener su importancia, pues él no respondió, o lo hizo a medias.

—He renunciado a seguir la cuenta de los años que pasan.

La besó afectuosamente en la frente, justo encima de su chichón, recuerdo de la carambola con el automóvil de Martineau.

255

—¡Ay!

En su cuerpo se despertaron decenas de dolores menudos. Ojalá tuviese a mano un tubo de castóreo...

—Tengo pomada mágica —dijo él—. Vamos a buscar una hamaca. Yo me ocuparé de sus heridas.

—O sea, ¿que no tiene edad y me lee el pensamiento? Pues, ¿quién es usted, Grégoire Rosemonde?

El profesor de historia no respondió. Cogió a la bruja de la mano y la llevó al corazón del bosque, por un camino que sólo él conocía.

La suerte está echada

*E*rnest Papirotazo se apeó del tranvía de un salto, abrió el paraguas y subió la escalinata del Palacio de Justicia. Una vez dentro del vestíbulo, cerró el paraguas, se lo enganchó en el antebrazo y consultó el plano que le había dibujado Morgenstern.

—El armario de las pruebas no es fácil de encontrar —le había avisado ella.

—¿Quiere decir que no hay nada probable? —había replicado el escritor, creyéndose muy chistoso.

Una vez más, había metido la pata.

—¿Le puedo ayudar?

Un miliciano, cuya arma estaba activada, acababa de abordarlo. Desde la noche anterior estaban patrullando cada rincón de la ciudad. «Qué raro que éste no esté en la plaza mayor, aguardando el inicio del espectáculo del cadalso», pensó Papirotazo una vez pasado el primer momento de susto.

—Estoy buscando la galería J7 —respondió, suplicando por dentro que el miliciano no se fijase en su capuchón, que le confería un curioso lustre.

El miliciano le indicó la galería en cuestión y se alejó. Papirotazo se adentró en el palacio, dio con la galería J7 y se detuvo delante de una puerta que, en efecto, habría podido ser la de un armario.

—Ya hemos llegado —dijo.

Nada indicaba que las pruebas de delitos acumuladas por los investigadores desde la creación de la Oficina de Asuntos Criminales se encontrasen allí. Papirotazo abrió la puerta y se encontró frente a Marcelin, del que la bruja le había hecho una descripción muy fiel. El funcionario estaba quitándose la roña de las uñas con un clip. El visitante sacó un grueso tomo de una bolsa de plástico y se lo tendió. Marcelin pestañeó.

—¡El plano de la antigua Basilea! —exclamó, con cara de haber descubierto un tesoro.

—Roberta Morgenstern me ha pedido que se lo traiga. Con todo su agradecimiento.

Marcelin se puso en pie, feliz, y con el busto ligeramente inclinado hacia delante le dijo:

—Señor, es usted un verdadero ciudadano. Permítame que le estreche la mano.

Papirotazo cogió la mano de Marcelin con la suya y respondió con el mismo tono ceremonioso:

—Se lo agradezco y le deseo, igualmente, que tenga felices sueños.

El archivero no tuvo tiempo de expresar su extrañeza ante semejante fórmula de cortesía. La aguja anestésica que le pinchó la palma de la mano le hizo desplomarse en la silla con una sonrisa beatífica. «Un funcionario inerte. Nada que pueda alertar a un trazador», se dijo Papirotazo para tranquilizarse, retirando el acerico de su mano con mucho cuidado para no pincharse a sí mismo. Lo guardó en el bolsillo y se puso a buscar lo que había motivado su expedición allí.

—Cero uno cero tres para los delitos flagrantes —dijo mientras empezaba la búsqueda—. ¿Dónde estará el cajón del año en curso?

Se subió a un escabel y descubrió el cajón que buscaba arriba del todo. Dentro había un único sobre grande. Papirotazo lo cogió y le extrañó que pesase tanto. Bajó del escabel y abrió el sobre. Y sacó la famosa prueba incriminatoria que Micheau le había encargado que llevase al refugio.

Se trataba de una simple piedra, una especie de cuarzo de forma vagamente ovalada y con reflejos verdes y azules. Aquella obra mineral era lo que Louis Renard, pirata anónimo para las gentes de la superficie, había querido robar a aquel chamarilero y lo que había usado para intentar matar a Gruber; Louis, el mismo que en media hora sería decapitado… «¿Por qué los dos piratas más famosos de la laguna habían corrido tantos riesgos para hacerse con aquel pedrusco?», se preguntó el periodista.

Papirotazo guardó el cuarzo en su sobre, se metió éste en el bolsillo del gabán y salió del armario no sin antes asegurarse de que Marcelin estuviese confortablemente sentado en su silla.

—Hasta la vista y gracias —dijo, cerrando con toda delicadeza la puerta para no despertarlo.

Era su día de gloria, el que quedaría grabado en los libros de historia como la fecha de inicio del reinado de Archibald Fould. La segunda ronda electoral no haría sino confirmar su poder mediante el mecanismo democrático. Al ministro le bastaba con contemplar la plaza, atestada de gente, para saber que había ganado.

Un cordón de milicianos protegía el patíbulo. Desde el cadalso, montado en el centro de la plaza, hasta la calle por la que llegaría el furgón con el condenado a muerte, se había dejado libre un camino. Alrededor de él los paraguas formaban un gigantesco caparazón negro y gris, reluciente de lluvia.

El alcalde, sus amigos y un grupo de juristas llevados por Werner Boewens, el padre de la linda Suzy, habían intentado poner a la opinión pública en contra de la ejecución. Pero la gente no había querido secundarlos. Los sondeos eran claros: los basilenses clamaban por la muerte del pirata. El ministro, en su papel de futuro alcalde electo, no hacía más que tratar de satisfacer su petición.

—¿Cuántos son? —preguntó a su miliciano en jefe, en posición de firmes detrás de él.

—Por lo menos cien mil, señor —respondió éste con orgullo.

El verdugo en persona había sido trasladado allí previo pago de una cuantiosa cantidad, por cortesía de Pélican DeLuxe, desde el Estado de las Montañas Rocosas, uno de los últimos trozos de tierra firme donde aún se aplicaba la pena capital. Casi siempre con la silla eléctrica, tal como había explicado a Fould la noche antes. Pero la guillotina tenía un matiz *vieille Europe* que no le desagradaba en absoluto.

En cuanto a la máquina, había sido traída de Île-de-France. Según el anticuario que se la había vendido a precio de oro, y que además había intentado encasquetarles tres hachas escocesas y dos vírgenes de Nuremberg, la cuchilla estaba nueva. El ministro se preguntaba por qué.

La báscula se abatió. La abertura de la guillotina se cerró. El cuchillo cayó al suelo. Los tres toques hicieron callar al gentío y los paraguas se levantaron un poco. «Tres toques como en el teatro», se dijo el ministro observando al verdugo, que izaba el mecanismo. Saltaba a la vista que funcionaba perfectamente.

Desde el balcón del Palacio Municipal se tenía la impresión de estar asistiendo a una representación de una gran superproducción, una obra a la escala de una ciudad, y él habría sido el autor, el director y el actor protagonista. Acto I, escena 1: el furgón del presidio municipal se detiene a la entrada de la plaza, el condenado a muerte sale vestido con camisa roja y pantalón negro, camina por el pasillo flanqueado de milicianos, con paso tieso, la cabeza alta, en medio del griterío de los basilenses que se dan codazos para poder verlo.

—¿Intervenimos? —se inquietó el miliciano en jefe.

—De ninguna manera.

El pueblo, entidad viva y coleante, enorme animal sin cola ni cabeza, era un organismo de pleno derecho. ¿No era el barón, compuesto por millones de trazadores, su encarnación perfecta? Aquella Basilea amedrentada quería un culpable y no evitaría que se llevase a cabo la ejecución.

El pirata subió al estrado y dirigió a los terráqueos, a sus pies, una mirada de desdén. «No le falta una cierta bravura», comprobó el ministro para sus adentros. Los abucheos cesaron. ¿Estaban a punto de caer en el hechizo? Fould cogió el micrófono que habían dejado en el reposabrazos de su sillón, se puso en pie y exclamó:

—¡Mis queridos conciudadanos! —Los paraguas se giraron hacia el balcón del Palacio Municipal—. No es con agrado que hago aplicar la pena capital en este día ya funesto. ¡Pero no podemos dejar que las fuerzas del Mal amenacen nuestras libertades! —La muchedumbre se agitó, pero nadie contradijo esa primera verdad—. Hoy no vamos a ejecutar a un pirata, sino a la Piratería. Del mismo modo que mañana la cuchilla no cortará la cabeza del barón de las Brumas, ¡sino la del Crimen!

El gentío bramó dando su aprobación. Fould impuso calma con un gesto de la mano. Ya no era ni un hombre, ni una trigonocéfala ni el ministro de Seguridad... «El término "alcalde" es demasiado soso —se dijo—. Este lunes lo cambiaremos.»

—Aplaquemos a la Bestia con celeridad, decapitémosla y verán... verán a los demonios huir y a los cielos sonreírnos.

Abrió los brazos y cerró los ojos. Los basilenses contuvieron el aliento.

—Dentro de dos días acudirán a las urnas para elegir a su nuevo alcalde. Les he prometido que dejará de llover si me votan... —Hizo una pausa teatral de unos segundos—. ¡Les he mentido!

Estallaron algunas protestas. La incredulidad era total.

—¡Dejará de llover antes incluso de que voten por mí!

Los basilenses se pusieron a corear el nombre del ministro cada vez con más fuerza.

—¡Fould! ¡Fould! ¡Fould! ¡Fould!

Él hizo el signo de la victoria con los dedos, preguntándose al mismo tiempo si no se estaba adelantando demasiado a los acontecimientos dando las cosas por hechas... Al fin y al cabo, con ese pirata era seguro que el niño recibiría su hierro ese mismo día.

—De todos modos, la suerte está echada —masculló, girando el pulgar hacia abajo, a la romana.

El verdugo, que aguardaba la señal, arrodilló al pirata en el antepecho, cerró la abertura a la altura de su nuca, puso la mano en la palanca que accionaba la cuchilla...

En ese preciso instante se oyó la primera explosión. Una nube verde pistacho ocultó la farmacia central y se propagó por encima del gentío, que echó a correr en todas direcciones, gritando despavorido. El miliciano en jefe se tiró encima de Fould, que lo apartó con un manotazo violento.

—¡Baje a dirigir a sus hombres, pedazo de imbécil! —le ordenó el ministro—. ¡Es ahí abajo donde están pasando las cosas!

Las explosiones que se sucedían alrededor de la plaza cana-

261

lizaron la propagación del pánico hacia la calle en la que estaba apostada la mayoría de los milicianos. Mientras tanto, una espuma rosa y voraz, que brotaba de las bocas del alcantarillado, volvía la escena más confusa aún. La mole de espuma tapaba ya el cadalso e iba creciendo cada vez más. Con las explosiones verdes la puesta en escena de Fould parecía ahora un *happening* monstruoso, entre hortera y abstracto.

Cesaron entonces las explosiones. Llegaron los bomberos y derritieron la espuma. En el pavimento aparecieron varios cuerpos inertes. Unos milicianos daban vueltas sobre sí mismos, desconcertados. El verdugo, que no se había movido de su sitio, miraba a su alrededor como si hubiese perdido algo, con un bloque enorme de burbujas rosas en la coronilla. En cuanto al pirata de la camisa roja... se había volatilizado.

—¡Por él! ¡Hip, hip, hurra!

La tripulación del *Víctor III* había recuperado a su capitán. Los dos hermanos volvían a estar juntos. Los piratas habían dado al traste con las radicales ambiciones de Fould. El alcohol corría a mares en el crucero de la Münsterkirche.

Roberta había visto a Papirotazo volviendo de su expedición a la ciudad alta con un gran sobre en las manos. Le hubiera encantado saber qué había encontrado en el armario de las pruebas. Pero los Renard habían sido más rápidos que ella: se habían encerrado con Papirotazo y no se los había vuelto a ver hasta media hora después. En ese momento los miembros del Colegio se encontraban sentados en su mesa de siempre, en la taberna del crucero. Eleazar, acompañado por una gitana de nombre Leila, se ponía rojo cada vez que sus miradas se cruzaban.

—La Milicia ha dejado de pedir el pase para bajar al Barrio Histórico —dijo Rosemonde—. Pero se queda con la documentación y, una vez se cruza la verja, declaran forajida a la persona.

—Nosotros ya lo somos —recordó Lusitanus—. Y según el diario municipal, que por una vez no cuenta sandeces, mañana es el día en que el agua engullirá los barrios bajos.

—Qué oportuno —apuntó Leila—. Justo mañana es cuando nos vamos.

Cogió la mano del posadero, la abrió y recorrió su línea de la suerte, del amor y de la vida. Strüddle, colorado como un tomate, respiraba ruidosamente por la nariz. Vandenberghe tomó la palabra:

—Por suerte tenemos las alcantarillas para subir a la ciudad. Y los capuchones nos darán libertad de movimiento.

—Lo único que hay que evitar es que cojan a nadie —les recordó Roberta—. ¿Cómo va el traslado?

—Un centenar de personas han sido ya instaladas en la calle de París. Eso mismo haremos nosotros también.

—Todo lo que nos interesaba del Colegio será empaquetado mañana a mediodía —añadió Lusitanus—. Para no despertar sospechas, lo que nos llevemos será reemplazado por facsímiles sin valor.

—Me hubiera encantado llevarme el anfiteatro entero, pero Banshee no se habría tragado el engaño —dijo Rosemonde.

—¿No se la ha encontrado?

—Ni una sola vez. Debe de haberse instalado en casa de Barnabite.

—Gulash frío para desayunar, lo estoy viendo —dijo Roberta haciendo una mueca.

Plenck preguntó entonces a Grégoire:

—¿Siguen pensado en llevarse al niño?

—¿Qué otro remedio nos queda? ¿Se imagina que lo dejamos en las garras de esa madrastra? —replicó el profesor de historia con vehemencia.

—Estoy de acuerdo con usted —lo calmó Plenck—. Banshee está lejos de parecerse a la madre modelo que merece todo niño. Pero hay un problema.

Rosemonde, enfurruñado, guardó silencio esperando a que el forense se explicase.

—Según la lista que han visto en el observatorio, por el número de elementos que faltan, por el número de personas asesinadas entretanto suman, si todavía sé contar, cuatro. Así que el niño no está terminado. Louis Reanard habría tenido que ser la última víctima. Por tanto, no se trataría de arrancar a un inocente de las garras de una madrastra, sino de su incubadora, cosa que tal vez no sea posible.

En la mesa se hizo un silencio terrible.

—Plenck tiene razón —lo apoyó Vandenberghe—. No nos corresponde a nosotros tomar semejante decisión. —Rosemonde miró fijamente al rector con una mirada excepcionalmente perdida—. De momento —comentó con rotundidad—. De momento. —Y añadió en dirección a Roberta—: Han recuperado las ramas de nuestros árboles de brujería. Serán replantadas en el vivero del Barrio Histórico. Los parterres están en invernaderos, incluido el suyo. No han sido lo más fácil de transportar, pero los gitanos nos han sido de gran ayuda.

—La *Orchidia carmilla* se va a sentir muy solita —apuntó la bruja.

—Aún nos queda mucho para terminar —siguió diciendo Vandenberghe—. Hay que guiar a los emigrantes, recuperar los libros mágicos…

—Mis ilusionistas están guardados en las cajas —precisó Strüddle, que seguía con la mano puesta en la de Leila—. Pero todavía me falta embalar toda la cocina…

Una panda jaranera se acercó a su mesa.

—¡Y éstos son nuestros amigos del Colegio de Brujas! —los presentó Claude Renard a su hermano. Éste había cambiado su camisa roja por un chaleco verde esmeralda brillante.

Se inclinó, con la mano en el corazón, y dijo a los reunidos en torno a la mesa:

—Louis Renard tiene una deuda de honor con ustedes.

Cogió una silla y se sentó entre Morgenstern y Rosemonde. Claude permaneció de pie. Una decena de piratas los observaban, bien plantados y cruzados de brazos.

—Oh, ha sido un placer. Y esas explosiones verdes creaban un efecto precioso —lo felicitó Roberta. Había asistido a la escena al lado de los Boewens padre e hija, encapuchada, por supuesto—. Pegaban de maravilla con el rosa de mi jabonaria.

—Si lo desean, podemos darles nuestros secretos de fabricación —propuso Louis Renard.

—Y nosotros les daremos los nuestros.

El pirata y la bruja se miraron en silencio. Louis dijo entonces en tono astuto:

—Me ha dicho Claude que están pensando atacar el Censo.

—Vamos a destruir las máquinas que producen a los trazadores, en los sótanos del Edificio Municipal —explicó Rosemonde, atrayendo así su atención.

Louis Renard entrecerró los ojos:

—Mi tripulación los acompañará en la aventura. Y la de mi hermano también…

Interrogó rápidamente a Claude con la mirada, y éste le dio su aprobación en silencio.

—Precisamente íbamos a necesitarlos para tener entretenidos a los milicianos mientras yo me encargo de sabotear el Ministerio de Seguridad —repuso Rosemonde con los ojos clavados en los de Louis Renard.

Roberta se giró lentamente hacia el profesor de historia. ¿Era la única que había oído lo que acababa de decir? ¿Iba a atacar él solo el Censo, y ninguno de los presentes reaccionaba?

—Sin problema —dijo Louis dando una palmada en la mesa para sellar el acuerdo—. Nosotros nos ocuparemos de distraerlos. —Se volvió hacia Roberta y dijo—: Me han contado que antiguamente trabajaba usted para la Oficina de Asuntos Criminales, ¿es así?

Ese antiguamente se refería a apenas dos semanas atrás: una eternidad para la bruja, que asintió hacia el jefe.

—¿Qué ha sido del hombre de gris que procedió a mi arresto? He tenido tiempo de odiarlo, pero dio muestra de un cierto estilo, del que están totalmente desprovistas esas máquinas humanas de los milicianos.

—Ha muerto —repuso Roberta, sorprendida de poder responder a esa pregunta con tal frialdad—. Fould ordenó que lo mataran.

—Por muy alcalde que vaya a ser pronto, Archibald Fould nunca será tan rápido como el filo de mi sable —soltó el pirata con certeza ministerial.

Se puso de pie, saludó y se alejó en compañía de su hermano y de los piratas que formaban una especie de guardia personal.

—¡Bueno! —exclamó Plenck—. ¡Vaya par forman estos dos!

—¿Ustedes les encuentran un parecido? —preguntó Lusitanus.

—La verdad es que no —opinó Vandenberghe—. Pero hay hermanos y hermanos. Hablando de lo cual, ¿por casualidad no habrán visto a Pata de Hierro? Le hubiera invitado a nuestra mesa con mucho gusto… ¡Ah, ahí está! —El viejo brujo emitió un silbido con la ayuda de los dedos—. ¡Pata de hierro! ¡Viejo canalla! ¡Venga a sentarse aquí con nosotros! ¡El Colegio de Brujas le invita a una ronda!

El teleférico se alejó del Edificio Municipal y se lanzó al asalto del vacío. Fould se armó de valor y marcó un número en el teclado de su móvil. Al otro lado, antes de que resonase la señal de llamada, Banshee contestó.

—¡El agua está subiendo y no tenemos el hierro! —vociferó—. ¿Estará contento, supongo?

Fould se apartó el móvil de la oreja.

—Lo que está hecho, está hecho —dijo—. Y el barón no volverá a manifestarse hasta el lunes.

Lo cual significaba: Antes de la segunda ronda electoral. Faltaría un muerto, la criatura no estaría acabada, no podría ordenar que cesase la lluvia y no sería elegido…

—¿Cómo puede estar tan seguro? —replicó Banshee con sorna.

—Lo sé, y punto.

—¡Basta ya de misterios! El tiempo apremia, Archibald. Explíquese, ¿cuál es su fuente misteriosa?

El ministro le contó a su pesar la existencia del librillo sobre los vientos, cuyo descubrimiento se debía, a fin de cuentas, a Clément Martineau.

Banshee se echó a reír al enterarse de cómo sabía el gran jefe dónde golpeaba el barón cada vez. Así pues, ¿le bastaba con consultar la obra de un ingeniero meteorólogo, cuyo nombre ni siquiera había quedado registrado en la historia? ¡Era patético!

Menos mal que había preparado un plan B por si la ejecución de la pena capital sufría algún percance. Como así había sido, y de una manera rotunda.

—Dígame, mi pequeño Archie, ¿tiene usted idea de la fecha de nacimiento del barón de las Brumas?

—¿Adónde quiere ir a parar?

Era una pregunta que el ministro nunca se había planteado en esos términos. Para él, el asesino era inmaterial, un ser compuesto de motas de polvo efímeras, sin existencia demostrada. Pero Banshee tenía razón: la consciencia del barón había surgido del cruce de los ficheros, que habían quedado en suspenso desde las primeras averías. Por lo tanto, los trazadores asesinos habían sido vomitados por las máquinas del Censo en ese mismo instante. Sin lugar a dudas, tenían que pertenecer a la misma generación.

—¿Verdad que los trazadores salen de las máquinas una vez a la semana? —insistió Banshee.

—Sólo se generan en las grandes fases lunares, lo sabe mejor que yo —respondió Fould, poniéndose nervioso, y harto de oírse a sí mismo hablar a base de enigmas.

—¿Y su esperanza de vida no supera los veintinueve días, es decir, un mes lunar?

—¿Y qué?

—¿Y qué? Mi pregunta es muy simple: ¿cuándo nació el barón de las Brumas?

—El primer muerto data del 30 de marzo, un domingo. La conexión de los ficheros había tenido lugar el viernes anterior. Nuestros trazadores salieron al día siguiente, sábado, por la tarde.

—Entonces, el barón nació el 29 de marzo, durante la última luna nueva. ¿Qué día es mañana?

—27 de abril.

—Y nuestro bebé tendrá exactamente…

—Veintinueve días.

Fould suspiró. Acababa de comprender.

—De acuerdo. El barón de las Brumas matará mañana. No había tenido en cuenta ese elemento. Mi librillo no vale ya un comino. ¿Quiere poner una esquela en las necrológicas del *Diario de Tierra Firme*?

267

—¡Idiota! ¡Idiota! ¡Idiota! —estalló Banshee—. ¿O sea, que no ve usted más allá de sus narices? ¿Nunca se ha preguntado dónde se esconden los trazadores para morir?

Fould contempló las torres emborronadas por la lluvia, que desfilaban a un lado y otro del teleférico, como si fuesen centinelas.

—No —confesó en tono triste.

—Mueren aquí, en el santuario. Esa mugre gris que tapiza la Pequeña Praga no es otra cosa que la papilla en que quedan convertidos los trazadores muertos, amigo mío. Así fue como el Colegio descubrió su existencia.

—Lo que quiere decir que mañana…

—El barón estará en Praga, de una manera o de otra, y que nosotros le vamos a hacer un regalito.

—¿Un regalito?

—De despedida. Tenía pensado un cordero.

Fould tardó unos segundos en entender que se trataba de una metáfora.

—Será necesario que el perfil de la víctima esté modificado… —se adelantó.

—Le dejo a usted los detalles técnicos. Escoja a una víctima joven, así el hierro será de mejor calidad. Hombre o mujer, eso no importa mucho. Ya puestos, coja a alguien cuya desaparición pudiera convenirle a usted. —El viento empezó a soplar racheado y zarandeó con violencia la cabina—. ¿Llama desde su despacho, verdad? —se inquietó Banshee.

—Sí —mintió Fould—. ¿No oye las interferencias?

La lluvia y el viento crearon una fritura convincente.

—¿Y si rechaza nuestro regalo?

—No podrá resistirse a su auténtica naturaleza. Y si no lo quiere, nos pondremos nosotros manos a la obra.

—¿Mañana? —preguntó Fould.

—Al anochecer. Usted estará allí.

No era una pregunta, sino una orden. La bruja dirigía el baile para componer la última figura. Fould se veía obligado a someterse a su paso brusco y violento.

—Por cierto, ya sabemos el sexo de la criatura —añadió ella en tono de cotilleo.

—¿Es un varón? —se entusiasmó él.

—Hasta mañana. A las ocho. En casa de Héctor Barnabite.

Banshee colgó en el momento preciso en que el teleférico penetraba en la torre del Ministerio de la Guerra. Las puertas de la cabina se abrieron. Fould salió a toda prisa a la alfombra roja desenrollada para recibirlo y marcó un segundo número de teléfono en su móvil. El cordero en el que había pensado descolgó a la tercera. «Tres —se dijo el ministro-escenógrafo—. Las cosas vuelven a su ritmo de siempre.»

Un gitano se había presentado en los sótanos del café Mujercitas, al pie del catafalco municipal, para recoger a Suzy Boewens. El túnel que salía de allí comunicaba con el gran colector, a 500 metros de distancia. Una vez allí, habían subido a una barcaza de casco chato para continuar por el río subterráneo. Se habían cruzado con otra docena de barcazas llenas de muebles, cajas de embalar y fugados. Un ejército de gitanos aguardaba a la salida del colector, bajo un saliente de la cornisa, a dos pasos del toldo gigante, a la vista de los basilenses que se aglomeraban un poco más arriba. Las barcazas salían vacías hacia el catafalco para recoger más cargamentos de bienes y personas.

El gitano guió a Suzy hasta la calle de París. En el nuevo refugio del Colegio, en pleno patio de los Milagros, reinaba el barullo, la alegría y el colorido. Estaban descargando carretas, que llegaban sin cesar. Amatas Lusitanus aplicaba hechizos de liviandad a los muebles más pesados. Otto Vandenberghe trataba de poner orden en medio del jaleo, de pie sobre una caja volcada.

—¡Suzy! ¡Llega en pleno follón! —exclamó al verla aparecer—. ¡Todo lo que sean mesas de laboratorio, libros de magia, retortas y cachivaches, a la torre del Louvre! ¡Ahí al fondo! Ya haremos una purga después. ¿Qué puedo hacer por usted?

—Estoy buscando a Roberta.

—Está a punto de instalarse en... en... —Consultó su registro—. En el granero de los Poetas. Es esa cosa de ahí, la de la fachada con entramado. Muevan con delicadeza el apoticarium

—dijo a un grupo de jovencitas que trasladaban el mueble largo como si se tratase de un ariete—. Es muy valioso, niñas, muy valioso.

Las cuatro plantas del granero de los Poetas habían sido acondicionadas como apartamentos. Las puertas estaban abiertas de par en par. Morgenstern y Rosemonde se habían instalado arriba del todo, tal como le indicaron unos alumnos en pleno alboroto. Sus nombres estaban pegados con celo en la puerta. Delante había un felpudo con todos los colores del arco iris. Suzy llamó al timbre. Roberta abrió.

—¡Qué sorpresa tan agradable! Entre, se lo ruego.

Había cajas apiladas un poco por todas partes, pero habían arreglado un rincón de la sala con una mesa de arquitecto y unos cojines puestos unos encima de otros en un canapé.

—Aquí estarán bien —opinó Suzy.

—Es un pisito de tres habitaciones con espacios recargados, chimeneas bastante grandes en las que poder asar hasta un buey de carnaval, con vigas a la vista y baldosines de Toscana. Se ve Venecia, París, Londres y México sin ningún impedimento. Un producto insólito… Sentémonos, ¿quiere?

Belcebú, al acecho entre dos cojines, trepó a las rodillas de su ama. Roberta lo cogió por debajo de la tripa y lo echó al pie del canapé.

—Suelta pelo y pretende que todo el mundo se beneficie de ello. Una verdadera calamidad… —Suzy guardaba silencio—. Entonces, ¿ha tomado una decisión?

—Me quedo. No puedo hacer otra cosa.

—¿En serio?

—A partir de pasado mañana Basilea vivirá a las órdenes de un tirano. Mis clientes van a necesitar a un buen abogado.

Roberta sonrió.

—¿Se refiere a los siameses?

—Fould sería perfectamente capaz de cortarle la cabeza a uno y de causarle la muerte al otro por culpa de la desesperación.

«Esta pequeña tiene valor», se dijo la bruja. Lamentaba no haberse esforzado más por conocerla antes de marcharse de Basilea. *Belcebú* volvió a la carga y se enroscó entre las piernas de su ama, ronroneando. Roberta, sorprendida, le dejó. Se volvió para comprobar que el mainate seguía dormido en su percha y que no le faltaba ninguna pluma. ¿Cómo era posible que aquel gato gruñón por naturaleza se hubiese vuelto así de mimoso? No entendía su actitud.

—¿Cuándo se van? —preguntó Suzy.

—Mañana por la tarde. La operación comenzará a primera hora de la tarde, en diez sitios clave. Un buen consejo: quédese en casa e invéntese una coartada inexpugnable.

—Lo procuraré.

Suzy quiso acariciar al gato, pero éste bufó en dirección a ella. Como represalia, se hizo una máscara de perro moloso y soltó un ladrido. *Belcebú* huyó maullando y fue a esconderse a otra habitación. La jurista volvió a formar su rostro serio y encantador, si bien sus pupilas conservaron aún un resplandor leonado.

—Muy impresionante —la felicitó Roberta—. ¿Y qué tal va con el curso de Éter? ¿Progresa el aprendizaje?

—Es un poco por eso por lo que he venido a verla. ¿Sabe que mi madre ha montado un centro de escuchas telefónicas para la futura resistencia?

—Otto me lo ha contado. De todos modos, seguiremos en contacto.

—Han interceptado una conversación entre Fould y Banshee. Y ésta es la transcripción.

Suzy le tendió dos folios, que Roberta leyó con gran interés. La conversación pirateada entre el teleférico y la Pequeña Praga no hacía sino confirmar sus sospechas en relación con el ministro y la bruja.

—Plenck tenía razón: todavía les falta un cadáver.

—Hay algo más —añadió Suzy—. Clément… Es decir, Martineau me ha llamado hace un momentito. Quería invitarme a su nueva casa. Con jardín —precisó—. He declinado la invitación.

—Pobrecillo —comentó Roberta sin saber si de verdad sentía lástima por él.

—No he sido muy honesta con él —confesó Suzy—. Me ha soltado una sarta de tonterías. Y mientras tanto yo, como

271

quien no quiere la cosa, lo sondeaba a través del Éter. Cuando se empieza, ya no se puede parar.

—No se excuse usted. A mí me pasa algo parecido con el merengue de chocolate.

—He visto los sentimientos que me profesa —dejó caer la joven.

—Sentimientos fuertes —apuntó prudentemente la bruja.

—¡Está majareta perdido, querrá decir! Pero ése no es el problema. He sentido en mi alma una inquietud asociada al barón de las Brumas. La he explorado, por puro interés profesional.

—Y...

—Su mentor, Archibald Fould, le ha confiado una misión. Un misterioso contacto conocería la identidad del barón y estaría dispuesto a revelársela a un representante de Seguridad mañana por la tarde en la Pequeña Praga. A Martineau se le ha asignado el cometido de presentarse a la cita.

Roberta se puso pálida. Miró los folios, dejados en el canapé.

—Clément... No, él no —balbució ella, meneando la cabeza a derecha e izquierda.

—Su perfil ha sido modificado, ¿verdad? —tanteó Suzy.

—Por mí misma, antes de depositar su árbol.

—¿Él lleva la mancilla?

El árbol de brujería estaba guardado en el armario de los cuerpos agonizantes de Rosemonde. Bastaba con sacarlo y desenrollarlo para ver la X repitiéndose desde el fundador hasta la actualidad.

Roberta estaba consternada.

—Entonces, han encontrado a su cordero —concluyó Suzy en tono fatalista.

Muchas cosas en pocas palabras

La lluvia había perforado el escudo protector del toldo gigante y caía a cascadas en el Barrio Histórico. Eleazar estaba terminando de fijar el cartel del Dos Salamandras por encima de las cabezas de la guardia que le había sido asignada, cuando una gota de agua se estampó en la punta de su nariz. Dio dos vueltas al destornillador y se refugió en la posada.

El agua se había llevado el pontón por el que se accedía a la rampa y había engullido la calle principal. El gran colector estaba casi inutilizable. Para los brujos, los gitanos, los piratas y sus familias ya no era posible salir de allí.

Eleazar contempló el comedor, evaluando rápidamente el trabajo que le quedaba por hacer: grabar en estas vigas las runas sobre borracheras, colgar su colección de ilusionistas en aquella pared, comprobar los fuegos infernales de su nueva cocina…

Se hincó de codos en el mostrador. En el hueco de la mano, una copa con dos dedos de alcohol de pino. «Unos amigos que se van, otros que se quedan», pensó. Y decidió hacer un brindis silencioso por cada uno de ellos.

Por los piratas que sin duda estaban preparándose ya para el asalto. Diez ataques simulados en diez barrios de la ciudad, todo ello en algo menos de dos horas. Iba a ser grandioso.

Por los gitanos que daban los últimos retoques a la operación salida.

Por Leila…

—Vas a ver qué bonita es la laguna —le había asegurado su pequeña diosa de la buenaventura antes de plantarle un besito en los labios con sabor a avellana.

Eleazar se reuniría con ella en el jardín que formaba la proa, en el momento de soltar amarras. De todos modos, él siempre había vivido en tierra firme, y realmente no sentía la llamada de la mar.

Por los amigos del Colegio. Por Otto, que se había encerrado en la casa de Nicolás Flamel, como buen guardián del Libro. Por Lusitanus, que estaría interrogando al firmamento, sentado en algún tejado. Por Plenck, que había instalado su colección de roedores disecados en la torre del colegio de Lisieux. Por Roberta. Por Suzy, que se quedaba. Por Grégoire, que finalmente asumiría todos los riesgos por su propia cuenta.

—Conozco las instalaciones —había apuntado el profesor de historia—. Incluso he trabajado para el Censo. Tengo un pase que todavía está en vigor. —Lo había mostrado a todos—. Me reuniré con ustedes en cuanto haya saboteado las máquinas.

Nadie de los presentes en la mesa había encontrado nada que oponer al plan. Roberta acababa de tomar la mano de Rosemonde en la suya para tenerla asida el máximo tiempo posible.

274 La posada se levantó unos centímetros. El movimiento del oleaje era mínimo, pero Eleazar, bien plantado sobre los dos pies, lo había notado perfectamente. Ese aperitivo de la laguna lo hizo volver a los detalles prácticos.

«¿No te olvidas de nada importante? —se preguntó. Pasó al otro lado de la barra del bar y abrió una caja de embalar—. Jarras bávaras, ok. Vajilla de estaño, ok. Especias, ok.»

Había dejado algo a un lado para no olvidárselo, precisamente. Reanudó el repaso del inventario, notando un desasosiego creciente.

—Especias, ok. Urna del mayor Gruber… —Abrió una caja, dos cajas, tres cajas—. Urna del mayor Gruber…

Hurgó en el chiribitil de los fogones. Pero lo único que tocaron sus dedos fue aire.

—¡Pedazo de imbécil! —exclamó, pasmado ante su propia estupidez—. ¡Las cenizas se han quedado arriba!

Grégoire Rosemonde se había cubierto con el capuchón al salir del cafetín Mujercitas. Disponía de una hora para llegar al Edificio Municipal sin que los trazadores lo localizasen. Pero antes quería ver por última vez su anfiteatro. El Colegio de Brujas le pillaba de camino. Se dirigió allí casi a la carrera.

La universidad, como el resto de la ciudad, estaba sumida en una especie de somnolencia. Rosemonde no se cruzó ni con un alma hasta llegar al aula de las tres hileras de gradas. Cogió una tiza blanca del canalón de la pizarra negra y dibujó un signo de interrogación. «Todos estos años dedicados a explorar la senda de los misterios», se dijo con nostalgia. Y la mayoría había quedado sin resolver.

Salió del anfiteatro y siguió hasta la biblioteca de Barnabite, vacía también. El *in-verso* de Dante estaba abierto por la página del pasaje. Igual que los dos viajeros ante la puerta del averno, Grégoire vaciló.

No tenía más que franquear esa puerta, subir a la cripta de Héctor, correr hasta el observatorio y una vez allí...

—Plenck tiene razón —había replicado Roberta—. Si a la criatura le falta un elemento, no podemos correr el riesgo de arrancarla de su incubadora.

Rosemonde se giró sobre los talones, notando una rabia contenida que le abrasaba las entrañas. Volvió sobre sus pasos, salió de la universidad y fue al Edificio Municipal sin preocuparse ni de la lluvia ni de los viandantes, que se contaban con los dedos de la mano, ni de los vehículos oruga, mucho más numerosos y que daban la impresión de que la ciudad vivía bajo el toque de queda.

Se sosegó cuando llegó a la plaza Mayor, donde se alzaba el siniestro patíbulo. Estaba rodeado de una enorme charca de agua negra que mojaba también algunas fachadas. Rosemonde la rodeó y subió por una callejuela de comercios, triste y fría. El único escaparate encendido era el de una tienda de juguetes para niños. Exhibía una casita de muñecas, un circo de metal, un trenecito de mecanismos finamente cincelados. Una máscara de diablo se superponía exactamente sobre el reflejo de su rostro.

Rosemonde abrió la puerta. La campanilla prendida del tope de la puerta emitió una nota alegre. Un muchacho de no más de diez años estaba concentrado en sus cuentas.

275

—Cierro dentro de cinco minutos —le previno—. Pero puede usted echar un vistazo.

Rosemonde exploró las estanterías y encontró algo que lo satisfizo en lo alto de un anaquel repleto de peluches. Se trataba de un oso pardo con la tripa blanca. El mozo le pidió quince táleros. Rosemonde se los pagó y, una vez en la calle, la prisa volvió a apoderarse de él. Los piratas entrarían en acción en apenas media hora. Antes tenía que haber salido de los subterráneos del Censo. Así que alargó las zancadas.

Cuando llegó a la calle de la antigua posada del Dos Salamandras, se pegó a una pared cubierta de carteles electorales en los que aparecía Fould y Fould y Fould. A unos diez metros de donde estaba se había montado un puesto de control. Tres vehículos oruga impedían el paso al barrio administrativo. Estaba sacando su tarjeta del Censo, cuando una vocecilla lo llamó:

—¿Señor Rosemonde? ¡Psst! Eh, Grégoire.

Salía de un callejón sin salida, negro como una noche sin luna.

—¿Eleazar? —El mesonero caminó hacia la luz—. ¿Qué está haciendo aquí?

—Las cenizas del mayor… Es que… yo… me las olvidé en la posada —dijo, trastabillando y con la cara descompuesta—. Y no me dejarán pasar en la vida.

—¿Y ha venido hasta aquí para recogerlas? Tiene que regresar inmediatamente a la calle de París.

—Sí, pero el mayor…

—Yo me encargo del mayor. Deme las llaves. —Eleazar se las tendió—. Vuelva abajo y no se entretenga por ahí, ¿entendido?

El profesor esperó a que aquella figura corpulenta se perdiese de vista. A continuación se presentó en el puesto de control, con aire despreocupado. El miliciano analizó su pase del Censo.

—Soy historiador —explicó—. Trabajo para la Oficina de Huellas Ambiguas.

Eso era estrictamente cierto. Tres años antes había elaborado un dossier bastante completo sobre un tal Palladio, único pluricentenario fichado con estado civil en tierra firme, antes de remitir dicha información a Roberta para ayudar a avanzar en la investigación del Cuarteto.

—¿Y tiene una huella ambigua que no puede esperar? —se burló el miliciano.

—El enigma no respeta los horarios de oficina —filosofó Rosemonde.

El miliciano le devolvió la tarjeta.

—El perímetro está bajo control. Y esta tarde los muchachos están algo nerviosos. Pero puede usted pasar.

—Gracias. Que tengan buena tarde.

Rosemonde se alejó y entró en el Dos Salamandras. La urna del mayor estaba encima del mostrador. Volcó las cenizas en una servilleta, y la anudó por las esquinas para formar con ella una bola bien prieta. El bulto fue a parar junto al oso, bajo el abrigo. Salió de la posada y caminó a buen paso durante diez minutos más antes de subir la escalinata del Edificio Municipal.

El funcionario de guardia le abrió la puerta. El acceso a las máquinas no estaba vigilado por ningún miliciano. Rosemonde sólo necesitó un hechizo para convencer al funcionario de que no lo había visto y que estaba solo en todo el Edificio Municipal. Y bajó al subsuelo, como una sombra.

277

Suzy Boewens había rechazado su invitación. Tenía mejores cosas que hacer.

«Soy el director de la Oficina de Asuntos Criminales —se dijo Martineau—. No voy a pasarme la vida corriendo detrás de esa marisabidilla. Si cambia de parecer, tendrá que suplicarme. Entonces verá lo que se siente cuando lo mandan a uno a paseo.»

Voltejeó a bordo de su barquita entre los tejados de las casas ya sumergidas, y se amarró a un aguilón decorado con la escultura de una cigüeña. Saltó de la embarcación y siguió por la calle que daba a San Nepomuceno. Ya no era una calle, sino una rambla. El suelo, hundido en algunos tramos, producía extraños borborigmos. Las calles, a cada lado, parecían a punto de hundirse.

Las gárgolas de la iglesia praguense vomitaban guirnaldas de agua sucia. El joven las evitó para entrar en la iglesia. No se oía ni un solo ruido, aparte del viento que soplaba en lo alto. Y muy poca luz... Avanzó a tientas entre los pilares, temiendo chocar con algo o caerse en un agujero. ¡Con la mala pata que tenía últimamente!

Llegó al pie de la escalera que subía hasta la Daliborka. Su última visita databa del mes anterior. Esa noche habría luna nueva, con su lote de sueños, su cortejo de pesadillas y sus promesas de vuelo.

Subió con cautela los peldaños y se detuvo en el último. La torre no había cambiado. El reclinatorio que Banshee había apartado a un lado seguía en su rincón. Una tela de araña lo unía a la mesa. Así pues, las tejedoras, impasibles y hacendosas, continuaban con su labor.

Estiró la mano que no llevaba la adularia, por temor a ser apresado. Notó que la atracción lunar lo acariciaba, lo calentaba y tiraba de él hacia arriba. Los cantos cristalinos de las sirenas selenes decían:

—Da un paso, ven con nosotras. Te estamos esperando, rey del astro blanco.

—No —gimió él, con un nudo en la garganta, de puro miedo.

Bajó los peldaños marcha atrás, con la espalda empapada de sudor. Una vez en el crucero, titubeó pero rápidamente recuperó su firmeza. En la iglesia sonaban unos pasos. Sacó su revólver y aguzó el oído. El que se acercaba no pretendía pasar desapercibido. ¿Era su confidente? El investigador se escabulló entre dos sarcófagos y desanduvo la nave central de pilar en pilar, para pillar al otro por la espalda. Se asomó a la nave lateral.

Su contacto era un personaje menudo. Llevaba sobre los hombros una especie de capa. Su bolso de flores le sonó de algo.

—¡Arriba las manos! —ordenó Martineau, cargando el revólver.

El sujeto se dio la vuelta.

—Guarde su juguete, Martineau. Acabará hiriendo a alguien.

—¿Morgenstern?

La bruja se acercó a su antiguo protegido y se detuvo a dos pasos de él, con un cierto aire de desafío en la mirada. Él no le quitaba los ojos de encima.

—¿No me diga que sería capaz de dispararme?

—Sería capaz de ordenar que la arrestasen —respondió él, con los labios temblorosos y totalmente desconcertado—. Los trazadores no han indicado su presencia en el Barrio Histórico. Márchese y no vuelva a dejarse ver. O me veré en la obligación de entregarla a la Milicia.

—¿Me va a llevar a la cornisa? Desvaría bastante, Martineau. Fould le ha tendido una trampa. Hay que salir de aquí.

Se arrodilló para buscar algo en su capazo.

—¡Ni un movimiento! —la amenazó él con una voz que rayaba en la histeria.

Esta vez Roberta se tomó en serio la amenaza.

—Le he traído una faja Electrum —explicó ella con la máxima dulzura—. La he recibido esta mañana. Creo que es de su talla.

—¿Una faja? Pero ¿qué está haciendo usted aquí, para empezar?

—He venido a salvarle la vida, jovencito inconsciente.

Martineau vaciló.

—Le doy la oportunidad de marcharse —insistió él.

La bruja perdió la paciencia.

—¿Verdad que ha sido Fould el que le ha enviado aquí para encontrarse con un supuesto confidente?

—¿Quiere decir… que se trata de usted?

—Yo no. El barón de las Brumas.

—¿El barón de las Brumas trabaja de confidente para el Ministerio de Seguridad?

Roberta se sintió aliviada al comprobar que el lado inocente de Martineau se traslucía aún bajo su capa de conformismo. Sacó la faja de su capazo y se la lanzó.

—Póngasela. Su jefe necesita una última víctima. Y es usted. Resulta que el barón está a punto de escuchar nuestro interesante coloquio y va a…

Los órganos de San Nepomuceno emitieron una nota quejumbrosa, y a continuación enmudecieron.

—... hacérselo saber muy pronto —terminó de decir la bruja, escudriñando la oscuridad.

El viento eligió ese instante para desatarse.

Grégoire Rosemonde llegó sin problemas hasta las máquinas del Censo. Todo el proceso, normalmente bajo estrecha vigilancia, estaba funcionando en modo automático. Las instalaciones estaban desiertas.

Los lectores de presión de las tinas de decantación indicaban que en poco tiempo nacería la nueva generación de trazadores. Rosemonde subió a la pasarela que recorría desde arriba la cadena de fabricación, mientras la tina rompía a hervir. Los trazadores vírgenes se precipitaron a la máquina estadística para someterse a la prueba del Saber.

Rosemonde se adelantó a ellos. Desde su paso por el Dos Salamandras, se había hecho un ligera idea de cómo iba a inmovilizar el mecanismo. Se arrodilló y cogió el volante empotrado en el conducto que comunicaba la máquina estadística y los tambores de lavado, por encima de los filtros. Le dio varias vueltas.

Ulularon unas sirenas, y se vieron unas chispas por entre sus portezuelas metálicas, dañando las tripas de la máquina estadística. Más o menos por todas partes parpadeaban pilotos rojos. Rosemonde, sin dejar de dar vueltas al volante, estaba en la gloria. Ese ambiente le recordaba el decorado de gran guiñol del infierno de los condenados. El volante se encajó. La trampilla del conducto se abrió.

Sacó el pañuelo en el que había guardado las cenizas del mayor Gruber, lo sostuvo cogido por el nudo encima de la trampilla abierta y lo abrió con una orden mental.

—Le toca salir a escena, mayor —dijo.

La nube de motas grises fue engullida por el conducto.

Rosemonde volvió a cerrar la trampilla, bajó de la pasarela y corrió hacia la salida. Mientras, a su espalda, los trazadores se vertían en los tambores de lavabo pero lo único que encontraban eran unos filtros mugrientos y atascados. Se oyó un ruido de explosión amortiguado, y luego unos chirridos siniestros. La máquina estadística se abrió por la mitad y escupió una batería de chispas que rebotaron contra las paredes. Por un instante, la cadena de fabricación pareció una araña incandescente replegada sobre sí misma. A continuación explotó con un formidable zambombazo.

Para servir. Para eso había nacido. Para servir a los hombres y su idea de la justicia.

Había quemado, descoyuntado, ahogado, dislocado, empalado y entregado a los insectos a seres complejos. Complejos como él. «Los seres humanos no son más que compuestos de existencias, unos milhojas de generaciones unidas por un hilillo de sangre», se dijo la consciencia mosaica. Su tarea distaba de haber concluido. Todavía había muchos culpables paseándose por las calles de Basilea. Pero se acercaba el final del plazo que se le había concedido. Aquél al que habían bautizado como el barón de las Brumas se acercaba, simplemente, a su fin.

Como los hermanos que lo habían precedido, se había dejado llevar hasta ese barrio de la Pequeña Praga, que daba una buena idea de lo que era la muerte. Había hallado refugio en lo alto de ese inquietante edificio. Allí, en el campanario, había aguardado mirándose las manos. La muerte empezaría por las extremidades, lo sabía, y después llegaría a los ventrículos de su corazón de carbón.

El barón estaba resignado, pero sabía lo que estaba pasando en la ciudad. Los mensajes eléctricos de alerta saturaban la atmósfera. Peligro. Invasión. Ataque. Piratas. Unas nubes verdes cubrían el catafalco municipal, el Palacio de Justicia, la plaza Mayor, el barrio Fortuny, el mercado flotante… Contaminación. Terrorismo. Distracción. Ni una víctima, pero la Milicia no sabía ya dónde dirigir su atención.

El barón permaneció inmóvil. Estaba cansado. Su cometido había terminado. Otros tendrían que…

Del Edificio Municipal le llegaron unos informes más alarmantes y estuvo en un tris de acudir allí. La generación naciente de trazadores había sido aniquilada. Hijas e hijos pasados por el filo de la espada. Niños degollados. Hecatombe. Fin de un mundo. Venganza.

281

El barón permaneció inmóvil. Estaba cansado. Su cometido había terminado.

Pero la muerte tardaba en llegar, y efectuó una última ronda por San Nepomuceno. De pronto se encontró con los dos condenados a muerte, como si se hubiesen presentado allí expresamente para encontrarse con él.

La mujer era la misma que lo había dejado inconsciente en la farmacia. Al hombre lo conocía desde el caso de aquel adivino inepto que había escapado de la hoguera. Castigar y proteger eran sus dos misiones. Nunca se había sentido más de acuerdo consigo mismo que cuando estaba en la incineradora, castigando con una mano al culpable y protegiendo con la otra al inocente.

Pero en realidad el inocente había dejado de serlo. La mancilla estaba inscrita en su sangre. El barón podía darse cuenta de ello gracias a su perfil, en pleno proceso de modificación. Le daba vía libre para ocuparse de su caso sin más demora.

Roberta Morgenstern quiso interceptarlo. Pero el barón evitó la mordedura eléctrica antes de que ella le diera alcance. La bruja volvió a la carga. Un puntapié bastó para mandarla a la nave central.

El hombre tenía un arma. Disparó, por supuesto. Seis tiros durante los cuales el barón estudió a gusto a Martineau, para tratar de discernir cuál había sido su crimen. La marca era muy nítida, casi gráfica. Pero tuvo que remontarse a la página cuarenta y cuatro de su historia genética para averiguar la raíz.

Martineau había sido una partera, un saltimbanqui y una adivina. Pero también un arquitecto, un diseñador de templos de bibliotecas y tumbas. La gran obra del fundador había sido una biblioteca, la más fabulosa de su tiempo, la que administraron los maestros de Alejandría. Había sido encerrado en una habitación tapiada del edificio con el fin de que desapareciese con él el secreto de su construcción. Lo habían sentenciado culpable simplemente de haber creado una obra maestra.

El barón lo veía tan nítidamente como a su descendencia, cautivo en una bodega con suelo de arena, a la luz de una barrica con un fuego encendido, gritando imprecaciones a sus carceleros en una lengua olvidada. El hombre se había volatilizado sin pagar su precio a la justicia. La mancilla se había transmitido al siguiente. Alguien debía pagar.

Morgenstern contraatacó. El barón se había olvidado totalmente de ella. El picotazo eléctrico fue terrible. Se sintió dislocado, diseminado, como preso en la tempestad saturada de datos de la que había nacido. Morgenstern y Martineau corrían hacia la salida. Él reunió sus últimas fuerzas a pesar del dolor que recorría todo su ser y, en dos zancadas, les cortó el paso.

Agarró al hombre con dos, cuatro, seis brazos. No le quedaba tiempo para emparedarlo como a su ancestro y de mirar cómo se moría. Lo único que contaba era el fin. Así pues, decidió hacer caso de su instinto y separar la verdad histórica: adoptó la forma de lo que realmente era.

Tres enormes bultos, tan altos como el pórtico y erizados de filamentos retorcidos, se enroscaron alrededor de Martineau y empezaron a aprisionarlo con fuerza. Ya sólo se veía la cabeza del joven sobresaliendo de la mole del trazador titánico. El filamento más largo de todos, fino como un cable de acero, se desplegó hacia el cielo de piedra para partírsela.

283

La muerte se acercaba.

«Borrar la mancilla, eliminar la mancha humana», fueron los últimos pensamientos del monstruo.

La guadaña cayó, con la precisión de una sentencia sin apelación.

Rosemonde volvió al vestíbulo del Censo con toda la facilidad del mundo, pero vio que le sería imposible salir del edificio. La Milicia estaba ya allí, al otro lado del mosaico, y disparaba a quemarropa en dirección a él. Corrió hacia el primer ascensor, bajo los impactos de las balas en el hormigón, que silbaban por encima de su cabeza. De todos modos, su intención era alcanzar la última planta de Seguridad.

El ascensor lo llevó a la planta 68, la más alta de los Servicios Técnicos del Censo. Los otros tres ascensores subían hacia él, repletos de milicianos. Rosemonde subió a la planta 69 por la escalera y corrió en busca del ascensor del ministro. Iba a todo correr por el pasillo de Asuntos Criminales, cuando en la otra punta aparecieron unos milicianos. Rosemonde se metió en la primera sala que tenía a la derecha y cerró la puerta tras él.

Era una sala de reuniones, con un ventanal a modo de techo, un patio de luces que daba al tejado... Saltó al escritorio, pero era imposible llegar hasta la cristalera. ¿No pretendería pedirle a un miliciano que le ayudase a subir aupándolo con las manos?

En el pasillo se oyeron unas detonaciones. Los muros temblaron. Rosemonde reconoció entonces el escritorio, la cristalera, a Víctor el Esqueleto que lo miraba, sentado en el rincón del que no se había movido desde la última intervención del ministro de Seguridad.

—¿Sería tan amable de echarme una mano? —preguntó el profesor de historia, mientras el tabique, atacado por un arma pesada, empezaba a resquebrajarse.

Víctor se levantó, se subió al escritorio, se agachó, entrelazó las falanges y aupó a Rosemonde, que alcanzó así el tragaluz. Lo abrió de un golpe con el hombro, se apoyó en el cráneo barnizado del esqueleto y se encontró encima de la cristalera. Cerró el tragaluz y empezó a subir por la escala de mano soldada a la pared de hormigón.

Víctor colocó en su sitio el cráneo y las falanges, se sentó tras el escritorio y esperó. En el tabique se abrió una brecha. Los milicianos se precipitaron en la sala y, al verlo, se detuvieron. Él estiró los brazos en señal de bienvenida. Los temibles combatientes salieron huyendo y dando gritos. Contagiado de su pánico, Víctor miró detrás de sí y creyó reconocer un monstruo en lo que en realidad era su sombra, y siguió a los despavoridos milicianos a toda la velocidad que le permitían sus tibias, gritando:

—¡Espérenme! ¡No me dejen aquí! ¡Tengo miedo!

Cosa que, para un esqueleto privado de voz, se traducía en incomprensibles y aterradores castañeteos de mandíbula.

El gólem entró en el observatorio sin llamar. Fould, Barnabite y Banshee, muy pálidos, lo miraban.

—¿Y bien? —se impacientó la bruja.

Héctor se acercó a la criatura inmóvil y escudriñó las palmas de las manos de barro y a continuación la boca, subido a un taburetito.

—Nada.

—¡¿Cómo?! ¿Nada de hierro? —exclamó Banshee.

—Pinocho ha fracasado —se mofó el ministro de Seguridad.

En la matriz el bebé giraba despacio sobre sí mismo. Era una chiquitina de rasgos delicados. Tenía las piernas dobladas hacia sí y la cabeza recta. Miraba a Fould. Él le sonrió, pero ella no reaccionó.

—¿Viviría sin hierro?

—Sí, pero ¿a qué precio? —se preguntó la bruja.

—Intentemos encontrar a otro —imploró Barnabite—. U otra cosa… Hasta un animal grande nos serviría.

—El momento de cazar ya ha pasado —zanjó Banshee—. El agua está subiendo por su escalinata, Héctor. Su casa quedará sumergida a lo largo de la noche.

—¿Por qué ir a buscar a la fiera al bosque, cuando ya la tenemos en la red? —preguntó el ministro con un tono que heló el ambiente.

Sostenía una discreta pistola apuntando entre los dos brujos. El gólem no se movía.

—¿Qué está haciendo? —preguntó Héctor, creyendo que Fould apuntaba a Banshee.

—Cojo el hierro de donde está.

La bruja dio un paso a un lado. El arma de Fould apuntó al brujo.

—Lo siento, Héctor —se disculpó ella—. Pero realmente necesitamos ese elemento. Una vez integrado, podremos decir que en cierto modo nos acompañará usted en la aventura hasta el final.

La cólera encendió las mejillas del alquimista engañado, que ni siquiera albergaba esperanzas de huir.

—Por san Wenceslao —juró—. Me las pagará, Carmilla.

Fould vio una masa marrón surgir ante él en el instante en que apretaba el gatillo. Vació casi todo su cargador en el gólem. El ser de barro lo empujó de un manotazo poderoso y desapareció en el jardín. Barnabite había desaparecido.

—¡Mala peste se lleve a esa bestia! —bramó el ministro, incorporándose.

Unas manchas alargadas de arcilla roja le manchaban el traje de cinco mil táleros.

—¡Héctor! ¡No queremos hacerle ningún mal! —gritó Banshee hacia el jardín.

—Muy diplomática —se burló Fould, acudiendo a su lado—. Desde luego, va a volver para excusarse por haberse marchado sin cerrar la puerta.

—¡Ah! ¡Usted!

Fould se encogió de hombros y comprobó el estado de su dentadura.

—¿Podíamos prever que el gólem le salvaría la vida? —dijo para defenderse.

—Si hubiésemos podido preverlo todo, seguramente no habríamos hecho negocios juntos.

Se miraron de frente. La matriz, en segundo plano, irradiaba un fulgor espectral.

286 —No tendremos el hierro —le recordó él, con el arma en la mano, apuntando ostensiblemente a la bruja.

Quedaba una bala en el tambor. Los dos lo sabían.

—El parto debe tener lugar ahora, con o sin hierro —añadió, implacable.

Ella podía arrancarle la cabeza. Pero ¿cómo extraer el hierro sin el gólem?

—Apártese —ordenó Banshee, colocándose delante del panel de mandos. Los indicadores de calor estaban bien—. Esperemos que la niña sea lo bastante fuerte —gruñó—. De lo contrario…

De lo contrario, le arrancaría la cabeza al ministro para calmar sus nervios. Cerró el grifo de entrada y dio diez vueltas al volante, tras lo cual se apartó de la matriz.

—Guárdese el arma, ya no la necesita.

El líquido nutriente fue aspirado hacia el pedestal sobre el que estaba la matriz. La criatura cerró los ojos y se acurrucó. Sin el efecto lupa que creaba el líquido, no era más que un bultito en la base del huevo. Banshee abrió el ventanuco y le palpó el cuello.

—El corazón está latiendo.

Fould se agachó y cogió al bebé en sus brazos. Era tan liviano, estaba tan frío…

—Traiga esa manta—dijo Fould en tono seco.

Banshee obedeció y envolvió con la cálida manta a la niña, que empezaba a agitarse. Poco a poco abrió los ojos. Eran negros, desmesuradamente negros. Abrió la boca. El aire entró en sus pulmones. El pecho se le hinchó.

El ministro de Seguridad carecía de experiencia en cuestión de paternidad. Sin embargo, le hubiera encantado poder disponer libremente de sus manos para pegárselas a las orejas. Pero, como adulto responsable que era, soportó lo que tenía que soportar. El berrido del bebé le dio en toda la cara.

Rosemonde acababa de entrar en el antro de Archibald Fould. De repente se detuvo, aguzando el oído como un gato.

—Bienvenida a la Tierra, mi querida Lilith —dijo.

Desde el patio de luces y la antesala le llegaban unos sonidos. Pero la guarida del ministro estaba protegida como una auténtica caja fuerte, lo que le otorgaba una cierta ventaja. Sacó el oso de peluche del abrigo y le apretó el pecho mientras se acercaba al mueble más imponente del despacho, un escritorio art déco que semejaba un monstruoso pisapapeles de madera oscura plantado encima de la pesadilla del Censo.

Sus pulgares iban y venían por la tripita de lana blanca. Podía notar un corazón palpitar muy tenuemente en el pecho. Rosemonde dejó el osito encima del escritorio, apoyado en la lámpara.

—Estarás muy pendiente de Lilith —ordenó al oso-nodriza—. La protegerás como a la niña de tus ojos. —El osito había girado la cabeza y le estaba mirando—. Vendré pronto a buscarla. Muy pronto. Y en ese momento necesitaré tu ayuda. ¿Me has entendido?

El peluche asintió con la cabeza.

—Y ahora, ¡chsst! —dijo Rosemonde, llevándose un dedo a los labios.

El osito se derrumbó suavemente y volvió a ser el peluche

sin vida comprado en una tienda de Basilea. Rosemonde miró por la cristalera. Unas hebras de humo verde se deshilachaban sobre la ciudad. El toldo gigante del Barrio Histórico estaba abierto. La Pequeña Praga guardaba sus secretos.

Unos ruidos sordos en la antesala le indicaron que los milicianos habían sacado la artillería pesada. «El tejado —recordó, y preparó un sortilegio para hacer explotar la cristalera—. Tener fe en Papirotazo para salir de este trance. Esperar y aguardar.»

Martineau estaba dormido. Alguien le llamaba. No tenía ganas de despertarse. Alguien le retorció la nariz con violencia. Él lanzó un grito de dolor y se puso en pie de un brinco.

—¡Eh! ¿No le rula bien el coco?

Morgenstern lo miraba atentamente, con las manos en jarras y la melena roja hecha una maraña. Las imágenes le volvieron al recuerdo a fogonazos. El barón materializándose enfrente de él, la criatura monstruosa asfixiándolo bajo sus inmundos ventrículos, el flagelo…

Una estrella negra, similar a un impacto de meteorito, salía desde sus pies y llegaba al centro de la nave.

—No lo ha soñado, Clément. El barón está muerto.

—¿Muerto? —repitió, sacudiéndose el polvo de su chaqueta, repleta de partículas grises y pegajosas incrustadas en el tejido.

De hecho, el joven estaba gris de la cabeza a los pies.

—De muerte natural. Y nos interesa salir de aquí deprisa si no queremos seguir su camino.

—¿Qué ha ocurrido?

Roberta se lo explicó sosegadamente:

—Ha nacido un bebé, una nenita. No importa quién es. La potencia de su grito de nacimiento ha provocado un seísmo de gran magnitud. Como consecuencia, San Nepomuceno se va a derrumbar dentro de nada.

Martineau miró a la bruja como alelado.

—¿Cómo dice?

Una clave de bóveda se desprendió y se estampó en el coro de la iglesia. El investigador comprendió lo precario de su situación con mayor claridad que si Roberta hubiese pormenorizado su respuesta. La parte del crucero que albergaba la Daliborka se derrumbó levantando una muralla de polvo.

Corrieron al exterior y bajaron a toda velocidad por la calle inundada hasta llegar a la barca, amarrada en su aguilón. Martineau cingló con energía para poner distancia entre ellos y los tejados sumergidos. Del islote de la Pequeña Praga salía un estruendo amortiguado.

—Me ha salvado la vida —reconoció Martineau en cuanto estuvieron fuera de peligro.

En cierto modo, Roberta lamentaba también todo lo que había pasado. Pero en una hora estaría lejos de Basilea. Ya no era momento para volver a ser los buenos amigos que habían podido ser. Tal vez en el futuro.

—Sólo le pediría dos cosas —dijo Roberta.

—¿Sí?

—Una: déjeme en el muelle del Barrio Histórico.

El joven puso en marcha el motor. La barca los llevó hasta el muelle desierto y se deslizó de lado para pegarse a él. Roberta saltó.

—¿Cuál es la segunda cosa que quería pedirme? —preguntó él, tendiéndole el bolso.

¡Tenía un aspecto tan lastimoso, con su traje empapado, sus hombros encorvados y su cara de perro apaleado! Al final era posible que no hubiese cambiado, se dijo la bruja.

—Si alguna vez le entraran ganas de volar hacia la luna sin pararse en la última planta del Edificio Municipal, hágame una señal, Martineau. Me alegraría mucho de volver a verle. Y no se quede por estos parajes con su bote, o me veré obligada a sacarle otra vez la cabeza del agua.

El joven se quedó mirando a la menuda y buena mujer hasta que se perdió de vista bajo el toldo gigante. Entonces se alejó de allí, rodeando el *Savoy*. «¿Por qué me iba a tener que sacar la cabeza del agua? —se preguntó enfilando hacia el barrio Fortuny en línea recta—. Sin embargo, ¡hace un siglo que los sortilegios vikingos no me han dado ninguna ahogadilla!»

Y

Fould y Banshee se encontraban en lo alto de la escalinata del observatorio, mirando la cortina de lluvia. El ministro llevaba aún en brazos al bebé, que había dejado de llorar.

—¿Y si adora las duchas frías, qué haremos? —se preguntó en voz alta, escrutando el cielo.

—Podremos decir que hemos fracasado.

Fould rebuscó con una mano en su bolsillo y sacó el móvil.

—¿Qué está haciendo?

Él no respondió a la bruja. Marcó el número y se pegó el teléfono a la oreja.

—Sí, soy yo. ¿Qué? No, lo tenía apagado. ¿Los piratas, dice? ¿Han asaltado mi torre? —Resopló ruidosamente por la nariz, pero logró conservar la calma—. Si siguen ahí dentro, confío en usted para arrestarlos… o eliminarlos, como vea. Deje que sus hombres se diviertan un poco. No, por favor, de nada, amigo mío. Es normal. Bueno, ¿funcionan aún los altavoces? Entonces conécteme.

El viento levantó una esquina de la manta que protegía el rostro de la niña. El ministro descubrió con espanto que le salían dos reguerillos de sangre de la nariz. Tenía los ojos hundidos y respiraba con dificultad.

—Basilea le escucha —le comunicó su miliciano en jefe.

Fould colocó en su sitio la manta y pronunció su último discurso de campaña.

—¡Mis queridos conciudadanos! ¡Les habla Archibald Fould, ministro de Seguridad! ¡Les he prometido que la lluvia cesaría antes de mañana, que no tendríamos que temer otra crecida! Me dispongo a hacer realidad el deseo de todos nosotros. —Avanzó al jardín, bajo la lluvia, hasta llegar al límite de las flores envenenadas—. Ordeno a los elementos que nos dejen en paz a partir de…

—El momento de la verdad —murmuró Banshee, hacia atrás.

Encajándose el teléfono en el hueco de la clavícula, cogió al bebé con las dos manos, dejó que la manta cayese a sus pies y sostuvo a la niña en alto, desnuda, bajo la recia lluvia.

—¡Ahora!

El bebé se revolvió, pero Fould la tenía firmemente sujeta.

La sangre que le brotaba de la nariz teñía su tripita rosa y tierna. Berreó de nuevo. De súbito, la lluvia cesó.

—¡Sí! —exclamó la bruja.

Las nubes se deshacían contra el fondo de un cielo color de naranja sanguina, barridas hacia el horizonte. A sus oídos llegó el formidable clamor que salía de la ciudad. Fould confió el bebé a Banshee, que se apresuró a secarlo. El ministro había vuelto a coger el móvil con la mano. Reía a carcajadas, igual que decenas de miles de basilenses.

—Sí —dijo hacia el teléfono—. Sí. Ha terminado. Hasta mañana, amigos míos. Hasta mañana en las urnas.

Cortó la llamada, cortando así los gritos de júbilo que habían adquirido ya un nítido matiz de fanatismo.

—Por lo menos no se me podrá acusar de ganar las elecciones con promesas falsas —afirmó muy contento, contemplando el cielo dominado gracias a la cólera del bebé.

Sonó el móvil, estropeando una vez más aquel minuto de ensueño. Fould dudó antes de contestar. Cuando escuchó lo que tenía que decirle su miliciano en jefe, se le ensombreció el semblante.

—¿Qué? ¿Está seguro? ¿En cuanto tiempo dice? —Cortó y entró precipitadamente en el observatorio—. ¡Banshee!

La bruja estaba acunando al bebé, que gimoteaba exhausta tras su hazaña.

—¡El dique ha saltado! —exclamó él—. ¡Su hundimiento ha provocado un maremoto que se abalanza sobre nosotros!

La bruja estaba transfigurada. Con el bebé en brazos, se balanceaba suavemente hacia delante y hacia atrás, sonriendo a la niña que, casi sin fuerzas, hacía el esfuerzo de devolverle la sonrisa.

—¿Una ola, eh? —dijo dirigiéndose al bebé—. Vamos corriendo a protegernos de esa olita mala. ¿Eh, mi amor de Morgana? ¿Vamos a entrar por el librote de tito Héctor?

Y le hizo cosquillitas en la punta de la nariz. El bebé la miró, absorto. Entonces estornudó, proyectando gotitas de sangre sobre la manta.

—¿Morgana? —se rebeló Fould, un tanto ofendido por no haber sido consultado—. Espero que no se olvide usted de quién es su papá, ¿eh? Si no le agrada el nombre, es posible que se enoje con usted.

Banshee miró al ministro con cara de fastidio.

—Morgana es un nombre perfecto. Si se le ocurre uno mejor, adelante, le escucho.

—Pues, no sé... Por ejemplo, podríamos llamarla Administración, ¿no?

La conversación prosiguió de esta guisa. Propusieron hasta diez nombres diferentes. Lilith, en las rodillas de Banshee, se dijo que la vida no iba a ser sencilla en compañía de esos dos humanos que parecían haberse unido para lo peor más que para lo mejor.

—¡Retirad el toldo gigante!

Tiraron de la tela hacia el perímetro del Barrio Histórico, que por primera vez desde hacía semanas dejaba a la vista de los basilenses que se congregaban en la cornisa sus terrazas, sus tejados, sus molinos y sus jardines. Los abucheos, interrumpidos por el milagro de san Archibald, se reiniciaron con fuerza renovada.

La reina de los gitanos, sentada con las piernas cruzadas en el último piso de la pagoda, de cara a la laguna, se comunicaba con sus puestos clave a través de un sistema de semáforos colocados en los pisos inferiores. En ese momento estaba escuchando al agua, a la tierra, al fuego y al Éter que, cada cual a su manera, le transmitían las novedades de esta parte del mundo.

Giró la cabeza hacia el levante y vio al niño que pasaba en ese instante mismo cerca de dos viajeros inmóviles que hablaban entre sí a media voz. Luego miró hacia poniente y vio a Martineau acercándose al pie de las torres Fortuny. Justo delante de ella en línea recta, Roberta aparecía en el jardín de proa. Hacia el septentrión, a su espalda y bastante más arriba, Grégoire escrutaba el cielo despejado mientras se fumaba un cigarrillo. La vista que ofrecía el tejado el Edificio Municipal era espléndida, lo cual no quería decir que no se le empezase a hacer largo el tiempo.

La reina vidente abrió los ojos y contempló su barrio, a medias sumergido.

—¡Despejad las pasarelas! —dijo como segunda orden del día.

Los semáforos del segundo piso agitaron sus estandartes. Los rezagados abandonaron los puentes venecianos. A su espalda oía los gritos de los basilenses que esperaban ver el barrio de los inmigrantes hundirse al pie de su amada ciudad. El rugido del maremoto se hizo audible.

—¡Cerrad el barrio!

Los mil y un mecanismos disimulados en la articulación de las fachadas se pusieron en funcionamiento. Los edificios que flanqueaban la calle principal se pegaron entre sí. Los salientes se encajaron en los entrantes. Los bajorrelieves que representaban a Huitzilopochtli se encastraron en la trama de plomo de las vidrieras bizantinas de San Marcos. Las estatuas de Notre-Dame se entrelazaron con las del palacio de Versalles. El porche de Westminster se cerró como una concha. El Barrio Histórico quedó, a partir de ese momento, herméticamente cerrado, listo para surcar la laguna.

En el horizonte se divisó una línea blanca. La ola era más alta de lo que imaginaba la reina, y más rápida.

—¡Soltad las amarras!

El barrio se bamboleó. Los basilenses, creyendo que asistían al inicio del naufragio, aplaudieron a rabiar. La reina observaba con atención el *Savoy*, que debía servirles de remolcador y sacarlos del lodo. Los piratas eran gente de palabra. El palacio flotante se alejó de su embarcadero; sus cabos se estiraron. El castillo del *Víctor III*, encajado en la sala de billar, tiraba del barrio mar adentro.

La ola alcanzó la aguja de la Münsterkirche y la sumergió en medio de un estallido de espuma. Medía casi veinte metros de alto.

—¡Poneos a salvo y agarraos a lo que podáis! —exclamó la reina, como cuarta y tanto anárquica orden, previa al caos.

Los piratas se desprendieron del *Savoy* justo antes de que la ola lo golpease de lleno. El palacio volcó y se hundió *ipso facto*. El Barrio Histórico se levantó cual una balsa gigantesca, empezando por el jardín de proa y acabando por el Pequeño México.

Después la ola prosiguió su carrera hacia la cornisa, donde el griterío había adquirido un tono bien diferente. La gente corría a salvar el pellejo.

«Lástima —se dijo la reina, aliviada al comprobar que su ciudad flotante había superado la prueba del maremoto—. Se van a perder lo mejor.»

Y es que, desde el exilio de las Ciudades Históricas hasta la construcción del navío, desde el acercamiento a los piratas hasta el sabotaje del dique, desde la acogida del Colegio hasta esta nueva partida, todo se resumía en una única palabra. Entonces, la gran sacerdotisa se puso de pie, extendió los brazos y dio la señal de partida:

—¡Vayé!

Los tres gitanos apostados entre los pisos sexto y octavo agitaron sus banderolas en tres lados de la pagoda. Los molinos se pusieron en dirección a la cornisa, que sufría aún el ataque de la ola. Las aspas empezaron a girar, cada vez más deprisa. La reina notó cómo su potencia los empujaba hacia delante, hacia la brecha que se había abierto en el dique. Poco a poco fueron ganando velocidad. Tras ellos iba quedando dibujada una estela. Basilea se difuminó a lo lejos.

En el extremo del jardín de proa Eleazar Strüddle, con los brazos en cruz, se mantenía peligrosamente inclinado por encima del agua, mientras la pequeña Leila se abrazaba a su panza para evitar caerse. Él exclamaba a grito pelado, borracho de alegría y de velocidad:

—¡Gou-gou-gou-gou-gou! ¡Somos los reyes del mundo! ¡Somos los amos del Universo!

—¿Qué hace Ernest? —preguntó enojado Rosemonde, espachurrando su tercera colilla de cigarrillo antes de desmenuzarla a los cuatro vientos de Basilea.

El Barrio Histórico había levado anclas ya, pero seguía sin ver nada. Por fin llegó a sus oídos el característico zumbido. La *Albatros* apareció desde detrás de la Montaña Negra y enfiló hacia él con toda la fuerza de sus palas, casi demasiado deprisa para su gusto.

La puerta de acceso al tejado estaba cediendo. Los primeros milicianos salieron en tromba al tejado y dispararon a troche y moche. Pero la proa de la *Albatros* estaba ya deslizándose de costado, pegada al Edificio Municipal. Rosemonde tomó impulso, saltó al vacío y, volando con suavidad, cayó en el puente de la nave. Cuando se reunió con Papirotazo en el compartimento, habían dejado ya atrás la torre de Seguridad.

—No me dirá que no se ha hecho esperar —gruñó al piloto.

—Imagínese, la *Albatros* estaba vigilada. Y los acumuladores, cargados sólo a medias. Y además no tengo costumbre de conducir este tipo de carro de combate… ¿Qué hacemos ahora? ¿Seguimos a los gitanos? ¿A los piratas?

Rosemonde se acercó a la baranda y contempló la laguna, que se deslizaba a trescientos metros por debajo del casco. El Barrio Histórico estaba franqueando la brecha del dique y saliendo al aire libre. Delante de sí podía ver el submarino, como la silueta de un huso negro y oblongo.

—No se aleje del cabo. Nos refugiaremos en el próximo puerto de tierra firme. Después volveremos a Basilea.

—¿Cómo dice?

—Una última personilla tiene que venirse con nosotros.

—¡Volver a Basilea a por una personilla! ¡Francamente, lleva usted las acciones humanitarias un poco lejos! —replicó Papirotazo, una pizca furioso.

Rosemonde le puso la mano en el hombro. Ante los ojos de Papirotazo pasaron unas imágenes que habrían podido espantar a un ogro, e inmediatamente el piloto se concentró en sus mapas para tratar de encontrar el puerto de tierra firme en el que harían escala.

295

Epílogo

*L*os gitanos habían hallado asilo en el puerto franco de Vallombreuse, en una región que en tiempos se llamaba Toscana. Las altas colinas llenas de cipreses y olivares se recortaban sobre el fondo de un cielo color lapislázuli. Otto Vandenberghe y Roberta Morgenstern estaban dando un paseo por el jardín de proa. Las cintas multicolores prendidas de los árboles de mayo ondeaban al céfiro.

—Supongo que tiene pruebas sólidas para decir algo así, Roberta. ¡Peste! No tendría ninguna gracia.

—Léalo, y no le cabrá duda.

Roberta le tendió el diario del mayor Gruber, abierto por la página concerniente, y se alejó hacia la balaustrada. El *Víctor III* de Louis Renard estaba fondeado cerca de la costa. El submarino de su hermano estaba en dique seco, para ser sometido a unas reparaciones. Los piratas trabajaban cantando una canción que no resultaba del todo desconocido a la bruja. Pero el viento y la distancia le impedían identificarlo. Otto volvió a su lado y le devolvió el diario sin hacer ningún comentario.

—Cuando Archibald Fould envió al mayor Gruber a México para atrapar a Palladio, le dio la orden de volver con una secuencia genética del Diablo. Gruber cogió una colilla de cigarrillo impregnada de saliva. Y nunca más volvió a oír hablar del tema. Eso cuenta ahí. La coincidencia no deja de ser inquietante, ¿no le parece?

—¿La libreta estaba en el testamento?

—Sí y no. De hecho, estaba en su casa. Fue Micheau, bueno, Renard quien la encontró en la calle de las Mimosas mientras rebuscaba entre sus papeles.

—Habrían traído al mundo al hijo del Diablo... —murmuró Vandenberghe dándose tironcitos de los pelos de la barba.

—¿Ha visto sus poderes? El cielo le ha obedecido. El Éter está patas arriba desde que Fould ha, digamos, detenido la lluvia. Suzy está todavía confusa, pero una cosa sí tiene clara: que ha venido al mundo un ser excepcional. Para mí, ese crío está detrás de todo este trastorno. Me apostaría el poncho.

—No haga nunca algo así. Ya no sería usted la misma. —Otto sonrió exageradamente—. Fould y Banshee están jugando con el fuego del infierno, con los resultados al menos. Salir elegido por el noventa y nueve por ciento de los votos... Ya puede tomar nota Maquiavelo.

Recorrieron un sendero de jacarandaes plantadas la víspera por los paisajistas gitanos.

—Piensa en Grégoire —adivinó el rector—. No se preocupe por él. La reina lo vio salir.

—Pero no lo ha visto volver.

—Es un hombre lleno de recursos. Y si hay un especialista en el Diablo entre nosotros, sin duda ése es nuestro profesor de historia. Algún día se nos unirá, aunque sólo sea por conciencia profesional. Bueno, tengo que irme. Los padres benedictinos han expresado el deseo de probar suerte con el Libro. Me están esperando en el Gran Piñón. ¿Se imagina que el elegido va vestido de sotana?

Vandenberghe estalló de risa y dejó a Roberta absorta en sus pensamientos. La bruja se abrigó bien con los faldones del poncho y bajó al muelle del Barrio Histórico. Una lancha se disponía a zarpar hacia el *Víctor III*. La bruja pidió al pirata que la llevase. Atravesaron la rada. Ella subió al puente del submarino, en el que una decena de piratas se afanaba en repintarlo. Ninguno le prestó atención.

Roberta notó que llevaba la ocarina en el fondo del bolsillo de sus pantalones bombachos. No había vuelto a tocarla desde su estancia en la prisión municipal. Estando tan lejos de Basilea, ya no tenía ninguna posibilidad de volver a encontrar a su puercoespín telepático.

—*In the town where I was born, lived a man who sailed a sea* —cantaba un pirata mientras daba una capa de minio al castillo.

Roberta frunció el entrecejo. «Qué curioso que ese muchacho esté canturreando un trozo de los Beatles», se dijo. Al otro lado del castillo un segundo pirata tomó el relevo:

—*And he told us of his life, in the land of submarines.*

Roberta siguió caminando y oyó una tercera voz que se unía a las dos primeras, procedente del puesto de vigía:

—*So we sailed up to the sun, till we found the sea of green.*

Se subió al castillo, con cuidado de no pisarse el poncho. El tercer cantor estaba pintando el tubo del periscopio. Una cuarta voz retomó la canción desde las profundidades del submarino:

—*And we lived beneath the waves, in our yellow submarine.*

—Decidme que estoy soñando —murmuró la bruja.

Bajó al puesto de pilotaje, se detuvo, aguzó el oído. La canción seguía en la parte trasera de la nave.

—Perdón, perdón —se disculpó, precipitándose en esa dirección para no perder el precioso hilo de Ariadna.

Pasó junto a un cocinero que estaba silbando el estribillo. Más allá un grumete tocaba al ritmo, dando toques con la llave inglesa en los grifos, tomándose por un Ringo Starr. Desde la sala de máquinas una voz de barítono lanzó:

—*And our friends are all on board, many more of them live next door.*

Extrañamente, los piratas hicieron una pausa, lo que permitió a Roberta abrir su alma.

—¡*Hans Friedrich*! —exclamó al reconocer el pensamiento del equidna.

Ya no necesitaba a los Beatles ni a su submarino amarillo. El puercoespín telepático la guiaba con la misma claridad que una baliza. La bruja se adentró por el navío, hasta llegar al compartimento del árbol de la hélice, justo donde más calor hacía. A su espalda, toda la tripulación cantaba:

—*And the band begins to play…*

Descubrió al puercoespín en un rincón en el que tiraban los trapos viejos. Cuando ella lo estrechó contra sí, el animalillo tembló de gozo.

—¡*Hans Friedrich*! ¡Mi bichito! ¡Cuánto te he echado de menos!

Cogió al *Gustavson* por debajo de las patitas y lo sostuvo con los brazos estirados. Parecía apocado y avergonzado.

—Pero podrías haber dado señales de vida. Estaba muy preocupada por ti. —Escuchó la respuesta del puercoespín—. ¿No podías hacer otra cosa? ¿Cómo que no podías hacer otra cosa?

El puercoespín se explicó. Roberta abrió los ojos como platos. Se agachó, dejó al dichoso papá en el suelo y levantó con delicadeza los paños que protegían la camada. Ocho bebés se apelotonaban contra el vientre de su mamá, que dedicó un saludo bastante seco a la anterior ama de su esposo.

—Qué de pequeños *Gustavson* —suspiró la bruja, y dio un beso a los progenitores en el hocico—. Bravo. Habéis hecho un buen trabajo.

La locura se había adueñado del submarino transformado en una formidable caja de resonancia. La mitad de los piratas cantaban a voz en grito:

—*We all live in a yellow submarine, yellow submarine, yellow submarine...*

La otra mitad, valiéndose de cualquier trasto que sirviese como instrumento de percusión, tocaba a contratiempo:

—Pum ta-pum ta-pum ta-pum...

—Mi pequeño *Hans Friedrich*, creo que a estos señores les falta un poco de sentido del ritmo —comentó Roberta frunciendo el entrecejo.

Cogió la ocarina, la frotó contra su poncho y se la llevó a los labios.

Este libro utiliza el tipo Aldus, que toma su nombre
del vanguardista impresor del Renacimiento
italiano, Aldus Manutius. Hermann Zapf
diseñó el tipo Aldus para la imprenta
Stempel en 1954, como una réplica
más ligera y elegante del
popular tipo
Palatino

* * *

* *

*

El tango del Diablo se acabó de imprimir
en un día de verano de 2005, en los
talleres de Industria Gráfica
Domingo, calle Industria, 1
Sant Joan Despí
(Barcelona)

* * *

* *

*